Das Buch:

In Karlsruhe ereignen sich eine Reihe mysteriöser Todesfälle: Drei Menschen stürzen in kurzer Zeit vor die städtische Straßenbahn. Zunächst werden diese Vorkommen als tragische Unfälle oder Suizid abgetan, doch schon bald wird klar, dass es sich um Morde handelt.
Der charmante Privatdetektiv McAdam soll eigentlich die attraktive Frau des mächtigen Straßenbahn-Zaren Erhagen beschatten, die von ihrem Mann der Untreue verdächtigt wird. Als sich jedoch herausstellt, dass zwischen Erhagens Frau und einem der Opfer ein Zusammenhang besteht, wird McAdam immer tiefer in die Mordfälle hineingezogen. Gemeinsam mit der jungen Kommissarin Conny Hartmann beginnt der Amerikaner zu ermitteln. Und dann kommt alles ganz anders, als man zuerst glaubte.

Der Autor:

Karen Adams ist in den USA geboren und aufgewachsen. Sie studierte englische Literatur in New York und England und promovierte in American Studies in Atlanta. Sie arbeitete an der »Smithsonian Institution« in Washington und an der »University of Texas« in Austin. Seit 1978 lebt sie in Karlsruhe, wo sie Englisch unterrichtet und sich ehrenamtlich um die Amerikanische Bibliothek kümmert.
Straßenfeger ist Karen Adams erster Roman.

Karen Adams

Straßenfeger

Roman

Aus dem Amerikanischen
von Juliane Zaubitzer

WILHELM HEYNE VERLAG
MÜNCHEN

HEYNE ALLGEMEINE REIHE
Band-Nr. 01/13756

Dies ist ein fiktionales Werk, alle Ähnlichkeiten mit lebenden Personen wären rein zufällig.

Umwelthinweis:
Das Buch wurde auf chlor- und säurefreiem Papier gedruckt.

Redaktion: lüra, Klemt & Mues GbR, Wuppertal

Originalausgabe: 11/2003

Der Wilhelm Heyne Verlag ist ein Verlag der
Ullstein Heyne List GmbH & Co. KG
Printed in France 2003
Umschlagillustration: Markus Lehmann, Hamburg
Umschlaggestaltung: Hauptmann und Kampa Werbeagentur,
München-Zürich
Gesetzt aus der Rotis Serif
Satz: KompetenzCenter, Mönchengladbach
Druck und Bindung: Maury Eurolivres, Manchecourt
http://www.heyne.de

ISBN: 3-453-86944-3

Für Kirsten,
meine erste Leserin

Eins

Mit spitzem Konturenstift (Himbeerrot) zog Marianne Meyer sorgfältig ihre Lippen nach, malte sie mit einem neuen Lippenstift (Preiselbeer) aus, richtete ihre grau melierte Dauerwelle, lächelte ihrem Spiegelbild zu und öffnete schwungvoll die Tür der neu eingerichteten Damentoiletten im Straßenbahndepot. Wie üblich nahm sie das anerkennende Grinsen und das augenzwinkernde »Morgen, Annie!« der Männer entgegen, während sie den Zementboden überquerte und auf den Fahrersitz der frisch gereinigten Straßenbahn rutschte. Sie liebte ihren Job. Sie liebte es, morgens mit den Mechanikern einen Gruß auszutauschen, liebte es, von ihrem Platz hinter der Windschutzscheibe mit den Kollegen in den entgegenkommenden Bahnen zu flirten. Nur Charlotte Hampl grüßte sie nicht mit einer Kusshand, sondern mit solidarisch erhobener Faust. Sie war seit sechs Monaten im Dienst. Der Job war das Beste, was ihr passiert war, seit ihr Taugenichts von einem Ehemann endlich zu einer seiner zahlreichen Freundinnen gezogen war und sie mit den drei Jungs und einem drei Zentimeter hohen Stapel Rechnungen hatte sitzen lassen. Noch ehe sie viele Tränen vergießen konnte, stieß sie in der *Karlsruher Tageszeitung* auf einen Artikel, in dem berichtet wurde, die Stadt wolle Straßenbahnfahrerinnen einstellen. Sie war die erste Bewerberin, die Erste, die für die neuen Unisex-Uniformen Maß nehmen ließ, die Erste, die das neue WC benutzte, und die Erste, die ihre Kollegen mit strahlendem Lächeln und einem charmanten »Hallo Süßer, jetzt kommt Annie!« begrüßte. Dieses Lächeln ließ Annies Kollegen – bis auf ein, zwei harte Nüsse – dahinschmelzen, bevor sich eine Front gegen sie bilden konnte. Seit Annie angefangen hatte, waren die Beschwerden von Fahrgästen über unfreundliche Fahrer um dreißig Prozent gesunken. Der Verkehrsverbund hatte von dieser Statistik allerdings noch keine Notiz genommen und würde wahrscheinlich nie erfahren, was die eigentliche Erklärung für das Phänomen war.

Am Weinweg stiegen nur wenige Fahrgäste zu. Es war kurz vor sechs Uhr morgens, als Annie die Untermühlstraße anfuhr. Gegen den blassrosa Himmel hinter dem Turmberg waren nur undeutliche Schatten zu sehen, doch sie erkannte schon von weitem die füllige Gestalt von Hanni-Lieschen, die dort wie immer mit ihren drei Tüten voller Habseligkeiten wartete. Annie warf beim Abbremsen einen Blick auf ihre Digitaluhr und ließ ihre Gedanken eine halbe Sekunde lang abschweifen. Sie malte sich aus, wie ihre Mutter ihre drei Jungs weckte. Gerade hatte sie das Bild vor Augen, wie Pauli, der Jüngste, noch mit Schlaf in den Augen von der Oma an den Schultern gefasst und ins Badezimmer geschoben wurde, als Hanni-Lieschen einen Schritt auf die Gleise machte und unter gellenden Schreien von der sanft dahingleitenden, fünfzig Tonnen schweren Bahn verschluckt wurde. Doch es war nicht Hanni-Lieschen, die schrie, sondern Annie. Sie betätigte die Warnglocke und umklammerte den Bremshebel so fest, dass ihr Arm und ihre Schulter noch tagelang schmerzten.

Dan McAdam saß an einem Tisch vor dem Restaurant Marché. Er hielt einen Fotoapparat mit Zoom vor ein Auge und davor eine Ausgabe der KATZ. Ab und zu ließ er die Zeitung sinken und drückte auf den Auslöser. Wenn er sich beobachtet fühlte, legte er die Zeitung beiseite und richtete die Kamera auf die Jugendstilfassaden um den Ludwigsplatz oder wie zufällig auf die hübschen Mädchen am Nebentisch, die sich kichernd über den amerikanischen Touristen mokierten, den er spielte. Oder auch nicht. Denn erstens sahen die Männer an den Tischen auf dem Ludwigsplatz mit ihren weiten Shorts, T-Shirts und Baseballmützen sowieso allesamt wie amerikanische Touristen aus und zweitens war McAdam wirklich Amerikaner. Er lebte zwar schon seit einigen Jahren in Karlsruhe, aber irgendwie kam er sich trotzdem immer noch wie ein Tourist vor.

Vielleicht spielte er eher den Privatdetektiv. Es war so leicht gewesen, die Zulassung zu bekommen. Er hatte sie einfach per Post bestellt. Nachdem er eine geringe Gebühr entrichtet hatte, waren ihm Zertifikat und Ausweis zugeschickt worden und jetzt war er ganz offiziell ein rechtmäßiger Privatdetektiv. Einerseits weil er es leid gewesen war, mit dem Fahrrad Pizza auszufahren und an der Volkshochschule Englisch zu unterrichten, und andererseits weil man dieses wertvolle Dokument auch ohne die dreijährige Ausbildung mit Abschlussprüfung bekam, die man für fast jeden anderen legalen Job in Deutschland brauchte. Außerdem wollte er Erfahrungen für seinen Roman sammeln. Und Uschi, seine Frau, war im vierten Monat schwanger und würde ihren Job als Aerobiclehrerin im Fitnessstudio bald an den Nagel hängen.

Sssss ... Klick! machte die Kamera. »*Was* hast du vor?«, hatte Uschi theatralisch ausgerufen. (Eigentlich war Uschi Schauspielerin. Den Aerobicunterricht gab sie nur, um sich und ihren Mann zu ernähren.) »Du wirst tagein, tagaus untreuen Ehefrauen hinterherschnüffeln! *Unfaithful spouses!*« (Sie hatte es »spooses« ausgesprochen und er hatte ihr einen Kuss auf die Nase gedrückt.) Aber er wusste, sie war froh, dass *er* in Zukunft für sie beide den Tofu nach Hause bringen würde. (Uschi war Vegetarierin). Sie hatte natürlich Recht. Die fragliche Ehefrau saß auf der anderen Straßenseite vor dem Café Endle. Allerdings ging sie nicht fremd, sondern tratschte mit einer Freundin, die wie eine weißblonde Version ihrer selbst aussah: dünn, so um die dreißig, gut gekleidet, perfekt manikürt und frisiert, solariumgebräunt. Frau Elke Erhagen, das Objekt seiner Ermittlungen, hatte hennarote Haare, karotinfarbene Haut und trug ein Leinenminikleid in dunklem Orange, so dass es ein Kinderspiel gewesen wäre, sie in einer Menschenmenge auszumachen. Pech für McAdam, dass es in den schicken Seitenstraßen der Karlsruher Fußgängerzone, wo sie den Vormittag verbracht hatte, keine Menschenmengen gab, in denen er hätte untertauchen können. In der Waldstraße hatte er gegenüber einer Boutique eine geschlagene Stunde in CDs gewühlt, bis der Besitzer des Plattenladens ihn unmissverständlich darauf hinwies, dass er alles, was nicht auf Lager sei, jederzeit bestellen könne. Als sie den Friseur in der Herrenstraße ansteuerte, hatte er sie aus einem benachbarten Café beobachtet und Kaffee getrunken, bis er dringend mal musste, aber nicht zu gehen wagte, weil er fürchtete, sie könnte (bis zur Unkenntlichkeit verändert!) aus dem Salon kommen, während er vor dem Pissoir stand. Zum Glück war ihr nächster Anlaufpunkt, das Café Endle, nicht weit. Sobald sie ihre Freundin auf beide Wangen geküsst und die Karte aufgeschlagen hatte, war er auf die Herrentoilette des Marché gestürzt. Vorsorglich nahm er im Marché auch einen Imbiss zu sich (gegrilltes Hacksteak, was es zu Hause nie gab). In dem Selbstbedienungsrestaurant lief er wenigstens nicht Gefahr, ewig auf die Rechnung warten zu müssen, während Rote Feder ihm davonflatterte.

Da sie im Moment keine Anstalten machte, sich von der Stelle zu rühren, streckte McAdam seine langen Beine aus und lehnte sich zurück. Hier zeigte sich Karlsruhe von seiner schönsten Seite: In der Spätsommersonne saßen an den vielen Tischen auf dem Ludwigsplatz hauptsächlich Studenten, die die Zeit vor Semesterbeginn auskosteten. Der Anblick erinnerte ihn an seine glückliche Zeit als Austauschstudent in Heidelberg, bevor er sich in eine blonde Schauspielerin mit langen Beinen verguckt oder auch nur im Traum daran gedacht hatte, einmal zu heiraten und Vater zu werden. Er vertrieb sich die Zeit damit, den Lokalteil der KATZ zu überfliegen. Die meisten seiner Freunde zählten zu den erklärten Verächtern dieser Zeitung, doch McAdam war mit den Feinheiten der deutschen Sprache nicht vertraut genug, um sich an den stilistischen Entgleisungen zu stoßen. Er schätzte die Zeitung als Informationsquelle, aus der er beispielsweise erfuhr, wann in der Schauburg englische Filme liefen. Ein Artikel sprang ihm ins Auge: TOD AUF DEN STRASSENBAHNGLEISEN. Das wird dem Alten nicht schmecken, dachte er und las: »Die Serie von Personenunfällen mit Straßenbahnen in Karlsruhe nimmt kein Ende. Bei dem jüngsten Vorfall kam eine etwa 50-jährige Frau ums Leben. Sie stürzte gestern am frühen Morgen an der Haltestelle Untermühlstraße auf die Gleise und wurde von der Linie Eins erfasst, kurz bevor diese zum Stehen kam. Die Polizei schließt Selbstmord nicht aus. Die Fahrerin der Straßenbahn, eine von vier Frauen, die kürzlich von den Verkehrsbetrieben eingestellt wurden, erlitt einen Schock.«

Zu den Dingen, die McAdam an Karlsruhe mochte, gehörten auch die großen, gelben Straßenbahnen, die innerhalb der Stadt und zu den umliegenden Orten verkehrten. Seit er hier lebte, waren sie immer größer und eleganter geworden – höher, breiter und mit geringerem Bodenabstand, bis es aussah, als schwebten sie sanft dahin. Glaskästen mit breiten Türen, die zischend aufglitten, so dass alte Leute auf Krücken, Mütter mit Kinderwagen und Scharen von

Schulkindern bequem einsteigen konnten. Die breitspurigen Straßenbahnwagen konnten sowohl durch den dichten Stadtverkehr als auch über Bahntrassen fahren. Sie waren bequem, abgasfrei und leise – wahrscheinlich der Grund dafür, dass immer häufiger Leute vor eine Bahn gerieten. Offenbar hatte Professor Dr. Manfred Erhagen, der Straßenbahn-Zar der Stadt, nicht bedacht, dass dieser Trend zur Vergrößerung und Verbesserung auch Gefahren mit sich brachte.

Hups! Kaum hatte er einen Moment lang nicht auf Elke »Roter Pfeil« Erhagen geachtet, da hatte sie auch schon die Rechnung bezahlt, ihre Freundin zum Abschied auf beide Wangen geküsst, ihre fünf Einkaufstüten genommen und schwankte auf hohen Plateausohlen zügig von dannen. Wer meint, jemanden zu beschatten sei ein bequemer Job, der hat es nie versucht, dachte McAdam, während er seine Zeitung zusammenfaltete, die Kamera einsteckte und humpelnd (seine linke Pobacke war eingeschlafen) die Verfolgung aufnahm.

Es war schon paradox – wenn nicht geradezu himmelschreiend –, dass ausgerechnet die Frau des Straßenbahn-Zaren nicht mit der Straßenbahn fuhr, obwohl sie direkt an der Endstation der Linie Eins auf dem Turmberg in Durlach wohnte. Nein, Elke Erhagen stellte ihr rotes BMW-Kabrio zu einem horrenden Preis im Parkhaus ab, wo auch McAdam gezwungenermaßen seinen alten Golf parkte, denn die Parkplätze auf der Straße waren noch teurer und man musste stündlich die Parkuhr füttern. All das gehörte zur fortschrittlichen, umweltorientierten Verkehrspolitik der Stadt Karlsruhe. Nun, er würde es auf die Rechnung setzen. Der König der Straßenbahn würde dafür bezahlen müssen. Offensichtlich konnte er es sich leisten.

Ein paar Minuten später waren Elke Erhagen und McAdam auf dem Weg nach Durlach, dem vornehmsten und ältesten Viertel der Stadt. Für eine so zierliche Frau hatte sie einen ziemlich rasanten Fahrstil. McAdam hatte alle Mühe, sich nicht abhängen zu lassen. Er hoffte, das Aufblitzen der Radarfalle möge ihr und nicht ihm gegolten haben – aber auch den Strafzettel für überhöhte Geschwindigkeit würde der alte Erhagen vom Erlös seiner Vorträge und seiner Beratertätigkeit in Städten in aller Welt bezahlen müssen – oder von den Tantiemen für sein Buch *Das Gleis in die Zukunft,* das in der Fachöffentlichkeit ein Renner war. McAdam hatte seine Hausaufgaben gemacht und sich ausgiebig über Professor Dr. Erhagen informiert.

Jetzt bog sie in die Auffahrt ein. Das automatische Tor schloss sich hinter dem roten Kabrio. Außer einem Gaubenfenster, das wie das Auge eines Periskops über die hohe Mauer und ein Meer von Blättern hinausragte, war das Haus der Erhagens von der Straße aus praktisch nicht zu sehen. Wenig später erkannte McAdam die Gestalt des Alten, der ihm zu verstehen gab, das Täubchen sei in seinen Schlag zurückgekehrt und der Schatten könne Feierabend machen.

Annie Meyer saß an dem großen Tisch im Konferenzraum der Verkehrsbetriebe. Sie war erleichtert und dankbar, als sie erkannte, wer ihr gegenüber saß. Sepp Hauser hatte ihr beigebracht, eine Straßenbahn zu fahren – beziehungsweise sechs Straßenbahnen, denn so viele verschiedene Modelle gab es, die sie eines Tages vielleicht durch die belebten Fußgängerzonen der Stadt steuern musste. Sepp war geduldig und gutmütig gewesen und hatte ihr eingeschärft, sie solle sich von den »blöden Bemerkungen«, die irgendwelche »Idioten« unter ihren Kollegen möglicherweise machen würden, nicht beirren lassen. Er war wie ein Vater zu ihr gewesen. Tatsächlich hatte er selbst drei Töchter – die älteste war Bauingenieurin, die zweite studierte Medizin, doch die jüngste wollte Straßenbahnfahrerin werden, wie er stolz erzählte.

Sepp hatte ihr zugezwinkert, als sie sich setzte, und lächelte sie nun unter seiner gefurchten Stirn und dem weißen Haar wohlwollend an. Sie sah ihm ins Gesicht und versuchte, die anderen am Tisch nicht zu beachten – den Vertreter der Gewerkschaft, einen Anwalt von der Rechtsabteilung und ein paar Verwaltungsangestellte, deren genaue Funktion sie nicht kannte.

»Also, Annie«, begann Sepp, »uns ist klar, dass du ziemlich mitgenommen bist. Das geht jedem Fahrer nach einem Unfall so. Aber in diesem Beruf kommen Personenschäden nun einmal vor – kein Mensch kann eine fünfzig Tonnen schwere Bahn sekundenschnell zum Stehen bringen, ob er nun davor steht oder hinterm Steuer sitzt. Wir müssen nur fürs Protokoll und für die Versicherung den genauen Hergang klären.«

Annie nickte. Sie war dankbar für seinen Beistand, fürchtete aber mögliche Konsequenzen: Haftung, Schadensersatz... Gefängnis? Sie hatte in der vergangenen Nacht nicht geschlafen. Immer wieder hatte sie den Unfall vor sich gesehen – wie wenn bei der Fernsehübertragung eines Fußballspiels eine Szene wiederholt wurde. Nur war dies kein Spiel und Hanni-Lieschen würde sich nicht von der Bahre erheben und aufs Spielfeld zurückkehren. Annies rot unterlaufene Augen füllten sich zum hundertsten Mal in achtundzwanzig Stunden mit Tränen.

Sepp ging darüber hinweg. Er tastete nur kurz nach dem frischen, weißen Taschentuch, das er zusammengefaltet in seiner Jacketttasche bereithielt. »Wir haben eine Kopie von der Aussage, die du bei der Polizei gemacht hast, aber vielleicht solltest du uns noch mal mit deinen eigenen Worten erzählen, was passiert ist.«

»Also, ich bin wie gewohnt zur Untermühlstraße gefahren. Die Signale funktionierten und ich habe wie immer abgebremst. Ich sah Hanni-Lieschen an der Haltestelle. Sie stand nicht im Wartehäuschen, sondern ganz vorn an der Bahnsteigkante, wie sie es immer tut – äh, tat.«

»Du kanntest die Frau? Im Polizeibericht steht, sie hatte keine Papiere bei sich.«

»Ich weiß nur ihren Namen, Hanni-Lieschen. Wir haben uns gegrüßt, wenn sie einstieg – sie gehörte immer zu den ersten Fahrgästen.« An diesem Punkt musste Annie aufpassen, was sie sagte, denn es war streng verboten, sich mit den Fahrgästen zu unterhalten. »Sie stieg mit ihren drei Tüten immer hinten ein, weil dort mehr Platz ist. Aber wenn es leer war, wie meistens am frühen Morgen, kam sie nach vorn, um hallo zu sagen.«

»Hat sie ihre Fahrkarte abgestempelt?«, wollte der Mann von der Versicherung wissen. Annie konnte sich denken, dass er Hanni-Lieschen für eine Schwarzfahrerin hielt. »Sie hatte immer eine Citykarte«, sagte sie. »Hat sie jedenfalls behauptet.« Und nun flossen die Tränen doch, als Annie im Geiste vor sich sah, wie Hanni-Lieschens rechter Arm auf der Fahrerseite unter der Straßenbahn hervorragte, in der Hand die Citykarte, die ihr in den nächsten vierundzwanzig Stunden freie Fahrt in allen Karlsruher Straßenbahnen gewährt hätte. Sepp war sofort mit dem Taschentuch zur Stelle.

»Hatten Sie den Eindruck, dass sie betrunken war?«, fragte der Mann von der Versicherung. »Torkelte sie? Ist sie gestolpert?«

Annie schloss die Augen. Das Einzige, was sie sah – das Einzige, was sie immer wieder vor sich sah, wenn sie versuchte, sich an den Unfall zu erinnern –, war Pauli, der im Schlafanzug durch die Badezimmertür geschoben wurde. Aber sie war nicht so dumm, das ihren Vorgesetzten gegenüber zu erwähnen. Sie war unaufmerksam gewesen. Sie war mit den Gedanken abgeschweift und hatte an ihre Familie gedacht, statt sich auf die Arbeit zu konzentrieren. Sie fühlte sich schuldig, schuldig, schuldig, obwohl sie wusste, dass sie langsam gefahren war und Hanni-Lieschen ohnehin nicht hätte ausweichen können, auch wenn sie sie genau gesehen hätte. Die Straßenbahn lief nun einmal auf Schienen.

»Mir kam es so vor, als ob sie einfach einen Schritt nach vorn gemacht hätte«, sagte sie. »Direkt vor die Bahn. Ich habe gebremst. Ich habe die Warnglocke betätigt. Ich habe geschrien, aber das hat natürlich auch nichts gebracht. Sie wurde einfach verschluckt. Wie von einem Staubsauger ...«

»Einem was?«, fragte einer der Männer.

»Wenn Sie schon mal Staub gesaugt haben, wissen Sie, was ich meine«, sagte Annie und putzte sich die Nase.

»Im Polizeibericht steht, es ist ›von Selbstmord auszugehen‹«, sagte Sepp. »Du kannst nichts dafür, Annie.«

»Aber darüber zerbreche ich mir die ganze Zeit den Kopf«, sagte Annie. »Wenn sie sich umbringen wollte, warum hat sie dann eine Citykarte gekauft? Sie hielt sie in der Hand.«

Die Männer am Tisch zuckten die Schultern. Die Frage schien sie nicht zu interessieren. Sepp tätschelte Annies Hand. »Nimm dir ein paar Tage frei, Annie. Schlaf dich aus. Du hast dir nichts vorzuwerfen. Das war einfach ein unglücklicher Zufall, dass die Frau sich ausgerechnet vor deine Straßenbahn geworfen hat. So was kommt vor. In zwei Tagen kommst du wieder zur Arbeit. Wenn du länger wartest, wirst du die Angst überhaupt nicht mehr los. Ruh dich aus, entspann dich, aber dann musst du dich zusammenreißen und dich wieder ans Steuer setzen.«

Zum ersten Mal seit dem Unfall lächelte Annie. »Danke, Sepp«, sagte sie. »So werd ich's machen.« Als sie aus dem Zimmer ging, hatte sie das Gefühl, dass sie es schaffen würde. Sie frischte ihr Make-up auf und machte sich auf den Heimweg. Während sie auf die Straßenbahn wartete, fiel die Anspannung von ihr ab. Sie konnte kaum ein Gähnen unterdrücken. Als die Bahn hielt, setzte sie ein Lächeln auf, um den Fahrer zu grüßen. Doch es war ausgerechnet Heinz Bissert, einer der wenigen »Feinde«, die sie unter den Kollegen hatte. Er grinste hämisch, als sie einstieg, und fuhr dann so abrupt an, dass sie beinahe gestürzt wäre.

»Sechs Päckchen Orbit Kaugummi«, sagte Polizeikommissarin Conny Hartmann. Polizeiobermeister Stefan Reikert tippte mit zwei Fingern auf einer mechanischen Schreibmaschine, die schon vor Jahren völlig veraltet gewesen war, mittlerweile aber fast als Antiquität durchging.

»Sieben Damenunterhosen, getragen.« Die Polizistin zuckte nicht mit der Wimper, doch Reikert verzog angewidert den Mund.

»Ein handschriftlicher Brief ohne Umschlag, wasserfleckig, nicht zu entziffern.«

»Eine Plastiktüte von der Kaufhalle mit achtzigtausend D-Mark in Tausendern, Fünfhundertern und Einhundertern.« Hartmann ließ sich nicht beirren. Reikert schüttelte den Kopf und murmelte etwas vor sich hin. Die Liste nahm kein Ende. Drei Tüten voller Müll: benutzte Papiertaschentücher, verknitterte Zeitungen, ein Paar Hausschuhe, ein Sweatshirt, ein uralter Teddy, ein Taschenbuch (*Diana – Ihre wahre Geschichte)*, leere Flaschen (sowohl Pfandflaschen als auch Altglas) und ein paar volle (Mineralwasser), eine Bananenschale, ein schimmeliges Handtuch, ein Wecker. Keine Papiere, kein Ausweis, nirgendwo eine Adresse oder auch nur Initialen. Hanni-Lieschen lag namenlos und nackt auf einer Bahre im Leichenschauhaus. Die beiden Polizeibeamten saßen in ihren erbsensuppengrünen Uniformen mit senffarbenen Hemden und mit ihren Namensschildern aus Metall an einem hellen Fünfzigerjahre-Holztisch im Revier in der Akademiestraße. Sie machten unbezahlte Überstunden, um ihre Berichte zu schreiben.

»Achtzigtausend Mark«, sagte Reikert. »Aber keine Zahnbürste.«

»O doch, sogar zwei Zahnbürsten«, korrigierte seine Kollegin mit einem Blick auf ihre handschriftlichen Notizen. »Und ein Stück Seife. Sechs Paar Ohrringe.«

»Vielleicht hatte sie im Lotto gewonnen«, mutmaßte Reikert. »Oder eine Bank überfallen.«

»Dann aber keine Bank in Baden-Württemberg«, sagte Conny, nachdem sie ihren Computer zu Rate gezogen hatte. »Jedenfalls nicht in den letzten achtzehn Monaten. Vielleicht hatte sie das Geld geerbt.«

»Und sich dann umgebracht.«

Im Computer waren keine Vermissten gespeichert, auf die die Beschreibung der Toten gepasst hätte. Auch von den Polizeifotos der Frauen, die man wegen Herumtreiberei oder Drogenmissbrauch aufgegriffen hatte, sah keines dem Opfer besonders ähnlich. Allerdings sah das zerschrammte, blutige Gesicht der Toten wahrscheinlich nicht einmal ihr selbst im »Normalzustand« ähnlich.

»Wir werden sämtliche Obdachlosenunterkünfte abklappern müssen«, stöhnte Reikert.

»Sie besaß achtzigtausend Mark«, sagte Conny Hartmann. »Sie hat sich eine Fahrkarte gekauft und sich dann vor die Bahn geworfen.«

»Black-out«, sagte Reikert. »Schlaganfall. Alzheimer. Alkohol. Drogen.«

»Das Übliche«, sagte Conny. Irgendwie war sie enttäuscht.

»*Was* soll ich?«, fragte McAdam. Er hockte mit Uschi zusammengekuschelt in einem Nest aus Bettdecken. Die Kleidungsstücke und Zeitschriften im Schlafzimmer lagen ähnlich zwanglos herum. Uschis Schwangerschaft hatte sich zwar nicht negativ auf ihre Libido ausgewirkt, aber offensichtlich auf ihre Ordnungsliebe.

»Du sollst eine Pistole tragen«, wiederholte sie. »Vorher musst du natürlich lernen, damit umzugehen.«

»Na, toll!«, sagte McAdam. »Du willst, dass ich mir selbst in den Fuß schieße oder versehentlich Nachbars Katze erlege. Du willst, dass der Liebhaber irgendeiner untreuen *spoose* mir die Waffe entreißt und mich damit erschießt. Du willst, dass unser Kind sie im Schrank findet und in den Kindergarten mitnimmt …«

»Aber McAdam, wie willst du als echter Privatdetektiv ohne Pistole auskommen? Du musst dich doch verteidigen können!«

»Uschi! Wir leben in Karlsruhe! Nicht in New York, Boston, L.A. oder Albuquerque. Nicht mal in Deer City, Wisconsin!«

»Ich habe eine Pistole«, sagte Uschi.

»Du hast *was*?«

Uschi stieg aus dem Bett und kramte in einer Schublade. Die Schwangerschaft hatte ihren körperlichen Reizen keinen Abbruch getan. Ganz im Gegenteil. Plötzlich ging sie in die Hocke, wirbelte herum und richtete in typischer Film- und Fernseh-Pose mit beiden Hände die Pistole auf ihn.

»Uschi! Nicht auf mich zielen!«, kreischte McAdam und vergrub sich noch tiefer unter der Decke.

Uschi lachte. »Die ist doch nicht geladen! Sie hat meinem Großvater gehört. Ich hab sie mal in einem Theaterstück benutzt, um meinen Stiefvater umzubringen. Für die Rolle hab ich sogar Schießunterricht genommen. Ich find

Schießen toll!« Lachend kroch sie wieder ins Bett, die Waffe noch in der Hand. »Komm schon, sie beißt nicht!«

McAdam hatte zum ersten und letzten Mal eine Waffe abgefeuert, als sein Onkel Gordon ihn an seinem zehnten Geburtstag mit auf die Jagd genommen hatte. Er erinnerte sich, wie aufgeregt er gewesen war – wie freudig erregt, als er durch das Zielfernrohr das graue Eichhörnchen sah. Er hatte langsam den Abzug gedrückt, genau nach Onkel Gordons Anweisungen. Das Eichhörnchen war explodiert, dass Fell, Blut und Knochenstücke umherflogen. McAdam hatte sich übergeben. Er erinnerte sich auch an den Anblick von Tante Maggies üppigem Frühstück – eine Pampe aus Pfannkuchen, die auf dem Weg nach oben immer noch leicht nach Ahornsirup geschmeckt hatte. Kleine Wurststücke. Auf keinen Fall würde er Schießunterricht nehmen.

»Selbst wenn du keine Waffe trägst – du musst wenigstens lernen, wie man damit umgeht«, sagte Uschi. »Wie sie funktioniert, wie sie sich anfühlt. Damit du keine Angst hast. Damit du dich verteidigen kannst.«

Sein Herz schlug immer noch schnell, beruhigte sich aber allmählich. Er streckte den Kopf unter dem Kissen hervor. Uschi saß halb zugedeckt neben ihm. Sie streichelte die Waffe. Sein Herzschlag beschleunigte sich wieder. Er nahm ihr die Waffe aus der Hand und bot ihr etwas Besseres an.

Am nächsten Tag widmete er sich wieder seinem Fall. Er wartete in seinem Auto in sicherer Entfernung vor dem Haus der Erhagens. Der Rote Bomber ließ sich heute Morgen Zeit. Glücklicherweise hatte McAdam sich ein paar Bücher mitgenommen: einen Krimi mit dem Titel *Mordsverkehr* von einem ortsansässigen Autor und die Broschüre »Ihre Waffe: Wie man sie reinigt, lädt und handhabt.« »Und liebt«, haben sie vergessen, dachte McAdam. Irgendwie hatte Uschi ihn letzte Nacht überredet, einem Schützenverein beizutreten.

Endlich öffnete sich das Schiebetor und das rote Auto kam heraus. Heute fuhr Elke Erhagen gemäßigter. Sollte die Radarfalle gestern sie zur Vernunft gebracht haben? Oder hatte sie es nicht eilig, ihr Ziel zu erreichen? In der Südweststadt fand Elke nach langer Suche endlich einen Parkplatz. Sie warf einen Blick auf die Uhr und verschwand eilig in einem Bürogebäude. McAdam fuhr ein paar Mal um den Block, bis er eine Parklücke entdeckte. Er stieg aus, um sich zu strecken und einen Blick auf die Klingelschilder am Eingang des Gebäudes zu werfen. Das also war des Rätsels Lösung: Elke war beim Zahnarzt.

McAdam machte es sich zum Lesen gemütlich. Heute hatte er sich ein paar Äpfel und ein Sandwich mitgebracht, das er selbst belegt hatte, während Uschi noch schlief. Von nun an sah sein Leben anders aus. Nie wieder würde er sich noch mal umdrehen können, wenn Uschi aus dem Bett sprang, ihr Müsli aß und ihre Stretching-Übungen absolvierte, bevor sie ins Studio hetzte. Ein Lieferwagen hielt in zweiter Reihe, wobei er McAdam mit seinem alten Golf zuparkte und ihm die Sicht versperrte. Hoffentlich würde das Ein- oder Ausladen nicht länger dauern als Elkes Zahnbehandlung. Zwei Arbeiter stiegen aus dem Laster und öffneten die Heckklappe. Einer kletterte in den Laderaum und reichte dem anderen eine Sackkarre hinaus. Die beiden kämpften mit einem originalverpackten Kühlschrank. Es war das Modell, das McAdam am liebsten mochte – einer, der unter die Arbeitsfläche passte, so dass man sich hinknien musste, um hineinsehen zu können. Nach einer Ewigkeit (die Wohnung musste mindestens im vierten Stock eines Hauses ohne Fahrstuhl liegen) kamen sie mit dem ausrangierten Kühlschrank zurück. McAdam sah auf die Uhr. Er konnte nur hoffen, dass Elke wirklich schlechte

Zähne hatte. Die Möbelpacker ließen sich Zeit. Einer kletterte noch einmal in den Laderaum und reichte dem anderen zwei Bierflaschen hinaus. Dann setzten sie sich zum Trinken ins Fahrerhaus. McAdam wurde allmählich nervös. Er konnte das Heck des roten BMW sehen, der um die Ecke parkte. Die Männer stiegen aus und machten sich daran, den alten Kühlschrank einzuladen.

Plötzlich bekam einer der beiden einen Wutanfall. Er schimpfte in gelalltem Dialekt auf seinen Kollegen ein und warf ein Teil des Kühlschranks nach ihm – ein Rost oder etwas Ähnliches. Das Teil flog in hohem Bogen auf McAdams Motorhaube, wo es Schrammen und Beulen hinterließ und beinahe einen der Scheibenwischer abgerissen hätte, die er erst kürzlich erneuert hatte. McAdam stieg aus.

Genau in dem Moment trat Elke auf die Straße.

»Tut mir Leid, mein Herr. Wenn Sie mir Ihren Namen und Ihre Adresse geben, kommt die Versicherung für den Schaden auf«, sagte der Ruhigere der beiden. Der Schuldige pöbelte und fluchte immer noch, nun in McAdams Richtung. McAdam roch noch auf über einen Meter Entfernung, dass der Mann mehr als ein Bier intus hatte.

»Schon gut«, sagte McAdam und notierte sich hastig das Kennzeichen und den Firmennamen, der auf dem Lieferwagen prangte. »Hauptsache, Sie setzen jetzt endlich ihren Wagen da weg. Ich hab's eilig.« McAdam war einsdreiundneunzig und breitschultrig, was oft den Eindruck erweckte, mit ihm sei nicht zu spaßen. Die beiden Möbelpacker waren etwa dreißig Zentimeter kleiner. McAdam half dem Zugänglicheren der beiden, den Kühlschrank zur Seite zu wuchten. Elke Erhagen war schon um die Ecke verschwunden. Der Fahrer des Lieferwagens stieg ein und fuhr ein Stück vor, während sein Kollege, der inzwischen etwas kleinlaut geworden war, mit glasigem Blick auf der Straße stand und überflüssigerweise Handzeichen gab. McAdam zwängte sich wieder in den Golf und fuhr mit quietschenden Reifen an. Sein Scheibenwischer flatterte wie ein gebrochener Flügel. Als er um die Ecke bog, war von dem BMW nichts mehr zu sehen.

»Herzlichen Glückwunsch, McAdam. Du bist mir ein schöner Privatdetektiv«, schimpfte McAdam. »Lässt dich am helllichten Tag abhängen.« Zum Glück gab es hier in der Südweststadt kaum große Straßen, dafür aber jede Menge Stoppschilder, Zebrastreifen und Tempo-dreißig-Zonen. Statt die Nerven zu verlieren, hielt McAdam an jeder Kreuzung in alle Richtungen Ausschau, bis er Elke Erhagen schließlich in der Brauerstraße einholte.

McAdam lehnte sich zurück, biss herzhaft in seinen Apfel und folgte dem BMW unauffällig in einigem Abstand. Er dachte daran, wie oft er schon erlebt hatte, dass Leute Wutausbrüche bekamen – mal auf offener Straße, mal in Warteschlangen an der Kasse. Anfangs war er darüber schockiert gewesen. In seiner Heimat bewahrte man als gesitteter Mensch immer stoische Gelassenheit, oder wenigstens tat man gleichgültig. Manchmal fühlte McAdam sich geradezu von Menschen umzingelt, die innerlich unter Strom standen. Man sah kaum jemals Leute wirklich gelassen durch die Gegend schlendern. Uschi, die sich mit Körpersprache auskannte, hatte angeblich gesehen, dass er Amerikaner war, noch bevor er den Mund aufgemacht hatte. Allein an der Art, wie er damals auf sie zugegangen war, als er auf den Spuren von Mark Twain über die Heidelberger Uferpromenade spazierte. Selbst in Karlsruhe – wörtlich »Karls Ruhe« oder auch »Chucks Nickerchen«, wie McAdam gern sagte – machten die meisten Menschen den Eindruck, als ob sie ständig ein Ziel verfolgten. Wenn sich ihnen dabei etwas in den Weg stellte, kam es häufig zu Gefühlsausbrüchen. Die Schrammen und

Dellen auf seiner Motorhaube grinsten ihn an wie ein debiles Mondgesicht. Was soll's, dachte er. Die Rechnung zahlt doch wohl hoffentlich der Alte.

Als Annie nach der Vernehmung nach Hause kam, legte sie sich sofort ins Bett. Ihre Mutter weckte sie zum Abendessen. Eine Weile betrachtete Annie lächelnd ihre Söhne und versuchte, ihnen bei den Matheaufgaben zu helfen, aber dann ging sie früh wieder schlafen. Am nächsten Morgen erwachte sie vom Wecker ihrer Mutter und Paulis verschlafenem Gemurmel. Als sie aus dem Tiefschlaf aufschrak, war ihr im ersten Moment gar nicht bewusst, dass sie frei hatte. Sie sprang verwirrt aus dem Bett, öffnete die Tür und sah, wie die Oma Pauli an den Schultern vor sich her ins Bad schob. Blitzartig fiel ihr wieder ein, was sie beim Abbremsen an der Untermühlstraße gesehen hatte. Hinter Hanni-Lieschen hatte ein Mann gestanden, eine dunkle Gestalt, die aus dem Schatten trat, die Arme ausstreckte und sie vom Bahnsteig stieß. Nicht der Gedanke an Pauli und seine Oma hatte Annie abgelenkt – der Anblick an der Haltestelle hatte sie an Pauli und seine Oma erinnert. Annie blieb wie erstarrt im Flur stehen und ließ die Szene immer wieder vor ihrem geistigen Auge ablaufen. Sie konnte sich an die Gestalt erinnern, an ihre ungefähre Größe, die Bewegung, den Schritt nach vorn, den Stoß mit vorgestreckten Armen. Aber der Mann war nur ein Schatten, eine Gestalt ohne Gesicht.

Sie musste die Polizei benachrichtigen. Hatte die nette, junge Polizistin ihr nicht ihre Karte gegeben? Annie würde sie anrufen, gleich nach dem Frühstück, wenn die Kinder aus dem Haus wären. Sie würde den Mord anzeigen.

Zwei

Das ist ja Mord, dachte McAdam angesichts der Warteschlange vor dem Karstadt-Parkhaus. Ständig musste er bremsen und wieder anfahren, wobei er die Luft mit giftigen Abgasen verpestete. Ihm fiel ein, dass er dasselbe in L.A. oder sogar in Millville, Pennsylvania, völlig normal gefunden hätte. Erst seit er in Deutschland lebte, war ihm bewusst geworden, wie sehr er Autofahren hasste. Das mochte allerdings auch etwas mit den zweitausend Fragen und Antworten zu tun haben, die er für die schriftliche Fahrprüfung hatte pauken müssen (und von denen er eintausendneunhundertachtzig gleich danach wieder vergessen hatte) – und natürlich mit der letzten Bastion uneingeschränkter Freiheit, dem Wilden Westen Deutschlands: der Autobahn.

Doch das hier war eindeutig nicht die Autobahn. Elke Erhagens rotes Statussymbol befand sich zwei Plätze vor ihm in der Warteschlange. Er hoffte nur, dass es ihm gelingen würde, durch die Schranke und über die Achterbahnauffahrten auf- oder abwärts bis zu einem freien Parkplatz zu gelangen, bevor sie ihm entwischte. Wie er befürchtet hatte, bekam sie den letzten Parkplatz auf Deck Eins. Er nahm schwungvoll die steile Auffahrt zu Deck Zwei, wo er warten musste, bis ein kleiner, alter Mann einen großen, neuen Wagen aus einer winzigen Parklücke zwischen zwei Stützpfeilern herausmanövriert hatte. Endlich. Einparken. Lossprinten. Die Treppen runter. Welchen

Ausgang mochte Elke genommen haben – den zur Straße oder den zum Untergeschoss des Kaufhauses? Er tippte auf Letzteres und hatte Glück: Er entdeckte sie in der Haushaltswarenabteilung, wo sie flauschige Badetücher befühlte. Er musste an Uschi unter der Dusche denken, aber er schob den Gedanken beiseite. Konzentrier dich auf deinen Job, McAdam. Leicht war das nicht. Ging diese Frau denn nie in eine Buchhandlung oder ins Museum? Hatte sie keinen Bedarf an geistiger Nahrung? A propos Nahrung – es war fast Mittag und McAdam knurrte der Magen. Er hatte vor lauter Eile seine Sandwiches im Auto gelassen. Zum Glück ging Elke als Nächstes in die Lebensmittelabteilung. Während sie die Salate in der Feinkost-Ecke inspizierte, drückte er sich hinter einer grünen Gipsreplik der Freiheitsstatue bei den Regalen mit US-Spezialitäten herum. Oreo Cookies! Graham Crackers! Aunt Jemima's Pfannkuchen-Backmischung! Das Heimweh überwältigte McAdam und ihm lief das Wasser im Mund zusammen. Er griff sich zwei Packungen unverschämt überteuertes Junk Food. Elkes Ausbeute bestand aus verschiedenen Salaten, zwei Stück Sachertorte, zwei Flaschen Apollinaris. Mhm. Sie war also zum Picknick verabredet.

McAdam stellte sich hinter ihr an der Kasse an. Als er seine Oreo Cookies und Graham Crackers bezahlen wollte, fehlten ihm genau zwei Pfennig. Die Kassiererin ließ sich nicht erweichen. »Tut mir Leid, mein Herr, aber wenn nachher die Kasse nicht stimmt, muss ich das aus eigener Tasche zahlen.« Elke, die noch damit beschäftigt war, ihre kleinen Päckchen in einer Karstadt-Plastiktüte zu verstauen, drehte sich um. Sie sah McAdam in die Augen, lächelte liebenswürdig und gab ihm die zwei Pfennig.

McAdam erstarrte. Verdammt, dachte er, jetzt hat sie mich bemerkt. »Äh ... danke«, stammelte er und begriff zu spät, dass er ihr mit einem breiten Grinsen hätte zuzwinkern sollen, wie er es bei jeder anderen Frau getan hätte – bei jeder, die er nicht gerade gegen Bezahlung unauffällig verfolgen sollte. Sie warf ihm einen durchdringenden Blick zu, zuckte die Schultern und ging zum Fahrstuhl.

In der Kaiserstraße begann McAdam sich zu fragen, ob er nicht besser einen Detektivkurs belegt hätte, bevor er die Lizenz kaufte. Wenn er ihr je wieder unter die Augen käme, würde sie sich zweifellos an den großen, breitschultrigen Volltrottel mit dem amerikanischen Akzent erinnern, dessen Dankbarkeit für ihre zwei Pfennig so sehr zu wünschen übrig gelassen hatte. Während sie die Auslage eines Schuhladens begutachtete, stürzte er zum Geldautomaten vor der Deutschen Bank. Während sie vor einem Schaufenster mit Juwelen und Schweizer Uhren verweilte, kaufte er bei einem fliegenden Händler eine Sonnenbrille und drehte als zusätzliche Vorsichtsmaßnahme den Schirm seiner Baseballmütze nach vorn.

Elke arbeitete sich langsam durch die geschäftige Haupteinkaufsstraße zum Marktplatz vor. Bei der Pyramide bog sie links ab. Dann schnitt eine Straßenbahn McAdam den Weg ab – eine von den riesigen, breitspurigen mit vier Wagen, die nach Baden-Baden oder Pforzheim fuhren. Als Nächstes sah er Elke in Richtung Schlossgarten gehen.

Am Schloss liefen sämtliche Straßen Karlsruhes zusammen – jedenfalls war das so gewesen, als die Stadt seinerzeit als Landsitz des Markgrafen von Baden angelegt worden war. Der Legende nach war der Markgraf eines Tages auf der Jagd im Wald eingeschlafen und hatte geträumt, er werde genau an jenem Fleck eine Residenz errichten. Einer anderen Überlieferung zufolge bezog sich »Karls Ruhe« auf das Schloss, das er für seine Mätresse gebaut hatte, um sie vor seiner Frau zu verstecken, die im Durlacher Schloss saß. Jedenfalls war Karlsruhe Mitte des achtzehnten Jahrhunderts aus dem Boden gestampft worden – eine planvoll angelegte Siedlung in Form eines Fächers, dessen Scharnier der Schlossturm bildete. Vielleicht fühlte sich McAdam deswegen irgendwie an Disneyland erinnert, wenn er das Schloss sah. Vielleicht lag es aber auch daran, dass man es aus dem Nichts neu aufgebaut hatte, nachdem es im Zweiten Weltkrieg zu Schutt und Asche zerbombt worden war. Dadurch war das Gebäude in Wirklichkeit erst fünfzig Jahre alt und mit seinem gelbweißen Anstrich erinnerte es ihn an den großen, mit Zuckerguss verzierten Geburtstagskuchen, den seine Mutter ihm in der zweiten Klasse in die Schule mitgegeben hatte.

Im Schloss war das Badische Landesmuseum untergebracht. Aber wenn McAdam hoffte, Elke wolle sich in aller Ruhe antike Keramik oder barocke Skulpturen ansehen, dann hatte er sich geschnitten. Sie ging zielstrebig den von Bäumen gesäumten Kiesweg entlang, wo Boule-Spieler die Mittagspause nutzten, und trat durch den schmalen Torbogen hinaus auf die große Wiese hinter dem Schloss. Junge Leute lagen im Gras, andere spielten Frisbee, Jongleure trainierten, Studenten lasen und ein paar unerschrockene Sonnenanbeter setzten sich mit Todesverachtung den letzten UV-Strahlen des Sommers aus.

Elke ließ sich beim Ententeich auf einer Bank nieder. McAdam setzte sich hinter ein paar Büschen am See ins Gras – nahe genug, um fotografieren zu können, weit genug entfernt, um nicht bemerkt zu werden. Perfekt. Elke sah auf die Uhr. McAdam tat es ihr nach und vermerkte die Zeit in seinem Detektiv-Notizbuch. Er fotografierte sie. Sie spähte in die Karstadt-Tüte und geriet offensichtlich in Versuchung anzufangen, bevor derjenige kam, auf den sie wartete – wer immer es sein mochte. McAdams Spannung stieg. Womöglich war dies die Gelegenheit, auf die er gewartet hatte, der Grund, weswegen der Alte ihn angeheuert hatte … die heimliche Affäre. McAdam öffnete die

Oreo-Packung. Die Graham Crackers gingen als gesund durch, so dass er sie mit nach Hause nehmen und mit Uschi teilen könnte, wenn welche übrig blieben. Vorsichtig klappte er einen Oreo auf, leckte zuerst die weiße Füllung ab und steckte dann die schwarzen Kekshälften in den Mund. Wow! Genau so hatte er sie in Erinnerung ... Oreos sahen aus wie dunkle Schokoladentaler mit weißer Creme dazwischen, doch sie schmeckten, als hätte ein verrückter Wissenschaftler sie im Labor ausgeheckt.

Elke wurde ungeduldig. Sie stand auf, sah sich um, warf erneut einen Blick auf die Uhr und ging ein paar Schritte auf den Weg zu, um dann schnell zur Bank zurückzukehren, als zwei kleine Kinder sich darauf setzten und den Enten Brot zuwarfen. Nachdem sie ihren Platz zurückerobert hatte, spähte Elke erneut in die Tüte, nahm einen Plastikbehälter und eine Plastikgabel heraus und machte sich über den griechischen Salat mit Feta und schwarzen Oliven her. Als sie die Schale leer gegessen hatte, war ihr Prinz immer noch nicht gekommen.

Vielleicht ist er ein Frosch, Elke, dachte McAdam. Oder eine Schildkröte – wie die, die nicht weit von seinem Versteck im Teich schwamm. Die beiden Kinder hatten sich am Ufer in seiner Nähe niedergelassen und warfen das Brot nun der Schildkröte zu, da die fetten, verwöhnten Enten sie ignoriert hatten.

Elke wartete eine geschlagene Stunde lang. Zwischendurch aß sie zwei weitere Salate (einen mit Nudeln und einen mit Meeresfrüchten) und ein Stück Sachertorte. McAdam aß die ganze Packung Oreos und die Hälfte der Graham Crackers. Er hatte entsetzlichen Durst. Elke öffnete eine Flasche Apollinaris. Was hast du mit der zweiten Flasche vor, Rotschopf? dachte McAdam. Ja. Sie steckte sie in den Abfalleimer neben ihrer Bank. Dann wickelte sie das zweite Stück Sachertorte sehr sorgfältig in eine Serviette und legte es ebenfalls hinein. McAdam stand kurz vor einem Zuckerschock. Sobald Elke sich ein Stück von der Bank entfernt hatte, lief er zum Abfalleimer und fischte die ungeöffnete Wasserflasche heraus. Während er ihr in einigem Abstand folgte, wischte er die Flasche an seinen weiten Shorts ab, öffnete sie und trank in langen, erfrischenden Zügen. Als er die Flasche absetzte, sah er einen Obdachlosen mit langem, fettigem Haar und schmutzigen Fingernägeln die Torte aus dem Abfalleimer herausholen. McAdam griff automatisch zur Kamera und noch bevor er einen Gedanken an Scham verschwenden konnte, hatte er den Tortendieb verewigt.

»Ich möchte bitte mit Conny Hartmann sprechen«, sagte Annie. Ihre Stimme klang ein wenig heiser vor Aufregung und aufgestauter Ungeduld. Sie hatte wie auf Kohlen gesessen, während sie den Jungs half, sich für die Schule fertigzumachen, und anschließend mit ihrer Mutter aufräumte. Danach hatte ihre Mutter darauf bestanden, gemeinsam noch einen Kaffee zu trinken und in Ruhe zu plaudern. »Zum ersten Mal seit sechs Monaten bekomme ich dich bei Tageslicht zu sehen.« Annie hatte ihr von dem Mord erzählt.

»Bist du verrückt? Halt dich da raus! Und geh ja nicht zur Polizei!«

»Aber Mutti, ich muss! Der Mörder läuft frei herum! Er muss doch seine gerechte Strafe kriegen! Wenn du gesehen hättest, wie Hanni-Lieschen da unter der Bahn lag ...«

»Ja, und genau da liegst du auch bald, wenn der Mörder erfährt, dass du ihn gesehen hast. Lass die Finger davon!«

Also hatte Annie warten müssen, bis ihre Mutter einkaufen ging. Jetzt brannte sie darauf, mit Frau Hartmann zu sprechen, bevor der Mut sie verließ.

»Frau Hartmann ist nicht hier. Kann ich Ihnen vielleicht

weiterhelfen?«, fragte eine Männerstimme. »Ich bin Polizeimeister Kromer.«

Annie war enttäuscht. Sie wollte schon sagen, sie werde es später noch einmal versuchen, doch dann platzte es einfach aus ihr heraus. »Ich möchte einen Mord anzeigen.«

»Was?«, fragte die Stimme. »Ihren Namen, bitte. Und Adresse und Telefonnummer.«

»Ich heiße Marianne Meyer. Ich habe ... Ich meine, ich bin die Fahrerin der Straßenbahn, vor die diese Frau sich geworfen hat. Hanni-Lieschen. Aber sie hat sich gar nicht selbst vor die Bahn geworfen. Sie wurde ermordet!«

»Und woher wissen Sie das, Frau ... äh ... Meyer? Sie reden doch von dem Unfall am vergangenen Montagmorgen um sechs Uhr eins an der Untermühlstraße?«

»Ja, genau. Aber es war eben gar kein Unfall! Wissen Sie, zuerst dachte ich, ich hätte mir vorgestellt, wie Pauli – das ist mein Sohn – und seine Großmutter ins Badezimmer gehen, aber in Wirklichkeit habe ich in dem Moment gesehen, wie jemand Hanni-Lieschen auf die Gleise stieß. Das ist mir erst klar geworden, als ich heute Morgen aufwachte und Pauli und seine Großmutter wirklich sah. Da ist mir klar geworden, dass ich in Wirklichkeit den Mörder gesehen hatte. Verstehen Sie, was ich meine?« Annie merkte selbst, wie verworren das klingen musste.

»Hm ... Wissen Sie was, gnädige Frau, geben Sie mir doch einfach Ihre Adresse und Telefonnummer. Ich werde dafür sorgen, dass Frau Hartmann sich mit Ihnen in Verbindung setzt.«

»O ja, vielen Dank!« Annie schickte ihr charmantestes Lächeln durch die Leitung. Sie hinterließ ihre Personalien, legte auf und atmete erleichtert durch.

Kromer betrachtete seine Notiz. Dann fiel sein Blick auf den Papierstapel auf Connys Schreibtisch. Ein Bericht aus dem Leichenschauhaus. Vordrucke für Unfallberichte, für

Haftprotokolle, für eingegangene und geführte Telefonate und für die tägliche Streife – lauter Formulare, die allesamt darauf warteten, ausgefüllt, abgetippt und abgezeichnet zu werden. Die Frau am Telefon schien geistig verwirrt zu sein. Kromer mochte Conny und wollte ihr einen Gefallen tun. Ohnehin litt die Karlsruher Polizei an Personalmangel, schlechter Bezahlung und mangelnder Anerkennung. Jeder von ihnen hatte massenhaft Überstunden angehäuft, aber keiner kam dazu, sie abzufeiern. Es gab einfach zu viel zu tun und man konnte seine Kollegen schließlich nicht hängen lassen. Kromer knüllte die Telefonnotiz zusammen und warf sie in den Papierkorb. Ein Lächeln subversiver Befriedigung breitete sich auf seinem Gesicht aus.

Polizeikommissarin Hartmann und Polizeiobermeister Reikert standen am Berliner Platz und waren damit beschäftigt, dem Stapel unerledigter Formulare noch ein paar hinzuzufügen. Die Fahrer eines Lieferwagens mit verbeultem Kotflügel und eines Audi mit zertrümmerter Windschutzscheibe sowie ein Fahrradkurier, dessen Vorderrad zu einer Acht verbogen war, standen neben ihren Fahrzeugen und schimpften lautstark aufeinander ein. Elke Erhagen hielt mit ihrem roten BMW neben den beiden Polizeibeamten und ließ das Fenster herunter. McAdam, der ihr mit zwei Wagen Abstand folgte, beobachtete, wie sich die Polizistin hinunterbeugte, um Elke besser verstehen zu können. Dann drehte der Polizist sich zu den beiden Frauen um, rief etwas und winkte den BMW ungeduldig weiter. Der Verkehr staute sich nach allen Seiten und die Straßenbahnen bildeten eine undurchdringliche Mauer, die die Fußgänger daran hinderte, die Kaiserstraße zu überqueren. Umso überraschter war McAdam, als Miss Brauner Fuchs ihn an den Straßenrand winkte und ihm signalisierte, dass er sein Fenster herunterkurbeln sollte.

»Kann ich mal Ihren Führerschein und die Fahrzeugpapiere sehen?«, fragte die Polizistin. »Selbstverständlich, Officer. Habe ich etwas falsch gemacht?«, fragte McAdam in seinem breitesten amerikanischen Akzent, während er ihr sein unschuldigstes amerikanisches Lächeln schenkte. »Das werden wir feststellen«, antwortete sie. »Die Dame in dem BMW sagte, Sie hätten sie verfolgt.«

»Sie verfolgt?«, wiederholte McAdam. »Aber das ist doch Unsinn. Ich habe die Dame noch nie gesehen. Ich weiß gar nicht, wovon sie redet.«

»Sie sagt, Sie seien ihr schon den ganzen Tag gefolgt.« Miss Pferdeschwanz, die laut Namensschild Hartmann hieß, ließ nicht locker. Ob Miss Hartmann wirklich so hart war? Anscheinend. »Ich schlage vor, dass Sie hier warten, bis wir den Unfall fertig aufgenommen haben. Dann können wir darüber reden.«

»Conny, komm doch mal her!«, rief Polizeiobermeister Reikert, der sich gegenüber den Unfallfahrern offenbar in der Minderheit fühlte.

»Wissen Sie, Frau ... äh ... Officer Hartmann«, sagte McAdam, »wir sind gewissermaßen Kollegen.« Er zückte seinen Detektivausweis mit dem albernen Logo, auf dem ein zusammengekniffenes Auge durch ein Schlüsselloch spähte. Bei dem Anblick schien die Polizistin nur noch misstrauischer zu werden. »Oooh, ein Privatdetektiv«, sagte sie sarkastisch. »Dann beschatten Sie die Dame?« »So ist es«, bestätigte McAdam. »Über den Grund darf ich Ihnen natürlich nichts sagen.«

Die Polizistin machte sich eine Notiz. »Sie hören von mir, Mister Schnüffler«, sagte sie und gab ihm seine Papiere zurück. »Insbesondere falls die Dame sich noch mal beschwert. Wenn Sie tatsächlich *Privatdetektiv* sind, wundert es mich allerdings, dass die Dame Sie überhaupt bemerkt hat. Sie können weiterfahren.«

McAdam spürte, wie er rot wurde. Sein Fuß schwebte schon über dem Gaspedal, als er den Lieferwagen an der Kreuzung erkannte. »Hey! Der Lieferwagen da mit den beiden Männern, Officer. Einer von denen hat heute Morgen ein Teil von einem Kühlschrank auf mein Auto geworfen und mir diese Schrammen da in die Motorhaube gemacht.«

Frau Hartmann würdigte ihn keiner Antwort, sondern bedeutete ihm unmissverständlich, er solle weiterfahren. McAdams Golf machte mit quietschenden Reifen einen Satz nach vorn. Er fuhr erst seit kurzem einen Schaltwagen und hatte in Stresssituationen öfter Probleme mit der Kupplung. Da er mit seinem Auto die Kreuzung blockiert hatte, konnten keine anderen Wagen zwischen ihm und Elke sein, so dass er sie mit Leichtigkeit an der nächsten Ampel einholen würde. Er fand die Hartmann ziemlich süß. Aber die Erinnerung daran, wie seine schwangere Frau plötzlich herumgewirbelt war und die Pistole auf ihn gerichtet hatte, verdrängte den Gedanken.

Im Übrigen hatte er noch ein ganz anderes Problem, wie die Polizistin so treffend bemerkt hatte. Seine Zielperson war auf ihn aufmerksam geworden. Er war aufgeflogen. Der Alte würde ihn wahrscheinlich gleich am nächsten Morgen feuern. Elke hatte das Labyrinth der Durlacher Einbahnstraßen inzwischen fast durchquert. Hinter der letzten Kurve sah McAdam peinlicherweise Professor Dr. Erhagen vor dem Tor stehen. Er wartete offensichtlich darauf, von Elke abgeholt zu werden.

McAdam fiel nichts Besseres ein, als sich mit Dreistigkeit aus der Affäre zu ziehen. Er hielt direkt hinter dem BMW und während Erhagen die Beifahrertür öffnete, klopfte McAdam auf der Fahrerseite an die Scheibe. »Entschuldigen Sie, Madam«, sagte er mit betont breitem amerikanischem Akzent. »Wie ich gehört habe, fühlten Sie sich heute von mir belästigt. Ich heiße Walter Brown, ich komme aus Chicago und bin hier zu Besuch bei meiner Tante.«

»O«, sagte Elke, »das muss die Frau von Dr. Fritz sein. Sie ist Amerikanerin.«

»Äh … genau!«, bestätigte McAdam. »Wenn wir uns mehrmals über den Weg gelaufen sind, ist das reiner Zufall. Ich bin nur als Tourist hier und sehe mir ein wenig die Stadt an. Es tut mir wirklich Leid, wenn Sie sich von mir … äh … verfolgt fühlten.« Es funktionierte. Elkes Gesicht war inzwischen so rot wie ihr Haar, ihr Auto und ihr T-Shirt. McAdam wagte einen kurzen Blick in Richtung des Alten. »Ich muss mich bei Ihnen entschuldigen, Sir. Ich kann Ihnen versichern, dass es keinen Grund zur Beunruhigung gibt. Ich bin völlig harmlos.«

Jetzt lächelte Elke. Professor Erhagens Gesichtsausdruck schwankte zwischen wütend und entsetzt. McAdam nahm an, dass der Alte größere Schwierigkeiten bekäme als er selbst, wenn Elke dahinter käme, dass er einen Detektiv auf sie angesetzt hatte.

»Verzeihen Sie mir, ich habe wohl zu viele Krimis gesehen«, sagte Elke. Sie konnte wirklich charmant sein. McAdam tippte sich an die Baseballmütze, wünschte einen guten Tag und schlenderte die Straße entlang in der Hoffnung, das Haus der Familie Fritz möge in dieser Richtung liegen. Er hatte Glück. Kurz darauf rauschten die Erhagens an ihm vorbei und der Alte gab Entwarnung.

Mit etwas zittrigen Knien machte McAdam kehrt und stieg wieder in sein Auto. Vielleicht sollte ich doch lieber wieder bei der Volkshochschule anfangen, dachte er. Oder in Gracie's Irish Pub als Barkeeper arbeiten. Oder vielleicht, dachte er grinsend, sollte ich Schauspieler werden.

»Kommt nicht infrage«, sagte McAdam. »Mädchen, du hast den Verstand verloren.« Uschi hatte in der riesigen Truhe gestöbert, mit der McAdam sich bei jedem Umzug – von kleineren in größere Studentenbuden, von Heidelberg nach Karlsruhe – abgeplagt hatte und mit der er sich demnächst wieder abplagen würde, wenn wegen des Kindes der Umzug in eine größere Wohnung anstand. Es war eine alte Truhe aus Holz und Leder, mit Riemen und Schnallen verschließbar und selbst in leerem Zustand schwer. Jetzt war sie allerdings gefüllt, und zwar mit Kostümen, Perücken, Schmink- und anderen Utensilien. Es handelte sich um Uschis tragbare Requisite.

»Perfekt!«, rief Uschi stolz. Sie hatte ihn mit einem langen, schwarzen Pferdeschwanz, abwaschbaren Tattoos (Totenköpfen und blutenden Herzen), einem Kung-Fu-Schnäuzer, einer Lederweste und Ketten ausstaffiert. »Von wem sind diese Klamotten?«, wollte McAdam wissen. »Von Hans Braumeister, dem Gewichtheber in unserem Straßenzirkus«, erklärte Uschi in einem Ton, der McAdams Eifersucht weckte. »Geh doch gleich mal runter zu Kai und probier die Verkleidung aus.« »Kommt nicht infrage«, wiederholte McAdam, aber da schob sie ihn schon zur Tür hinaus. Er kam gerade noch dazu, sich im Vorbeigehen seine Kamera zu schnappen.

In den zu weiten Motorradstiefeln polterte er die drei Stockwerke zum Erdgeschoss hinunter. Kai öffnete erst nach geraumer Zeit. Als er die Gestalt sah, die da vor seiner Tür stand, schreckte er zurück. »Tut mir Leid, aber ich brauche keine Kamera«, sagte er und wollte die Tür hastig wieder schließen, aber McAdam stellte einen Fuß in den Spalt und grinste drohend.

»O, hey, McAdam, du bist das! Ist schon Halloween?«, sagte Kai sichtlich erleichtert. »Wie war das noch, musst du jetzt nicht ›Trick or Trade‹ oder ›Thick or Sweet‹ oder so was sagen?«

Kais Mobiliar bestand hauptsächlich aus Bildschirmen,

Scannern, Empfängern, Aufnahmegeräten, Synthesizern, Keyboards, Mikrofonen, Stativen, Lautsprechern, Kopierern und Plattentellern, dazwischen standen ein paar Stühle. Kai war ein Ein-Mann-Betrieb für Kunst und Medientechnologie. Das hintere Zimmer war als Dunkelkammer eingerichtet.

»Weder Tricks noch Treats, nur ein Film zum Entwickeln«, sagte McAdam. »Und, hey, kann ich morgen dein Auto haben? Du kannst dafür meins nehmen.« »Klar, prima Tausch!«, sagte Kai.

Später sah er sich gemeinsam mit McAdam in der Dunkelkammer die Abzüge an, die dort zum Trocknen aufgehängt waren. Die Fotos zeigten Elke Erhagen beim Betreten und Verlassen von Geschäften. Die Reihenfolge war an der Anzahl der Tüten abzulesen, die sie bei sich trug. »Was soll das werden – ein Remake von *Pretty Woman*?«, fragte Kai. »Hey – was ist das denn? Wurde die Dame versetzt?« Er studierte die Bilder, die McAdam im Park aufgenommen hatte. Elke, wie sie auf die Uhr sah. Elke mit dem Mund voller Nudeln. Elke, wie sie die Sachertorte einwickelte und in den Mülleimer steckte. »Ist die Dame eine Dealerin?« Kai stand gerade vor dem Bild von dem Obdachlosen, der das Päckchen aus dem Abfall fischte. »Ich meine, den Typen hätte ich in der Drogenszene schon mal gesehen.« Kai hatte früher in einer Metal-Band gespielt und brüstete sich damit, die Szene zu kennen.

»Hmm.« McAdam versuchte, sich am Kopf zu kratzen, der unter der dicken Perücke schwitzte. »Das würde mich eher wundern.« Oder finanzierte Elke auf diese Weise ihre Kaufsucht? War sie im Park nicht mit ihrem Liebhaber verabredet gewesen, sondern mit ihrem Kontaktmann? Ein Anflug von Übelkeit überkam McAdam – worauf hatte er sich da nur eingelassen? Er hatte nie damit gerechnet, dass dieser Job ernsthaft riskant werden könnte. Er hatte gelesen, dass Privatdetektive es kaum jemals mit Aufsehen erregenden, lebensgefährlichen Fällen zu tun hatten. So etwas gab es nur in Kriminalromanen und im Fernsehen. In Wirklichkeit ging es meist nur um Ehebruch, gefälschte Schecks, Versicherungsbetrug, Geldwäsche, Taschen- oder Ladendiebstahl. Drogendealer waren nicht McAdams Kragenweite. Außerdem wurde Elke ihm allmählich sympathisch, auch wenn sie sich schamlos dem Konsumrausch hingab. Ihm gefiel ihre unverhohlene Freude am Essen, an den Gegenständen, die sie befühlte, an ihrem eigenen Spiegelbild in den Schaufensterscheiben. Sie war ein Genussmensch. Es hätte ihm um sie und den Alten Leid getan, wenn sich herausgestellt hätte, dass sie in Drogengeschäfte verwickelt war.

Er nahm eine große Nahaufnahme von Elke und das Bild mit dem Tortendieb von der Leine und gab Kai seine Autoschlüssel. »Der Wagen steht um die Ecke, vor der Reinigung«, sagte er. »Wo hast du deinen Bus geparkt?«

Am nächsten Tag ging Annie wieder zur Arbeit. In der Kantine hatten ihr viele Kollegen zugelächelt und sie mit aufmunternden Gesten begrüßt. Nur von Heinz Bisserts Tisch bleckte ihr zähnefletschendes, beutelustiges Grinsen entgegen und nachdem sie vorbeigegangen war, brach die ganze Clique in Gelächter aus. Sie setzte sich zu Charlotte Hampl an den Zweiertisch in der Ecke.

»Hallo, Schätzchen«, sagte Charlotte. »Lass dich von diesen Kläffern nicht ärgern.« »Ich doch nicht«, erwiderte Annie. »Erst recht nicht, seit ich weiß, dass der Unfall nicht meine Schuld war. Es war nämlich gar kein Unfall.« Sie beugte sich zu Charlotte vor und erzählte ihr von dem Mörder, der im Schatten gestanden hatte. »Ich verstehe bloß nicht, warum diese Polizistin sich nicht mehr bei mir gemeldet hat.«

»Ach, mein Cousin«, (sie sprach es Kuseng aus), »ist Polizist und er sagt immer, dass sie alle völlig überarbeitet sind, wegen all dem organisierten Verbrechen und Drogenhandel. Wahrscheinlich hat sie's einfach noch nicht geschafft, sich darum zu kümmern ...«

»Mmmpff«, machte Annie. »Ich möchte wissen, was die Zentrale sagen würde, wenn ich mit einem Tag Verspätung am Mühlburger Tor ankomme und die fragen, wo warst du denn, Annie, und ich sage, tut mir Leid, Tommy, ich hab's einfach nicht eher geschafft.« Frauengelächter ertönte vom Ecktisch, doch Heinz Bisserts Stammtisch fand das gar nicht witzig.

Kais uralter, bunter VW-Bus war nicht leicht zu fahren. Daher war McAdam nicht nur überrascht, sondern auch erfreut, als Elke Erhagen zu Fuß durchs Tor kam und auf die Haltestelle Durlach-Turmberg zuging. Heute war ihre Aufmachung weniger auffällig. Sie war nicht in Rot gekleidet, sondern trug Jeans, ein Flanellhemd und Jogging-Schuhe. McAdam dachte mit Unbehagen daran, dass seine Motorradstiefel zum Joggen alles andere als geeignet waren.

Er stieg hinten in die Straßenbahn ein und bemühte sich, nicht aufzufallen. Trotzdem zog er sämtliche Blicke in der hinteren Hälfte der Bahn auf sich. Als er sich setzte, standen ein paar Schulkinder und eine ältere Türkin auf und gingen nach vorn, wo Elke bereits Platz genommen hatte.

Das ging den ganzen Tag so. Elke fuhr mit der Straßenbahn. Sie stieg vorn ein und jedes Mal, wenn die Bahn stehen blieb, sprach sie die Fahrer an. An den Haltestellen in der Nähe von Parks – und davon gab es im grünen, weitläufigen Karlsruhe einige – stieg Elke aus und klapperte die Parkbänke ab. Gelegentlich redete sie mit Pennern oder alten Leuten, die aussahen, als ob sie regelmäßig herkämen.

Dann stieg sie in die nächste Bahn und fuhr zum nächsten Park.

McAdam wusste nicht, was er davon halten sollte. Elke als Detektivin ... Führte sie etwa im Auftrag des Alten eine Geheiminspektion durch? Vielleicht um die Kundenfreundlichkeit der Straßenbahn zu bewerten? Und betraf diese Inspektion auch die Bequemlichkeit der Parkbänke? Oder suchte sie ihren heimlichen Liebhaber? Dachte sie womöglich, er hätte sich in der Zeit, dem Ort oder der Parkbank geirrt? War ihr Liebhaber arbeitslos und trieb sich in Straßenbahnen und auf Parkbänken herum? Oder war er tatsächlich ein Drogendealer? Hatte er sich mit ihrem Anteil abgesetzt? McAdam mahnte sich selbst zur Vernunft. »Ausschweifende Fantasie, Mann«, rügte er sich. »Die kleine, rote Elke ist weder der Typ, der sich mit einem Fixer einlässt, noch scheint sie knapp bei Kasse zu sein. Nur – wen oder was sucht sie dann?« Am Abend kehrte sie auf den Turmberg zurück. McAdam stieg wieder in den Regenbogenbus und wie es schien, waren sie beide nicht klüger als zuvor.

Drei

Laut Autopsiebericht deutete nichts auf ein Verbrechen hin. Die Frau war Anfang fünfzig, ihr Blinddarm war entfernt worden und sie hatte mehrere Zahnfüllungen sowie Karies. In ihrem Blut waren keine Spuren von Alkohol oder Drogen nachzuweisen.

Außerdem ergab die Untersuchung, dass sie zwar nicht besonders gepflegt war, aber eine anständige Unterkunft gehabt haben musste und sich offenbar ausreichend, wenn auch nicht sehr ausgewogen ernährt hatte. In ihrem Magen wurden Rückstände eines Frühstücks gefunden, auf ihrer Haut Seifenspuren. Sie hatte keine Wunden oder Blutergüsse, die nicht auf den Straßenbahnunfall zurückzuführen waren.

Aus einem anderen Bericht ging hervor, dass die Frau weder den örtlichen Krankenhäusern oder Sozialämtern bekannt war noch in einer der Karlsruher Obdachlosenunterkünfte übernachtet hatte, und von den Obdachlosen, denen man ihr Foto zeigte, hatte keiner sie erkannt. Es schien, als hätte überhaupt nur ein Mensch sie gekannt – Frau Marianne Meyer, die Straßenbahnfahrerin, die sie überfahren hatte. Der Bericht empfahl, ein Foto der Toten in den Lokalzeitungen zu veröffentlichen und eine regionale und bundesweite Computerfahndung einzuleiten. Möglicherweise würde man sie auch anhand zahnmedizinischer Unterlagen identifizieren können. Falls ermittelt würde, wer sie war, würden Steuer- und Finanzbehörde den rechtmäßigen Besitzer oder Erben des Geldes ausfindig machen, das Frau X bei sich getragen hatte.

»Der Fall ist abgeschlossen«, sagte Reikert und reichte die Akte Conny Hartmann, die vor sich auf dem Tisch eine Anzahl Stempel und Stempelkissen aufgereiht hatte. Daneben hatte jemand das Wort »Scheißbulle« in die Tischplatte geritzt. »Irgendwie habe ich ein blödes Gefühl bei dieser Geschichte«, sagte Conny. »Ich kann mir einfach keinen Reim darauf machen.« »Du wirst hier weder für Gefühle noch fürs Reimemachen bezahlt«, versetzte ihr Kollege.

»Der Fall ist abgeschlossen«, sagte Professor Dr. Erhagen und schob Fotos, Berichte und die aufgeschlüsselte Rechnung auf seinem aufgeräumten, glänzenden Schreibtisch zu einem Stapel zusammen. McAdam befand sich zum zweiten Mal in diesem eigentlich recht bescheidenen Büro, das mit alten Fotografien der ersten Karlsruher Straßenbahnen und Aquarellen der neusten Modelle dekoriert war. Außerdem hing dort eine Zeichnung der Drais-Maschine – einer Konstruktion aus Holz und Eisen ohne Pedale, Vorläufer des Fahrrads und eine Erfindung, derer sich die Stadt rühmte. Im Empfangszimmer vor Erhagens Büro hatte McAdam zum zweiten Mal das maßstabgetreue Modell des Karlsruher Bus-und-Bahn-Netzes bewundert.

»Sie machen mich sehr glücklich, Herr McAdam«, sagte Erhagen. McAdam hatte Elke zehn Tage lang beschattet. Nach dem Tag in der Straßenbahn war wieder der Alltag eingekehrt: Besuche beim Friseur, bei der Kosmetikerin und im Fitnessstudio, Mittagessen mit Freundinnen, Einkaufsbummel durch Boutiquen und Feinkostläden. Nie hatte er sie ein Buch oder eine Zeitung kaufen sehen. Sie wirkte glücklich. Sie schien nicht zu bemerken, dass sie verfolgt wurde. Uschi hatte sich eine Reihe von Verkleidungen für ihn ausgedacht. Er war Elke als zerstreuter Lehrer in einem grauen Anzug und mit zurückgehendem Haaransatz gefolgt, als Handwerker im blauen Overall, als Banker mit Designerbrille und Seidenkrawatte, als kleiner Beamter in Pullover und Kordhose. Allmählich verstand er, warum Uschi ihren Beruf so liebte. In jeder Rolle hatte er eine andere Haltung entwickelt, eine andere Persönlichkeit und eine andere Meinung über Elke. Der Lehrer fand sie gewöhnlich und oberflächlich, der Handwerker verwöhnt und privilegiert, der Banker hätte sie gern auf dem nächsten Bankerball seinen Kollegen vorgeführt, der Beamte bewunderte ihre Beine, wusste aber, dass sie in finanzieller, sexueller und überhaupt in jeglicher Hinsicht unerreichbar für ihn war. Und nun überlegte McAdam der Detektiv, ob er es wagen sollte, den Alten zu fragen, wie um alles in der Welt er zu dieser Frau gekommen war.

Erhagen beantwortete die Frage, bevor McAdam sie gestellt hatte. Eigentlich schien er mehr mit sich selbst zu reden als mit McAdam. »Wissen Sie, ich bin das, was man in Amerika einen Selfmademan nennt. Mein Vater war Gleisarbeiter. Ich sollte in seine Fußstapfen treten. Man schickte mich nicht aufs Gymnasium – ich musste mir das Abitur an der Abendschule hart erarbeiten, während ich tagsüber Geld verdiente. Ich hatte nur ein Ziel: ein öffentliches Verkehrsnetz aufzubauen, wie wir es hier haben. Ich habe dem Automobil immer skeptisch gegenübergestanden. Sehen Sie sich nur mal an, was es aus Amerika gemacht hat – menschenfeindliche Städte, lauter träge, übergewichtige Leute, Luftverschmutzung, das Ozonloch ...« Der Professor war aufgestanden und ging auf und ab. »Ich habe immer – haha – eingleisig gedacht. Bis ich auf einer internationalen Verkehrskonferenz in Hannover meine zukünftige Frau traf. Sie arbeitete dort als Hostess. Es war ihr Job, alte Knochen wie mich zu verwöhnen. Als ich sie sah, dachte ich sofort: Manfred, du hast dein ganzes Leben lang hart gearbeitet, hattest nur ein Ziel, einen Traum. Du hast alles erreicht, du bist erfolgreich, aber … was hast du je für dich selbst getan? Sieh dir diese schöne, junge Frau an. Sie hat Stil, kommt aus einer guten Familie – hast du damals als Gleisarbeiter je gewagt, von einer solchen Frau zu träumen? Nie. Aber sie mochte mich, Herr McAdam. Ich weiß nicht wieso, ich habe sie nie gefragt, aber sie gab es mir deutlich zu verstehen und ich dachte, Manfred, das ist deine Belohnung, du hast nie richtig gelebt, also greif zu und genieß es … Und das habe ich getan, Herr McAdam. Wer könnte mir das verdenken?«

Ich bestimmt nicht, dachte McAdam, aber er nickte nur. Der Alte wandte sich ab, stützte die Arme auf die Fensterbank und ließ den Blick über den Straßenbahn-Betriebshof und die Haltestelle Tullastraße schweifen, wo die großen, gelben Glaskästen abbremsten und beschleunigten.

»Sie kann alles haben, was sie sich wünscht – alles, was ich ihr geben kann … Aber als sie plötzlich diese merkwürdigen Briefe bekam … als sie wegen angeblicher ›Verabredungen‹ spät nach Hause kam, da war ich beunruhigt, Herr McAdam, und wer wäre das nicht gewesen? Ich weiß, ich bin ein alter Kauz, der zu viel Geld hat und zu wenig Zeit, es auszugeben … Ich hatte natürlich die Befürchtung, sie hätte einen Jüngeren gefunden, einen gut aussehenden Mann, der ihr mehr Zeit widmen könnte … Aber Sie haben mich beruhigt, Sie haben es mir gezeigt, Sie haben es mir bewiesen – es gibt keinen Mann. Nur Einkaufsbummel und Treffen mit Freundinnen. Kein Rendezvous.«

»Na ja, da war noch das mysteriöse Picknick im Schlossgarten«, erinnerte ihn McAdam, aber darüber schien sich Erhagen nicht den Kopf zerbrechen zu wollen.

»Wir wissen doch gar nicht, ob sie auf einen Mann gewartet hat. Schließlich ist der- oder diejenige nicht aufgetaucht. Wahrscheinlich war bloß eine ihrer Freundinnen im Stau stecken geblieben. Hätte die Straßenbahn nehmen sollen ... haha!«

»Ähm ... Haben Sie je daran gedacht, Ihre Frau einfach zu fragen, was sie tagsüber treibt? Oder von wem die Briefe waren?«, fragte McAdam vorsichtig.

»Wir haben nicht viel Zeit, miteinander zu reden, Herr McAdam. Ich arbeite lange und danach bin ich meist zum Essen eingeladen oder zu einem Empfang oder einem Wohltätigkeitsball. Elke begleitet mich, aber wir sind selten unter uns und es gehört zu ihren Aufgaben, unsere Gäste oder unsere Gastgeber oder wen auch immer bei Laune zu halten, verstehen Sie? Das ist ihr Beruf, ›Hostess‹, und sie macht es wirklich gut. Die Stadt Karlsruhe sollte Elke dankbar sein. Schon ein Lächeln von ihr ist für einen kräftigen Preisnachlass bei neuen Straßenbahnen oder für einen Werbevertrag mit einem Sponsor gut. Ich sorge dafür, dass es Elke an nichts fehlt, und sie sorgt dafür, dass es mir an nichts fehlt. Ich habe in meinem Beruf schon genug Stress, Herr McAdam. Zu Hause will ich meine Ruhe. Keine ... Diskussionen!«

Während Erhagen sein Scheckbuch zückte, erinnerte sich McAdam an die letzte »Diskussion« mit Uschi – einen heftigen Streit darüber, wer den Biomüll runterbringen sollte, wer das Altpapier, den Kunststoffabfall und die Dosen, wer den Restmüll und wie oft das Sortieren und Herunterbringen besagter Abfälle zu geschehen habe. Sie hatten die Sache ausgiebig, leidenschaftlich und bis zur Erschöpfung diskutiert, am Ende einen friedlichen Kompromiss geschlossen und diesen anschließend im Schlafzimmer unterzeichnet und besiegelt. McAdam wusste nicht recht, ob er Professor Dr. Erhagen bemitleiden oder beneiden sollte.

Erhagen nahm die Rechnungen zur Kenntnis, ohne mit der Wimper zu zucken – den Strafzettel wegen überhöhter

Geschwindigkeit, die Rechnung der Autowerkstatt, die Quittungen über Parkgebühren, den Kassenzettel für die Graham Crackers und die Rechnung einer Firma namens Uschi Inc. für »Kostümverleih und Verkleidungsberatung«. Er stellte einen Scheck über den Gesamtbetrag aus, überreichte ihn McAdam, schüttelte ihm die Hand und versprach, er werde auf ihn zurückkommen, wenn er je wieder einen Privatdetektiv bräuchte. McAdam lächelte, steckte den Scheck ein, verbuchte Professor Erhagen unter der Rubrik »Großzügige Kunden« und ging mit dem Gefühl, ein erfolgreicher, beinahe professioneller Privatdetektiv zu sein.

McAdam fuhr mit der Straßenbahn nach Hause. Er war froh, dass er das Auto bis auf weiteres stehen lassen konnte – sowohl sein eigenes als auch das von Kai. Aber die Fahrt verlief nicht so entspannend, wie er hoffte, als er seine Fahrkarte abstempelte, die Beine ausstreckte und das Gefühl genoss, nicht nur gute Arbeit geleistet zu haben, sondern auch noch gut dafür bezahlt worden zu sein. Der Straßenbahnfahrer wirkte gereizt. Er fuhr abrupt an, bremste heftig, grummelte ständig vor sich hin und schnauzte eine Mutter an, die ihn bat, ihr mit dem Kinderwagen zu helfen. McAdam sprang hilfsbereit auf. Ihm wurde plötzlich bewusst, dass Uschi und er selbst bald regelmäßig auf diese selbstverständliche Höflichkeit angewiesen sein würden. Sobald der Buggy draußen war, fuhr der Fahrer ab, ohne auf das Protestgeschrei der Fahrgäste zu achten, die noch einsteigen wollten.

McAdam hatte selbst oft genug die Straßenbahnfahrer verflucht, die die Türen genau dann schlossen, wenn man die Bahn nach einem verzweifelten Sprint gerade noch erreicht hatte. Nun zückte er sein kleines Detektiv-Notizbuch und notierte sich Datum und Uhrzeit sowie die Fahrernummer, die über der Windschutzscheibe angebracht war. Mister 817, dachte er triumphierend, wenn du wüsstest, wen ich kenne, wärst du netter zu deinen Fahrgästen.

Conny Hartmann kniff ein Auge zu, hob ihre Automatikpistole und feuerte mehrere Kugeln ins Herz des Mannes. Der blieb stehen. Sie zielte höher, nahm die Stirn ins Visier und gab noch zwei Schüsse ab. Vier klaffende Löcher, die von hinten angestrahlt wurden, zeugten von ihrer Treffsicherheit. Der Pappmann klappte hoch und wurde durch einen anderen ersetzt.

Der Mann neben ihr war weniger erfolgreich. Seine Pistole schien nach links zu verziehen – er traf Schultern, Ohren und Hüften, doch Brust und Stirn blieben unversehrt. Sie warf einen Blick auf die Waffe. »Hey, ist das eine Antiquität?«, rief sie. »So eine hatte mein Großvater.«

»Die hier ist auch von einem Großvater«, antwortete McAdam und musterte den kastanienbraunen Pferdeschwanz zwischen den dicken Ohrenschützern. Bisher hatte er krampfhaft den Gedanken daran verdrängt, wozu Uschis Großvater die Pistole benutzt haben mochte. Jetzt grübelte er ebenso krampfhaft darüber nach, wo er diesen Pferdeschwanz schon mal gesehen hatte. »Äh ... ich glaube, wir kennen uns.«

Conny blickte auf. »Oho! Der Schnüffler!« McAdam spürte, wie ihm die Röte zwischen die Ohrenschützer schoss. »Versuchen Sie mal, so zu zielen, als ob Sie ein Stückchen rechts daneben schießen wollten«, riet Conny.

»Natürlich«, sagte McAdam. »Warum bin ich da nicht selbst drauf gekommen?« Sein nächstes Opfer erlitt zwar keine tödlichen, aber immerhin schwere Verletzungen.

»Und jetzt zielen Sie auf die Hand- und Kniegelenke«, half Conny weiter. »Für den Fall, dass Sie jemanden aufhalten wollen, ohne ihn umzubringen.«

»Klar, für alle Fälle«, antwortete McAdam. »Peng! – wie man in Deutschland sagt.« Das Schießen mit echten Kugeln kam ihm eher wie ein Computerspiel vor, aber er hatte auch für virtuelle Schießerei nie viel übrig gehabt. Die kleine Polizistin war mit sichtlicher Begeisterung bei der Sache. Wohin sie auch zielte – auf Hände, Füße, Rippen, Arterien –, klaffte sofort ein sauberes, helles Loch. Wie hieß sie doch gleich? Ach ja, Hartmann. McAdam zielte auf das Herz von Connys Pappfigur, streifte aber nur das Schlüsselbein. »O, sorry« sagte er, als sie ihm einen verärgerten Blick zuwarf. »Darf ich Sie zu einem Bier einladen – unter Kollegen?«

Als sie sich zu den schmalzigen Klängen des Liedes »Herzilein« inmitten von Vitrinen mit Waffen an die rustikale Bar des Schützenvereins setzten, musste McAdam einen Anflug von Übelkeit niederkämpfen, die wahrscheinlich von Kindheitserinnerungen an Onkel Gordon, den Rod and Gun Club und ein Lied mit dem Titel »The Yellow Rose of Texas« herrührte. Er unterdrückte auch die Vorstellung, wie Uschi zu Hause einen Pilz-Spinat-Vollkornnudelauflauf für ihn warm hielt und immer wieder auf die Küchenuhr blickte, die sie gemeinsam auf einem Flohmarkt in Heidelberg gekauft hatten. Stattdessen widmete er seine ganze Aufmerksamkeit Conny Hartmann, die er äußerst attraktiv fand und die – davon war er überzeugt – eine wertvolle Verbündete für ihn sein könnte, falls er einmal auf die Unterstützung der Polizei angewiesen wäre.

»Warum sind Sie eigentlich zur Polizei gegangen?«, fragte er neugierig. »Wegen der schicken Uniform?« Im selben Moment war ihm klar, dass das die falsche Frage gewesen war, und zum zweiten Mal an diesem Abend wurde er rot. Conny durchbohrte ihn mit einem eisigen Blick. »Ich meine, herrje, tut mir Leid, das war eine total bescheuerte Bemerkung. Ich muss mich entschuldigen«, stammelte McAdam.

Conny grinste. »Das hat meine Freundin mir schon erzählt«, sagte sie.

»Was – dass ich bescheuert bin? Kennt Ihre Freundin mich denn?«, fragte McAdam.

»Sie hat gesagt, dass Amerikaner keine Scheu haben, sich zu entschuldigen.«

»Das stimmt!«, sagte McAdam. »Wir sind Idioten, aber wir wissen es und stehen dazu! Das macht unseren Charme aus.«

»Mein Vater war auch einer«, sagte Conny.

»Ein Idiot?«, fragte McAdam erstaunt.

»Nein, ein Polizist!«, sagte Conny. »Ich wollte nie etwas anderes werden.«

»Und sind Sie damit glücklich?«, fragte McAdam.

»Glücklich?«, wiederholte Conny, als ob es ihr nie in den Sinn gekommen wäre, dass sie ein Recht darauf hätte, nach Glück zu streben. »Was heißt schon glücklich? Mir gefällt der Job ... Ich könnte nicht den ganzen Tag im Büro herumsitzen. Das wäre mir zu öde. Es gefällt mir, wenn richtig was los ist. Ich mag ... die Dramatik des Lebens.« Sie sagte »Dramatik des Lebens« im blökenden Karlsruher Dialekt, was dem Ausdruck einiges von seiner Dramatik nahm und ihm dafür ein erhebliches Maß an Komik verlieh.

»Sie helfen wohl gern anderen Menschen«, mutmaßte McAdam.

»Helfen? Nein ... Ich beobachte gern Menschen, sehe ihnen zu und mische mich in ihr Leben ein.« Aha, dachte McAdam. Ein Voyeur, genau wie ich. Warum sonst hatte er diese alberne Detektiv-Lizenz bestellt? Warum las er, warum schrieb er? Warum gefiel es ihm, anderen nachzuspionieren? Allmählich interessierte ihn diese Frau. Sie schob wenigstens keine edlen Absichten vor.

»Auf die Dramatik des Lebens«, sagte er, stieß mit ihr an und zwinkerte ihr verschmitzt zu. Das verfehlte nie seine Wirkung. Ein Drama würde es auf jeden Fall geben, wenn er nach Hause käme, so viel war klar. Uschi probte sicher schon.

»Wir hatten da zum Beispiel gerade so einen Fall«, begann Conny, die es offensichtlich genoss, mit einem Mann zu reden, der ihr zuhörte. »Eine Stadtstreicherin – Sie wissen ja, eine Frau, die auf der Straße lebt ...«

»Eine Bag Lady«, sagte McAdam.

»Eine Bag Lady? Nennt man das in Amerika so?« Der Ausdruck schien ihr zu gefallen. »Genau. Also, diese Bag Lady steigt jeden Morgen in die Straßenbahn und fährt einfach so durch die Gegend, vielleicht um sich aufzuwärmen oder um unter Menschen zu sein. Und dann kauft sie sich eines Tages ihre Fahrkarte wie immer und springt einfach auf die Gleise.«

»Auf die Gleise?«, wiederholte McAdam fragend.

»Ja, vor die Straßenbahn.«

»Kann es sein, dass ich davon in der KATZ gelesen habe?«, fragte McAdam.

»Ja, aber was Sie nicht gelesen haben ...« Conny beugte sich vertraulich zu McAdam hinüber. »Sie hatte achtzigtausend Mark in einer Plastiktüte bei sich.«

»Achtzigtausend Mark?« McAdam stieß einen Pfiff aus. »Woher hatte sie das Geld?«

»Das weiß man nicht«, sagte Conny. »Wir wissen weder ihren Namen noch wo sie wohnte oder woher sie kam. Sie hatte keine Papiere. Der Pathologe sagt, es war entweder Selbstmord oder ein Unfall. Würden Sie sich mit achtzigtausend in der Tasche umbringen und sich vorher noch eine Fahrkarte kaufen?«

»Nein«, sagte McAdam, »aber bei meinem Glück würde ich vielleicht stolpern.«

»Eine Zeugin hat gesehen, dass sie nicht gestolpert ist«, sagte Conny mit Nachdruck. »Sie hat einen Schritt nach vorn gemacht.«

»Einen Schritt«, wiederholte McAdam mechanisch. Conny hatte warme, braune Augen, die zu ihrem kastanienbraunen Haar und dem dunklen Bier in ihrem Glas passten. »Der Fall ist abgeschlossen«, fuhr sie fort, »aber mir lässt die Sache keine Ruhe. Am liebsten würde ich den Fall auf eigene Faust weiter verfolgen. Sie nicht auch?« Sie blickte McAdam tief in die blauen Augen. McAdam hatte das Gefühl, dass er selbst gerade Gefahr lief, aus dem Gleichgewicht zu geraten und einen Schritt zu tun, den er später womöglich bereuen würde. Er riss sich zusammen und seufzte.

»Ich würde Ihnen gern helfen, Conny«, sagte er. »Wirklich. Aber ich habe eine Familie zu ernähren. Ich kann es mir nicht leisten, ohne Bezahlung zu ermitteln.«

Es entstand eine Pause – ein kurzes, eisiges Schweigen, während Conny diese Information verdaute. Dann setzte sie ihr Glas ab und stand auf. »Verstehe«, sagte sie. »Aber das Bier geht wohl auf Ihre Rechnung.« Und weg war sie. Im Radio lief »Rosamunde« – ein Lied, das McAdam als »The Beer Barrel Polka« aus dem Rod and Gun Club kannte. »McAdam, du bist wirklich ein Idiot«, sagte McAdam, steckte Uschis Pistole ein, zahlte und ging nach Hause, um seine Suppe auszulöffeln.

Aber es gab keine Suppe auszulöffeln. In der Wohnung war alles still. Auf dem Küchentisch fand er die Überreste des Spinat-Pilz-Nudelauflaufs – nur ein paar Bröckchen und Soßenflecken auf zwei Tellern, jeweils mit Messer und Gabel daneben. In zwei Gläsern waren ein paar Tropfen Rotwein zurückgeblieben. In der leeren Auflaufform lag eine handgeschriebene Notiz: »Hallo, Liebling, ich bin mit

Kai in der Schauburg, in *Wenn die Gondeln Trauer tragen.«* *Wenn die Gondeln Trauer tragen?* Das war einer von McAdams und Uschis Lieblingsfilmen. Nichts brachte sie besser in Stimmung als die Liebesszene mit Julie Christie und Donald Sutherland, auch wenn Sutherland später von einem als Rotkäppchen verkleideten Zwerg erstochen wird. McAdam seufzte. Da blieb nur eins. Er ließ heißes Wasser ins Spülbecken laufen, weichte das Geschirr ein, wischte inzwischen den Küchenfußboden und brachte den Müll auf den Balkon. Er würde ihn runtertragen, wenn er am nächsten Morgen zum Bäcker an der Ecke ging, um Brötchen zum Frühstück zu holen. Er spülte das Geschirr, trocknete es ab, sammelte die Kleidungsstücke ein, die im Schlafzimmer auf dem Boden herumlagen, machte das Bett und legte sich in seine Hälfte. Seine Strategie ging auf. Als Uschi sich später in seine Arme kuschelte, an Haut und Haar noch einen schwachen Geruch nach Popcorn, abgestandenem Bier und Zigarettenrauch, fiel McAdam in einen unschuldigen, traumlosen Schlaf.

Es war noch dunkel, als Charlotte Hampl mit der S11 langsam anfuhr und aus dem Albtalbahnhof in Richtung Ettlingen steuerte. Als die große, gelbe Bahn um die Kurve bog und sich der Eisenbahnbrücke näherte, nahm Charlotte aus dem Augenwinkel eine schnelle Bewegung wahr. Ihre Ohren – vielleicht auch ihr ganzer Körper als Verlängerung von Steuer und Fahrersitz – registrierten einen dumpfen Aufprall und einen schrillen Schrei. Es dauerte einen Moment, einen Augenblick, einen endlosen Sekundenbruchteil, ehe Charlotte begriff, was geschehen war: Du hast etwas angefahren. Jemanden. Du hast jemanden überfahren. Wie Annie. Noch während ihr diese Worte durch den Kopf schossen, führten Charlottes Füße und Hände mechanisch die nötigen Bewegungen aus: bremsen, die

Warnglocke betätigen, nach dem Mikrofon greifen. Als sie aus dem Wagen sprang, hatte sie bereits die Zentrale verständigt, Polizei und Krankenwagen gerufen und die zwei oder drei frühmorgendlichen Fahrgäste angeherrscht: »Sie rühren sich nicht von der Stelle, es sei denn, einer von Ihnen ist Arzt!« Aber noch bevor sie sich zwang hinzusehen, wusste sie, dass es zu spät war. Die Füße des Mannes, die in schmuddeligen Turnschuhen ohne Schnürsenkel steckten, und der Kopf mit dem langen, fettigen Haar lagen so zueinander, dass sie unmöglich noch zusammenhängen konnten. Charlotte lehnte sich an die gelbe Bahn und würgte ihr Frühstück hoch. Anschließend brach sie kaum einen Meter neben dem Mann, den sie überfahren hatte, ohnmächtig zusammen.

McAdam schlief wie ein Toter. Er hörte weder die Sirenen vom nahe gelegenen Albtalbahnhof, noch wie Uschi, die von dem Lärm und dem Blinken der Blaulichter aufgewacht war, ins Badezimmer ging. Sie übergab sich und schwor, sich bis zur Geburt des Babys von Bier und verrauchten Räumen fern zu halten. Später stand sie erneut auf und besänftigte ihr schlechtes Gewissen, indem sie ihrem Mann ein echtes amerikanisches Frühstück machte.

Es gab zwar keinen Speck, aber Eier, Cornflakes und Muffins mit tiefgefrorenen Blaubeeren, die Uschi selbst gepflückt hatte. Früher hatte sie den Teig immer zu flüssig gemacht, aber inzwischen hatte sie den Bogen heraus, nachdem McAdam ihr mehrmals erklärt hatte, der Teig müsse nur »gerade eben feucht« sein. Sie goss Orangensaft ein und kochte Kaffee, von dessen Geruch ihr allerdings gleich wieder übel wurde. Sie stellte alles auf ein Tablett und kniete damit am Bett nieder, um es McAdam als reuige Sünderin darzureichen. Er öffnete die Augen und strich ihr über das Haar. »Hey, eigentlich müsste ich dir das Frühstück ans Bett bringen. Du bist schließlich die Mama.« Seufzen. Quietschende Bettfedern. Raschelnde Decken und andere Geräusche trauter Zweisamkeit. Das Frühstück wurde inzwischen kalt, aber am Ende wurde es doch noch gegessen. »Ich bin so froh, dass du nicht aufstehen musst, um diesen Rotschopf zu jagen«, murmelte Uschi zufrieden. Im selben Moment klingelte es an der Tür.

Diesmal war McAdam mit Aufstehen an der Reihe. Nachdem er kurz und vergeblich nach seinem Bademantel gesucht hatte, zog er Jeans und T-Shirt über, spritzte sich Wasser auf die verschlafenen Augen und das Stoppelkinn und öffnete die Tür, um Kai den Marsch zu blasen.

»Hallo, Herr McAdam.« Vor ihm stand Elke Erhagen – perfekt geschminkt, in einer schwarzen Designer-Jeans mit dazu passender Jacke und roten Stiefeln. Sie lächelte triumphierend, als sei McAdams Verblüffung und der zerzauste Anblick, den er bot, genau der Effekt, den sie beabsichtigt hatte. »Ich hoffe, ich störe nicht«, sagte sie. »Ach ja, hier ist übrigens Ihre Zeitung.« Sie reichte ihm die KATZ, rauschte an ihm vorbei und setzte sich aufs Sofa, das McAdam am Abend zuvor glücklicherweise von alten Zeitungen und Kekskrümeln befreit hatte.

»Äh …«, machte McAdam. In dem Moment erschien Uschis verwuschelter Schopf kurz in der Schlafzimmertür und verschwand sofort wieder. Elke tat, als hätte sie nichts bemerkt.

»Herr McAdam, ich möchte Ihre Dienste in Anspruch nehmen,« verkündete sie.

»Äh … was für Dienste?«, fragte McAdam. »Kann ich Ihnen einen Kaffee anbieten?«

»Nein, danke. Ich spreche natürlich von Ihren Diensten als Privatdetektiv. Ich habe Sie zehn Tage lang beobachtet und glaube, dass Sie für diesen Auftrag genau der Richtige sind.«

McAdam ließ sich auf einen Stuhl fallen. »Sie haben die ganze Zeit gewusst, dass ich Ihnen folge.«

Elke lächelte. »Sie halten mich wohl für ziemlich dumm«, sagte sie. »Ihr Motorrad-Outfit hat mir besonders gefallen. Genau das Richtige für die Straßenbahn.« Und sie lachte so herzlich und ohne eine Spur von Schadenfreude, dass McAdam gar nicht anders konnte als mitzulachen. Elke wischte sich eine Träne aus dem Augenwinkel.

»Äh ... weiß Professor Erhagen ...«

» ... dass ich weiß, dass er sie engagiert hat, um mich zu beschatten? Nein, das weiß er nicht. Ich wollte kein Spielverderber sein.«

»Spielverderber?«

»Ich fand das Ganze lustig – die Vorstellung, dass mich jemand verfolgt und dass Manfred eifersüchtig genug war, einen Detektiv zu engagieren.«

»Gab es denn Grund zur Eifersucht?«

»Nie! Er ist ein liebevoller Ehemann und ich bin eine glückliche Ehefrau. Warum sollte ich das aufs Spiel setzen? Nein ... Ich denke, es hat da ein Missverständnis gegeben.«

»Er sagt, Sie haben merkwürdige Briefe bekommen und sind spät nach Hause gekommen.«

»Das stimmt, Herr McAdam. Genau darüber möchte ich mit Ihnen sprechen.«

Sie griff in ihre elegante italienische Handtasche und reichte McAdam einen schmuddeligen Briefumschlag. Darauf waren ihr Name und ihre Adresse gekritzelt. Der Poststempel war unleserlich. McAdam zog den Brief heraus. Auf dem mit Teddybären bedruckten Briefpapier stand in kindlicher, aber altmodischer Handschrift: »Liebe Elke, ich wette, du hast nicht damit gerechnet, je wieder von mir zu hören. Ich und Bobo sind gekommen, um Dich zu besuchen, damit du die alten Zeiten nicht ganz vergisst. Ich warte am Ententeich hinter dem Karlsruher Schloss auf dich. In Liebe, deine Nana.« Er gab ihr den Brief zurück. »Wer sind Nana und Bobo?«

»Sie heißt eigentlich Bettina, aber ich habe immer Nana zu ihr gesagt. Sie war meine Kinderfrau. Und Bobo war der Teddybär, den ich ihr zum Abschied geschenkt habe. Auf sie habe ich im Schlossgarten gewartet, als Sie mich beobachtet haben.«

Sie kicherte wieder. »Aber an dem Tag ist sie nicht gekommen.«

»Sie hatten sich also schon früher mit ihr getroffen?«

»Ja, mehrmals. Aber ich wollte Manfred nichts davon erzählen.«

»Warum nicht? Was ist denn dagegen einzuwenden, wenn Sie sich mit Ihrer alten Kinderfrau treffen?«

»Sie ... sie hat sich verändert«, sagte Elke. »Sie ist ... obdachlos. Eine Landstreicherin. Sie lebt auf der Straße. Ich war entsetzt.«

»Haben Sie nicht versucht, ihr zu helfen?«

»Aber ja! Ich wollte ihr eine Wohnung besorgen, ihr helfen, Sozialhilfe zu beantragen. Ich hätte sie auch finanziell unterstützen können, ohne weiteres. Aber sie war ... unzugänglich. Sie schien meine Hilfe nicht zu wollen. Sie wollte mich nur immer wieder in verschiedenen Parks hier in der Stadt treffen – mal in der Günter-Klotz-Anlage, mal im Beiertheimer Wäldchen. Ich dachte, mit der Zeit könnte ich sie vielleicht doch noch zur Vernunft bringen. Und dann war sie plötzlich verschwunden.«

McAdam fürchtete zu wissen, was aus Nana geworden war. »Sie waren also mit ihr verabredet an dem Tag, als Sie die Sachertorte weggeworfen haben.«

»Ich habe sie nicht weggeworfen – ich habe sie für den armen Bettler liegen lassen, der mich beim Essen beobachtet hat. Seit Nana wieder aufgetaucht ist, sehe ich diese Menschen mit anderen Augen.«

»Und als Sie den ganzen Tag Straßenbahn gefahren sind, haben Sie nach Nana gesucht.«

»Ja. Sie hat mir erzählt, dass sie gern mit der Bahn von einem Park zum anderen fuhr. Ich dachte, sie ist vielleicht etwas verwirrt – nun, das *war* sie ja wohl auch –, und ich hoffte, sie an einem unserer Treffpunkte zu finden. Am Ende fand ich mich damit ab, dass sie einfach genauso plötzlich verschwunden ist, wie sie aufgetaucht war. Ich muss zugeben, in gewisser Weise war ich sogar erleichtert. Aber je länger ich darüber nachdachte, umso unruhiger wurde ich. Schließlich könnte so einer obdachlosen Frau alles Mögliche zugestoßen sein. Da habe ich mich dazu entschlossen, Sie mit der Suche zu beauftragen, sobald Sie nicht mehr für Manfred arbeiten. Sie sind nämlich der einzige Detektiv, den ich kenne.« Sie lachte wieder.

Diesmal lachte McAdam nicht mit. »Frau Erhagen«, begann er, »ein paar Tage, bevor Sie im Park vergeblich auf Nana gewartet haben, wurde eine Frau von einer Straßenbahn überfahren. Sie war wahrscheinlich obdachlos. Sie hatte keine Papiere und konnte nicht identifiziert werden. Ich frage mich, ob das Ihre Nana war.« Elke schlug erschrocken die Hand vor den Mund. Sie war ganz blass geworden. »Mich wundert nur, dass Ihr Mann Ihnen nichts davon erzählt hat.«

»Manfred erzählt mir nie von den unerfreulichen Dingen, mit denen er beruflich zu tun hat. Wenn er nach Hause kommt, will er sich entspannen. Ich versuche, ihm das Leben angenehm zu machen.«

McAdam staunte wieder einmal, wie oberflächlich und altmodisch es in manchen Ehen zuging. Er konnte sich nicht vorstellen, Uschi nicht zu erzählen, was er erlebt hatte, ob es nun erfreulich oder unerfreulich war (na ja, bis auf die paar harmlosen Flirts oder Fantasien, von denen er fand, dass er sie besser für sich behielt). »Sie wollten ihn also wegen Nana ... äh, Bettina nicht behelligen.«

»So ist es.«

»Haben Sie denn in der Zeitung nichts von dem Unfall gelesen?«

»Zeitung? Ach, ich habe mich nie für Politik interessiert und außerdem ... habe ich dazu keine Zeit.«

»Wie heißt Bettina mit vollem Namen, Frau Erhagen?«, fragte er.

»Das ist ja gerade das Problem. Ich weiß es nicht! Ich war sieben, als sie uns verließ. Ich habe ihren Nachnamen vergessen – sofern ich ihn überhaupt jemals wusste.«

»Vielleicht könnten Ihre Eltern sich daran erinnern?«

»Meine Eltern sind gestorben, als ich zwölf war. Geschwister habe ich nicht. Ich bin bei einer Tante aufgewachsen, die starb, als ich einundzwanzig war.«

»Ach.« McAdam war gerührt. Elke war also Waise und offenbar fühlte sie sich in diesem Moment auch so. Tränen liefen ihr über die Wangen. »Ich fürchte, Sie werden die Tote identifizieren müssen, Frau Erhagen. Wenn es nicht Ihre Nana ist, dann will ich gern nach ihr suchen.« Allerdings hatte er keinerlei Anhaltspunkt – bis auf die Polizistin Conny Hartmann.

»Das kann ich nicht«, schluchzte Elke. »Aber ... es muss wohl sein. Würden Sie mich begleiten? Ich bezahle Sie natürlich dafür.«

Bei dieser Vorstellung meldeten sich das Rührei und die Cornflakes in McAdams Magen. Insgeheim fragte er sich: Bist du ein Gentleman, McAdam? Ein Held? Und ebenso insgeheim gab er sich zur Antwort: Nein, aber ich bin ein anständiger Kerl. Laut sagte er: »Selbstverständlich, Frau Erhagen. Ich nehme an, Sie möchten Ihren Mann nicht mit dieser Sache belasten.«

»So ist es«, sagte Elke.

»Ich werde alles Nötige in die Wege leiten«, versprach McAdam, während er Elke zur Tür begleitete. »Eine Frage noch, Frau Erhagen: Haben Sie Nana Geld gegeben? Bargeld?«

»Ja, etwa fünfhundert Mark«, erwiderte Elke. »Ich habe ihr gesagt, sie solle in ein Hotel gehen und sich etwas zum Anziehen kaufen. Ich glaube allerdings nicht, dass sie es getan hat.«

»Gut, Frau Erhagen. Wie kann ich Sie erreichen?«

»Sie können mich jederzeit zu Hause anrufen, Herr McAdam. Ich habe meinen Mann heute Morgen zur Bahn gebracht. Er reist nach Hongkong, Singapur und Bangkok, um dort als Berater beim Aufbau des öffentlichen Verkehrsnetzes zu helfen.« Elke lächelte mit einem Anflug von Stolz, als sie McAdams Hand schüttelte und sich verabschiedete.

Sobald sich die Tür hinter ihr geschlossen hatte, flog die Schlafzimmertür auf und Uschi kam aus ihrem Gefängnis hervor. McAdam wusste, dass sie jedes Wort mitgehört hatte. »Was sagst du dazu, Oosh?«

»Diese Frau ist eine geborene Schauspielerin«, verkündete Uschi.

»Das kann wohl nur eine echte Schauspielerin beurteilen«, sagte McAdam und gab ihr einen Kuss auf die Nase.

Vier

Beim zweiten Straßenbahnopfer innerhalb von zwei Wochen war die Identifikation nicht so problematisch wie beim ersten. Die beiden Polizisten, die als Erste am Tatort eintrafen, erkannten den Toten als »Humpel-Schorsch«, einen stadtbekannten Penner, der sich meist in der Gegend um den Hauptbahnhof und den Albtalbahnhof herumtrieb. Er war Alkoholiker und hatte des Öfteren eine Nacht in der Ausnüchterungszelle oder in einem Krankenhausbett verbracht. Auch die Sanitäter im Krankenwagen kannten ihn. Für den Unfall gab es keine Zeugen. Die Fahrerin der Straßenbahn hatte nur aus dem Augenwinkel eine unbestimmte Bewegung von rechts wahrgenommen. Der Vorfall hatte sich unmittelbar vor der Unterführung ereignet, wo das Dämmerlicht in Halbdunkel überging. Vermutlich war das Opfer betrunken und die Sicht schlecht gewesen, so dass die Fahrerin keine Schuld traf. Für die Beamten von der Verkehrssicherheit im orangefarbenen Kleinbus der Verkehrsbetriebe war der Fall damit erledigt. Sie waren froh, dass der Alte – wie schon beim letzten tödlichen Unfall – nicht in der Stadt war. Sonst hätte er sich der Sache persönlich angenommen, wie er es immer tat, wenn jemand auf den Gleisen zu Tode kam. Die Leiche, die säuberlich wie mit einer Kreissäge in zwei Hälften durchtrennt war, wurde in Plastiksäcke verpackt ins Leichenschauhaus gebracht. Charlotte Hampl kam mit einem Schock ins Krankenhaus. Man bestellte einen Ersatzfahrer an den Ort des Geschehens, spülte die Blutspritzer von Rädern und Wagon und innerhalb einer Stunde setzte die Straßenbahn ihre Fahrt nach Ettlingen fort.

Am Albtalbahnhof ging man ebenso schnell wieder zur Tagesordnung über wie an der Untermühlstraße, nur dass diesmal auch die Presse und der lokale Fernsehsender TV Region vor Ort waren. Männer und Frauen mit Scheinwerfern, Kameras und Mikrofonen mischten sich unter die Polizisten, die Angestellten der Verkehrsbetriebe, die Sanitäter und die Schaulustigen.

Unter den Polizisten, die den Verkehr durch die Unterführung leiteten und neugierige Passanten in Schach hielten, waren auch Conny Hartmann und Reikert. Es war Conny, die die folgende Unterhaltung zwischen zwei Männern aus der Menge mit anhörte. Der eine war groß und hager und starrte unverwandt auf einen imaginären Punkt in der Ferne, der andere war klein und untersetzt und umklammerte eine Halbliterflasche mit etwas Hochprozentigem. Sie waren Freunde und Kollegen des Toten gewesen.

Propheten-Peter: »In Deutschland sind dunkle Mächte am Werk, dunkle Mächte, sag ich dir. Unsichtbare Mächte, keiner weiß, wer und wie und warum, darum sind sie so gefährlich. So gefährlich.«

Flaschen-Hans: »Den hat jemand geschubst, den Humpel-Schorsch. Vor die Straßenbahn geschubst. Ich hab's gesehn. Ich hab gesehn, wie ihn einer geschubst hat.«

Propheten-Peter: »Das war'n die dunklen Mächte. Ich sag dir, mit bloßem Auge kann man die nich' sehn, die dunklen Mächte. Das is' das Gefährliche an denen.«

Flaschen-Hans: »Von wegen unsichtbar. Ich sag dir doch, ich hab sie gesehn. Ich hab gesehn, wie einer von denen Humpel-Schorsch auf die Gleise gestoßen hat. So.« Er packte Propheten-Peter von hinten mit beiden Händen an den Schultern und versetzte ihm einen Stoß.

Propheten-Peter schrie: »Hey Mann, die dunklen Mächte sind am Werk!«

Conny gesellte sich zu den beiden und wandte sich an Flaschen-Hans: »Sie haben gesehen, wie jemand Humpel-Schorsch auf die Gleise stieß? Vorhin, bevor er von der Straßenbahn überfahren wurde?« Flaschen-Hans, der sich an seiner unentbehrlichen Flasche festhielt, schwankte. Tränen strömten ihm über das Gesicht. »Die haben den armen Humpel-Schorsch erwischt. Er wollte doch nur in Ruhe im Dunkeln pissen. Hat ein Mann nich' das Recht, im Dunkeln zu pissen?«

»In Deutschland sind dunkle Mächte am Werk«, verkündete Propheten-Peter.

»Wer hat ihn erwischt?«, fragte Conny. »Wie viele waren es? Haben Sie sie gesehen? Würden Sie sie wieder erkennen?«

»Conny! Wir brauchen dich hier!«, schrie Reikert von der Absperrung her.

»Ich komme sofort!«, rief Conny. Dann wandte sie sich wieder an Flaschen-Hans: »Bitte beantworten Sie meine Frage.«

»Da war nur einer. Ich hab nur einen gesehen«, sagte Flaschen-Hans. »Er kam aus dem Gebüsch da, gerade als Schorsch den Reißverschluss zugemacht hat. Und dann hat er ihn geschubst. So.« Wieder führte er die Bewegung mit beiden Händen vor, verschonte diesmal allerdings Propheten-Peter.

»War der Mann groß oder klein? Wie sah er aus?«, fragte Conny.

»Dunkel. Ich mein, er hatte dunkle Sachen an. 'ne Lederjacke oder so und 'ne dunkle Wollmütze.«

»Dunkle Mächte sind am Werk. Gefährliche, dunkle Mächte!«, schrie Propheten-Peter.

»Wie alt war der Mann?«, fragte Conny weiter.

»Weiß nich', keine Ahnung. Hab ihn nich' so genau gesehn. Armer Schorsch. Wo er doch nur in Ruhe pissen wollte. Darf man denn nich' mal mehr in Frieden pissen?« Flaschen-Hans schluchzte. Conny ging zum Krankenwagen hinüber und bat einen der wartenden Sanitäter, sich um den Mann zu kümmern. »Wohin wurde die Fahrerin gebracht? Ins St. Vincentius?«, fragte sie. »Genau«, bestätigte der Sanitäter.

Nachdem die Ermittlungen am Unfallort abgeschlossen waren, stiegen Reikert und Conny Hartmann wieder in ihren Streifenwagen. Reikert wollte über Funk neue Anweisungen einholen, doch Conny hielt ihn zurück. »Lass uns zum Krankenhaus fahren. Ich will mit der Fahrerin reden«, sagte sie.

»Wir haben keine Anweisung, sie zu vernehmen«, wandte Reikert ein. »Ich weiß«, sagte Conny. »Trotzdem – lass uns auf eigene Faust ermitteln.« Reikert hatte zwar den höheren Dienstgrad und neigte dazu, Conny vor anderen herumzukommandieren, aber wenn die beiden unter sich waren, hörte er oft auf ihre Vorschläge. Er wusste aus Erfahrung, dass es sich lohnte. Also legte er das Funkgerät zurück und schlug den Weg zum Krankenhaus ein.

Charlotte Hampl lag auf einer fahrbaren Liege im Flur der Notaufnahme. Sie war eine resolut wirkende Frau mit kurzem Haar, stämmigen Armen und kräftigen Händen. Doch ihr Gesicht war bleich und die Augen rot und geschwollen. Man hatte ihr ein Beruhigungsmittel gegeben und ihr gesagt, sie solle noch ein wenig liegen bleiben.

»Frau Hampl, möchten Sie mit mir reden?«, fragte Conny sanft.

»Ich hab ihn überhaupt nicht gesehen«, platzte Charlotte heraus. »Nur eine flüchtige Bewegung bei den Büschen rechts vor der Unterführung. Und dann der Aufprall. Ich wusste sofort, was passiert war. Es war genau wie bei Annie.«

»Annie?«, wiederholte Conny fragend.

»Ja, vor ein paar Wochen. Annie ist meine Freundin. Eine Kollegin. Sie wollte gerade an der Untermühlstraße halten, da ist diese Frau vor ihre Bahn gestürzt – das heißt, gestoßen worden.«

»Gestoßen worden? Hat Ihre Kollegin Ihnen das erzählt?«, fragte Conny.

»Ja«, bestätigte Charlotte. »Erst dachte sie, die Frau hätte sich vor die Bahn geworfen, aber später hat sie sich erinnert, wie jemand sie gestoßen hat. So.« Charlotte führte mit beiden Armen einen Stoß in Richtung Decke vor. »Sie hat bei der Polizei angerufen, aber die haben sich nicht mehr gemeldet. Sagen Sie mal – Sie sind nicht zufällig die Polizistin, mit der sie geredet hat?«

»Doch, die bin ich«, erwiderte Conny. »Wann hat sie denn angerufen?«

»Ein paar Tage nach dem Unfall«, sagte Charlotte. »Es hieß, man würde es Ihnen ausrichten.«

Conny Hartmann machte sich mit einer Reihe von Ausdrücken Luft, die sie erst bei der Polizei gelernt hatte – Wörtern, die nicht einmal ihre Brüder kannten oder die sie in ihrer Gegenwart jedenfalls nie ausgesprochen hatten.

»Gerade hat ein Zeuge behauptet, er hätte gesehen, wie jemand den Mann vor Ihre Bahn stieß. Halten Sie das für möglich?«

»Wirklich?«, fragte Charlotte hoffnungsvoll – so, als ob sie am Tod des Mannes weniger schuldig wäre, wenn jemand ihn gestoßen hätte. »Wie furchtbar! Wer macht denn so was? Ist da etwa ein Irrer am Werk – ein Mörder, der Spaß dran hat, Leute vor die Straßenbahn zu stoßen? Aber dann könnte es ja jederzeit wieder passieren, dann könnte es ja jeden von uns erwischen ...« Charlotte geriet ganz außer sich. Sie versuchte sich aufzusetzen.

»Bitte beruhigen Sie sich doch, Frau Hampl. Ich wollte

Sie nicht aufregen. Ruhen Sie sich erst mal aus und wenn Ihnen noch etwas einfällt, rufen Sie mich an, wie ... äh ... Frau Meyer. Oder besser, ich rufe Sie an. Morgen oder übermorgen.« Sie drückte Charlotte ihre Karte in die Hand und ging zu Reikert hinaus, der im Halteverbot stand.

McAdam rief im Polizeipräsidium an und fragte nach Conny Hartmann. »Worum geht es?«, erkundigte sich eine misstrauische Stimme am anderen Ende der Leitung. »Es hat mit dem Straßenbahnunglück in der ... äh ... Untermühlstraße vor etwa zwei Wochen zu tun.« »In dem Fall müssen Sie sich an das örtliche Revier wenden. Wenn Sie einen Augenblick warten, verbinde ich Sie.«

McAdam wartete. Aus der Leitung ertönte eine elektronische Aufnahme von Beethovens »Für Elise«. Zwischendurch sagte immer wieder eine Computerstimme: »Bitte warten.« Es folgte »Yesterday«, ebenfalls in elektronischer Version. »Ich komme mir vor, als würde ich schon seit gestern in der Warteschleife hängen«, grummelte McAdam. »Bitte?«, fragte eine menschliche Stimme am anderen Ende. »Ich möchte Conny Hartmann sprechen«, bat McAdam. »Die ist nicht da«, sagte die Stimme. McAdam wartete auf ein »Kann ich Ihnen helfen?«, aber als nichts dergleichen kam, erklärte er, dass er und eine Dame möglicherweise das Opfer des Straßenbahnunfalls identifizieren könnten.

»Welchen meinen Sie?«, fragte die Stimme. »Welchen was?«, fragte McAdam zurück. »Welchen Unfall – den vor zwei Wochen oder den gestern früh?«, fragte die Stimme. »Ach, hat es denn noch einen gegeben?«, erkundigte sich McAdam. Er hatte die KATZ heute noch nicht aufgeschlagen.

»Also den vor zwei Wochen«, folgerte sein Gesprächspartner. Er nannte McAdam einen Termin, beschrieb ihm den Weg zum Leichenschauhaus, notierte sich seinen Namen und fragte auch nach dem der Dame. »Tut mit Leid, aber das ist vertraulich«, sagte McAdam. »Vertraulich? Wenn sie die Leiche identifizieren kann, muss sie ein Formular mit Namen und Adresse unterschreiben«, sagte die Stimme. »Ich werde es ihr ausrichten«, sagte McAdam und legte auf. Er hoffte, dass Verkehrsdirektor Professor Dr. Erhagen im Leichenschauhaus keine Spione hätte. Überrascht hätte es ihn allerdings nicht.

McAdam nahm die Straßenbahnlinie Vier zum Hauptfriedhof und wartete am roten Steintor an der Haid-und-Neu-Straße auf Elke Erhagen. In Sichtweite des Friedhofs gab es ein großes Beerdigungsunternehmen mit dem passenden Namen »Bestattungen Erb« und mindestens drei Grabsteinhändler. Direkt hinter dem Friedhofsgelände erhob sich der riesige, neogotische Gebäudekomplex der Brauerei Hoffnung – eine Art funktionelles Neuschwanstein aus rotem Sandstein mit dicken, gewundenen Mauern, zinnenbewehrten Türmen und Fensterstreben. Eine Beerdigungsgesellschaft in Schwarz mit Taschentüchern in den Händen zog an McAdam vorbei und bog rechts zum Brauereirestaurant ab, um sich im Speisesaal unter hohen, gewölbten Decken zwischen Säulen und Szenen aus dem Nibelungenlied mit Schnittchen zu stärken. McAdam spielte mit dem Gedanken, dass hier in der Nacht vor Allerheiligen statt Halloweengeistern womöglich die Walküren über den Friedhof spukten. Er malte sich gerade aus, wie sie unter Bäumen und weinenden Marmorengeln über die gepflegten Pfade geisterten, als ein Taxi vor ihm hielt, aus dem Elke Erhagen stieg.

Ein Taxi? dachte McAdam. Fand Elke den roten BMW zu diesem Anlass zu grell? Elke selbst trug Schwarz – einen schicken Nadelstreifenanzug mit silbernen Knöpfen und einen schwarzen Seidenschal über dem hochgesteckten

Haar. McAdam war froh, dass er zufällig schwarze Jeans und nicht ausgerechnet sein Hawaiihemd trug. Er schüttelte die Hand, die Elke ihm entgegenstreckte, nahm seine Baseballmütze ab und hielt sie respektvoll mit beiden Händen vor sich.

Ein Polizeiwagen blieb vor dem Tor im Halteverbot stehen. Reikert stieg mit einem Klemmbrett in der Hand aus, grüßte Elke und McAdam mit einem knappen Kopfnicken und führte sie durch die neoromanischen Arkaden und um die Kapelle herum. Sie passierten eine Tür mit der Aufschrift »Eingang nur für Geistliche und Leidtragende«. Auf einer zweiten stand »Eingang nur für Gärtnerei- und Bestattungspersonal«. Der Polizist öffnete eine dritte Tür, die mit »Kein Eingang« beschriftet war.

Ein junger Mann mit Laborkittel empfing sie am Eingang zum Leichenschauhaus. Aus einer geöffneten Tür schlug ihnen ein Schwall kalter Luft und der stechende Geruch von Desinfektionsmitteln entgegen. Dahinter standen in einem gekachelten Raum ein Mann und eine Frau mit Mundschutz und Gummihandschuhen über den Inhalt mehrerer Plastiksäcke gebeugt. Hinter der nächsten Tür lag auf einem Metalltisch ein Leichensack mit Reißverschluss. McAdam und Elke hielten an der Schwelle inne und wechselten einen Blick, ehe sie eintraten. McAdam stützte Elke unauffällig am Ellenbogen.

Der junge Mann zog den Reißverschluss des Leichensacks auf und enthüllte ein übel zugerichtetes, geschwollenes, graugelbes Gesicht voller schwarzer, verkrusteter Schürf- und Platzwunden, das von dünnen, verfilzten Haaren umrahmt wurde. Zwischen den leicht geöffneten Lippen waren fleckige, unregelmäßige Zähne zu sehen, um die sich wahrscheinlich seit Jahren keinen Zahnarzt mehr gekümmert hatte. Der Anblick war erschreckend, aber irgendwie unwirklich – wie eine Gummimaske oder eine

Wachsfigur aus dem Gruselkabinett. McAdam widerstand dem plötzlichen Drang, das Gesicht zu berühren, um seine Textur und Temperatur zu fühlen.

Zu seiner Überraschung verspürte Elke offenbar denselben Drang, denn sie legte eine Sekunde lang den Finger auf eine relativ saubere Stelle an der Stirn. McAdam zwang sich, Elke anzusehen. Ihr Gesichtsausdruck war schwer zu deuten – sie schien weder Kummer noch Ekel zu fühlen, sondern eher Neugier, sogar eine gewisse Faszination, wie er selbst. Das also war der Tod. Irgendwie banal.

Elke schien sich zu besinnen, wozu sie gekommen war. »Das hört sich bestimmt merkwürdig an«, sagte sie, »aber ich bin nicht ganz sicher. Die Haare und das Alter stimmen schon, aber das Gesicht … Sie sieht so anders aus.«

»Das ist nichts Ungewöhnliches nach einem so schweren Unfall. Manchmal sind die Gesichter der Opfer so entstellt, dass selbst die nächsten Verwandten sie nicht erkennen«, sagte Reikert, der sich bisher mit dem Formular auf seinem Klemmbrett beschäftigt und weder Elke noch die Leiche beachtet hatte.

»Was hatte sie an?«, fragte Elke. »Hatte sie eine Tasche dabei? Kann ich ihre Sachen sehen – ich meine, sofern sie den Unfall überstanden haben?«

»Natürlich«, sagte Reikert. Der junge Mann zog den Reißverschluss des Leichensacks zu. »Dazu müssen wir aufs Revier.«

Die Fahrt im Polizeiauto war für McAdam die erste, seit er mit siebzehn aufgegriffen worden war, als er mit Mary Ellen Evans auf dem Rücksitz von Royce Watsons Kombi rumgemacht hatte (Royce und Cathy Jones, die auf dem Vordersitz das Gleiche getrieben hatten, waren ebenfalls aufgegriffen worden). Später hatte sich herausgestellt, dass es bei der Vernehmung gar nicht um die Fummelei gegangen war, sondern um eine Brandstiftung in einer Scheune in der Gegend. Aber der Vorfall hatte McAdams angeborenen Sinn für die enge Verbindung von »Sex and Crime« verstärkt, was den Reiz von beidem zusätzlich steigerte. Vielleicht spielte er deshalb Detektiv, sinnierte McAdam, während er seinen Blick über das Stück nackter Haut an Elke Erhagens Hals gleiten ließ, das zwischen Kopfstütze und Lehne zu sehen war. Er erinnerte sich dunkel, dass damals Vorder- und Rücksitz des Streifenwagens durch ein Metallgitter voneinander getrennt gewesen waren, weswegen er sich nicht nur wie ein Verbrecher, sondern auch wie ein Hund vorgekommen war. Hier war das Gitter hinter dem Rücksitz angebracht und McAdam meinte sogar von der Ladefläche den Geruch eines Deutschen Schäferhundes wahrzunehmen. Wenigstens kam er sich nicht selbst wie einer vor.

Auf dem Revier führte man sie in ein kleines Zimmer mit einem alten, hellen Holztisch und zwei harten Stühlen. Reikert ließ sie dort warten, während er zwei Kartons holte, in denen sich alles befand, was das Opfer bei sich getragen hatte. Jedes Teil war einzeln in einem Plastikbeutel versiegelt und säuberlich nummeriert.

Elke ließ sich Zeit. Sie hielt den Brief, der offensichtlich einmal völlig durchnässt worden war, gegen das Licht und versuchte erfolglos, die verblichene, zerlaufene Schrift zu lesen. Sie betastete die Beutel mit Kleidungsstücken, als ob sie glaubte, dass irgendwo in einer Tasche oder einer Stofffalte noch etwas verborgen sein könnte. Sie untersuchte die in Plastikfolie verpackte Biografie von Prinzessin Diana, als ob etwas zwischen den Buchseiten stecken könnte.

»Falls Sie das Geld suchen, gnädige Frau«, sagte der Polizist, »das liegt sicher im Polizeipräsidium.«

»O nein, an das Geld habe ich gar nicht gedacht«, antwortete Elke. Die letzte Tüte auf dem Boden des zweiten

Kartons enthielt den Teddybären. Er sah aus, wie geliebte, alte Kuscheltiere auszusehen pflegen – zerfleddert, der Plüsch war an einigen Stellen abgewetzt und ein Auge fehlte. Der Rücken klaffte in der Mitte auseinander – offenbar war eine altersschwache Naht geplatzt.

Tränen traten Elke in die Augen und liefen ihr über die Wangen. »Das ist Bobo«, schluchzte sie, während McAdam ihr ein Taschentuch reichte. Nachdem sie sich die Nase geputzt und ein paar Mal geschnieft hatte, brachte sie heraus: »Der Teddy hat mir gehört, als ich klein war. Die Tote muss Nana sein.« Elke schluchzte und schniefte noch ein wenig, dann fragte sie, ob sie den Teddybären mitnehmen dürfe.

»Sind Sie eine Angehörige?«, fragte der Beamte

Elke schien zunächst schockiert über die Frage, dann lächelte sie schwach. »Nein, aber ich stand ihr als Kind sehr nahe. Als sie fortging, schenkte ich ihr meinen Teddy zur Erinnerung. Und jetzt ...« – Das Weinen und Schluchzen steigerte sich wieder – » ... möchte ich ihn wiederhaben, zur Erinnerung an sie.«

»Tut mir Leid, wir dürfen diese Dinge nur an Angehörige herausgeben. Aber vielleicht könnten Sie ihn später bekommen, wenn sich herausstellen sollte, dass es keine Angehörigen gibt oder dass sie nicht ausfindig zu machen sind«, erklärte Reikert.

McAdam beobachtete Anzeichen der Enttäuschung an Elke – von einem leichten Aufstampfen des Fußes über die andeutungsweise geballten Fäuste bis zu den flüchtig zusammengekniffenen Lippen. Diese Frau war gewohnt, ihren Willen durchzusetzen. McAdam hatte den Verdacht, wenn ihr Mann dabei gewesen wäre, hätte man ihre Bitte erfüllt – schnell und unbürokratisch, wie die Deutschen gern, wenn auch meist ironisch sagten. Doch Elke beherrschte sich, setzte ein reizendes Lächeln auf und bat den Polizisten um ein Glas Wasser.

»Selbstverständlich, gnädige Frau«, sagte er und eilte davon. Er schien froh zu sein, ihr wenigstens diesen Wunsch erfüllen zu können. Anschließend wandte Elke sich mit einem Augenaufschlag an McAdam und fragte: »Haben Sie ein Handy, Herr McAdam? Könnten Sie mir ein Taxi rufen?«

»Sorry, so was besitze ich nicht«, entschuldigte sich McAdam. Ihm wurde schlagartig bewusst, dass er als moderner Privatdetektiv eigentlich eins haben *sollte*. Er nahm sich vor, Kai um Rat zu fragen. »Aber ich kann dem Polizisten Bescheid sagen, dass er Ihnen ein Taxi bestellen soll.« Er ging hinaus. Auf dem Flur kam ihm Reikert mit dem Wasser entgegen. McAdam gab Elkes Bitte weiter, nahm dem Polizisten das Glas ab und kehrte damit in das kleine Büro zurück. Elke hatte sich inzwischen wieder gefasst. Sie hatte Nanas Habseligkeiten ordentlich in die beiden Kartons zurückgeräumt. Nun saß sie auf ihrem Stuhl, die schwarze Handtasche auf dem Schoß, und nippte an dem Wasser, bis der Polizist zurückkam und verkündete, das Taxi werde in wenigen Minuten da sein. Er trug ihren Namen und ihre Adresse in ein Formular ein und zeigte ihr, wo sie unterschreiben musste.

»Und Sie sagen, die Frau war Ihr Babysitter ...«

»Meine Kinderfrau«, verbesserte ihn Elke.

» ... äh, Ihre Kinderfrau, als Sie klein waren. Aber Ihren Nachnamen wissen Sie nicht. Können Ihre Eltern uns vielleicht helfen?«, fragte der Beamte.

»Ich habe meine Eltern verloren, als ich zwölf war«, sagte Elke. »Ich kenne niemanden, der wissen könnte, wie Bettina mit Nachnamen hieß.«

»Und wo war das, gnädige Frau? In welcher Stadt? Vielleicht können wir über das Finanzamt etwas herausbekommen.«

»In Hannover«, antwortete Elke. »Meine Eltern hießen

Friedhelm und Angelika Konstantin. Ich habe natürlich keine Ahnung, ob Bettinas Einkommen versteuert wurde.« Sie warf Reikert einen viel sagenden Blick zu, doch der starrte ungerührt zurück. Trotzdem schenkte sie ihm ein herzliches Lächeln und schüttelte ihm die Hand mit so königlicher Contenance, dass selbst Prinzessin Diana vor Neid erblasst wäre.

McAdam begleitete sie nach draußen. »Wenn keine Verwandten gefunden werden, übernehme ich gern die Begräbniskosten. Natürlich anonym. Ich möchte meinen Mann nicht damit belasten«, sagte Elke.

»Und Sie möchten sicher, dass ich versuche, die Angehörigen ausfindig zu machen«, schlug McAdam vor. »Soll ich in Hannover auf eigene Faust nachforschen?« McAdam war jederzeit dazu aufgelegt, neue Städte kennen zu lernen.

»Ach nein. Ich denke, das überlassen wir lieber der Polizei«, erwiderte Elke. »Wozu bezahlen wir schließlich Steuern? Schicken Sie mir die Rechnung bitte in einem Umschlag ohne Absender.« Das Taxi fuhr vor. Elke reichte McAdam die Hand. Er hielt ihr die Tür auf, sie stieg ein, belohnte ihn mit einem strahlenden Lächeln, winkte ihm zu und ließ ihn am Straßenrand stehen. McAdam fragte sich, warum er das Gefühl hatte, benutzt worden zu sein – und wenn dem so war, wofür.

Fünf

Conny Hartmann passte Annie Meyer nach ihrer Schicht vor der Zentrale in der Tullastraße ab. Conny hatte sich für einen Zahnarzttermin freigenommen. Auf dem Weg zurück ins Revier hatte sie beschlossen, ohne ihren ungeduldigen Partner mit Annie zu reden. Vorsichtig befühlte sie ihre geschwollene Wange.

»Frau Hartmann! Was ist denn mit Ihnen passiert?«, begrüßte Annie sie lautstark. In dem Moment kam gerade Heinz Bisserts Gang zur Tür heraus. Einer der Männer rief: »Wird auch Zeit, dass die Polizei sich die Frau mal wegen Fahrlässigkeit am Steuer vorknöpft!« Schallendes Gelächter. »Fahrlässigkeit? Du meinst Totschlag!«, sagte Heinz Bissert in einem Ton, dass allen das Lachen verging. Conny musterte ihn scharf. Er war ein kleiner, drahtiger Mann mit militärischem Gehabe. Seine kleinen, kalten Augen wirkten unter der glänzenden Halbglatze noch winziger. Die schiefe Nase war offenbar mindestens einmal in seinem kriegerischen Leben gebrochen gewesen. Die kleinen Ohren wirkten wie angelegt, die Hände waren unverhältnismäßig groß. Er erinnerte Conny an einen Pitbull. Sie kannte solche Typen.

»Hey, Süße, hast du dir wehgetan?«, rief jemand aus dem Pulk um Bissert. »Bist du gegen den Türrahmen gelaufen, oder wolltest du jemanden verhaften, der größer war als du?« Lautes Gelächter. Conny konnte den Sprecher nicht ausmachen. Sie blickte scharf in die Richtung, aus der die

Stimme gekommen war, und wartete, bis die Männer weitergingen. Dann wandte sie sich wieder Annie zu.

»Charlotte nennt sie die Kläffer«, sagte Annie. »Große Klappe, nichts dahinter.«

Conny lächelte schief, dann wurde sie ernst. »Es tut mir Leid, Frau Meyer, aber ich habe erst gestern von Ihrem Anruf erfahren. Können wir irgendwo miteinander reden?«

»Vielleicht in der Kantine«, schlug Annie vor, aber dann besann sie sich: »Ach nein, gehen wir lieber in Gracie's Irish Pub.«

Der Pub war eigentlich ein Tanzsaal. Die zwei großen, hohen Räume hatten früher zu einem Schlachthof gehört. Mithilfe von Bildern und Bannern war es der irischen Besitzerin gelungen, so etwas wie eine gemütliche Atmosphäre zu schaffen. Doch es gab wohl weder in Dublin noch im County Cork einen so riesigen Pub. Conny und Annie setzten sich an einen kleinen Ecktisch.

Der irische Kellner, der ihnen Tee und Mineralwasser brachte, sagte: »Das geht aufs Haus, Ladies. Meine ganze Verwandtschaft ist bei der New Yorker Polizei.« Er zwinkerte ihnen zu und war verschwunden, bevor Conny protestieren konnte.

»Frau Meyer, ich habe gestern mit Charlotte Hampl gesprochen. Sie sagt, Sie hätten sich erinnert, dass jemand die Frau vor Ihre Straßenbahn gestoßen hat.«

»Das stimmt«, sagte Annie. Sie wiederholte ihre Geschichte – dass der Anblick der Gestalten an der Haltestelle in dem Moment vor dem Unfall das Bild von Pauli und seiner Großmutter heraufbeschworen hatte. Und dass die Erinnerung erst später zurückgekehrt war, nachdem sie den Schock überwunden und sich ausgeschlafen hatte.

»Können Sie den Täter beschreiben?«, fragte Conny.

»Nicht besonders groß. Kaum größer als Hanni-Lieschen.« Annie hatte die Augen halb geschlossen und führte mit den Armen dieselbe Geste vor, die Conny schon bei zwei anderen Zeugen gesehen hatte.

»Was hatte er an? Es war doch ein Mann, oder?«

»Es ging so schnell – in meiner Erinnerung sehe ich nur einen Schatten«, sagte Annie. »Wissen Sie, was ich meine?« Conny nickte. Sie hing förmlich an Annies Lippen. »Ich glaube, es war ein Mann. Er war schwarz angezogen ... oder jedenfalls dunkel. Hose und Jacke, vielleicht eine Lederjacke. Und ... er hatte einen großen Kopf ... ach, ich weiß nicht. Ich konnte doch nur den Umriss sehen.«

Conny blickte auf die Uhr. »Ich muss jetzt leider zurück aufs Revier«, sagte sie. »Aber ich melde mich bald wieder bei Ihnen. Ich möchte mit Ihnen noch einmal an den Unfallort gehen, damit Sie mir genau zeigen können, wo das Opfer und der Täter gestanden haben.«

»Wie wäre es, wenn Sie morgen früh bei mir in der Linie Eins mitfahren? Abfahrt ist an der Tullastraße um fünf Uhr fünfundfünfzig.«

»Ausgezeichnete Idee«, sagte Conny. »Ich werde versuchen, es einzurichten.« Eine plötzliche Müdigkeit befiel sie. Ihr Kiefer begann zu pochen. »Nachdem ich meinen Chef überredet habe, den Fall wieder aufzunehmen«, fügte sie hinzu.

»Du weißt doch, was er sagen wird«, sagte Reikert zu Conny. Sie saßen im Streifenwagen und aßen Thüringer Würstchen mit Brötchen und Senf. »Alles, was ihr habt, sind zwei Penner. Die Frau war wahrscheinlich verrückt, der Mann wahrscheinlich besoffen. Beide könnten einfach das Gleichgewicht verloren haben. Und die zwei Zeugen – die eine kann den Tatort nicht von ihrem eigenen Badezimmer unterscheiden und der andere ist ein stadtbekannter Alkoholiker. Es gibt keine Spuren und keine weiteren Indizien. Und ihr redet von einem Serienkiller?«

Conny war klar, dass er Recht hatte, aber alles in ihr sträubte sich dagegen, diese Logik zu akzeptieren. Sie kaute nachdenklich und spülte ihr Würstchen mit Apfelsaftschorle hinunter.

»Übrigens, die Frau ist identifiziert worden«, sagte Reikert.

»Was? Wann? Von wem?« Conny konnte es nicht fassen, dass ihr Partner erst jetzt damit herausrückte.

»Von einer gewissen ... äh ...« Reikert blätterte in seinem Notizbuch. »Elke Erhagen. Wohnhaft in Durlach. Sie kam mit einem Amerikaner namens McAdam. Keine Ahnung, was der mit der ganzen Geschichte zu tun hatte.«

Conny bekam den Mund nicht wieder zu. Ihr Becher verharrte in der Schwebe. »McAdam? So ein Großer, Blauäugiger mit Baseballmütze?«

Reikert lächelte, was selten vorkam. »Groß und mit Baseballmütze, ja. Auf seine *Augen* habe ich nicht geachtet.«

»Polizisten müssen auf *alles* achten«, konterte Conny. »Also, wer war die Tote und was hat diese Frau mit ihr zu tun?«

»Das Opfer hieß Bettina.« Reikert grinste und schwieg. Er spielte Katz und Maus mit ihr.

»Bettina – und wie weiter? Spann mich um Gottes willen nicht so auf die Folter. Wie wäre es, Reikert, wenn Du mir einfach alles erzählst, was du weißt?«

Reikert kicherte in sich hinein, gab aber nach. »Sie weiß nur den Vornamen. Offenbar war die Frau vor etwa zwanzig Jahren in Hannover Frau Erhagens Babysitter – beziehungsweise ihre ›Kinderfrau‹, wie sie es ausdrückte. Vor etwa zwei Monaten tauchte sie wieder in der Stadt auf und schrieb Frau Erhagen einen Brief. Frau Erhagen hat sich ein paar Mal mit ihr getroffen. Sie hat ihr auch Unterstützung angeboten, aber sie sagt, die Frau wollte keine Hilfe. Nur reden.«

»Hmm«, machte Conny. Zwischen ihren Augenbrauen bildete sich eine kleine Falte – wie immer, wenn sie verärgert war oder grübelte. Sie hielt immer noch den leeren Becher hoch. »Wie hat sie reagiert, als sie die Leiche sah?«

»Ach ...« Reikert wurde bewusst, dass er besser darauf hätte achten sollen, aber er mochte nicht zugeben, dass er stattdessen seinen Papierkram erledigt hatte. »Ganz normal.«

»Was soll das heißen, ganz normal? Hat sie geweint, die Hände vors Gesicht geschlagen, ist ihr schlecht geworden?«

»Nein, nein. Sie schien gar nicht besonders mitgenommen zu sein. Übrigens konnte sie die Leiche nicht eindeutig identifizieren. Erst als sie sich die persönlichen Sachen der Toten ansah, da hat sie den Teddy wieder erkannt.«

»Aha«, sagte Conny. »Den Teddy.«

»Sie sagt, er hat früher ihr gehört«, berichtete Reikert. »Sie hat ihn Bettina zum Abschied geschenkt.«

»Hmm«, machte Conny. Sie stellte den Becher ab. »Reikert, hattest du einen Teddy?«

»Ich? Äh ... nein, soweit ich mich erinnern kann, nicht.« Er wurde rot und sie wusste, dass er log. »Ich schon«, sagte sie, »und ich habe ihn kaputt geliebt. Ich hätte ihn nie im Leben verschenkt – nicht an meinen Babysitter, nicht an meine beste Freundin oder meinen Freund. Meine Mutter hat ihn immer noch. Ich weiß genau, wo er ist – in einer Schachtel ganz oben im Schrank in meinem alten Kinderzimmer.«

Reikert sah sie schweigend an. Conny wusste, was er dachte: »Na und?« Er ließ den Motor an. »Reikert«, sagte sie, »Frau Erhagen vom Turmberg – meinst du, die ist vielleicht mit dem Straßenbahnzaren verwandt?«

»Ha!«, machte Reikert. »Ich sehe schon die Schlagzeile vor mir: Straßenbahn überrollt Kindermädchen von Straßenbahnzaren-Gattin.« Nicht zu fassen – er lachte. Richtig selbstgefällig. Er hielt das wohl für einen besonders cleveren Spruch. Conny starrte stur geradeaus durch die Windschutzscheibe, als hätte sie ihm gar nicht zugehört.

McAdam saß in der Küche und starrte aus dem Fenster. Er hatte Uschi gerade zum Zug gebracht. Sie wollte ihre Mutter besuchen, die in einem malerischen Häuschen in Freudenstadt wohnte, einer Kleinstadt im Schwarzwald. McAdam nannte das Haus seiner Schwiegermutter gern das Freudenhaus – ein Wortspiel, das Uschi längst nicht mehr komisch fand, falls sie es überhaupt je komisch gefunden hatte. McAdam rekelte sich, streckte die Beine aus und genoss das Gefühl, drei Tage für sich allein zu haben, deren mehr oder weniger sinnvolle Gestaltung ganz ihm selbst überlassen war. »All by myself« lief gerade im Radio und McAdam sang mit – um einiges heiterer als der Interpret. Nicht, dass er Uschi nicht von ganzem Herzen liebte. Aber manchmal lief es einfach seinem natürlichen Bedürfnis nach Freiheit und Weite zuwider, zu zweit in einer kleinen Wohnung zu leben, in einer Stadt mit engen Straßen voller vier- bis fünfstöckiger Wohnhäuser, die dicht an dicht standen.

McAdam spähte in den Hof hinaus. Fremde, die durch die grauen Gassen von Karlsruhe liefen, konnten nicht ahnen, was sich hinter den Häusern verbarg. Manche Hinterhöfe waren richtige kleine Wälder, in denen Hunderte von Vögeln lebten. Andere waren Nutzgärten – kleine, eingezäunte Gartenparzellen mit Geräteschuppen. Und wieder andere waren Miniaturausgaben der großen Straßen, wiederum von Reihenhäusern in kleinerem Maßstab gesäumt. McAdams Hinterhof war ein bisschen von allem. Er hatte eine dreieckige Form, was an der fächerförmigen Ausrichtung der Hauptstraßen lag, die von parallelen Querstraßen gekreuzt wurden. Direkt hinter seiner Straße hatte jedes Haus einen ummauerten Hof mit Rasen, Blumenbeeten und

Bäumen. Den linken Schenkel des Dreiecks bildeten die Rückwände der Häuser an der Karlstraße mit ihren Balkons. Dazwischen befand sich ein großes Loch, wo ein paar Häuser im Krieg durch Bomben zerstört und nicht wieder aufgebaut worden waren. Durch die Lücke konnte man auf die Karlstraße sehen und beobachten, wie die Straßenbahnen sich unter ständigem Bremsen und Klingeln ihren Weg durch den Autoverkehr erkämpften.

Der rechte Schenkel des Dreiecks war für den Voyeur McAdam am interessantesten. In den letzten paar Jahren hatte er beobachtet, wie Familien gewachsen waren (abzulesen an den verschieden großen Kleidungsstücken, die zum Trocknen auf dem Balkon aufgehängt wurden, und den Kindern, die im Hof spielten), bis sie irgendwann in die Einfamilienhäuser der Vorstadt umzogen. Von zwei Ehepaaren waren inzwischen nur noch die alternden Witwen am Leben. Einer der alten Obdachlosen, die im St. Michaels Hotel untergebracht waren, hatte in seinem Zimmer Kaninchen gehalten. Sie waren von seinem Fenster aus über eine kleine Rampe auf das geteerte Dach der Hotelküche gelangt, wo sie täglich stundenlang herumtollten. Als das Hotel wegen Renovierungsarbeiten geschlossen wurde, verschwand der Mann mitsamt seinen Kaninchen. Aber die »Unterwäschefrau« war noch da – die einzige Konstante im Hof. Sie schien nicht zu altern. Mehrmals täglich erschien sie in knielangen, fleischfarbenen Wollunterhosen und einem Pulli auf dem Balkon, an wärmeren Tagen nur mit Unterhosen und einem gepolsterten Stütz-BH in Körbchengröße D und an ganz heißen Tagen oben ohne, so dass ihre Brüste wie zwei Pfälzer Saumägen auf ihrem speckigen Bauch ruhten. Die meisten Nachbarn schienen den Balkon als Ausdehnung ihres Schlafzimmers zu betrachten und dachten sich nichts dabei, spärlich oder gar nicht bekleidet dort ihre Wäsche abzunehmen. Eine unsichtbare

Mauer der Anonymität schützte ihre Privatsphäre. Nie winkten oder lächelten sie oder nahmen sonstwie Notiz von ihren Nachbarn. Wenn sie sich vollständig bekleidet auf der Straße begegneten, gab es kein Anzeichen des Wiedererkennens. McAdam dachte an die Nachbarn in seiner Heimatstadt, die einander mit Namen kannten und sich täglich grüßten, aber nie auf die Idee gekommen wären, sich den Blicken der anderen nackt zu präsentieren.

McAdam griff in die Papiertüte, die er von der Bahnhofsbäckerei mitgebracht hatte, und zog eine Butterbrezel hervor – eine süddeutsche Spezialität, die es in Berlin, Hamburg oder Hannover nicht gab. Dick, frisch, außen knusprig und mit hagelkorngroßen Salzkristallen gespickt, innen weich und weiß und dick mit Butter bestrichen (in Deutschland war Cholesterin ebenso wie Nikotin noch nicht als tödliche Bedrohung identifiziert), glich die Brezel nur entfernt ihrem laschen, aufgewärmten Namensvetter, den es in New York auf der Straße zu kaufen gab. McAdam grub mit einem wohligen Seufzer seine Zähne in das Gebäck. Uschi, die sich der Gefahren des Cholesterins bewusst war, wäre entsetzt gewesen.

Da im Hof jetzt alles ruhig war, suchte McAdam sich ein anderes Fenster – den Fernseher im Wohnzimmer. TV Region wiederholte immer noch stündlich den Bericht über den Unfall am Albtalbahnhof. Offenbar war seitdem nichts Spannenderes passiert. McAdam kaute seine Brezel und betrachtete die hektische Bilderfolge – herbeieilende Sanitäter, Fahrzeuge mit Blaulicht, ein Interview mit einem Fahrgast, der nichts zu sagen hatte und nur rechtzeitig zur Arbeit kommen wollte. Hey – war das nicht Conny Hartmann? Die Kamera streifte flüchtig eine Polizistin mit Pferdeschwanz, die mit zwei Landstreichern sprach. Dann kam das, worauf McAdam gewartet hatte: das Wetter, oder vielmehr *Weather Woman.* Ob die Weather Woman eine

Erfindung von TV Region war? Oder war die Idee aus Übersee abgekupfert, so wie die überregionalen Fernsehsender die amerikanischen Quizshows, Seifenopern, Serien und Kindersendungen abgekupfert hatten? Aber McAdam hatte noch nie zuvor gesehen, dass eine dicke Frau im Fernsehen die Wettervorhersage präsentierte. Sie hieß Jasmin, war üppig und schön, hatte dunkle Haare, runde Wangen und die Andeutung eines Grübchens im vollen Kinn. Auch ihre Augen waren riesig, rund und mit schwarzen Strichen umrahmt, die an ägyptische Kunst erinnerten. Unter ihren ausladenden, in dekorativen Falten herabfallenden Seidengewändern mochte sie ja aussehen wie die Unterwäschefrau, aber was von der Weather Woman zu sehen war, das faszinierte McAdam. Er stellte sich vor, dass sie herrlich duftete und dass ihr Körper weich wäre wie das Innere einer riesigen Brezel.

Das Telefon klingelte. Der Wetterbericht war zu Ende, die Brezel verspeist. Willkommen in der Wirklichkeit. McAdam hoffte gleichzeitig auf einen neuen Auftrag und dass jemand sich verwählt hatte.

»Herr McAdam, hier spricht Elke Erhagen.«

»Hallo Frau Erhagen, was kann ich für Sie tun?«, fragte McAdam.

»Tut mir Leid, aber ich glaube, Ihre Arbeit ist noch nicht abgeschlossen.«

»Nicht abgeschlossen?«

»Ich habe Grund zu der Annahme, dass Bettina etwas hatte, das mir gehört. Bei den Sachen auf dem Revier war es nicht dabei.«

»Ähm ... Sprechen Sie von Geld, Frau Erhagen?«, fragte McAdam, der die achtzigtausend Mark nicht vergessen hatte, die Conny erwähnt hatte.

»Es geht nicht um Geld«, sagte Elke. »Ich spreche von einem ... einem Dokument.«

»Ein Dokument«, wiederholte McAdam. »Nun, Sie hatten doch gehofft, die Polizei würde Bettinas Angehörige ausfindig machen.«

»Ich glaube, dass sie das fragliche Dokument bei sich hatte, Herr McAdam. Und was die Verwandten betrifft – ich nehme nicht an, dass es welche gibt. Ich möchte, dass Sie herausfinden, wo sie hier in Karlsruhe übernachtet hat, bevor sie den Unfall hatte. Und zwar noch ehe die Polizei es herausfindet.«

McAdam nahm einen strengen Tonfall an. »Frau Erhagen, wenn Sie in etwas Illegales verwickelt sind, kann ich Ihnen leider nicht helfen.«

»Es ist nicht illegal, Herr McAdam, nur ... peinlich. Ich schwöre es Ihnen. Bitte, Herr McAdam, bitte helfen Sie mir.« Elke weinte nicht, aber in ihrer Stimme schwang eine Verzweiflung mit, die aufrichtiger klang als alles, was sie bisher von sich gegeben hatte. McAdam horchte auf. »Also gut, Frau Erhagen. Können Sie mir irgendeinen Anhaltspunkt geben?«

»Na ja, der Unfall geschah am frühen Morgen in der Untermühlstraße. Vielleicht war ihre Unterkunft dort in der Nähe. In den öffentlichen Parks konnte ich ja noch selbst nach ihr suchen, aber wenn sie irgendwo in den Wäldern hauste oder in einer zwielichtigen Absteige, dann wüsste ich gar nicht, wo ich anfangen sollte zu suchen. Und allein würde ich es auch nicht wagen.«

»Ich werde tun, was ich kann«, versprach McAdam.

»Danke«, sagte Elke mit einem erleichterten Seufzer. McAdam staunte, wie viel Vertrauen sie offenbar in ihn setzte. »McAdam, der edle Ritter«, sagte er zu sich, nachdem er aufgelegt hatte. »Du meinst McAdam, der verdammte Idiot«, antwortete er.

Es war kurz vor Tagesanbruch. Conny stand fröstelnd im

Wartehäuschen der Straßenbahnhaltestelle Tullastraße. Das Wetter war über Nacht umgeschlagen. Ein steter Nieselregen trübte den Schein der Straßenlaternen, der das nasse Straßenpflaster glänzen ließ. Nur zwei weitere Fahrgäste warteten an der Haltestelle. Beide hatten sich tief in ihre Jacken verkrochen und schienen ebenso tief in ihre Gedanken versunken.

Die Linie Eins rollte aus dem Straßenbahndepot und bog in die Kaiserstraße ein. Conny stieg vorn in die Bahn. Die anderen beiden Fahrgäste nahmen je eine der verbleibenden Türen, als wären sie noch nicht bereit, mit der Außenwelt in Kontakt zu treten. Conny konnte das gut nachvollziehen. Sie hatte Halsschmerzen, war unausgeschlafen und grübelte seit zehn Minuten darüber, warum sie eigentlich unbedingt ein Verbrechen aufklären wollte, das offiziell überhaupt nicht begangen worden war.

»Guten Morgen, Frau Hartmann«, grüßte Annie sie strahlend. Conny konnte gar nicht anders als zurückzulächeln. Sie erwiderte den Gruß und setzte sich auf den Behindertenplatz, von wo aus sie den besten Blick durch die Windschutzscheibe hatte.

»Es war nicht ganz so dunkel wie heute«, berichtete Annie. »Und die Straßen waren nicht nass und spiegelten nicht so.« Sie hielten am Weinweg, wo ein alter Mann mit Krückstock zustieg. »Guten Morgen, Herr Schmidtlein!«, trällerte Annie. Der Mann quälte sich mühsam durch die Tür, wandte sich an Conny und sagte: »Junge Dame, Sie sitzen auf meinem Platz. Kriegsverletzung.«

»Heute müssen Sie sich mal auf die andere Seite setzen, Herr Schmidtlein«, sagte Annie. »Polizeiliche Ermittlung.« Er fügte sich murrend. Sie waren zwar Frauen und noch dazu jünger, aber beide trugen Uniform.

Die Bahn fuhr wieder an. Die Durlacher Allee führte an dieser Stelle über eine breite Autobahnbrücke. In jede

Richtung gab es drei Spuren und auf beiden Seiten der Brücke einen Fahrrad- und Fußgängerweg mit Eisengeländer. Vor ihnen tauchte die Haltestelle Untermühlstraße auf, eine einsame Insel in einem Meer aus Beton und Asphalt. Annie verlangsamte die Fahrt. Normalerweise wäre sie mit voller Geschwindigkeit durchgefahren, erklärte sie, da sie hier nur bei Bedarf anhalten müsse. »Hanni-Lieschen stand ganz vorn auf dem Bahnsteig«, sagte sie. »Und der Mann stand direkt hinter ihr.«

»Gut, Frau Meyer. Sie können mich hier rauslassen.«

»In Ordnung, Frau Hartmann. Ich bin in 25 Minuten zurück. Es kommen noch drei Haltestellen, dann mache ich Pause, drehe in Durlach um und fahre zurück ins Stadtzentrum.«

Conny stand auf dem Bahnsteig und sah der Straßenbahn nach, die beschleunigte und immer kleiner wurde. Der Berufsverkehr auf der Durlacher Allee hatte noch nicht eingesetzt, aber der Lärm von der Autobahn unten war beträchtlich. Die Haltestelle Untermühlstraße war durch eine dicke, zwischen zwei Metallpfosten gespannte Kette von der Straße abgetrennt. Man musste nicht besonders sportlich sein, um diese Absperrung zu überwinden. Der Mörder konnte sich hinter dem Wartehäuschen aus Glas und Metall versteckt haben und von dort aus unbemerkt über die Straße entkommen sein. Er wäre wohl kaum über den »offiziellen« Weg geflüchtet – über eine Treppe in den Tunnel hinab, durch den die Untermühlstraße die Durlacher Allee unterquerte. Der Durchgang war zu schmal, zu gut beleuchtet. Die Gefahr, von einem Fußgänger auf dem Weg zur Haltestelle Untermühlstraße gesehen zu werden, war wesentlich größer als die, von einem vorbeikommenden Autofahrer erkannt zu werden. Conny probierte es selbst aus – sie stieg über die Kette, sprintete über die Durlacher Allee und lief den Fußweg in Richtung Durlach entlang.

Sie musste die Autobahnausfahrt überqueren. Ein Auto hupte sie an und blendete die Scheinwerfer auf. Hatte es an dieser Stelle womöglich einen Zeugen gegeben? Ab hier säumten Büsche und junge Bäume den rechten Straßenrand der Durlacher Allee. Der Mann konnte sich leicht darin versteckt haben oder in einem unbeobachteten Moment über die Böschung zur Johann-Strauss-Straße hinuntergeklettert sein, wo er vielleicht seinen Wagen geparkt hatte. Sie nahm sich vor, die Gegend später bei besseren Sichtverhältnissen noch einmal unter die Lupe zu nehmen. Außerdem war noch zu klären, woher Bettina oder Hanni-Lieschen oder Bag Lady X – Conny sah unwillkürlich McAdams blaue Augen und sein Lächeln vor sich – woher diese Bag Lady morgens um sechs Uhr eins in die Untermühlstraße gekommen war. Wenn sie die ganze Nacht auf der Bank im Wartehäuschen verbracht hätte, wäre sie von der Polizei aufgegriffen worden. Außerdem war die Untermühlstraße ihre »Stammhaltestelle«, wo sie jeden Morgen einstieg. Conny kombinierte, dass sie irgendwo in der Nähe dieser gottverlassenen Straßenbahnstation geschlafen haben musste – nahe genug, dass sie ihre drei voll gestopften Einkaufstüten hin und her schleppen konnte. Ja – Conny würde ihren Chef überreden, sie und Reikert die Gegend nach Spuren von Bettina X absuchen zu lassen.

Da Conny nicht noch einmal auf der Durlacher Allee ihr Leben riskieren wollte, bog sie links in die Untermühlstraße ein, wo sie die Graffiti an den Tunnelwänden bewunderte, und stieg von dort aus die Stufen zur Haltestelle hinauf. Die Linie Zwei aus Richtung Durlach hielt für sie an, aber sie ließ sie vorbeifahren, um auf Annie zu warten. Als sie in die Linie Eins stieg, begrüßte Annie sie mit einem Lächeln und einem lauten »Guten Morgen!« Die Straßenbahn war inzwischen voller. Pendler aus Durlach und Umsteiger vom Durlacher Bahnhof fuhren zur Arbeit in die

Karlsruher Innenstadt. Die Sonne war aufgegangen, verbarg sich aber noch hinter einem Wolkenvorhang. Annie schaltete die Innenbeleuchtung aus und zog den Vorhang zurück, der die Fahrerkabine nachts gegen die reflektierenden Lichter abschirmte. Jetzt war sie eins mit ihren Fahrgästen. »Weinweg!«, trällerte sie, als sie an der nächsten Station hielt. Erst nachdem dieselbe beschwingte Stimme »Tullastraße!«, »Gottesauerplatz!« und »Durlacher Tor!« angesagt hatte, bemerkte Conny, dass Annie die automatische Ansage abgeschaltet hatte und »live« sprach. »Bis dann, Frau Hartmann!«, rief Annie augenzwinkernd und winkte Conny nach, als diese am Europaplatz ausstieg. Conny winkte zurück und hatte irgendwie das Gefühl, gestärkt in den Tag zu gehen.

Zur selben Zeit fuhr Wilhelm Wemgruber am anderen Ende der Stadt, in Mühlburg, gerade die Haltestelle Entenfang an. Er grüßte die frühmorgendlichen Fahrgäste nicht, sondern ignorierte sie im Gegenteil, so gut er konnte. Wie jeden Tag fühlte er den Schmerz vom Steißbein ausgehend den Rücken empor über Schultern und Nacken aufsteigen, bis er sich als Kopfschmerz zwischen den pochenden Schläfen festsetzte. Es kam ihm so vor, als sei der Schmerz selbst eine Straßenbahn und seine Wirbelsäule das Gleis. Wilhelm Wemgruber hatte genug Sorgen. Sein Sohn Wolf war zum dritten Mal von zu Hause ausgerissen und Wilhelm hatte das Gefühl, das es diesmal endgültig war – der Junge würde nicht zurückkommen. Der Junge hatte ihn verlassen, ebenso wie seine Frau ihn verlassen hatte. Er hatte versucht, den beiden etwas Vernunft einzuprügeln, so wie sein Vater ihm Vernunft eingeprügelt hatte. Wilhelm war sicher, dass seine Frau und sein Sohn ohne ihn vor die Hunde gehen würden. Er allein wusste, was gut für sie war. Die Welt war gefährlich, feindselig und voller tückischer

Fallen. Als Mann konnte man niemandem trauen außer der eigenen Familie und selbst die musste ständig zurechtgewiesen, kontrolliert und mit harter Hand im Zaum gehalten werden. Frau und Kind waren zu schwach, um ihr Leben selbst in die Hand zu nehmen. Nur er, Wilhelm, wusste dank der Disziplin, die sein Vater ihm beigebracht hatte, was für sie das Beste war.

Was aus seinem Sohn werden würde, stand für ihn fest: Er würde nach der Schule keine Lehrstelle bekommen, er würde einer von diesen Punks mit Neonhaaren und Nasenringen werden. Er würde in schlechte Gesellschaft geraten und Drogen nehmen, die er mit gestohlenem Geld bezahlen würde. Er würde wie einer von diesen nichtsnutzigen Pennern enden, die am Europaplatz und am Hauptbahnhof herumhingen – Menschen, die schlimmer als Tiere waren, der rechtschaffenen, arbeitenden Bevölkerung auf der Tasche lagen und überall ihren Müll hinterließen, den dann andere, anständige Leute wegräumen mussten …

Wilhelm bremste abrupt. Ein Teenager lief direkt vor ihm über die Straße, ohne nach links oder rechts zu sehen. Hatte wahrscheinlich einen Walkman auf – eins von diesen Dingern, aus denen nervtötende Beats dröhnten wie Buschtrommeln oder die Kolben eines Automotors, der nicht ansprang. Diese Beats hämmerten mit Wilhelms pochenden Kopfschmerzen um die Wette, wenn sich in der Stoßzeit vor und nach der Schule Scharen solcher Idioten im Gang drängten wie die Schweine auf dem Weg zum Schlachthof. Bestimmt hatte dieser Bursche das mit Absicht gemacht. Nur um ihn zu ärgern – ihn, Wilhelm Wemgruber, die Verkehrsbetriebe und die ganze geregelte Welt der Gleise und Fahrpläne. Wahrscheinlich feixte er auch noch, dieser Idiot mit seinem wasserstoffblonden Schädel und seinen Ohrringen … wie ein Weibsbild!

Wilhelm grummelte vor sich hin, ohne sich dessen bewusst zu sein. Sein Körper hatte auf Autopilot umgestellt. Alles funktionierte wie von selbst: Wechselgeld herausgeben, anfahren und halten, während seine Gedanken abschweiften und durch einen finsteren Wald voller Gefahren und Enttäuschungen irrten. Wenn Fahrgäste ihn ansprachen, sich über etwas beschwerten oder drohten, ihn zu melden, ignorierte er sie, starrte ungerührt geradeaus und verfolgte in Gedanken stur seine eingefahrenen Gleise. Diese Leute waren seine Feinde, das wusste er – Handlanger der dunklen Mächte, die ihn nur in Versuchung führen, vom rechten Weg abbringen und ins Elend stürzen wollten. Ha! Das würde ihnen niemals gelingen. Wilhelm würde unbeirrt weiter seinem Weg folgen, wie er es von seinem Vater gelernt hatte. Denn er wusste, dass es der richtige war.

Sechs

McAdam setzte seinen Helm auf und streifte die Handschuhe über. Die komplette Radfahrerkluft – passende Schuhe, Radlerhose, Trikot, Handschuhe und Helm in auffälligem rotschwarzem Muster – war ein Geschenk von Uschi gewesen. (Als Aerobictrainerin bekam sie bei einem Sportartikelhändler Rabatt.) McAdam fühlte sich unwohl in Sachen, die zu gut zusammenpassten. Und dieser perfekte Dress lief seinem chaotischen, spontanen Charakter zuwider. Ist doch nur eine neue Verkleidung, tröstete er sich. Man würde ihn für einen übereifrigen Amateur-Radsportler halten und nicht für einen professionellen Schnüffler. Er lief die vier Stockwerke hinunter, machte unten ein paar Kniebeugen und Dehnübungen und stieg dann noch eine Treppe tiefer, um sein Mountainbike aus dem Keller zu holen. Danach war er bereits außer Atem, was ihm den Widerspruch zwischen seinem flotten Outfit und seiner lahmen Kondition umso bewusster machte. Er nahm sich vor, regelmäßig zu trainieren, um wieder so fit zu werden, wie er es als Pizzabote gewesen war.

Draußen war es diesig und feucht, wie die Weather Woman vorhergesagt hatte. McAdam schwang sich auf den Sattel, radelte die Albtalstraße und die Beiertheimer Allee entlang, nahm die Abkürzung über den Parkplatz des Kongresszentrums und bog auf den Fahrradweg in Richtung Durlacher Allee ein. Was für ein Luxus, dachte er. Die ganze Stadt war von einem Netz aus kilometerlangen, gut markierten Fahrradwegen ohne nennenswerte Steigungen überzogen. Parks und Wälder waren für Radfahrer freigegeben, man durfte umgekehrt durch Einbahnstraßen fahren und sein Rad zu bestimmten Zeiten sogar in die Straßenbahn mitnehmen.

McAdam fand ein angenehmes Tempo, das ihm erlaubte, die Gedanken schweifen zu lassen, während er in die Pedale trat. Zum vierzigsten Mal seit Elke Erhagens Anruf fragte er sich, was für ein »Dokument« er da eigentlich suchte. Sie hatte es ihm nicht verraten wollen. Sein Auftrag war herauszufinden, wo Bettina/Nana übernachtet hatte, und ihre Bleibe nach einem verdächtigen Papier zu durchsuchen. Was konnte das sein? Ein Brief? Ein Foto? War Bettina eine Art Botin gewesen, die zwischen Elke und ihrem ominösen Liebhaber vermittelte? War McAdam dem »Beweis« auf der Spur, auf den der Alte ihn angesetzt hatte – diesmal allerdings im Auftrag der untreuen Ehefrau statt des betrogenen Gatten?

Der Gedanke reizte seine ironische Ader, bereitete ihm aus moralischer Sicht jedoch Unbehagen. Selbstverständlich war er gegenüber Elke als seiner derzeitigen Klientin zur Vertraulichkeit verpflichtet. Aber würde er nicht Professor Erhagen sein Geld zurückgeben müssen, wenn sich herausstellen sollte, dass sie tatsächlich einen Liebhaber hatte? Das wäre wiederum darauf hinausgelaufen, Elke zu verraten. Vielleicht sollte er seine Dienste bei Ehepaaren in Zukunft auf eine Partei beschränken. Doch dieses Prinzip schien ebenso unnötig wie unrentabel. McAdam rollte durch eine tiefe Pfütze, wobei seine Füße und Beine mit Schlamm bespritzt wurden. Er wusste, was Uschi zu seinem Problem gesagt hätte: Sie hätte es als Haarspalterei betrachtet und gefunden, er sehe das zu eng, zu amerikanisch. »So wirst du nie reich, Schatz.« Er nahm sich vor, das Dilemma irgendwann später mit einem der diversen Karlsruher Richter zu besprechen, mit denen er befreundet war. Inzwischen würde er sich auf die praktische Seite des Problems konzentrieren.

Als er an der Haltestelle Tullastraße vorbeifuhr, blickte er unwillkürlich zu Erhagens Penthouse-Büro im Gebäude der Verkehrsbetriebe auf. Die Fenster waren dunkel – der Alte weilte noch im Orient. Die Durlacher Allee verlief sanft bergab, vorbei an Möbel Mensch und dem Riesenmarkt. Dieses Karlsruher Einkaufszentrum mit seinen weitläufigen Parkplätzen kam den amerikanischen Shopping Malls noch am nächsten. Dahinter lag die Haltestelle Untermühlstraße. McAdam hielt an und sah sich um. Links waren die Ein- und Ausfahrten des Einkaufszentrums und die dazugehörige Tankstelle. Dort standen zwar auch ein paar Bäume, aber es gab keine Nebengebäude oder Nischen, die einer Obdachlosen Unterschlupf geboten hätten. McAdam stellte sich vor, wie die Gegend bei Nacht aussah. Die Parkplätze würden von Flutlichtern erhellt sein und der Wachdienst des Einkaufszentrums würde seine Runden drehen. Dieser Ort kam nicht infrage. Er wandte sich nach rechts. Unter dem Geländer, über das er sich beugte, lärmte der Autobahnverkehr. Daneben begann einen Kilometer weiter, wo das kahle Ackerland endete, eine Schrebergartenanlage – die Erfindung eines Arztes aus dem neunzehnten Jahrhundert. Noch heute nutzten Städter in ganz Deutschland die kleinen Parzellen mit winzigen Gartenlauben inklusive Geräteschuppen für ein Wochenende »auf dem Land«. McAdam stellte sich unter Erholung an der frischen Luft allerdings etwas anderes vor, als auf vierzig umzäunten Quadratmetern mit den Nachbarn um die geradesten Gemüsereihen und die perfektesten Rosen zu wetteifern. Er überlegte, ob er zu den Gärten radeln sollte, entschied dann aber, dass sie für die Bag Lady zu weit von der Straßenbahn entfernt lagen. Außerdem wusste er, dass die ganze Anlage ebenso wie jede einzelne Parzelle hinter Schloss und Riegel gehalten und zudem tagein, tagaus von den Hobbygärtnern bewacht wurde, die zu unterschiedlichen Zeiten kamen und gingen, je nachdem ob sie berufstätig oder im Ruhestand, Hausfrauen oder Schulkinder waren.

Er schob sein Fahrrad noch ein Stück und trug es dann die Treppe hoch zur Haltestelle Untermühlstraße, die den sechsspurigen Verkehrsstrom teilte. Er stand allein auf dem Bahnsteig. Die Straßenbahn aus Durlach fuhr vorbei, ohne anzuhalten. McAdam spähte auf die Gleise, auf denen Bettina umgekommen war, konnte aber nicht ausmachen, ob die dunklen Flecken auf den Bahnschwellen Blutspuren oder Anzeichen von Verwitterung waren. Er sah sich suchend nach Elkes »Dokument« um, als ob es jetzt, zwei Wochen nach dem Unfall, noch unberührt irgendwo herumliegen könnte. Lass die Spinnerei sein, ermahnte er sich und trug sein Fahrrad wieder die Stufen zur Untermühlstraße hinunter.

An der Wand vor ihm prangten eindrucksvolle, riesige Graffiti in leuchtenden Neonfarben mit dicken, selbstbewusst gesprühten schwarzen Umrissen – ein echter Lichtblick inmitten von all dem tristen, grauen Beton und Asphalt. Die Graffiti schienen die Namen der Künstler und ihrer Freunde darzustellen, vielleicht auch Comicsprache oder beides. Jedenfalls lieferten sie McAdam keinerlei Hinweis darauf, wo Bettina gehaust hatte. Er bog daher aufs Geratewohl links in die Untermühlstraße ein. Die Büsche und Bäume zur Linken waren nicht dicht genug, um einer schlafenden Frau Unterschlupf zu bieten. Rechts lagen ein großer Sportplatz und ein Kinderspielplatz, dahinter Ein- und Zweifamilienhäuser mit Garagen und Geräteschuppen, aber keine Nebengebäude, die jemanden vor den Blicken neugieriger Nachbarn verborgen hätten.

McAdam umrundete den Sportplatz, kehrte zum Tunnel zurück, unterquerte die Durlacher Allee und fand sich in einer weiteren Wohnanlage wieder. Gleichförmige, zweistöckige Zweifamilien- und Mietshäuser, wiederum mit Garagen oder Geräteschuppen in winzigen Gärten, überall Fenster und keine Möglichkeit, unentdeckt zu übernachten. McAdam radelte in Richtung Durlach, ohne auch nur einem einzigen Fußgänger oder Autofahrer zu begegnen. Ein ruhiges Viertel. Die Straße mündete in eine Querstraße. Gegenüber begann zwischen Bäumen und dichtem Gebüsch ein Fußweg.

McAdam schob sein Fahrrad den Fußweg entlang, der links neben den Eisenbahngleisen verlief. Vor ihm führte die Durlacher Allee über eine hohe Brücke mit Backsteinbögen. Dahinter sah er die Rückseite des Durlacher Bahnhofs. Er ging unter der Brücke hindurch und stieß auf eine Art Abstellplatz der Bahn- und Straßenarbeiter. Mehrere alte Straßenschilder lehnten ordentlich an den Brückenpfeilern. Außerdem standen Wellblechhütten und Container herum, die teils offen, teils verschlossen waren. McAdam sah einen Stapel Schieferplatten, etliche leere Druckluftbehälter, Kabelspulen und ausrangierte Straßenbahnwagons, die ebenfalls als Lagerraum genutzt wurden. Er probierte ein paar Türen und rüttelte an Kettenschlössern. Am meisten interessierte ihn eine Art Bauwagen, der ein geeigneter Zufluchtsort für eine Obdachlose zu sein schien. Die Tür war verschlossen. McAdam zog sein Schweizer Messer hervor und stocherte mit den Mini-Werkzeugen im Schlüsselloch herum. Schließlich gab die Tür nach – vielleicht auch nur, weil er lange genug daran gerüttelt hatte.

»Bingo!«, murmelte McAdam. Nicht nur durch die geöffnete Tür fiel Licht in den Raum, sondern auch durch ein paar graue, spinnwebenverhangene Fenster im Dach. Auf dem Boden lag ein alter Teppich. Die Einrichtung bestand aus einem Metallschreibtisch mit einem Drehstuhl, einer Laterne, sogar einem Radio und einem Sessel, aus dem die Polsterung herausquoll. In einer Ecke lag neben zwei Kunststoff-Wasserflaschen und einem winzigen Campingherd ein säuberlich zusammengerollter Schlafsack. Warum Bettina diese Sachen hier zurückließ, ihre drei Tüten voller Müll und schmutziger Wäsche dagegen mit sich herumschleppte, war McAdam ein Rätsel. Möglicherweise gehörte die Einrichtung einem anderen Landstreicher. Oder war Bettina an ihrem Todestag vielleicht auf dem Weg zum Waschsalon gewesen? Wahrscheinlich war es ohnehin sinnlos, Bettinas Verhalten rational erklären zu wollen. Und ebenso sinnlos war es wohl, sich zu fragen: »Wo hätte ich an Bettinas Stelle ein geheimes Dokument versteckt?«

McAdam durchsuchte zuerst den Schlafsack, fand darin aber nichts als eine vergessene Socke. Eine der Wasserflaschen war fast leer, die andere voll. Er erinnerte sich an den wasserfleckigen Brief, der unter den Sachen der Toten gefunden worden war, aber in den Flaschen steckte kein Papier. McAdam hob den Teppich an den Ecken an, doch darunter kam nichts als Staub und Mäusekot zum Vorschein. Auch hinter dem alten Stadtplan von Karlsruhe, der an der Wand hing, steckte kein Briefumschlag. Er klopfte die Wand nach losen Brettern oder Hohlräumen ab – Fehlanzeige. Er dachte an den aufgeplatzten Rücken des Teddys, der angeblich Elke gehört hatte, und überlegte, ob er die Polsterung des Sessels untersuchen sollte. Da er dazu keine Lust verspürte, richtete er seine Aufmerksamkeit auf den Schreibtisch. Unter der mürben Schreibunterlage mit dem Logo einer ortsansässigen Baufirma war nichts als eine zerkratzte Tischplatte. McAdam hob das tragbare Radio an und betrachtete es von allen Seiten. Daneben standen zwei ungeöffnete Konservendosen. Er schälte die

Etiketten ab (Grüne Erbsen mit Speck, Ungarisches Gulasch), fand darunter aber nur geriffeltes Blech. Er öffnete die Schreibtischschublade. Sie war voller staubiger Aktenhänger mit Arbeitsaufträgen der Stadtverwaltung. Der letzte war über zwei Jahre alt, insgesamt wirkten die Papiere jedoch wie die meisten amtlichen Formulare in Deutschland ausgesprochen altertümlich – viele der komplizierten Vordrucke waren mit der Hand oder mit uralten Schreibmaschinen ausgefüllt. McAdam musste an alte Filme denken. Aber wo hätte man ein geheimes Dokument besser verstecken können als in einer Schublade voller Dokumente? McAdam blätterte die Formulare sorgfältig durch, bis es einen abgegriffenen, braunen Umschlag mit altmodischer Sütterlin-Schrift in der Hand hielt. Er trug den Stempel des Standesamtes von Hannover – nicht gerade das, was man in einem Bauwagen in Karlsruhe vermutet hätte.

McAdam hörte durch die offene Tür des Containers, wie sich Schritte und Stimmen näherten. Er zog den Reißverschluss seines Radlertrikots auf, steckte den mysteriösen Umschlag hinein, schlich, ohne die Tür zu schließen, nach draußen und versteckte sich hinter dem Wagen. Als die Schritte näher kamen, schnappte McAdam ein paar Gesprächsfetzen auf. Ein Mann und eine Frau unterhielten sich im Karlsruher Dialekt. Der Mann beschwerte sich über die »Scheißgraffiti«, die Frau sagte etwas von »jugendlicher Selbstverwirklichung« und dann »Hallihallo«.

McAdam trat hinter dem Container hervor und strich sich über die Radlerhose. »Ach ... hallo, Frau Hartmann! Hallo, Officer!«, rief er in seinem breitesten, charmantesten amerikanischen Akzent.

»Was machen *Sie* denn hier?«, fragte Reikert streng. Conny verzog keine Miene. »Fesche Uniform!«, sagte sie nur.

»Vielen Dank!«, grinste McAdam. »War nur mal pinkeln! Sie wissen ja, wenn man dreißig Kilometer geradelt ist ...«

»Stand die Tür dieses Bauwagens schon offen, Herr McAdam, oder haben Sie sie geöffnet?«, fragte Reikert noch strenger.

McAdam schüttelte den Kopf. »Nein, Sir«, erwiderte er, »aber ich habe ein paar Kids herauskommen sehen. Sie hatten ... äh ... Sprühdosen in der Hand. Sind in die Richtung gerannt.« Er zeigte über die Gleise zum Durlacher Bahnhof hinüber.

»Ach ja? Interessant«, sagte Reikert und setzte sich in die betreffende Richtung in Trab. Conny blieb an der Tür stehen. Die Falte zwischen ihren Augenbrauen verriet, dass sie angestrengt nachdachte.

»Ich glaube, ich schulde Ihnen ein Bier«, sagte sie zu McAdam. »Kommen Sie nächstes Wochenende wieder in den Schützenverein?«

»Das würde ich mir um keinen Preis entgehen lassen«, lächelte McAdam. Er hob zum Abschied zwei Finger an seinen stromlinienförmigen, schwarzroten Fahrradhelm und sie erwiderte den Gruß, indem sie sich an den schwarzen Schirm ihrer weißen Polizeimütze tippte. McAdam radelte davon, Conny sah ihm nach und jeder hoffte, der andere würde die eigenen Ermittlungen voranbringen.

Sepp Hauser saß am Konferenztisch und rieb sich die gefurchte Stirn. Ihm gegenüber putzte Charlotte Hampl sich die Nase. »Also, Charlotte, ich möchte, dass du dir diese Entscheidung gründlich überlegst«, sagte Sepp. »Du weißt genauso gut wie ich, dass gewisse Leute sagen werden, na bitte, Frauen haben eben einfach nicht die Nerven für diesen Job.«

»Ich habe es mir lange genug überlegt, Sepp«, sagte Charlotte Hampl. »Es tut mir ja auch Leid, aber wenn ich daran denke, sehe ich immer nur vor mir, wie dieser arme Mann in zwei Hälften geschnitten daliegt.« Sie putzte sich wieder die Nase. »Ich habe mit meinem früheren Chef gesprochen und ich kann wieder in der Kantine anfangen. Das Einzige, was da in Hälften geschnitten wird, sind Kartoffeln, Gurken und Würstchen.«

Nachdem Charlotte ihre Taschentücher eingesteckt hatte und gegangen war, wandte sich der Versicherungsvertreter an Sepp: »Vielleicht haben die Kritiker recht. Frauen haben wohl wirklich nicht die Nerven für diesen Job.«

»Hätten Sie denn die Nerven, Herr Kornmacher?«, fragte Sepp. Herr Kornmacher raffte seine Unterlagen zusammen und murmelte etwas Unverständliches. Sepp hatte für Bürohengste nicht viel übrig. Als die anderen sich verabschiedet hatten, blieb er am Tisch sitzen und grübelte, ob die Unfälle vielleicht gar keine Unfälle gewesen waren. Womöglich wollte irgendein Irrer vom Schlag »Hab ich doch gleich gesagt« genau das beweisen: dass Annie und Charlotte und Sepps eigene Tochter keinen Männerberuf ausüben konnten oder sollten. Sepp schüttelte den Kopf, stand auf und streckte langsam seine arthritischen Knie. »Du wirst auf deine alten Tage noch verrückt«, sagte er zu sich. »Genauso misstrauisch wie der Alte.« Er sah Dr. Erhagens Rückkehr aus dem Fernen Osten mit Unbehagen entgegen. »Nein« – wieder schüttelte er den Kopf –, »das wird dem Alten gar nicht gefallen.«

McAdam stellte sein Fahrrad vor dem Copyshop ab. Nachdem er es abgeschlossen hatte, zögerte er einen Augenblick. Er wog das kostbare Dokument in der Hand und fragte sich, ob er es kopieren sollte. Öffnen musste er den Umschlag auf jeden Fall. Wie sollte er sonst wissen, ob er Bettina gehört hatte und ob das Dokument darin das war, was Elke suchte? Der Umschlag war bereits mehrmals geöffnet und mit Tesafilm wieder zugeklebt worden. McAdam schnitt den jüngsten Klebestreifen mit seinem Schweizer Taschenmesser durch. In dem Umschlag steckte ein Familienstammbuch, wie er selbst zu Hause eins hatte. Man bekam es vom örtlichen Standesamt, wenn man zum ersten Mal heiratete. McAdam dachte daran, wie umständlich das Heiraten in Deutschland war: Man musste sich zweimal trauen lassen, einmal amtlich und dann – sofern man eine religiöse Zeremonie wollte – noch einmal kirchlich. Und man konnte nicht etwa einfach auf dem Weg zur Kirche, Synagoge oder Moschee mal eben beim Standesamt vorbeischauen. Nein, man musste einen Termin haben, und zwar an einem anderen Tag, so dass man zwei Blumensträuße und zwei Kleider brauchte und Familie und Trauzeugen zweimal antanzen mussten. Trauten die städtischen Behörden den kirchlichen nicht zu, die Formulare richtig auszufüllen? Oder steckte die mächtige Lobby der Floristen und der Bekleidungsbranche dahinter? Vielleicht lag es auch nur daran, dass die Deutschen allgemein gern feierten. Schließlich begingen sie Weihnachten ebenfalls an zwei Feiertagen mit zwei Festessen und sie hatten doppelt so lange Sommerferien wie der Rest der Welt. Während McAdam über den deutschen Hang zur Doppelung nachdachte, versperrte er mit seinem Fahrrad sowohl den Gehweg als auch den Eingang zum Copyshop, so dass die Passanten grummelnd einen Bogen um ihn machen mussten.

McAdam besann sich, betrat den Laden und machte am Gerät Nummer 12 zwei Kopien von dem Familienstammbuch. Anschließend fuhr er nach Hause und versuchte, Uschi bei ihrer Mutter und Elke Erhagen zu Hause zu erreichen. Beide Male ging niemand ans Telefon. Er überlegte, ob er Elke eine Nachricht auf dem Anrufbeantworter hinterlassen sollte. Wenn Professor Erhagen aus Fernost zurückkehrte, würde er das Band bestimmt abhören und wahrscheinlich McAdams Akzent, vielleicht sogar seine Stimme erkennen. McAdam wollte Elke nicht in Verlegenheit bringen. Andererseits war er stolz auf seinen Erfolg und sicher, dass Elke schnellstmöglich davon erfahren wollte. Sie konnte die Nachricht ja löschen. Er wählte erneut ihre Nummer und murmelte eine Tonlage höher als sonst: »Guten Tag, Frau Erhagen. Der Artikel, den Sie bestellt haben, ist eingetroffen. Bitte geben Sie uns Bescheid, wann wir liefern sollen.« Dann legte er auf und machte sich für den Abend frisch.

Kai hatte sich längst von seiner Heavymetalband getrennt, sich die Haare abgeschnitten und war als Keyboarder bei einer Jazzrockgruppe eingestiegen, die sich South City nannte. Außer ihm hatte die Band noch Schlagzeug, Bass, Gitarre, ein elektrisches Cello und ... Dawn. Dawn Johnson war eine große Frau mit braunen Augen, blonden Rastalocken und einer rauchigen Bluesstimme. Ihre Mutter war Deutsche, ihr Vater ein schwarzer amerikanischer Soldat, der Deutschland, die Army sowie Frau und Tochter vor mehr als zwanzig Jahren verlassen hatte und sich seitdem nicht mehr hatte blicken lassen. Dawn hatte die Haut, die Haare und zur Hälfte auch die Seele einer Afroamerikanerin, sprach jedoch den einheimischen Karlsruher Dialekt und konnte nur so viel Englisch, wie sie in der Schule gelernt oder im Radio aufgeschnappt hatte. Kai hatte McAdam gebeten, Dawn bei den englischen Texten für die Songs von South City zu helfen.

So saß McAdam nun in Gracie's Irish Pub, nippte an einem Kilkenny und sonnte sich in Dawns Schönheit. Sie sang eines seiner Lieblingsstücke, eine unverfälschte Bluesnummer mit dem Text:

»My daddy he done left me
When I was only two
And since that day for me
There's been no other man but you

Oh honey
No other man but you
Don't leave me baby ...«

Es war ein tieftrauriger Song, ein düsterer Song, ein Song, der Trauer in puren Genuss verwandelte. Während er so dasaß, den Bierkrug in der Hand und den Blick auf Dawn gerichtet, sah McAdam im Geiste immer wieder Elke Erhagen und Bettina-Nana vor sich – oder Elisabeth Blank, wie Bettina in Wirklichkeit hieß, sofern das Familienstammbuch ihr gehörte. Aber Bettina oder Elisabeth hatte ihr Stammbuch offenbar nicht an ihrem Hochzeitstag erhalten. Sie musste es anlässlich der Geburt ihres ersten Kindes bekommen haben, denn laut Stammbucheintrag war Elisabeth Blank ledig und der Vater ihrer Kinder unbekannt. Bettina war die unverheiratete Tochter einer unverheirateten Mutter. Ihre eigene Tochter, Regina Blank, müsste jetzt in Elke Erhagens Alter sein.

Begeisterter Applaus riss McAdam aus seinen Grübeleien. Er signalisierte Dawn mit hochgestreckten Daumen seine Anerkennung, worauf sie ihm eine Kusshand zuwarf. Die Band begann eine gewagte Nummer mit dem Titel »Fast Friends«, in der Dawns komödiantisches Talent gefragt war – sie glänzte darin mit einer Parodie auf eine berühmte britische Girl Group und ihr erfolgreichstes deutsches Pendant.

McAdam ließ seiner Fantasie freien Lauf. Er fragte sich, ob Elke von Bettinas Tochter wusste. Wahrscheinlich nicht – sie hatte schließlich gemeint, Bettina hätte keine Angehörigen. Was, wenn die beiden sich kennen lernten, »fast friends« würden – Freundinnen auf den ersten Blick – und Elke Regina davor bewahrte, dasselbe Schicksal zu erleiden wie ihre Mutter? McAdam entwarf im Geiste das Drehbuch zu einem Hollywoodfilm – eine Art modernes »Pygmalion« für die aufgeklärte Frau von heute, etwas in Richtung *Two*

Pretty Women. Eine niedergeschlagene Regina schleppt ihre Plastiktüten von Parkbank zu Parkbank. Schnitt zu Elke, die zwanghaft eine Boutique nach der anderen mit gefüllten Einkaufstüten verlässt. Durch eine Reihe von Verwicklungen (herbeigeführt von Richard Gere in der Rolle eines modernen Professor Higgins) begegnen sich die beiden Frauen. Elke rettet Regina aus dem Elend der Armut. Regina rettet Elke aus der Sinnentleertheit des Überflusses. Nur Henry Higgins geht leer aus und trottet mit seinen ausgebeulten Aktentaschen dem Sonnenuntergang entgegen ...

»Sentimentaler Quatsch«, dachte McAdam. »Könnte funktionieren.« Die Band machte eine Pause. Kai und Dawn kamen an seinen Tisch, so dass seine Gedanken von Bettina, Elke und Regina abgelenkt wurden. Während der nächsten halben Stunde redete er mit Kai über Handys, Autoradios und Filmentwickler und mit Dawn über ihre Ideen zu einem neuen Song mit dem Refrain:

»Babe you did me wrong, wrong, wrong
But man I'm gonna make you sing my song.«

Fünf Stunden später schleppte McAdam sich auf allen Vieren die Treppe hoch. Nicht buchstäblich auf allen Vieren, aber er schwankte, stolperte und hielt sich mit beiden Händen am Geländer fest. Die vier Stockwerke, die er zu erklimmen hatte, kamen ihm vor wie eine schlüpfrige Webeleine bei stürmischer See. Er war auf das zweite Set und das x-te Kilkenny im Gracie's geblieben und hatte nach der Sperrstunde mit Gracie und der Band noch einen Abschiedswhisky getrunken. Dabei hatten sie Pläne zu insgesamt fünf Filmen und acht Songs geschmiedet und die Partys geplant, die sie anlässlich ihrer Grammys, Bambis und Oscars schmeißen würden. Irgendwie hatte der Regenbogenbus sicher die Heimat angesteuert, ohne in eine Polizeikontrolle zu geraten, aber dann war sein Lotse, Kai, an seiner Wohnungstür im Erdgeschoss abrupt vor Anker gegangen und nun nahm McAdam allein Kurs auf seinen eigenen sicheren Hafen. Als er endlich oben angekommen war, gelang es ihm nach einem Kampf mit dem Schlüssel tatsächlich, die Tür zu öffnen. In seiner Verwirrung dachte er im ersten Moment, Uschi sei in seiner Abwesenheit zurückgekommen. Er rief ein paarmal: »Oosh?«, bis ihm einfiel, dass sie erst morgen Nachmittag (besser gesagt heute Nachmittag) nach Hause kommen würde. Er fand den Lichtschalter, warf mit einem halb zugekniffenen Auge in seinem Brummschädel einen prüfenden Blick ins Wohnzimmer und nahm sich vor, früh aufzustehen, um das wirklich beachtliche Chaos zu beseitigen, bevor er Uschi vom Bahnhof abholte. Er zog sein T-Shirt aus, schaffte es halb aus der Jeans, bis ihm auffiel, dass er noch Schuhe anhatte, verlor bei dem Versuch, sie auszuziehen, das Gleichgewicht, fiel aufs Bett und sank sofort in einen tiefen, traumlosen Schlaf.

Es war fünf Uhr morgens und Patrick Schneider schwebte im siebten Himmel. Erst vor wenigen Minuten hatte Jennifer Henkel ihm auf der Terrasse einen letzten langen Abschiedskuss gegeben und ihm gezeigt, in welcher Richtung die Haltestelle Neuwiesenreben lag. Patrick hatte Mühe, dem Asphaltweg durch die Wiesen zu folgen. Er nahm es kaum wahr, dass ein Motorrad ihn überholte. Manchmal torkelte er wie ein betrunkener Matrose, doch das lag weder an Bier noch an Whisky, Ecstasy, Kokain oder Heroin, auch wenn ein uneingeweihter Passant vielleicht den Eindruck gehabt hätte, Patrick sei auf Drogen. Es hätte ins Bild gepasst: Sein Schädel war teilweise kahl rasiert, das verbliebene Haar war orange, grün und lila gefärbt und in drei über- und untereinander verlaufenden Strängen zu einem barocken Muster gestylt, in dem bei genauerem Hinsehen (sofern man es wagte, genauer hinzusehen) Patricks Initialen zu erkennen waren. Patrick hatte die Haartracht selbst entworfen und Jennifer Henkel hatte sie genau nach seinen Anweisungen auf seinem Kopf verwirklicht. Heute (eigentlich gestern) hatte sie mit dieser Kreation den ersten Preis des wichtigsten Baden-Württembergischen Frisurenwettbewerbs gewonnen und sich damit für die Deutsche Hairstyling-Meisterschaft qualifiziert. Patrick und Jennifer waren zum Feiern in den Techno-Keller gegangen. Und dann ...

Patrick war achtzehn und hatte für jedes Lebensjahr ein Piercing – fünf in jedem Ohr, drei in der linken Augenbraue, zwei im rechten Nasenflügel, eins in der Lippe und zwei an Stellen, wo sie außer dem Piercer noch nie jemand zu sehen bekommen hatte – bis vor wenigen Stunden ...

Sechs Wochen lang hatte Patrick sich nach Jennifer verzehrt. Sechs Wochen lang war er durch die Stadt gestreift und hatte ihren Namen in verschlüsselter Form an Mauern angebracht. Patrick war Sprayer. In seinem Rucksack steckten sechs volle Farbsprühdosen und eine leere Sechserpackung farbiger Kondome. Bisher war es immer umgekehrt gewesen. Aber heute Nacht hatte er Jennifer endlich rumgekriegt. Patrick war trunken vor Liebe.

Er näherte sich auf dem gewundenen Pfad den Lichtern der Haltestelle Neuwiesenreben, bis sie schließlich lebensgroß vor ihm aufragte – zwei grell erleuchtete Wartehäuschen im dunklen, leeren Raum. Er studierte mit zusammengekniffenen Augen den Fahrplan. Verdammt. Noch vierzig Minuten.

Patrick überlegte, ob er zum Haus seiner Eltern am anderen Ende von Ettlingen joggen sollte, doch seine Knie waren noch weich von den vergangenen Stunden in Jennifers Bett. In der Kälte herumsitzen wollte er auch nicht. Er fing schon an zu zittern, dass die Sprühdosen in seinem Rucksack rhythmisch klirrten.

Dann hatte er eine Eingebung. Zur Feier des Tages – beziehungsweise der Nacht – würde er die Haltestelle Neuwiesenreben in einen Tempel der Liebe verwandeln, ein Denkmal für Jennifer. Er setzte den Rucksack ab, holte die Sprühdosen heraus und reihte sie auf einer Bank auf. Schon sah er das Design im Geiste vor sich. Er machte sich ans Werk, umrundete das südliche Wartehäuschen, huschte zwischen der Bank und den Wänden aus Glas und Metall hin und her, die bald mit bunten Abbildungen von Ohrläppchen, Lippen, Brustwarzen, Ellenbogen, Knien, Augenbrauen und Achselhöhlen bedeckt waren, wobei jeder Körperteil fast unmerklich einen Buchstaben formte, so dass am Ende auf der ganzen riesigen Fläche Jennifers Körper und ihr Name eine Einheit bildeten. Patrick fühlte sich inspiriert und von einer unglaublichen Energie erfüllt. Binnen vierzig Minuten war das Meisterwerk seines Lebens fertig. Als er von fern die Straßenbahn kommen hörte, packte er schnell die Sprühdosen ein, schulterte den Rucksack und trat ein paar Schritte zurück, um das großartigste Graffiti zu bewundern, das er je geschaffen hatte. Das Warnsignal am Fahrrad- und Fußgängerüberweg ertönte. Aus dem Augenwinkel sah er die Scheinwerfer der Straßenbahn, nicht aber die dunklen, ausgestrecken Arme, die ihm einen Stoß versetzten, dass er im hohen Bogen wie ein fallender Engel auf die hell erleuchteten Gleise stürzte.

Sieben

Ganz allmählich wurde sich McAdam der stechenden Kopfschmerzen und des bestialischen Ohrensausens bewusst. Nacheinander registrierte er verklebte Augenlider, eine trockene, belegte Zunge, ein Kribbeln um die Fußgelenke und schließlich das endlose Sturmgeklingel an der Tür. McAdam setzte sich mühsam auf, kämpfte mit Jeans und Schuhen, die seine Beine fesselten, befreite sich, wickelte sich in eine Decke und wankte zur Tür. Als er diese öffnete, stand – in schwarzer Jeans und schwarzer Lederjacke wie aus dem Ei gepellt – Elke Erhagen vor ihm. Ihre Augen und ihr Mund weiteten sich erst zu drei Os, dann zogen sie sich zu einem Grinsen zusammen. »Ich bin gerade auf dem Weg zum Bahnhof, um meinen Mann abzuholen, und dachte mir, ich schaue mal eben vorbei und hole das Dokument ab«, sagte sie.

»Äh ... Kommen Sie rein«, sagte McAdam. »Ich zieh mir schnell was über. Setzen Sie sich doch solange.«

»Danke – aber wohin?«, fragte Elke. McAdam rieb sich mit einer Hand die Augen (mit der anderen hielt er die Decke fest) und sah sich im Wohnzimmer um.

»Was ...?«, krächzte er. Das Zimmer war vollkommen auf den Kopf gestellt. Bücher und Ordner waren über das Sofa verstreut, Schubladen ausgeleert, die Jacken von der Garderobe, die Bilder von den Wänden gerissen. Er erinnerte sich dunkel, wie er in der Nacht aus dem Gracie's zurückgekommen war. Er hatte zuerst gedacht, Uschi sei wieder da – warum? Wahrscheinlich weil die Haustür nicht zweimal abgeschlossen war. Genau – sie hatte sich geöffnet, nachdem er den Schlüssel einmal herumgedreht hatte. Und dann das Durcheinander, das er in seinem Rausch flüchtig wahrgenommen hatte, bevor er ins Koma gefallen war ... Das stammte von Einbrechern. Jemand war in seine Wohnung eingedrungen! McAdam fühlte sich wie vergewaltigt. Er zog die Decke fester um sich. Während er sich umsah, begann er im Geiste mit der Bestandsaufnahme: Die Anlage war noch da, ebenso der Fernseher, die Kaffeemaschine, die alte Jazz- und Soulplattensammlung, die Bilder – Originale von befreundeten, bisher noch nicht berühmten Künstlern ...

»Herr McAdam ... das Dokument?«, erinnerte ihn Elke.

Das Dokument! War das der Grund für diese Schändung? McAdam durchwühlte das Chaos, bis er seine Lieblingsplatte von Otis Redding fand, in der er Elisabeth Blanks Familienstammbuch versteckt hatte. Die Platte steckte noch in ihrer Schutzhülle, doch Dokument und Kopien waren verschwunden.

Ein Schlüssel drehte sich im Schloss. Die Wohnungstür öffnete sich und vor ihm stand Uschi. Auch sie war nicht allein – ihre Mutter stand neben ihr. »Überraschung!«, rief Uschi. Dann wich ihr Lächeln in einer Folge subtiler Bewegungsabläufe, derer nur eine professionelle Schauspielerin fähig war, allmählich einem Ausdruck des Entsetzens.

»Hi, Oosh. Oosh, Ma Sommerfeld, dies ist Frau Erhagen. Frau Erhagen, meine Frau und meine Schwiegermutter. Bin gleich wieder da.« McAdam verschwand im Schlafzimmer, streifte sich seine verknitterte Jeans und ein Sweatshirt über, atmete tief durch und ging ins Wohnzimmer zurück, um sich dem Unwetter zu stellen. Elke und Uschi standen immer noch wie angewurzelt da und beäugten sich gegenseitig. Frau Sommerfeld dagegen hatte bereits das Chaos vom Sofa in ordentlichen Stapeln auf dem Boden aufgeschichtet und war in die Küche gegangen, um Kaffee zu kochen.

»Oosh, hier ist letzte Nacht eingebrochen worden. Deroder diejenige hat ein Dokument gestohlen, das ich für Frau Erhagen aufgespürt hatte.«

»Aha«, sagte Uschi. »Und wo warst du, als eingebrochen wurde?«

»Im Gracie's, mit Kai und der Band«, antwortete McAdam. »Als ich nach Hause kam, habe ich kein Licht angemacht, darum habe ich das Durcheinander gar nicht bemerkt … Bin gleich ins Bett gegangen.«

»Mhm«, machte Uschi. Ihre Mundwinkel hoben sich ganz allmählich wieder von dem Tiefpunkt, den sie zwischenzeitlich erreicht hatten.

Elke Erhagen dagegen war das Lächeln vergangen. »Wollen Sie damit sagen, das Dokument ist weg?«

»Ja«, gestand McAdam. »Aber nur um sicherzugehen, dass wir dasselbe Dokument meinen – wonach haben Sie eigentlich gesucht?«

Elke zögerte. »Nach einer … persönlichen Urkunde. Einem Familienstammbuch.«

»Stimmt«, bestätigte McAdam.

»Herr McAdam, haben Sie vielleicht eine Kopie gemacht?«

»Habe ich«, sagte McAdam, »aber die ist auch verschwunden. Können Sie mir verraten, Frau Erhagen, warum um alles in der Welt jemand wegen eines Familienstammbuchs bei mir einbrechen sollte? So etwas ist doch schließlich keine Geheimakte.«

»Ich kann es mir nicht erklären«, sagte Elke. »Es sei denn, Sie haben Ihre Schweigepflicht mir gegenüber verletzt und den falschen Leuten davon erzählt. Oder hat Sie vielleicht jemand beobachtet, als Sie es gefunden haben?«

Nur die beiden Polizisten, dachte McAdam und überlegte kurz, ob denen so viel daran lag, eine Obdachlose zu identifizieren, dass sie sich gewaltsam Zutritt zur Wohnung eines Privatmannes verschaffen würden, beziehungsweise eines Privatdetektivs. »Quatsch«, sagte McAdam laut.

Elke wurde allmählich wütend. »Sie müssen das Stammbuch doch gelesen haben. Was stand drin?«

McAdam kam sich vor wie ein Volltrottel. Sollte das eine mündliche Prüfung sein? Oder wusste Elke es tatsächlich nicht? War sie wirklich so sehr darauf versessen, den Nachnamen ihrer ehemaligen Babysitterin zu erfahren, oder steckte vielleicht noch etwas ganz anderes dahinter als Nostalgie und Neugier? »Das Stammbuch gehörte einer gewissen Elisabeth Blank. Außer ihr war noch ihre Mutter aufgeführt, Roswitha Blank, und eine Tochter, Regina Blank. Und ein zweites Kind, ein Sohn. Ich weiß nicht mehr, wie er hieß. Die Geburtsdaten habe ich auch vergessen, aber Elisabeth muss etwa fünfundvierzig oder sechsundvierzig gewesen sein und ihre Tochter um die dreißig. Die Adresse war ein kleiner Ort bei Hannover ... Spring oder Springer, glaube ich. Mehr kann ich Ihnen nicht sagen, tut mir Leid. Ich hoffe, die Polizei findet die Diebe und das Stammbuch.«

»Herr McAdam, ich verbiete Ihnen, die Polizei einzuschalten«, sagte Elke kalt. »Allerdings wäre ich Ihnen natürlich sehr verbunden, wenn *Sie* die Diebe und das Stammbuch finden könnten. Aber fürs Erste reichen mir die Informationen. Ich danke Ihnen. Bitte schicken Sie mir die Rechnung in einem Umschlag ohne Absender. Guten Tag, Herr McAdam, Frau McAdam.« Elke schritt majestätisch aus der Wohnung. Gerade als sie die Tür hinter sich schloss, kam Uschis Mutter mit einer Kaffeekanne und vier Tassen aus der Küche.

McAdam wandte sich mannhaft seiner Frau und seiner Schwiegermutter zu, um ihren Zorn über sich ergehen zu lassen. Doch Uschi überraschte ihn wieder einmal (eine der

Eigenheiten, die er an ihr so liebte). »Schatz, ich bin auch Detektiv«, verkündete sie. »Ich habe die Frau fotografiert.«

»Mhm!«, bekräftigte Frau Sommerfeld, der es offenkundig gefiel, Schnüffler zu spielen. Nicht umsonst war sie ein treuer Fan von Endlos-Fernsehserien wie *Derrick, Tatort* und *Ein Fall für Zwei.*

»Welche Frau?«, fragte McAdam.

»Deine Elke Erhagen. Wir haben sie gestern mit ihrem heimlichen Liebhaber gesehen.«

Während die Karlsruher Öffentlichkeit kaum Notiz davon genommen hatte, als Hanni-Lieschen und Humpel-Schorsch ums Leben kamen, war der Tod von Patrick Schneider eine Sensation. Er war durchaus keine gesellschaftliche Randfigur gewesen, auch wenn sein provozierendes Äußeres den Anschein erwecken mochte. Er war der einzige Sohn eines bekannten Apothekerpaares aus Ettlingen, der Stolz seiner Eltern und Lehrer. Er hatte Gedichte verfasst, war Herausgeber der Schülerzeitung gewesen, hatte in der Schüler-Jazzband Vibraphon gespielt und bereits früh zeichnerisches Talent an den Tag gelegt (allerdings hatten weder seine Eltern noch die Lehrer gewusst, dass er sich als Graffitikünstler betätigte). Die KATZ brachte auf der ersten Seite des Lokalteils einen Artikel über ihn und seinen tragischen Tod. TV Region übertraf sich selbst mit reißerischen Berichten. Es gab tränenreiche Interviews mit Patricks Eltern, seiner Freundin und dem Gemeindepfarrer. Man sah die Beine des armen Patrick, die in zerfetzten, blutigen Jeans unter der Straßenbahn hervorragen. Sein letztes Kunstwerk wurde in Panorama-Aufnahme gezeigt. Und in einer Fantasiesequenz wurde der Unfall aus Patricks Perspektive nachgestellt – die Landschaft, die sich bei seinem Sturz zu überschlagen schien, dann der Blick von den Gleisen zu der über ihn hinwegrollenden Straßenbahn hinauf, schließlich Blackout. Dieser geschmackvolle Beitrag wurde mehr als zwei Tage lang stündlich ausgestrahlt, begleitet von Bildern des erschöpften Direktors der Verkehrsbetriebe, Professor Dr. Erhagen, wie er am Bahnhof aus einem Wagon der ersten Klasse stieg und augenblicklich von Reportern belagert wurde, so dass selbst seine schöne Frau nicht zu ihm durchdringen konnte. Außerdem gab es Interviews mit verschiedenen Polizeivertretern und Bürgermeistern sowie mit repräsentativen Fahrgästen, Fußgängern und Autofahrern. Alle waren entsetzt. Die zuständigen Beamten versprachen eine gründliche Untersuchung. Der kleine Mann auf der Straße beschwerte sich, die Straßenbahnen seien zu groß, zu leise und zu schnell und man müsse um das eigene Leben und das seiner Kinder fürchten. Die Fahrgäste und Fußgänger erwogen, wieder auf ihre sicheren Autos umzusteigen, die Autofahrer hatten es natürlich immer schon gewusst. Im Studio rief der Moderator dem Fernsehpublikum die anderen beiden tödlichen Straßenbahnunfälle ins Gedächtnis und warf die Frage auf, ob diese drei Zwischenfälle in einem Monat nur ein unglücklicher Zufall waren oder ob sich darin ein beunruhigender Trend abzeichnete. Er versprach, die Öffentlichkeit über die neuesten Entwicklungen auf dem Laufenden zu halten.

McAdam saß am Küchentisch und starrte aus dem Fenster. Zwischen einem Wald von Fernsehantennen und über Fenstergauben ging zügigen, sicheren und leichten Schrittes ein Schornsteinfeger auf dem First der steilen, ziegelgedeckten Dächer entlang, um an einem großen, roten Backsteinkamin die jährliche Reinigung vorzunehmen. Mit seinem schwarzen Zweireiher, dem Zylinder und dem langen, dicken Drahtbesen über der Schulter glich er einer Figur aus Mary Poppins. Wann immer McAdam so eine

Gestalt sah, fühlte er sich in seine Kindheit auf dem Dorf zurückversetzt. An verregneten Sonntagen hatte er über Büchereibüchern gesessen, die ihn nach Europa entführten – ein magisches Königreich, wo Menschen, Häuser, Städte und Landschaften zwar als solche erkennbar, zugleich aber auf faszinierende Weise fremdartig waren. Der Schornsteinfeger gehörte zu den Figuren seiner kindlichen Fantasiewelt, auch wenn er später von kampflustigeren Helden ersetzt wurde – einer Mischung aus mittelalterlichen Rittern und futuristischen Weltraumreisenden. Leider war der Schornsteinfeger, der für McAdams Haus zuständig war, ein ganz normaler Mann in Jacke und Jeans mit einem Werkzeugkoffer voller Abgasmessgeräte und einem Formular, das in dreifacher Ausfertigung unterschrieben werden musste. Manchmal fragte sich McAdam, ob dieser andere, märchenhafte Schornsteinfeger eine Halluzination war. Als er ihm einmal auf der Straße begegnete, war er versucht gewesen, ihm auf die Schulter zu tippen, hatte sich aber nicht getraut. Er war sich nicht sicher, ob dieser Brauch tatsächlich noch gepflegt wurde. Womöglich hätte der Bursche seine Geste missverstanden. Oder – schlimmer noch – die rußige Schulter hätte sich als bloßer Schatten und der ganze Schornsteinfeger als Fata Morgana entpuppt.

Der Schornsteinfeger hielt anscheinend mühelos das Gleichgewicht – im Gegensatz zu den unseligen Opfern der Karlsruher Straßenbahn. McAdam riss sich vom Anblick des Schornsteinfegers los, der soeben seinen Drahtbesen in den Kaminschlund hinabließ, und betrachtete zum x-ten Mal die beiden schwarz gekleideten Gestalten auf Uschis Fotos. Die Bilder waren mit einer ziemlich billigen Kamera aus etwa zwanzig Meter Entfernung aufgenommen und daher nicht besonders scharf. Uschi und ihre Mutter hatten auf der Terrasse des Hotels Tannenwald Schwarzwälder Kirschtorte gegessen und Kaffee getrunken. Das Tannenwald war ein Mekka für Reisebusse mit Schwarzwaldtouristen und Kaffeefahrten (Ausflüge für Rentner, die eingesperrt in Busse und Hotelspeisesäle so lange von jungen, hartnäckigen »Reiseführern« bequatscht wurden, bis sie sich – mehr oder weniger in Notwehr – breitschlagen ließen, rostfreie Stahlpfannen, Schurwolldecken oder falsche Perserteppiche zu kaufen). Umso überraschter war Uschi gewesen, als sie ausgerechnet hier Elke Erhagens roten BMW sah. Er bog auf den Hotelparkplatz ein und hielt neben einem Motorradfahrer in Ledermontur und seiner Maschine (auch BMW, aber schwarz). Uschis Schnappschüsse zeigten 1) wie der geheimnisvolle Motorradfahrer Elkes Autotür öffnete, 2) wie Elke den Motorradfahrer (der noch immer seinen Helm trug) umarmte, 3) wie der Motorradfahrer seinen Helm absetzte, 4) wie die beiden sich unterhielten, wobei Elke das Gesicht der Kamera zuwandte und der Mann nur von hinten zu sehen war, 5) wie der Motorradfahrer um den Wagen herumging (was einen flüchtigen Blick auf sein Profil erlaubte), 6) wie die beiden im Auto saßen (Elke am Steuer wild gestikulierend), 7) wie der Mann ausstieg, 8) wie der Mann sich mit dem Rücken zur Kamera hinunterbeugte, um mit Elke zu sprechen, deren Gesicht durch das Fenster auf der Fahrerseite zu erkennen war, 9) wie der Mann den Helm wieder aufsetzte, 10) wie der Mann aufs Motorrad stieg, 11) wie das Motorrad hinter dem roten BMW vom Parkplatz fuhr und 12) wie Uschis Mutter in die Kamera grinste, wobei sie Daumen und Zeigefinger am Mundwinkel hielt. »Das ist Hercule Poirot, der seinen Bart zwirbelt«, hatte Ma Sommerfeld McAdam erklärt. Uschi wandte allerdings ein, Poirot sei derart eitel, wenn es um seinen makellos gewachsten Bart ging, dass er ihn niemals gezwirbelt hätte. Sie sagte, die Unterhaltung zwischen Elke und dem geheimnisvollen Mann habe nicht länger als eine Viertelstunde gedauert.

Der Schornsteinfeger hatte seine Arbeit erledigt und kehrte nun mit der Sicherheit eines Fassadenkletterers über den Dachfirst zu der Luke zurück, durch die er wieder auf den Dachboden schlüpfte. Gerade war er noch da und im nächsten Moment verschwunden. Genau wie Elkes geheimnisvoller Mann in Leder. Genau wie die Bag Lady und der Penner und der Graffiti-Punk. Nicht zum ersten Mal dachte McAdam darüber nach, wie paradox es war, dass die Ehefrau des Straßenbahnzaren in persönlicher Beziehung zu der armen Frau stand, die unter die Bahn geraten war. Ob sie auch zu den anderen Opfern in Beziehung stand? Was ging da zwischen Turmberg und Gleisen vor? McAdam war gespannt auf seine Verabredung mit Conny Hartmann im Schützenverein, wo er die offizielle – oder inoffizielle – Meinung der Polizei über diese seltsame Unfallserie zu erfahren hoffte.

In der Kantine der Zentrale an der Tullastraße gab es nur ein Gesprächsthema. Walter Holstein, der Fahrer, hatte nichts gesehen. Erst hatte der Junge am Bahnsteig gestanden, dann war er durch die Luft geflogen, die Straßenbahn hatte ihn erfasst, nach vorn geschleudert und überrollt, alles in den wenigen Augenblicken, die Walter gebraucht hatte, um zu reagieren, zu bremsen und diverse Flüche auszustoßen, an deren genauen Wortlaut er sich nicht erinnern konnte. Er hatte niemanden sonst auf dem Bahnsteig gesehen. Die zwei oder drei Fahrgäste in der Bahn hatten geschlafen oder nicht hingesehen. Aber das konnte doch kein Zufall sein. Drei Tote in drei Wochen? Alle morgens vor Tagesanbruch, alle an abgelegenen Haltestellen? Jeder hatte die Gerüchte über die ersten beiden »Unfälle« gehört. Manch einer hatte darüber geschmunzelt. Man glaubte, Annie habe den Mann in Schwarz erfunden oder sich eingebildet, um ihr Gewissen zu beruhigen. Jeder hatte davon gehört, dass irgendein Säufer beobachtet haben wollte, wie jemand das zweite Opfer vor die Bahn gestoßen hatte. Man war davon ausgegangen, der Mann müsse doppelt gesehen oder halluziniert haben. Und jetzt das. Es gab keine Zeugen – aber waren die Umstände nicht dieselben? Würde es wieder passieren? Und welcher Fahrer wäre als Nächster … das Werkzeug, musste man wohl sagen. Ja, die Fahrer und die Straßenbahnen wurden von einem Irren als Mordinstrumente missbraucht.

An Heinz Bisserts Tisch wurde eine andere Theorie vertreten. »Es ist ein Fluch«, sagte ein fleischiger Mann mit aufgekrempelten Hemdsärmeln, unter denen Tätowierungen mit teils seemännischen, teils sündigen Motiven zu sehen waren. »Wie in der Handelsmarine. Frauen an Bord bringen Unglück.«

»Genau«, stimmte ein anderer ein, »alles hat damit angefangen, dass der Alte die vier Weiber eingestellt hat.«

»Der Alte weiß schon, was er tut. Er sorgt dafür, dass alles seinen rechten Gang geht«, murmelte Wilhelm Wemgruber, eher in sein Glas als an die anderen gerichtet. Sie starrten ihn einen Moment lang an und beachteten ihn dann nicht weiter. Wilhelm war an ihrem Tisch geduldet, aber er hatte nie wirklich dazugehört. Heinz Bissert murmelte eine obszöne Bemerkung, die nur die Männer direkt neben ihm verstanden, aber der Rest stimmte trotzdem in das dröhnende Gelächter ein. Wenn Heinz Bissert einen Witz erzählte, dann hatten alle zu lachen. Heinz war schließlich ihr Anführer.

In der KATZ erschienen folgende Leserbriefe:

»Es überrascht mich nicht, dass die Karlsruher Straßenbahnen Fußgänger überfahren. Wer je samstags in der Fußgängerzone war, kann die Gelegenheiten, bei denen er gerade noch ausweichen konnte, nicht mehr an den Fingern einer Hand zählen. Die Straßenbahnen sollten unter die Erde verlegt werden.«

Klaus Schepp, Gartenstr. 2a

»Die tödlichen Unfälle sind ein Skandal und werden wahrscheinlich zu der Überlegung führen, die Karlsruher Straßenbahn durch eine U-Bahn zu ersetzen. Diese Lösung wäre jedoch fatal –für den Haushalt der Stadt ebenso wie für den Steuerzahler. Die Fußgänger müssen lernen, sich an den Straßenbahngleisen vorsichtiger zu verhalten.«

Dr. Heino Reifenburg, Am Berg 44

»Die Straßenbahnen fahren zu schnell. Ich habe beim Überqueren der Gleise manchmal das Gefühl, die Fahrer bremsen nicht ab, sondern beschleunigen absichtlich, als ob sie es regelrecht auf mich abgesehen hätten. Die Fahrer müssen besser ausgebildet und strenger überwacht werden.«

Agnes Deinemann, Mozartstr. 27

»Man sollte die Gleise mit einem Gitter vom Bahnsteig abteilen, und zwar mit Automatiktüren, die sich erst öffnen, nachdem die Straßenbahn zum Stillstand gekommen ist. Ich selbst habe eine entsprechende Konstruktion erfunden (das Patent ist beantragt) und habe sie den Verkehrsbetrieben wiederholt angeboten, doch bisher hat sich Professor Dr. Erhagen daran nicht interessiert gezeigt.«

Dipl.-Ing. Karl-Heinz Pfister, Hirschstr. 8c

Einen Brief, der nicht in der Zeitung erschien, bewahrte der Herausgeber zur späteren Verwendung auf. Er lautete:

»Das Schwein hat es verdient zu sterben. Nutten und Säufer und durchgeknallte drogensüchtige Delinquenten. Nichts als Müll und Dreck, der die Straßen verschmutzt. Dass sie unter die Straßenbahn geraten sind, hat seinen Sinn. Es war Sein Wille. Die Straßenbahnen sind Sein Schwert, sie vollziehen Seine Vergeltung.« Der Brief war in kindlicher Handschrift geschrieben. Er war nicht unterzeichnet. An sich nichts Ungewöhnliches – die KATZ erhielt täglich zwei bis drei anonyme Briefe von irgendwelchen Verrückten.

McAdam hatte gerade die Rechnung für Elke Erhagen getippt und in einen Umschlag gesteckt, als es an der Tür klingelte. Es waren Uschi und ihre Mutter, beladen mit Paketen. Die meisten enthielten Umstandskleider – ein Wort, das für McAdam nach Unannehmlichkeiten klang und das er einerseits als herrlich passend, andererseits als Ausdruck einer gewissen Skepsis gegenüber dem Kinderkriegen und der Familiengründung empfand. Außerdem hatten sie Babydecken, winzige Strampelanzüge und mehrere Bücher über Schwangerschaft, Geburt, Mutterschaft, Vaterschaft und Großmutterschaft gekauft. Plötzlich spürte McAdam ein vertrautes Gefühl in der Magengegend. Dasselbe Gefühl, das er am Anfang eines jeden Semesters verspürte, wenn er sich die Pflichtlektürelisten, die Abgabetermine für die Hausarbeiten und den Zeitplan für die Abschlussklausuren seiner neuen Seminare ansah. Würde er diesen Kurs bestehen? Einen Kurs, den er nicht hinschmeißen oder wechseln konnte? Und vor allem – konnte er sich diesen Kurs leisten? Diesmal gab es kein Stipendium, das seine Kosten decken würde ... Das Telefon klingelte und enthob ihn der Verpflichtung, über jeden noch so winzigen oder auch großen Einkauf in Aaahs und Ooohs auszubrechen. Es war Professor Dr. Erhagen.

»Herr McAdam? Ich habe einen wichtigen Auftrag für Sie. Einen sehr großen, wichtigen Auftrag.«

»Professor Erhagen, Ihr Anruf kommt gerade recht. Was kann ich für Sie tun?«

»Kommen Sie morgen um zehn Uhr früh in mein Büro,

dann erkläre ich Ihnen alles. Und – Herr McAdam, sagen Sie alle anderen Aufträge ab. Stellen Sie sich darauf ein, sich ausschließlich diesem Fall zu widmen. Es wird sich für Sie lohnen, das garantiere ich Ihnen.«

»Hm ... Das wird nicht ganz unproblematisch sein, Sir, aber ich werde es so einrichten, dass ich Ihnen voll und ganz zur Verfügung stehe.«

»Ausgezeichnet«, sagte Erhagen und legte auf. McAdam merkte plötzlich, dass er Haltung angenommen hatte. Er rührte sich.

»Ladies«, sagte er, als er sich wieder der Modenschau zuwandte, »fürchtet euch nicht. Die erste Rate für das Kleine ist unter Dach und Fach.«

Conny Hartmann saß an dem hellen Holztisch, vor sich drei Stapel in Plastikbeutel verpackter Gegenstände. In der letzten halben Stunde hatte sie jedes Teil sorgfältig untersucht, in der Hand gewogen, hin und her gedreht und gegen das Licht gehalten. Widerstrebend und – wie gemunkelt wurde – erst nachdem Patricks Eltern und der Direktor der Verkehrsbetriebe kräftig Druck gemacht hatten, hatte die Polizei schließlich eine Mordkommission gebildet. Angeblich war Professor Erhagen bei einer Unterredung mit dem Polizeichef explodiert, was Letzteren nicht gerade diensteifrig gestimmt hatte. Aber der Oberbürgermeister, der bekanntermaßen im selben Tennisclub wie die Schneiders spielte, hatte auf den Polizeichef eingewirkt. Conny Hartmann hatte sich spontan freiwillig für die Kommission gemeldet und war angenommen worden – wahrscheinlich weil sonst niemand aus den unteren Dienstgraden interessiert war. Bei der Polizei herrschte die Ansicht vor, dass es nicht den geringsten tragfähigen Beweis für ein Verbrechen gab und dass die rasche Abfolge der drei Todesfälle reiner Zufall war.

Conny hatte die Asservate von allen drei Opfern zusammengetragen und versuchte, darin einen Zusammenhang zu entdecken oder wenigstens eine Gemeinsamkeit zu finden, die auf ein einziges Motiv für die drei (wie Conny meinte) Morde hindeutete. Hanni-Lieschen hatte einen ganzen Haushalt mit sich herumgeschleppt. Außerdem gehörten auch der Schlafsack und der Campingherd, die man im Versteck in der Nähe des Durlacher Bahnhofs gefunden hatte, zum Beweismaterial. Das Kriminallabor in Heidelberg hatte bestätigt, dass die Haare im Schlafsack und die Fingerabdrücke auf dem Herd von der Toten stammten. Humpel-Schorsch hatte kaum etwas bei sich gehabt – eine Bescheinigung, die ihn dazu berechtigte, im Obdachlosenasyl zu übernachten, sieben Mark fünfzig in kleinen Münzen, einen Flaschenöffner und ein ziemlich schmutziges Taschentuch. Patrick Schneiders Rucksack war unter der Bahn in Fetzen gegangen, doch der Inhalt war noch zu identifizieren: sechs leere, verbeulte und zusammengedrückte Farbsprühdosen, ein Mundschutz, wie Mediziner ihn trugen, eine leere Kondomschachtel, sein Schülerausweis, ein Notizbuch mit Adressen, Telefonnummern und graffitiartigem Gekritzel sowie eine Geldbörse mit Telefonkarte, Kreditkarte, sechzig Mark in bar und dem Automatenfoto eines Mädchens mit blondem Bürstenschnitt und fast so vielen Piercings, wie Patrick selbst hatte.

Conny hielt Hanni-Lieschens verwaschenen Brief hoch in der Hoffnung, die wenigen lesbaren Buchstaben zwischen den blauen Tintenflecken würden eine gewisse Ähnlichkeit mit Patricks Handschrift oder seinem Gekritzel aufweisen. Sie fragte sich, ob das Polizeilabor über spezielle Mikroskope, Kameras oder Computerprogramme verfügte, mit deren Hilfe man den zerlaufenen Text sichtbar machen oder rekonstruieren konnte. Schließlich wusste sie nicht mehr weiter. Sie starrte erschöpft vor sich hin – bis ihr plötzlich auffiel, dass ein wichtiges Beweisstück fehlte.

»Reikert!«, begrüßte Conny ihren Kollegen, der mit zwei Dönern, einer Cola und einer Fanta hereinkam. »Wo ist der Teddy?«

»Der Teddy?«, wiederholte Reikert verständnislos.

»Du weißt schon, der, den Frau Erhagen mitnehmen wollte – oder vielleicht sogar mitgenommen hat, wie es aussieht!«

»Verdammt!« Langsam, aber sicher ging Reikert ein Licht auf. Er begann hektisch zwischen den Plastikbeuteln herumzuwühlen, während Conny hastig die anderen beiden Stapel in Sicherheit brachte, damit nichts durcheinander geriet. »Die dumme Gans muss ihn eingesteckt haben, als ich ...«

»Du hast sie mit dem Beweismaterial allein gelassen?«

»Sie hat mich um ein Glas Wasser gebeten.«

»O, verstehe – ein Schwächeanfall. Und da Reikert, der weiße Ritter, ja bekanntlich ein vollendeter Gentleman ist ...«

»Außerdem war sie nicht allein«, sagte Reikert gekränkt. »Der Amerikaner war bei ihr.«

»O, der Amerikaner. Du meinst den, der aus dem Versteck kam, wo wir das restliche Beweismaterial gefunden haben ...«

»Nein, warte mal. Er ist dann auch auf den Flur gekommen, um mir Bescheid zu sagen, dass ich ihr ein Taxi rufen sollte.«

»Na toll. Erinnere mich daran, dich als ›Freund und Helfer des Jahres‹ vorzuschlagen.«

»Pass mal auf, Hartmann. Du bist zwar meine Kollegin und meinetwegen auch Miss Mordkommission, aber vergiss nicht, ich bin immer noch dein Vorgesetzter.«

»Dem Dienstgrad nach«, sagte Conny.

»Genau«, sagte Reikert verunsichert und zog sich zurück.

Conny seufzte, räumte die Kartons wieder weg und setzte im Geiste einen weiteren Punkt auf die Liste der Fragen, zu denen sie McAdam am Abend im Schützenverein aushorchen wollte.

Acht

Sie fand, seine Treffsicherheit habe sich verbessert, und das sagte sie ihm auch. McAdam hatte eine halbe Stunde vorher zu üben angefangen, um sich vor Conny nicht völlig zu blamieren. Als sie dazukam, hatte er bereits die Herzen, Handgelenke, Knie und Köpfe dreier zweidimensionaler Männer durchlöchert, bis sie aussahen wie eine Reklame für Emmentaler Käse. »Grützi!«, sagte er, innerlich noch schweizerisch gestimmt, als Conny zu ihm stieß.

»Hi!«, erwiderte sie. Die beiden verwundeten und töteten einträchtig noch ein paar Verbrecher, die freundlicherweise reglos stehen blieben und sich widerstandslos von den Kugeln der beiden durchsieben ließen.

»Sie sind besser geworden«, sagte Conny. »Und Sie sind perfekt wie eh und je«, entgegnete McAdam lächelnd. Als das Bier kam, strahlten sich die beiden noch immer an wie die Honigkuchenpferde. Aus dem Radio jaulte Helge Schneiders ›Katzenklo‹.

»Ladies first«, sagte McAdam.

»Prost«, sagte Conny, hob ihren Krug und kippte ein Drittel ihrer Maß hinunter. Auf ihrer wohlgeformten Oberlippe blieb ein weißer Schnurrbart zurück, den sie nach Katzenart ableckte.

»Mmm«, schnurrte McAdam.

»Herr McAdam, ich möchte Ihnen ein paar Fragen stellen«, sagte Conny.

»Ach – und ich dachte, Sie wollten mein strahlendes Lächeln genießen«, erwiderte McAdam.

»Was?«, fragte Conny.

»Sorry«, sagte McAdam. »Fragen Sie nur. Aber verraten Sie mir erst: Wird das eine offizielle oder eine inoffizielle Befragung?«

»Eine inoffizielle«, erwiderte Conny. »Fürs Erste jedenfalls. Erzählen Sie mir doch bitte von Ihrer Beziehung zu Frau Erhagen.«

»Meiner ... Beziehung zu ihr?«

»Herr McAdam, als ich Frau Erhagen und Sie zum ersten Mal traf, beschwerte sie sich, dass Sie sie verfolgten. Sie behaupteten, Sie seien von einem Klienten dazu beauftragt worden. Wenig später haben Sie Frau Erhagen begleitet, als sie das Unfallopfer identifizierte. Bei dieser Gelegenheit wurde auf dem Polizeirevier etwas von den Asservaten des Opfers gestohlen.«

»Gestohlen? Was denn?«

»Ein Teddybär, den Frau Erhagen als ihren identifiziert hatte.«

»Hmm, der Teddybär ...«

»Und wen treffen wir kurz darauf bei der Suche nach dem Unterschlupf, wo das Opfer vor dem Unfall übernachtete? Herrn McAdam, der uns zuvorgekommen ist ...« – McAdam grinste breit – » ... und dann besitzen Sie noch die Frechheit, meinen Kollegen mit irgendwelchen Phantomsprayern ins Bockshorn zu jagen ...« An dieser Stelle hatte Conny selbst Mühe, ein Grinsen zu unterdrücken. Doch dann wurde sie schlagartig ernst. Sie durchbohrte McAdam mit einem Blick, aus dem jede Spur von Freundlichkeit verschwunden war. »Herr McAdam, zuerst mal muss ich wissen, wer Sie beauftragt hat, Frau Erhagen zu beschatten.«

Unter Connys hypnotisierendem Blick hätte McAdam

sich beinahe zu einem umfassenden Geständnis hinreißen lassen, doch dann antwortete er nur: »Sie wissen, dass ich Ihnen das nicht sagen kann, Frau Hartmann. Ich bin meinem Klienten gegenüber zur Vertraulichkeit verpflichtet.«

»Wenn Sie vorgeladen werden, müssen Sie vor Gericht aussagen«, sagte Conny. »Wenn ein Detektiv auf eine verheirate Frau angesetzt wird, dann geht es meist darum, sie des Ehebruchs zu überführen.«

McAdam schwieg. »Also gut«, sagte Conny. »Wenn Sie den Auftrag hatten, Frau Erhagen zu beobachten, warum waren Sie dann später mit ihr im Leichenschauhaus?«

»Weil sie mich beauftragt hat, den Termin zu vereinbaren und sie zu begleiten.«

»Sie hat den Mann beauftragt, der sie *verfolgte*?«

McAdam zuckte die Schultern. »Tja, ich schätze, sie kannte außer mir keinen Detektiv.«

Conny schüttelte verwundert den Kopf.

»Oder vielleicht mag sie mich«, fuhr McAdam grinsend fort.

»Ach – dann sind *Sie* vielleicht Frau Erhagens Liebhaber«, sagte Conny. »Das sind ja ganz raffinierte Methoden.«

»Nein, nein!« McAdam hob die Hände, wobei er fast sein Bier vom Tisch gefegt hätte. »Bin ich nicht, Ehrenwort. Überhaupt, was wollen Sie damit sagen – raffinierte Methoden?«

Conny ging zur nächsten Frage über, ohne seinen Einwand zu beachten. »Haben Sie den Teddybären gestohlen?«

»Nein!«, protestierte McAdam wieder. Um ein Haar wäre er herausgeplatzt: »Das war *sie*!« Conny war gut, keine Frage. Er nahm sich vor, sich etwas von ihrer Verhörtechnik abzugucken.

»Dann ist Frau Erhagen also die Diebin«, folgerte sie.

»Ich habe weder gesehen, wie Frau Erhagen den Teddy nahm, noch hat sie mir gegenüber etwas davon erwähnt. Ich weiß nichts weiter über den Bären, als dass sie ihn wieder erkannt hat. Sie sagte, er hieße Bobo.« In diesem Moment begann im Radio einer von DJ Bobos stumpfsinnigen Songs und McAdam und Conny mussten beide lachen. Das Eis war gebrochen. Von da an führte Connys zweites Ich, die »charmante Polizistin«, die Vernehmung.

»Jetzt mal im Ernst, McAdam«, sagte sie lächelnd. »Sie haben in dem Bauwagen doch etwas gefunden, nicht wahr? Hatte Frau Erhagen Sie mit der Suche beauftragt?«

McAdam lächelte und nahm einen großen Schluck von seinem Bier. Er schwieg.

»War es etwas, das uns helfen könnte, das Opfer zu identifizieren? Stellen Sie sich vor, Herr McAdam, die arme Frau liegt immer noch in einem Plastiksack aufgebahrt im Leichenschauhaus. Wir können sie nicht bestatten lassen, solange wir nicht wissen, wer sie ist.«

Conny war schlau, dachte McAdam. Genau dieser Gedanke ließ ihm keine Ruhe, seit er Hanni-Lieschens richtigen Namen herausgefunden hatte. Und noch etwas ließ ihm keine Ruhe: dass jemand gewaltsam in seine Wohnung eingedrungen war und sie durchsucht hatte – sein Zuhause, aber auch das seiner Frau, seines ungeborenen Kindes und zwischenzeitlich sogar seiner Schwiegermutter – und dass er diesen Einbruch offenbar hinnehmen und darauf verzichten musste, die Polizei einzuschalten, wenn er sein Geld sehen wollte. In Anbetracht dessen hielt er es für gerechtfertigt, Conny gerade weit genug auf die Sprünge zu helfen, dass Hanni-Lieschen zur letzten Ruhe gebettet werden konnte. »Versuchen Sie's mal mit Elisabeth Blank«, sagte McAdam.

»Was?«, fragte Conny.

»Ich habe Grund zu der Annahme, dass die Frau Elisabeth Blank hieß«, erklärte McAdam.

»Adresse? Geburtsdatum? Was wissen Sie sonst noch über sie, McAdam?«

»Mehr kann ich Ihnen nicht sagen«, erwiderte McAdam so geradeheraus und ernst, dass Conny aufgab.

»Eins noch, McAdam. Diese Geschichte mit den Sprayern – das war doch ein Scherz, oder? Ich frage danach, weil das Opfer des dritten Straßenbahnunglücks ein Sprayer war. Könnte er etwas mit dieser ... Elisabeth Blank zu tun haben?«

»Nicht, dass ich wüsste. Sie haben Recht: Die Geschichte habe ich erfunden. Fiel mir gerade so ein, als ich Sie und Ihren Kollegen über Graffiti reden hörte.«

»Ja, an der Haltestelle Untermühlstraße, wo Elisabeth Blank ermordet wurde, sind große Graffiti«, sagte Conny. »Wir denken, dass sie von Patrick Schneider stammen könnten.«

»Sie halten all diese Todesfälle für Morde, nicht wahr?«, fragte McAdam.

»Ja«, bestätigte Conny. »Ich habe mich freiwillig zur Mordkommission gemeldet.«

»Und der zweite Todesfall, der am Albtalbahnhof, wo ich Sie im Fernsehen gesehen habe?«

Conny errötete. Tatsächlich, sie errötete! Sie war also doch nicht so durch und durch eisern, dachte McAdam. »Der auch«, sagte sie. »Wir haben Zeugen, die glauben, eine dunkle Gestalt gesehen zu haben, die die beiden Opfer mit ausgestreckten Armen« – sie führte die Geste vor – »auf die Gleise gestoßen hat. Das zweite Opfer war ebenfalls ein Obdachloser. Wissen Sie, ob er etwas mit Elisabeth Blank zu tun hatte?«

McAdam schüttelte den Kopf, doch dann fiel ihm plötzlich der Obdachlose ein, den er im Schlossgarten fotografiert hatte, als er Elkes Sachertorte aus dem Müll klaubte. »Haben Sie ein Foto von ihm?«

»Nicht hier«, sagte Conny bedauernd. »Aber auf dem Revier.«

»Ich komme vorbei«, sagte McAdam, »und bringe Ihnen

auch ein Foto mit.« In diesem Moment war er dankbar, dass er seine Negative unten bei Kai aufbewahrte. Ob der Dieb sich auch dafür interessiert hätte?

»Danke, Herr McAdam«, sagte Conny. »Ich weiß Ihre Hilfe zu schätzen. Die Vernehmung ist beendet.«

»Nicht ganz«, sagte McAdam. »Jetzt bin ich dran. Was können Sie mir über Professor Dr. Erhagen erzählen?«

»Nicht mehr, als allgemein bekannt ist. Er ist sehr erfolgreich, weltweit anerkannt und ein hoch angesehener Mann. Allerdings ...«

»Allerdings was?«

»Besonders beliebt ist er nicht. Der Polizeipräsident und er können sich nicht riechen. Egal, was passiert – die Straßenbahnen haben immer Vorrang. Selbst wenn es bei einem Unfall Tote oder Verletzte gegeben hat, sorgt Erhagen dafür, dass der öffentliche Verkehr reibungslos weiterläuft. Manchmal fahren die Straßenbahnen weiter, bevor die Polizei und die Mediziner ihre Arbeit beendet haben. Aber der Alte kriegt immer seinen Willen. Er kommt persönlich an den Unfallort und kommandiert alle herum. Und natürlich ist er mit dem Oberbürgermeister dick befreundet.«

»Aber bei den letzten drei Todesfällen war er nicht vor Ort, oder? Da war er doch ...«

» ... verreist«, ergänzte Conny. »Stimmt. Alle drei Morde sind passiert, als Erhagen nicht in der Stadt war.«

»Hmm«, knurrte McAdam.

»Hmm«, schnurrte Conny. Sie hingen beide ihren Gedanken nach, während im Radio »McCavity the Mystery Cat« lief.

Diplom-Ingenieur Pfister war das linke Bein eingeschlafen. Er streckte es aus und wackelte mit dem Fuß, um die Durchblutung anzuregen. Unter dem Vorwand, sich vom Ecktisch neuen Lesestoff zu holen, stand er auf. Dabei hatte er bereits alle Möglichkeiten ausgeschöpft: *Die Karlsruher Verkehrsrundschau,* das *Journal der Internationalen Gesellschaft für öffentlichen Verkehr* und eine Broschüre mit dem Titel »Die Zukunft der Solarenergie: Nutzung im Straßenverkehr«. Er betrachtete zum wiederholten Mal das Modell des Karlsruher Straßenbahnnetzes, bewunderte den gelben Miniatur-Straßenbahnwagen, die maßstabsgetreuen Modelle des Schlosses, der Pyramide auf dem Marktplatz und des Turmbergs mit Seilbahn und Aussichtsplattform sowie das des Zoos mit den winzigen Eisbären. Er mied den missbilligenden Blick von Frau Braenle, der treu ergebenen Sekretärin des Professors, die ihm schon x-mal gesagt hatte, der Professor sei zu beschäftigt, um ihn zu empfangen. Seit er wartete, hatten eine ganze Reihe Männer in grauen Anzügen das Allerheiligste betreten und wieder verlassen. Gerade kam wieder jemand in den Empfangsraum: ein hoch gewachsener, leger gekleideter Mann mit Baseballmütze schlenderte, die Hände in den Taschen, breit lächelnd zu Frau Braenles Schreibtisch. »Hallo, Frau Braenle, ich heiße McAdam. Ich bin mit dem Professor verabredet.« Frau Braenle bemühte sich vergebens, streng dreinzublicken – ihre Wachhundmiene schmolz zu einem beinahe einladenden Lächeln. »Er erwartet Sie, Herr McAdam. Gehen Sie nur hinein.« »Danke Frau Braenle. Einen schönen Tag noch«, sagte der Mann und nahm eine Hand aus der Tasche, um sich an die Baseballmütze zu tippen. Dann schlenderte er zur Bürotür des Professors, öffnete sie, schlenderte hindurch und zog sie sanft hinter sich zu.

»Amerikaner«, dachte Diplom-Ingenieur Pfister abfällig. Die ungezwungene Lässigkeit des Mannes, seine plumpe Vertraulichkeit und die oberflächliche Freundlichkeit bestätigten Pfisters sämtliche Vorurteile. Aber eins musste man den Amerikanern lassen, dachte er: Sie wussten ihre Erfinder wenigstens zu schätzen. In Amerika, so hatte er gehört und gelesen, konnte man es als Erfinder zu Erfolg und Ansehen bringen. Beim Patentamt wurden die Anträge zügig bearbeitet. Man saß nicht Ewigkeiten vor verschlossenen Türen herum. Im Gegenteil – die Manager rannten den Erfindern förmlich die Türen ein auf der Jagd nach neuen Entwicklungen, neuen Produkten, neuen Märkten. In Amerika wurden Erfinder als Helden gefeiert. So musste es sein. Wenigstens einmal wollte Pfister als das anerkannt werden, was er wirklich war. Kein heruntergekommener Spinner mit einer Schublade voller Pläne, die niemand wollte – nein, tief in seinem Herzen wusste Pfister, dass er eigentlich ein Held war. Ach was, ein Genie. Verschmäht, verkannt im eigenen Land, in seiner Heimatstadt. Doch schon bald würden sie auf ihn hören, seine Erfindung ernst nehmen müssen. Menschenleben hingen davon ab. Jetzt würden sie das wohl endlich begreifen. Er musste nur noch ein wenig Geduld aufbringen – bald würde der Professor ganz sicher zur Vernunft kommen.

»Guten Morgen, Herr McAdam.« Ein kräftiger Händedruck, ein knappes Nicken, dann kam Erhagen gleich zur Sache. »Sie haben zweifellos von der Serie tödlicher Unfälle im Zusammenhang mit unseren Straßenbahnen gehört.«

McAdam nickte und schwieg abwartend.

»Das waren keine Unfälle, Herr McAdam. Unsere Straßenbahnen sind sicher. Gut, hin und wieder ein Personenschaden. Ein Selbstmord. Ein verwirrter alter Mensch, der nicht mehr richtig hört und sieht, oder ein kleines Kind … Da kann es schon mal vorkommen, dass so jemand vor die Straßenbahn läuft oder stürzt, genauso wie vor ein Auto oder eine Pferdekutsche oder vor ein Fahrrad …«

McAdam nickte zustimmend.

»Aber drei Todesfälle so kurz nacheinander? Nein. Eine unserer Fahrerinnen glaubt, den Mörder gesehen zu haben. Ein Mann hat die Frau auf die Gleise gestoßen. Im Polizeibericht steht, dass ein Zeuge – leider kein sehr glaubwürdiger – beobachtet hat, wie ein Mann das zweite Opfer vor die Bahn stieß. Beide beschreiben den Täter ähnlich. Für den dritten Zwischenfall gibt es keine Zeugen – bisher haben sich jedenfalls keine gemeldet.«

»Die Polizei arbeitet doch an dem Fall, oder?«, fragte McAdam.

»Die Polizei.« Erhagen verzog das Gesicht. »Herr McAdam, ich sage Ihnen ganz ehrlich: Ich habe Feinde. Man kann so ein Verkehrsnetz nicht aufbauen, ohne sich Feinde zu machen. Es gibt Menschen, auch in der Stadtverwaltung, die mir meinen Erfolg neiden. Die eifersüchtig auf unseren Anteil am Stadt- und Bundeshaushalt sind. Auf unser Ansehen, unseren Einfluss in Stadt und Region. In Ihrem Land stößt Erfolg auf Bewunderung, Herr McAdam. Bei uns erregt er oft Neid und Argwohn.«

McAdam fand, dass Neid und Argwohn in seinem Land ebenso an der Tagesordnung waren – man hielt damit nur mehr hinter dem Berg. Doch er wollte dem Alten nicht widersprechen. »Wollen Sie andeuten, dass diese Todesfälle Teil einer Verschwörung gegen Sie persönlich sind, Sir, oder gegen die Verkehrsbetriebe?«, fragte McAdam.

»So weit würde ich nicht gehen, Herr McAdam. Aber sagen wir mal so – manch einer ist nicht gerade übermäßig bemüht, uns in dieser Angelegenheit zu unterstützen. Ich will, dass Sie die drei Todesfälle untersuchen. Sie sind allein mir Rechenschaft schuldig. Ich werde sämtliche Mitarbeiter der Verkehrsbetriebe anweisen, Sie bei Ihren Ermittlungen zu unterstützen.« Erhagen drückte eine Taste an seinem Telefon. »Frau Braenle, schicken Sie bitte unverzüglich Herrn Hauser zu mir.«

»Ich habe zwei Fragen, Professor Erhagen«, sagte McAdam. »Erstens: Arbeiten wir mit der Polizei zusammen oder gegen sie?«

»Die Polizei wurde vom Bürgermeister angewiesen, uns sämtliche Ergebnisse ihrer Ermittlungen zugänglich zu machen. Ich überlasse es Ihnen, ob Sie es für sinnvoll erachten, Ihre Ermittlungsergebnisse der Polizei zugänglich zu machen. Ich habe nur ein Ziel, Herr McAdam: diese Morde aufzuklären und weitere zu verhindern. Der Ruf der Verkehrsbetriebe und die Zukunft der Straßenbahn stehen auf dem Spiel.«

»Meine zweite Frage ist persönlicher Natur«, fuhr McAdam fort. »Falls ein ... äh ... ein Mitglied Ihrer Familie von meinen Ermittlungen betroffen sein sollte, wären Sie dann immer noch an einer vollständigen Aufklärung interessiert?« Jetzt kommt's, dachte McAdam. Das würde womöglich das Ende der lukrativen Beziehung zwischen ihm und den Erhagens sein.

Professor Erhagen sah McAdam einen Moment lang scharf an. Aber zu McAdams Erstaunen fragte er nicht nach. »Tun Sie, was immer für das Wohl der Straßenbahn nötig ist«, sagte der Alte. »Die Straßenbahnen sind meine Kinder, mein Erbe. Ich hoffe, ich habe mich deutlich ausgedrückt.«

»Okay, Professor«, sagte McAdam. Und im Stillen fügte er hinzu: Sagen Sie nicht, ich hätte Sie nicht gewarnt.

Es klopfte an der Tür. Sepp Hauser trat ein.

»Herr McAdam, dies ist mein zuverlässigster Mitarbeiter. Herr Hauser ist für die Ausbildung und das Wohl unserer Fahrer verantwortlich. Keiner kennt unser Personal besser als er.«

McAdam streckte die Hand aus und blickte in ein Paar blauer Augen, die ihn unter der gefurchten Stirn unverhohlen musterten. Schließlich glättete sich Sepp Hausers Gesicht zu einer billigenden Miene. Er lächelte und sagte: »Ich werde Sie herumführen, Herr McAdam, und Ihnen bei Ihrer Arbeit mit Rat und Tat zur Seite stehen, so gut ich kann.«

Als die beiden Erhagens Büro verließen, stand Frau Braenle hinter ihrem Schreibtisch und funkelte den Mann ihr gegenüber finster an – den Mann mit Drahtgestellbrille, ungepflegter Frisur und schlecht sitzendem, braunem Anzug, der McAdam schon beim Hereinkommen aufgefallen war. »Herr Pfister, ich muss darauf bestehen, dass Sie jetzt gehen. Professor Erhagen ist ein viel beschäftigter Mann und er wird Sie weder heute noch sonst irgendwann empfangen. Sie verschwenden nur Ihre Zeit.«

»Entschuldigen Sie«, mischte sich McAdam ein. »Habe ich das richtig verstanden – Sie heißen Pfister? Kann es sein, dass ich gestern einen Leserbrief von Ihnen in der KATZ gelesen habe?«

Pfisters Ausdruck wechselte von Ärger und Enttäuschung zu Skepsis und schlug dann in geschmeicheltes Erstaunen um.

»Aber ja ...«

»Hier ist meine Karte. Der Direktor hat mich als Sonderermittler in einer dringenden Angelegenheit beauftragt, bei der es auch um Verkehrssicherheit geht, und ich würde gern Ihre Meinung zu diesem Thema hören. Könnte ich Sie eventuell morgen mal sprechen?«

»Aber ja ...« Der Ingenieur wühlte in seiner abgenutzten Lederaktentasche nach seiner eigenen Karte, die an den Rändern schon ziemlich vergilbt war.

»Danke!«, sagte McAdam. »Darf ich Sie heute Abend anrufen, um einen Termin zu vereinbaren?«

»Aber ja ...«, sagte Herr Pfister zum dritten Mal. Ihm stand jetzt die Hoffnung ins Gesicht geschrieben.

»Ausgezeichnet!« McAdam zwinkerte Frau Braenle zu und verließ mit Sepp Hauser das Vorzimmer, in dem der Ingenieur ihm – mit offenem Mund und offener Aktentasche – nachstarrte.

Sepp Hausers Büro war klein und lag ganz in der Nähe von Kantine, Umkleideräumen und Funkzentrale. Man hatte ihm ein größeres Büro oben in der Verwaltung angeboten, doch er hatte abgelehnt. Er wollte bei seinen Fahrern bleiben. Wer mit ihm reden wollte, sollte nicht erst die Treppen hochlaufen oder mit dem Aufzug fahren müssen. Alle, die den beiden auf dem Weg begegnet waren, hatten Sepp gegrüßt. Für jeden hatte er ein Lächeln und ein freundliches Wort übrig. Er grüßte zurück, nannte die Leute beim Vornamen und schien überhaupt eine Aura väterlicher Wärme um sich zu verbreiten. Sepp räumte einen großen Aktenstapel von einem Stuhl, damit McAdam sich setzen konnte. McAdam bemerkte ein Foto, das eine attraktive, weißhaarige und drei junge, blonde Frauen zeigte. Alle vier hatten anziehende Gesichter, die ein natürliches Selbstbewusstsein und gesunden Menschenverstand ausstrahlten. »Sie können stolz auf Ihre Familie sein«, sagte McAdam. Sepp grinste, ließ sich ein paar Minuten lang über die Leistungen seiner Töchter aus und fragte McAdam dann nach seiner eigenen Familie. »Bei uns ist gerade Nachwuchs unterwegs. In vier Monaten ist es soweit«, erwiderte McAdam, ebenfalls voller Stolz. »Gut so«, kommentierte Sepp. Dann kam er zur Sache.

»In diesen Unterlagen steht alles, was wir bisher wissen«, sagte er und zeigte auf den Stapel, den er von McAdams Stuhl genommen hatte. »Kopien der Polizei- und Versicherungsberichte, Protokolle unserer eigenen Gespräche mit den Fahrerinnen. Annie Meyer glaubt gesehen zu haben, wie jemand die Frau vor ihre Bahn stieß. Leider ist ihr das erst einige Zeit nach dem Unfall wieder eingefallen und die Polizei hat ihrer ... äh ... Wahrnehmung wohl keine angemessene Beachtung geschenkt.«

McAdams warf einen Blick auf die Akten, nahm sich vor, persönlich mit Annie zu reden, und sagte: »Herr Hauser, Sie haben mit allen beteiligten Fahrern gesprochen, Sie wissen, wie es auf den Gleisen und im Betrieb zugeht, Sie verfügen über jahrelange Erfahrung und genießen das Vertrauen Ihrer Kollegen und ihres Chefs ...«

»Was wollen Sie wissen, mein Junge?«, unterbrach Sepp mit einer wegwerfenden Geste, die ahnen ließ, dass er es zwar gern hörte, wenn man seine Töchter lobte, dass er selbst jedoch auf Schmeicheleien verzichten konnte.

»Ich möchte wissen, was Sie denken, Herr Hauser.«

»Sie können mich Sepp nennen, mein Junge. Wir arbeiten schließlich zusammen und ich habe gehört, dass man sich in Amerika immer gleich beim Vornamen nennt, wenn man zusammenarbeitet. Sehr vernünftig. Also, ich denke Folgendes.« Sepp zögerte. Er schien jedes Wort einzeln abzuwägen. »Ich halte es für möglich – und ich sage das nur ungern ...« Er hielt wieder inne. »Ich hoffe, ich irre mich, aber ich halte es für möglich, dass der Mörder ein Mitarbeiter der Verkehrsbetriebe ist.«

McAdam schwieg abwartend.

»Und ich halte es für möglich, dass es etwas damit zu tun hat, dass wir Fahrerinnen eingestellt haben.«

»Sie glauben, jemand will die Frauen ... äh ... abschrecken? Oder den Betrieb davon abschrecken, noch mehr Frauen einzustellen? Aber das ergibt doch keinen Sinn!«

»Von Sinn ist nicht die Rede. Eher von Irrsinn. Aber es ist schon ein sonderbarer Zufall, dass wir vier Fahrerinnen haben und auf drei ihrer Strecken Morde verübt wurden.«

»Drei? Aber der dritte Fahrer, der Patrick Schneider überfahren hat, war doch ein Mann. Wie hieß er noch gleich ... Walter Holstein.«

»Das stimmt, mein Junge. Aber Walter Holstein ist in letzter Minute eingesprungen, weil Gundula Nagel sich krank gemeldet hat. Nehmen wir mal an, dieser irre Mörder will die Fahrerinnen verschrecken, hegt einen Groll gegen sie, will, dass sie schlecht dastehen. Er sucht sich gezielt die Straßenbahnen aus, die von Frauen gefahren werden. Nun haben wir aber vierhundert Fahrer und zehn Strecken mit jeweils etwa zwanzig Straßenbahnen, die im Zehn-Minuten-Takt fahren, und wir teilen die Fahrer turnusmäßig für unterschiedliche Strecken ein, damit sie nicht vor Langeweile unaufmerksam werden. Woher soll also ein Außenstehender wissen, wo die Frauen gerade unterwegs sind? Das ist, als würde man vier Nadeln im Heuhaufen suchen. Der Mörder muss jemand sein, der hier arbeitet und Zugang zu den aktuellen Dienstplänen hat. Ich hoffe allerdings sehr, dass ich mich irre.« Die Furchen auf Sepps Stirn waren noch tiefer geworden.

»Herr Hauser ... Sepp ... Über wie viele Leute reden wir hier?«

»Da, sehen Sie mal.« Sepp zeigte auf einen zehnseitigen Computerausdruck an der Pinnwand hinter seinem Schreibtisch – eine eng gedruckte Tabelle mit Straßenbahnnummern, Abfahrtszeiten und den Nachnamen der Fahrer sämtlicher Straßenbahnstrecken für den laufenden Monat. »Das hängt nicht nur hier aus, sondern auch in der Funkzentrale, im Umkleideraum und vor der Kantine. Die Personalabteilung und die Buchhaltung haben Kopien, ebenso die Werkstatt und noch einige andere Abteilungen. Jeder, der hier arbeitet, hat Zugang zu diesen Informationen. Ich habe inzwischen dafür gesorgt, dass in Zukunft nur die Nummern der Fahrer auf diesen Plänen auftauchen – als Vorsichtsmaßnahme. Aber die sind auch nicht geheim. Immerhin, vielleicht macht es das dem Bastard etwas schwerer ...«

»Welchem Bastard, Sepp? An wen denken Sie?«

»Ich wünschte, ich wüsste es«, seufzte Sepp. »Natürlich haben wir unsere schwarzen Schafe wie jeder Betrieb. Es gibt ein paar Klugscheißer, die sich gern auf Kosten der Frauen wichtig machen. Andere haben ihre Grenzen bei den Frauen ausgetestet und überschritten. Und es gibt ein paar, die überhaupt mit niemandem gut auskommen – auch mit den Fahrgästen nicht – und deren Jobs in Gefahr sind. So jemand könnte auf der Suche nach einem Sündenbock sein. Ich habe Ihnen einige Namen aufgeschrieben, McAdam. Ich habe es höchst ungern getan und ich hoffe, keiner davon ist der Schuldige. Andererseits müssen wir ihn finden, McAdam. Wir müssen ihn finden und ihm das Handwerk legen, damit er nicht weiterhin Unschuldigen und unserem Unternehmen Schaden zufügt. Was das angeht, hat Professor Erhagen völlig Recht, McAdam. Ich bin in diesem Punkt absolut seiner Meinung.«

McAdam fragte sich, in welchen Punkten Sepp Professor Erhagens Meinung nicht teilte. Er stellte die Frage jedoch nicht, sondern nahm die Aktenordner und Sepps handgeschriebene Liste und erkundigte sich, wohin er sich zurückziehen könne, um die Unterlagen durchzuarbeiten.

»Wir haben Ihnen ein Büro hergerichtet, Junge«, sagte Sepp. »Gleich hier den Flur entlang. Ist zwar eher eine Abstellkammer, aber Sie haben Ihre Ruhe und wenn Sie irgendwas brauchen, bin ich sozusagen gleich nebenan. Sagen Sie Bescheid, wenn Sie mit jemandem reden wollen, dann richte ich das für Sie ein.«

»Danke, Sepp«, sagte McAdam. Er verspürte plötzlich das dringende Bedürfnis, diese Verbrechen aufzuklären – nicht wegen Professor Erhagen, nicht wegen des Geldes, wegen Elisabeth Blank oder aus persönlichem Ehrgeiz, sondern für diesen weißhaarigen, väterlichen Mann, der ihm gerade auf die Schulter geklopft hatte und ihn nun zu einer Tür mit der Aufschrift »Hausmeister« führte.

Neun

Conny Hartmann lehnte fröstelnd die Stirn gegen die Fensterscheibe. Sie war erkältet und beim Anblick des grauen, tief verhangenen Himmels und der ersten braunen Blätter des bevorstehenden Herbstes wurde ihr nicht wärmer. Bevor sie am Albtalbahnhof in die S11 gestiegen war, hatte sie erst noch die Parkbänke in der Umgebung nach Flaschen-Hans und Propheten-Peter abgesucht, doch die beiden hatten sich heute offensichtlich eine gemütlichere Bleibe gesucht – vielleicht fuhren sie selbst mit der Straßenbahn. Die S11 glitt an den Bauhaus-Wohnungen von Dammerstock und den puppenhausartigen Bungalows von Rüppurr vorbei ins Niemandsland zwischen Karlsruhe und Ettlingen. Letzteres, ein malerisches, altes Städtchen, lag etwas höher als Karlsruhe – und wesentlich höher, was die Grundstückspreise betraf. Doch vor Ettlingen erstreckten sich überraschend weite Felder und mitten darin, umgeben von Hecken, Feldwegen und Hochspannungsmasten, lag ... eine Ranch. Eine Ranch, man hätte es nicht anders nennen können. Als Conny das Wort laut vor sich hin sagte (wobei sie sich bemühte, das »R« amerikanisch auszusprechen), hatte sie flüchtig ein Bild von McAdam als Marlboro-Mann vor Augen. Conny wusste, dass die Ranch der Familie Henkel gehörte, deren Tochter, Jennifer, Patrick Schneiders Freundin gewesen war.

An der Haltestelle Neuwiesenreben kratzten Arbeiter die Farbe vom Wartehäuschen. Das ärgerte Conny – konnte

Professor Dr. Erhagen nicht wenigstens warten, bis Patrick beerdigt war, bevor er dessen letztes Werk zerstörte? Hinter dem Wartehäuschen stand eine Hecke – ein gutes Versteck für den Mörder –, ein Geräteschuppen und dahinter lagen etliche Hektar kürzlich abgeernteter Stoppelfelder. Als die Straßenbahn aus Ettlingen um die Kurve bog, ertönte am Übergang, wo der Fuß- und Radweg über die Gleise führte, ein Warnsignal. In Patricks Blut waren Spuren von Alkohol nachgewiesen worden, aber keine Drogen. Selbst wenn er übermüdet gewesen war, musste er die Klingel der herannahenden Straßenbahn gehört und die Scheinwerfer gesehen haben. Konnte er ausgerutscht sein? Konnte er so in sein Kunstwerk vertieft gewesen sein, dass er die Straßenbahn nicht bemerkt hatte? Conny hatte ihre Zweifel. Patrick war jung, gesund und intelligent gewesen – nicht der Typ dazu, geistesabwesend vor ein Fahrzeug von fünfzig Tonnen zu laufen.

Conny ging den Radweg entlang, der nach rechts zum Haus der Henkels abbog. Um das großzügig angelegte, einstöckige Backsteingebäude herum lag jede Menge Gerümpel und auf einer Koppel dahinter grasten zwei karamellfarbene Ponys. Hundert Meter vor dem Haus stand am Wegrand eine Holzhütte, eine Art Gartenhaus. Daraus ertönte plötzlich eine Stimme, die Conny aus ihren Gedanken schreckte. »Sie wollen bestimmt zu mir.« Jennifer stand in einen langen, grauen Mantel gehüllt auf der Veranda. Ihr Kopf war kahl rasiert, sie hatte dunkle Ringe um die geröteten Augen und ihre Gesichtsfarbe glich der ihres Mantels. Conny bemühte sich, sie nicht anzustarren, doch Jennifer erklärte: »Ich habe mir die Haare zum Gedenken an Patrick abrasiert. Und ich habe alle Ringe abgelegt bis auf den, den er mir geschenkt hat.« Besagter Ring hing im linken Nasenflügel. Etwa fünfzehn schwach gerötete Löcher in Nase, Lippe und Ohrläppchen verrieten, wo die Übrigen sich befunden hatten.

»Können wir reingehen?«, fragte Conny. Jennifer zuckte die Achseln. »Wenn das Chaos Sie nicht stört. Ich habe Tee da.«

Wenig später hockte Conny im Schneidersitz mit Jennifer auf dem Boden der Hütte und lehnte sich an das ungemachte Bett. Um sie herum stapelten sich Wäsche, CD-Hüllen, Mode- und Frisurenzeitschriften und von den Postern an den Wänden starrten hochgeschossene, tätowierte Teenager in Miniröcken mit finsterer Miene auf sie herab. »Es tut mir furchtbar Leid, Jennifer«, sagte Conny. Tränen strömten über Jennifers Gesicht. Sie zündete sich eine Zigarette an und fasste sich wieder. »Was wollen Sie wissen?«

»Alles, woran Sie sich erinnern können, nachdem Patrick gegangen war. Wohnen Sie immer in dieser Hütte?«

»Zum Essen und Duschen gehe ich rüber«, sagte Jennifer. »Meine Eltern sehen das ziemlich locker. Ich wohne hier, seit ich sechzehn bin.«

»Haben Sie Patrick zur Tür begleitet, als er gegangen ist?«

»Ja. Er ... er hat mir einen Abschiedskuss gegeben.«

»Haben Sie ihm nachgesehen?«

»Ja. Ich wollte ihm meine Taschenlampe mitgeben, aber er meinte, er bräuchte sie nicht. Man kann die Lichter der Haltestelle von hier aus sehen.«

»Denken Sie genau nach, Jennifer. Haben Sie irgendjemanden gehört oder gesehen, der um die gleiche Zeit wie Patrick dort gewesen sein könnte?«

Jennifer riss die tief liegenden Augen auf. »Sie meinen, er wurde ...«

»Das ist nicht ausgeschlossen, Jennifer.«

»Sie meinen, von einem Verbrecher oder so?« Sie begann zu zittern, schlang die Arme um den Körper und sah aus, als überlegte sie, zu ihren Eltern zurückzuziehen.

»Möglicherweise.«

Jennifer schloss die Augen und begann wie in Trance vor sich hin zu reden. »Er ... ist den Fahrweg entlanggegangen. Ich habe seine Stiefel auf dem Asphalt gehört. Als er weg war, habe ich mir eine Decke geholt und dann habe ich da so an der Tür gelehnt und hinterhergestarrt. Dabei konnte ich ihn hinter der Kurve gar nicht mehr sehen. Und dann ... ich glaube, dann habe ich ein Motorrad gehört. Ja, genau – ich weiß noch, wie ich dachte, hoffentlich passt er auf und lässt sich nicht überfahren ... bescheuert, nicht wahr? So eine Ironie ...«

»Haben Sie das Motorrad gesehen?«

»Nein. Eigentlich komisch, nicht? Ich hätte doch den Scheinwerfer sehen müssen. Ist der Scheinwerfer bei Motorrädern nicht immer an? Aber ... es muss sehr langsam gefahren sein. Das Motorengeräusch war nicht besonders laut.«

»Haben Sie sonst noch etwas gehört oder gesehen?«

»Nein, nichts. Ich war noch auf der Toilette, dann bin ich zurück ins Bett und bin erst von den Sirenen wieder aufgewacht.« Jennifer brach wieder in Tränen aus. Conny gab ihr ein Taschentuch, nahm sie in den Arm, murmelte zum Abschied ein paar mitfühlende Worte und machte sich daran, Patricks letzte Schritte zu rekonstruieren.

Die lange Auffahrt der Henkels zurück, dann nach links und den Fahrradweg entlang bis zur Haltestelle. Dahinter lag auf einem sanften Hügel der Wohnkomplex Neuwiesenreben, eine Ansammlung von Bungalows, Zweifamilienhäusern und einem Hochhaus für einkommensschwache Mieter – die übliche Struktur geplanter Wohnprojekte. Wenn diese Häuser um vier Uhr morgens dunkel waren, kam das einzige Licht vom Bahnsteig und den Straßenlaternen am Fußweg, der den Hang hinaufführte. Conny hielt an und starrte auf die Wohnanlage. Bäume und Büsche versperrten die Sicht auf die Häuser. Aber das Hochhaus ... Hatte dort womöglich jemand am Fenster gestanden –

schlaflos, neugierig, ein Frühaufsteher oder jemand mit schwacher Blase –, jemand, der zufällig den Motorradfahrer draußen bemerkt hatte? Dem Künstler bei der Arbeit zugesehen? Den Mord beobachtet? Sie schlug den Pfad zum Hochhaus ein und musterte die endlosen Reihen der Klingelschilder und Briefkästen. Ein- oder Zweizimmerwohnungen. Alleinstehende, Paare und Rentner, ausländische Namen. Flüchtlinge, Sozialhilfeempfänger. Sie würde alle abklappern, die auf der Westseite des Gebäudes wohnten, alle, die Aussicht auf die Gleise und die Haltestelle hatten. Aber nicht heute. McAdam hatte versprochen, mit einem Foto vorbeizukommen. Sie wollte ihn nicht verpassen. Sie machte kehrt und ging zurück zum Bahnsteig, wo die Arbeiter gerade den letzten bunten, geschwungenen Buchstaben von Jennifers Namen von der kalten, grauen Wand kratzten.

Annie Meyer klopfte an die Tür des Hausmeisterbüros. »Herein!«, rief McAdam, der gerade an der Übersicht, die er erstellt hatte, letzte Hand anlegte. Die meisten »Verdächtigen« auf Sepp Hausers Liste von Frauenhassern und unzufriedenen Fahrern hatten für die Tatzeit ein Alibi – wenigstens für einen der Morde. Sie waren entweder selbst gerade im Dienst gewesen oder hatten zu Hause im Bett gelegen, und zwar mit jemandem, der das bezeugen konnte. Als McAdam den Kopf hob, blickte er in das freundliche Gesicht von Annie Meyer. Er stand auf und schüttelte die Hand, die sie ihm entgegenstreckte. »Meyer«, stellte sie sich lächelnd vor. »McAdam«, erwiderte er ebenfalls lächelnd. Er bot ihr den Stuhl neben dem Regal voller frischer Handtuchrollen an. »Frau Meyer, in diesem Bericht steht, dass Sie als Einzige die Frau namens Hanni-Lieschen kannten«, begann McAdam. »Diese Frau ist offiziell immer noch nicht identifiziert worden. Was wissen Sie über sie?«

»Hm ... nicht viel«, sagte Annie. Ihr Blick wich McAdams blauen Augen aus und richtete sich auf einen Punkt hinter seiner linken Schulter. »Wissen Sie, wir dürfen uns nicht mit den Fahrgästen unterhalten. Das verstößt gegen die Sicherheitsbestimmungen.«

McAdam lächelte ihr beruhigend zu. »Frau Meyer, wir wissen, dass Sie eine tadellose Fahrerin sind. Aber so früh am Morgen, wenn kaum jemand in der Bahn ist, da kommt es doch bestimmt mal vor, dass der eine oder andere sich mit Ihnen unterhalten will. Ich meine, Sie können ja schließlich nichts dafür, wenn ein Fahrgast Sie anspricht. Erinnern Sie sich, wann Sie Hanni-Lieschen zum ersten Mal gesehen haben? Ist sie immer an derselben Haltestelle zugestiegen? Jeden Tag?«

Annie wirkte erleichtert. Sie beugte sich vor, von einem plötzlichen Mitteilungsbedürfnis gegenüber diesem freundlichen Fremden erfasst. »Als ich sie das erste Mal gesehen habe, das war zwei Monate bevor sie ... äh ... zwei Monate vor dem Mord. Sie ist immer an der Untermühlstraße eingestiegen, aber nicht jeden Tag. Mit den ganzen Tüten ist sie mir natürlich sofort aufgefallen. Ich habe aufgepasst, ob sie auch ihre Fahrkarte abstempelt. Am ersten Tag war sie ein bisschen pampig. Sie sagte: ›Siehste? Ich hab eine Citykarte. Da staunste, was?‹ Na ja, ich wollte nicht, dass sie sich unerwünscht fühlt. Manche Obdachlosen fahren ja mit der Straßenbahn, weil sie sonst nichts haben, wo sie sich aufwärmen oder vor dem Regen flüchten können. Solange sie zahlen und die anderen Fahrgäste nicht belästigen, sage ich, warum nicht? Es gibt allerdings auch Fahrer, die solche Leute nicht ausstehen können ...«

»Welche Fahrer? Können Sie mir Namen nennen?«, hakte McAdam nach.

»Na ja, ich will niemanden in Schwierigkeiten bringen, aber es gibt da die so genannten Kläffer. Sie nennen sich natürlich nicht selbst so ... Jedenfalls können die offenbar niemanden leiden, der nicht genauso ist wie sie ...« Annie nannte ein paar Namen, die auch auf Sepps Liste standen.

»Okay, Frau Meyer. Aber um noch mal auf Hanni-Lieschen zurückzukommen – hat sie Ihnen irgendwas von sich erzählt? Wo sie übernachtete? Was sie in Karlsruhe wollte?«

»Ja, sie sagte, sie wollte ihre Tochter besuchen. Und sie hätte gerade ihren Sohn besucht. In Freiburg oder in Basel, ich weiß nicht mehr genau. Ich habe das natürlich nicht wirklich geglaubt. Welche Tochter würde ihre Mutter den ganzen Tag lang mit der Straßenbahn umherfahren lassen, dazu noch mit diesen drei Plastiktüten voller ... Gottweißwas? Außerdem redete sie nicht, als ob sie von hier wäre – vom Akzent her, wissen Sie. Klang eher, als ob sie weiter aus dem Norden käme.«

»Was hat sie Ihnen noch erzählt, Frau Meyer?«

»Hmm. Sie sagte, dass sie Geld sparte, um sich ein Haus zu kaufen, damit sie in der Nähe ihrer Kinder wohnen und ihre Enkel hüten könnte. Ich habe sie gefragt, wie viele Enkelkinder sie denn hätte, aber sie sagte: ›Ach, die sind noch nicht auf der Welt. Aber ich will doch bereit sein, wenn es mal soweit ist.‹ So ungefähr. Dann hat sie gelacht. Wenn Sie mich fragen, Herr McAdam – die Frau war nicht ganz richtig im Kopf. Aber schließlich hat jeder seine Macken, nicht wahr? Weiß Gott, jeder könnte mal so enden.« Annie schauderte, als sie daran dachte, was aus ihr, ihrer Mutter und den Jungs geworden wäre, wenn sie nicht den Job bei den Verkehrsbetrieben bekommen hätte. »Manche haben eben mehr Glück als andere.«

»Wie wahr«, bemerkte McAdam. »Vielen Dank, Frau Meyer, Sie haben mir sehr geholfen.«

»Nichts zu danken!« Annie strahlte McAdam an, stand auf und drückte ihm fest die Hand. Sie hinterließ eine süßliche Parfümwolke, die an den Handtuchrollen hängen blieb und deren Duft sich in der folgenden Woche in den Personaltoiletten verbreiten würde.

Das Parfüm blieb auch an McAdam hängen, der über seiner Übersicht brütete. Er musste mit zwei Fahrern reden – einem gewissen Heinz Bissert und einem Wilhelm Wemgruber. Und mit einer gewissen Elke Erhagen würde er wohl ebenfalls sprechen müssen, so wenig die Vorstellung ihm auch behagte. Er blieb einen Moment still sitzen, schob die kleinen Informationshäppchen im Geiste hin und her und ließ sie sich mal so, mal anders zusammenfügen. Dann griff er zum Telefon und wählte Sepp Hausers Durchwahl. »Hallo, Sepp? McAdam hier. Wer kann im Voraus wissen, wann der Alte ... ich meine, wann Professor Dr. Erhagen nicht in der Stadt ist? – Hmm. Danke.« McAdam warf einen Blick auf die Uhr, raffte seine Pläne und Papiere zusammen und stopfte sie in seinen Rucksack. Zeit, Conny Hartmann einen Besuch abzustatten.

Conny saß inmitten von Aktenstapeln, grausigen Fotos, einer Packung Kleenex, verschiedenen Arzneiflaschen und Fast-Food-Schachteln vom Wok-Mann an ihrem Schreibtisch. Das Zimmer roch nach Wick Vaporub und Won-Ton-Suppe.

»Betreten auf eigene Gefahr!«, rief sie, als McAdam den Kopf zur Tür hineinsteckte. Ein nicht gerade freundlicher Reikert hatte McAdam hergeführt und ihn dabei beäugt, als ob er ihn verdächtigte, etwas stehlen zu wollen. Was wohl? fragte sich McAdam. Einen Steckbrief? Eine Topfpflanze? Einen veralteten Computer? Und nun auch noch diese Warnung von Conny. Lag sie hinter ihrem Schreibtisch auf der Lauer? McAdam hob die Hände. »Officer, ich bin unbewaffnet!«, sagte er.

Conny grinste kurz, wies auf den grauen Stuhl aus Metall und Plastik und bot ihm chinesischen Tee an. »Tassen sind da drüben.« »Danke«, sagte McAdam und einen Moment lang pusteten sie beide nachdenklich auf ihren heißen Tee. Dann fingen sie gleichzeitig an zu sprechen. »Ladies first«, sagte McAdam. »Ich habe heute mit Patrick Schneiders Freundin gesprochen«, berichtete Conny. »Sie glaubt, ein Motorrad auf dem Weg gehört zu haben, den er entlanggegangen ist, knapp eine Stunde, bevor er getötet wurde. Ich weiß, das bringt uns nicht viel weiter ...«

»Ein Motorrad«, murmelte McAdam. »Vielleicht muss ich Ihnen noch ein anderes Foto zeigen. Hier, könnte das Ihr zweites Opfer sein?« Er reichte ihr das Foto mit dem Mann, der die Sachertorte aus dem Mülleimer fischte.

»Hmm ... Ich glaube nicht«, sagte Conny, während sie ungeniert ein Won Ton kaute. »Sieht aus wie Jung-Heiko.«

»Jung-Heiko?«

»Ja, es gibt auch einen Alt-Heiko. Hier sind Bilder von Humpel-Schorsch. Eigentlich hieß er Georg Rittermeyer. Haben Sie einen kräftigen Magen?«

Ganz und gar nicht, aber McAdam wollte nicht als unprofessioneller Schlappschwanz dastehen. Also nahm er die Abzüge, die sie ihm reichte, und zwang sich, Humpel-Schorschs Gesicht anzusehen. Die eine Hälfte war unversehrt und trug einen Ausdruck purer Überraschung. Die andere Seite – diejenige, mit der er bei dem Sturz aufgekommen war – war ein bis zur Unkenntlichkeit entstelltes Ragout aus blutigem Fleisch und zersplitterten Knochen. »Rgh!«, machte McAdam und Conny bedeckte die Aufnahmen rasch mit älteren – Polizeifotos, Passfotos, sogar ein Schnappschuss war dabei, auf dem Georg Rittermeyer in glücklicheren Zeiten zu sehen war, anscheinend mit seinen Eltern und einem Bruder. McAdam ging ein Licht auf. »Hey ... ich weiß, wo ich den schon mal gesehen habe«, sagte er. »Erinnern Sie sich noch, wie wir uns zum ersten

Mal begegnet sind ...« – er lächelte verschmitzt – » ... und ich Ihnen von den beiden Typen mit dem Lieferwagen erzählt habe? Der eine hatte etwas nach meinem Auto geworfen ...«

Conny starrte ihn einen Moment lang verständnislos an, dann sagte sie: »Ach ja, das war bei dem Unfall an der Kreuzung Berliner Platz.«

»Genau. Also, wenn ich mich nicht sehr täusche, dann war einer von den beiden dieser Rittermeyer. Nicht der Fahrer, sondern der andere, der zu viel getrunken hatte. Aber ... kann denn das sein?«

»Klar«, sagte Conny. »Wahrscheinlich ein Aushilfsjob. Es gibt eine Vermittlung für Tagelöhner. Schorsch brauchte wahrscheinlich gerade Geld.« McAdam sah sich die Bilder noch einmal an. Komisch, dass einem durch eine zufällige Begegnung, ein paar Worte und Gesten, an die man sich erinnerte, der Tod eines Fremden plötzlich näher ging. Doch bevor er sich in Gedanken an Humpel-Schorschs kurzes, unglückliches Leben verlieren konnte, fiel ihm ein, wozu er eigentlich gekommen war, und er teilte Conny seine Neuigkeiten mit. »Ich bin jetzt Erhagens Sonderermittler«, verkündete er. »Ab sofort können Sie und ich offiziell zusammenarbeiten.«

»Was Sie nicht sagen. McAdam, hatten Sie eigentlich jemals einen Klienten, der nicht Erhagen hieß?«

»War bisher nicht nötig«, sagte McAdam. »Aber sehen Sie mal, ich habe diese Liste verdächtiger Angestellter überprüft. Die meisten konnte ich streichen, weil sie ein Alibi haben. Bei den Verkehrsbetrieben hält man es für möglich, dass hinter diesen Morden eine frauenfeindliche Verschwörung steckt.«

»Hmm«, machte Conny. »Aber die dritte Straßenbahn ...«

» ... hätte eigentlich auch von einer Frau gefahren werden sollen. Sie hatte sich in letzter Minute krankgemeldet.«

»Und was ist mit Ihrer Beobachtung, dass alle Morde geschehen sind, als Erhagen verreist war?«, fragte Conny und machte sich über ihr süßsaures Schweinefleisch her. »Mann, riecht das gut«, sagte McAdam. »Zu Hause darf ich kein Fleisch essen.« Conny wollte ihm mit den Stäbchen einen Happen anbieten, besann sich jedoch, als ihr einfiel, dass sie erkältet war. »Fast jeder kann herausfinden, wann Erhagen unterwegs ist. Über seine Reisepläne wurde vorab in der Betriebszeitung berichtet.« McAdam lief das Wasser im Mund zusammen. Er warf einen Blick auf die Uhr und fragte sich, was Uschi wohl zum Abendessen kochte.

»Ich will versuchen, einen Zeugen aufzutreiben, der Patrick Schneider oder den geheimnisvollen Motorradfahrer gesehen oder vielleicht sogar den Mord beobachtet hat. In der Nähe steht ein Hochhaus, von dem aus man einen guten Blick auf den Tatort hat«, berichtete Conny.

»Und ich treffe mich mit einem verrückten Wissenschaftler«, gab McAdam zurück. »Dieser Bursche hat ein System für eine Sicherheitsabsperrung entwickelt und will es den Verkehrsbetrieben verkaufen. Bisher hat sich niemand dafür interessiert.«

»Gut, bleiben wir in Kontakt«, sagte Conny. »Möchten Sie einen Glückskeks?«

»Sie zuerst«, sagte McAdam. Conny zerbrach ihren und entrollte die Weissagung. »Der, den Sie suchen, will gefunden werden«, las Conny. »Klingt gut.«

McAdam öffnete seinen Keks und las: »Sie treten eine lange Reise an.« »Hoffentlich nicht mit der Straßenbahn«, kommentierte Conny. »Erst recht nicht drunter«, erwiderte McAdam. Zum ersten Mal wurde ihm bewusst, dass er, McAdam, der ewige Student und Möchtegern-Detektiv, einem gefährlichen Kriminellen auf der Spur war. Einem Irren. Einem Mörder. Es war ihm noch nie in den Sinn gekommen, dass sein eigenes Leben in Gefahr sein könnte.

Bisher war das Ganze ein Jux gewesen, ein Spiel, eine Herausforderung, wie bei Uschi, wenn sie eine Rolle übernahm – McAdam spielt Detektiv. Conny ahnte, was in ihm vorging. »Ja, McAdam«, sagte sie. »Jetzt wird's ernst. Das ist das wirkliche Leben.« »Und der Tod«, sagte McAdam. »Das hängt nun mal beides zusammen«, bemerkte Conny nüchtern und wandte sich energisch einem der Stapel auf ihrem Schreibtisch zu. »Tja, also dann, bis bald, Conny«, sagte McAdam. »Bis dann«, erwiderte Conny und winkte, als er hinausging.

Uschi stand am Herd und winkte, als er hereinkam. Jede freie Fläche in der Küche war mit Stapeln von Geschirr und ordentlich getrenntem Biomüll bedeckt: Gemüseschalen, Hühnerknochen ... »Hühnerknochen?«, sagte McAdam ungläubig. »Du hast doch nicht etwa ... Nein!« Jetzt wurde ihm klar, woher er den köstlichen Duft kannte, der ihn so wohlig umhüllte, seit er die Wohnung betreten hatte.

»Chicken and Biscuits!«, rief Uschi. »Extra für dich! Und für das Baby natürlich. Ich hatte den ganzen Tag so einen Heißhunger danach. Das Baby muss Lust auf Huhn haben. Ich schätze, sie ist noch keine Vegetarierin.«

»Hmm«, machte McAdam. Die Aussicht auf die nächsten fünf Monate erschien ihm gleich viel rosiger. Fleisch! Oder wenigstens Geflügel, und zwar McAdams Leibgericht seit Kindertagen – das Rezept, das er mithilfe von Kochbüchern aus der Amerikanischen Bibliothek von Karlsruhe rekonstruiert und einmal für Uschi gekocht hatte, bevor sie sich zum Vegetarismus bekehrte. Die Hühnerstücke schwammen in der sahnigen, weißen Soße. Die weichen Biscuits bräunten im Ofen vor sich hin.

»Außerdem gibt es heute etwas zu feiern«, verkündete Uschi. »Ich habe die Rolle bekommen!«

»Welche Rolle?« McAdam überlegte krampfhaft und

rechnete jeden Moment damit, dass sie explodieren und sich darüber beschweren würde, dass er nie zuhörte. Aber nichts dergleichen geschah. Stattdessen strahlte Uschi und sagte: »Stella!«

»Äh ... die Hauptrolle?«, fragte McAdam vorsichtig.

»Die zweite weibliche Hauptrolle. Du weißt schon, Blanches Schwester in ›Endstation Sehnsucht‹. In vier Monaten ist Premiere im Sandkorn. Perfektes Timing!«

»Du meinst dieses nette Mädchen, das so blöd war, Stanley Kowalski zu heiraten? Warte mal ... Sie ist schwanger, stimmt's? Aber soweit ich mich erinnere, kommt im Verlauf des Stücks das Kind zur Welt. Glaubst du, dass du das Timing so genau hinkriegst?«

»Red keinen Blödsinn, McAdam. Wir hoffen auf eine lange Laufzeit. Ich kann das Kind doch nicht jeden Abend bekommen! Aber das Tollste ist: Wenn sie geboren ist, kann ich wahrscheinlich die Rolle der Blanche übernehmen. Stephanie Birnbaum, die sie jetzt spielt, plant nämlich auch Nachwuchs. Dann können wir die Rollen tauschen.«

»Du willst mich wohl auf den Arm nehmen, Oosh. Meinst du nicht, das Ganze ist ein bisschen zu anstrengend für dich und das Baby?«

»Kein Problem!«, sagte Uschi. »So kann sie sich gleich *in utero* an die Bühne gewöhnen. Wird ihr gefallen!«

»Ihr? Hast du den Test schon gemacht?«, fragte McAdam. Die beiden saßen mittlerweile am Tisch. Der köstliche Dampf von Chicken and Biscuits drang McAdam in die Nase und stieg ihm mehr zu Kopf als ein Joint, den er ebenfalls seit Jahren nicht mehr genossen hatte.

»Noch nicht, McAdam«, sagte Uschi. »Aber irgendwie muss ich sie ja nennen und ›es‹ ist so unpersönlich – sagst du doch selbst immer.« Das stimmte. Dass Babys und Mädchen im Deutschen Neutrum waren, stieß McAdam als einem Verfechter der Gleichberechtigung übel auf. Zumindest hatte er das der schönen Uschi erzählt, als sie sich kennen lernten und er bei ihr Eindruck machen wollte.

Als er sich später auf dem Sofa ausgestreckt hatte, den Bauch voller Stärke und Hühnerfett, reichte Uschi ihm die Zeitung. »Ich wusste nicht, wann es schlimmer für dich ist, das zu lesen – vor oder nach dem Essen.« Sie zeigte auf einen kleinen Artikel im Lokalteil. Es war eine Beschreibung von Elisabeth Blank mit einem Foto vom Gesicht der Toten und einem Aufruf an alle, die die Frau kannten oder sie in den letzten Monaten gesehen hatten. Gut, dachte McAdam. Wenn Hanni-Lieschens Kinder irgendwo in der Gegend lebten, würden sie vielleicht den Artikel lesen und sich melden. So recht glaubte er allerdings nicht daran. Wie hieß doch gleich die Tochter? Regina Blank. McAdam sah im Telefonbuch nach – Fehlanzeige. Vielleicht trug sie auch inzwischen einen anderen Namen, grübelte er. Er war mittlerweile zu der Überzeugung gelangt, dass es nur eine Möglichkeit gab, dem Geheimnis der Familie Blank auf den Grund zu gehen: Er musste nach Hannover fahren, beziehungsweise nach Spring oder Springer, und jemanden ausfindig machen, der Elisabeth Blank in ihrer Zeit als Kindermädchen gekannt hatte. Hatte sein Glückskeks ihm nicht eine lange Reise prophezeit?

Das Telefonbuch erinnerte ihn daran, dass er Diplom-Ingenieur Pfister versprochen hatte, sich zu melden. Er kramte die verknickte Visitenkarte aus der Tasche und wählte die Nummer. Der Ingenieur nahm gleich beim ersten Klingeln ab, war sofort bereit, McAdam am nächsten Morgen zu empfangen, und bedankte sich überschwänglich. Armer Kerl, dachte McAdam. Der wird mächtig enttäuscht sein, wenn er merkt, dass ich mich mehr für sein Alibi als für seine Erfindung interessiere.

McAdam ging in die Küche, griff sich ein Geschirrtuch

und postierte sich neben Uschi an der Spüle. »Ich muss nach Hannover«, sagte er. »Dienstlich.«

»Hannover? Fantastisch! Ich komme mit. Dann kann ich Xavier besuchen!«

»Xavier?«

»Du weißt schon ... Den, der bei den Sommerfestspielen in Ditzingen den Hamlet zu meiner Ophelia gespielt hat. Er war auf der Schauspielschule im Jahrgang über mir. Jetzt ist er Regisseur an einer kleinen Privatbühne in Hannover. Feiner Kerl, der Xavier! Den sollte man sich warm halten – aus dem wird noch mal was Großes!«

»Wie gut kennst du diesen Xavier eigentlich?«, fragte McAdam und polierte mit Inbrunst einen Topf.

»Sehr gut«, sagte Uschi. »Er ist umwerfend!«

»Mhm«, machte McAdam.

»Und schwul.«

»O. Gut«, sagte McAdam. »Hör mal, lass uns doch den restlichen Abwasch verschieben und früh ins Bett gehen. Wir müssen doch schließlich ausgeruht sein für die lange Reise nach Hannover.« Er warf seiner Frau einen viel sagenden Blick zu, nahm sie an der Hand und zog sie von der Spüle fort.

Diplom-Ingenieur Pfisters Wohnung lag in einem jener Häuser in zweiter Reihe, von deren Fenstern aus man über einen baumlosen Hof in die Fenster eines ebensolchen Gebäudes blickte. Vielleicht waren darum sämtliche Jalousien geschlossen, dachte McAdam. Bierkisten und jede Menge Müll zierten die Treppenabsätze bis in den vierten Stock, wo McAdam bei Pfister klingelte. Der Ingenieur empfing McAdam an der Tür mit einem Händedruck. Er trug denselben braunen Anzug, das blaue Hemd und den Schlips wie am Vortag. Seine Wohnung war klein und dunkel, die Wände hingen voller Baupläne und technischer Zeichnungen und überall standen maßstabsgetreue Modelle herum.

»Sehen Sie, Herr McAdam«, sagte Pfister mit ausladender Geste. »Das ist die Arbeit von fünfzehn Jahren – ein Museum verkannter, niemals verwirklichter Erfindungen. Zum Beispiel dieses Gerät – ich nenne es Müllpresse. Es presst Ihren Müll in feste Würfel, die man bequem transportieren und lagern kann. Das hier ist auch eine wunderbare Erfindung: eine elektrische Bratpfanne, die eine gleichmäßige Temperatur hält, so dass nichts anbrennen kann. Und hier – darauf bin ich besonders stolz. Ein Maschendrahtgitter, das man im Sommer vor den Fenstern anbringen kann, um Mücken, Fliegen und Motten fern zu halten. Wenn es im Winter zu dunkel wird, nimmt man es einfach ab. Und das hier ist eine Maschine, die im Gefrierfach automatisch Eiswürfel macht. Einfach ausschalten, wenn der Behälter voll ist, und einschalten, wenn Sie mehr brauchen. Brillant! Aber glauben Sie vielleicht, dass in Deutschland ein Unternehmen dafür zu interessieren ist, diese Produkte herzustellen und zu vermarkten?«

»Äh ... ich sollte Ihnen das vielleicht lieber nicht erzählen, Herr Pfister, aber diese Dinge gibt es seit Jahren. In den Geschäften in ...«

»Sagen Sie's nicht! In Amerika! Ich will es gar nicht hören! Aber hier ist etwas, das Sie garantiert noch nie gesehen haben: ein elektrisches Katzenklo. Es siebt den Schmutz aus der Katzenstreu, entsorgt ihn hygienisch in verschlossenen Plastikbeuteln und zeigt dem Katzenbesitzer durch einen Signalton an, wann es geleert werden muss. Mein Katze ist ganz begeistert davon.«

McAdam verschwieg, dass er gerade im *New York Review of Books* eine Werbeannonce für genau so ein Gerät gesehen hatte. Kostenpunkt 279 Dollar zuzüglich Steuer. Zuerst hatte er die Anzeige für eine Satire gehalten. »Herr Pfister,

Sie sind offensichtlich ein Mann mit Visionen und ausgeprägter Fantasie«, sagte er. »Haben Sie je daran gedacht, ihre Erfindungen in ...«

»Sagen Sie es nicht!«, unterbrach Pfister. »Aber schauen Sie mal – wie viele Straßenbahnnetze gibt es in Amerika?«

McAdam zögerte. Die Cable Cars in San Francisco zählten wohl nicht... Er erinnerte sich allerdings, dass es dort auch elektrische Oberleitungsbusse gab. Und – existierten nicht in Philadelphia noch ein paar Linien? »Eigentlich kaum welche«, antwortete er vorsichtig.

»Eben«, sagte Pfister. »In Amerika ist der öffentliche Personenverkehr völlig unterentwickelt. Aber hier in Europa müsste es doch einen Markt für mein einzigartiges Sicherheitstor geben. Sehen Sie ... Man könnte alle Bahnsteige damit ausstatten. Es öffnet sich garantiert erst, nachdem die Straßenbahn zum völligen Stillstand gekommen ist. Das gleiche Prinzip wie beim Otis-Sicherheitsaufzug – einfach, aber elegant.« Er zeigte McAdam eine Menge Zeichnungen und Blaupausen und bombardierte ihn mit Statistiken und technischen Daten.

»Ich bin wirklich beeindruckt, Herr Pfister«, unterbrach McAdam schließlich. »Ich nehme an, die Umsetzung scheitert an den Kosten.«

»Kosten? Was kostet ein Menschenleben, Herr McAdam?«, fragte Pfister und starrte McAdam ernst und durchdringend an.

»Genau das wollte ich Sie eigentlich fragen, Herr Pfister. Ich versichere Ihnen, es ist eine reine Routinesache, aber ich muss Ihnen diese Frage stellen. Wo waren Sie in den frühen Morgenstunden des ...« Er nannte die Daten der Straßenbahnmorde.

Dem Ingenieur verschlug es die Sprache. Er starrte mit hervorquellenden Augen und offenem Mund vor sich hin, bis er schließlich herausbrachte: »Sie ... glauben, ich ... ich könnte für die Unfälle verantwortlich sein? Ich könnte diese Unfälle verursacht haben, damit meine ... Ich würde drei Menschen töten, um zu beweisen ... um meine Erfindung zu verkaufen? Ich, dem es einzig und allein darum geht, Leben zu retten, die Lebensqualität zu verbessern, zum Fortschritt der Menschheit beizutragen?« Im gleichen Tenor ging es weiter. Pfister schwang sich zu ungeahnten rhetorischen Höhen auf. McAdam begann sich schon zu fragen, ob er die Rede womöglich für den Fall vorbereitet hatte, dass er einmal den Nobelpreis verliehen bekäme. Endlich schloss Pfister mit den Worten: »Ich war zu Hause und habe geschlafen. Ich arbeite gewöhnlich bis spät in die Nacht an meinen Erfindungen und schlafe morgens lange.«

»Waren Sie allein?«, fragte McAdam.

»Meine Katze war hier. Meine Katze weiß ...« In diesem Moment erinnerte ein elektronischer Summton aus dem Badezimmer den Ingenieur daran, dass es Zeit war, das Katzenklo zu entleeren.

»Dann ist ja alles in Ordnung. Ich wünsche Ihnen viel Erfolg mit Ihren Erfindungen«, sagte McAdam. Er tippte sich an die Baseballmütze und ließ den Ingenieur stehen.

Zehn

Conny Hartmann stand vor Apartment 504 und las den Namen an der Tür: Mirescu, Gregor. Sie hatte Stunden gebraucht, um so weit zu kommen. Manche Bewohner des Hochhauses in Neuwiesenreben waren ihr mit Misstrauen, Ablehnung oder völligem Unverständnis begegnet, doch andere hatten sie hereingebeten, sie Platz nehmen lassen und ihr eine Tasse Tee oder ein Glas Schnaps angeboten. Eine afrikanische Familie hatte darauf bestanden, dass sie zum Mittagessen blieb. Conny hatte Hühnchen mit Erdnusssauce gegessen und sich das Rezept geben lassen. Eine alte Russlanddeutsche hatte ihr Fotos von einem sibirischen Dorf gezeigt, von Kindern, Enkeln, Hunden, Schweinen und Hühnern, und ihre Geduld mit einem Gläschen Wodka belohnt. Außerdem hatte Conny ein kambodschanisches Pärchen, eine kurdische Familie, zwei junge Afghanen und einen Iren befragt, aber anscheinend hatte niemand etwas gesehen oder gehört, was mit Patrick Schneiders Tod zu tun hatte. Conny fühlte sich satt und träge und sehnte sich nach einem Mittagsschlaf. Stattdessen klingelte sie bei Herrn Mirescu.

Sie hörte hinter der Tür schlurfende Schritte und spürte, wie sie durch den Spion gemustert wurde. Endlich öffnete sich die Tür und ein kleiner Glatzkopf in Pantoffeln beäugte sie durch eine riesige, schwarze Brille mit dicken Gläsern. »Guten Tag«, sagte er förmlich. »Ich habe mich schon gefragt, wo Sie so lange bleiben.«

»Wie bitte?«, fragte Conny.

Der Mann bat sie mit einer Geste herein. »Ich habe Sie erwartet. Sie kommen wegen des Mordes an dem jungen Mann. Ah, ich sehe, Sie haben Ihren Ausweis dabei, Frau Hartmann. Ich bin Gregor Mirescu, zu Ihren Diensten.« Der kleine Mann deutete eine Verbeugung an.

»Habe ich Sie richtig verstanden, Herr Mirescu – Sie wissen etwas über den Tod von Patrick Schneider?«, fragte Conny. »Warum haben Sie sich denn nicht schon eher an die Polizei gewandt?«

Herr Mirescu lächelte entschuldigend. »Meine liebe junge Dame, in meiner Heimat geht man nicht zur Polizei. Die Polizei kommt ins Haus. Sie müssen entschuldigen, ich habe nie daran gezweifelt, dass Sie früher oder später hier auftauchen würden. Ich bin ein rumänischer Flüchtling. Sie müssen verstehen, ich hatte dort mehr Begegnungen mit der Polizei, als mir lieb war.«

»Herr Mirescu« – Conny fürchtete allmählich um die Glaubwürdigkeit ihres Zeugen –, »waren Sie in Rumänien im Gefängnis?«

»O ja«, sagte der eulenhafte, kleine Mann. »Zuerst dafür, dass ich das Land verändern wollte, und dann dafür, dass ich es verlassen wollte. Aber das alles ist viele Jahre her. Hier bin ich ein gesetzestreuer Bürger. Ich trinke Tee, lese Bücher und schreibe meine Memoiren, weiter nichts.« Er wies auf einen Tisch, den er offenbar zu allen drei Tätigkeiten benutzte. »Kann ich Ihnen eine Tasse anbieten?«

»Vielleicht ein anderes Mal«, sagte Conny. »Sie haben von Mord gesprochen, Herr Mirescu. Was haben Sie gesehen?«

»Ich stand hier am Fenster.« Conny trat neben ihn und stellte fest, dass man von dort aus den Tatort und die Umgebung ausgezeichnet überblicken konnte. In der Ferne sah sie Jennifers Gartenhaus, den Fahrweg zur Ranch, den

Radweg, den Schuppen hinter der Haltestelle und natürlich den Bahnsteig.

»Wissen Sie, meine Liebe, ich schlafe nicht besonders gut. Zu viele Erinnerungen, zu viele Albträume. Nachts stehe ich oft hier und schaue aus dem Fenster. Ich habe beobachtet, wie über den Radweg ein Motorrad ankam. Es war merkwürdig. Mir fiel auf, dass der Scheinwerfer nicht an war. Ich bemerkte es erst im Lichtschein der Haltestelle.«

»Können Sie das Motorrad beschreiben?«

»Nein ... Es war dunkel. Schwarz oder dunkelblau. Mit den Marken kenne ich mich nicht aus.«

»Und der Fahrer?«

»Ein Mann in Schwarz mit einem schwarzen Helm. Er hielt am Bahnübergang, dann stieg er ab und schob das Motorrad zu der kleinen Hütte.«

»Sie meinen den Schuppen?«

»Ja. Ich habe mich gewundert. Ich hatte noch nie beobachtet, dass dort ein Motorrad untergestellt wurde. Dann tauchte der junge Mann auf.«

»Patrick Schneider.«

Herr Mirescu zuckte die Schultern. »Ich kannte den Jungen natürlich nicht. Ein sehr farbenfroher Junge. Angezogen wie ein Punk, aber ... er war ein Künstler, nicht wahr? Ich sah ihn auf dem Bahnsteig auf- und abgehen, etwa so ...« Herr Mirescu ahmte nach, wie Patrick den Fahrplan studierte und wie er fröstelnd die Arme um den Körper schlug. Conny fragte sich, ob Herr Mirescu in Rumänien wohl Schauspieler gewesen war.

»Hat Patrick gehumpelt, Herr Mirescu?«

»Nein«, lächelte der kleine Mann. »Ich humple. Ein kleines Andenken an das alte Regime.«

»Das tut mir Leid«, sagte Conny.

Der Mann zuckte erneut die Schultern. »Dann sah der Junge das Wartehäuschen an der Haltestelle an und plötzlich war alle Kälte verschwunden – er wurde ganz leidenschaftlich! Er nahm seinen Rucksack ab und holte ein paar ... äh ...«

»Sprühdosen?«

»Danke, ja genau, Sprühdosen heraus. Und dann legte er los ... Ach, es war eine Freude, ihm zuzusehen! Er ging ganz in seinem Kunstwerk auf! Er bemerkte den Mann gar nicht, der da im Schatten stand ...«

»Den Motorradfahrer? Haben Sie ihn denn gesehen?«

»Ja. Er kam hinter dem Schuppen hervor. Und dann hat er sich im Gebüsch versteckt, neben dem Bahnsteig.«

»Sie müssen scharfe Augen haben«, bemerkte Conny.

»Nein«, lachte Herr Mirescu. »Ich habe miserable Augen! Aber ich benutze das hier.« Er griff nach einem olivgrünen Feldstecher – einem Relikt aus Kriegs- oder Besatzungszeiten – und reichte ihn Conny. »Russisches Fabrikat. Sehr stark«, sagte er trocken.

Conny hob das Glas an die Augen und sah, wie eine Straßenbahn in Richtung Innenstadt um die Kurve bog, anhielt und ein paar Fahrgäste ausspuckte, die alle den Weg zur Neuwiesenrebener Siedlung einschlugen. »Der Künstler war sehr schnell, sehr flink! In null Komma nichts hatte er ein ... ein erotisches Wandgemälde geschaffen, wenn ich mich in Anwesenheit einer Dame so ausdrücken darf«, sagte Herr Mirescu galant. »Und dann sah er auf die Uhr, packte seinen Rucksack wieder ein und blieb an der Seite stehen – dort –, um sein Werk zu bewundern.« Der kleine Mann spielte die Szene nach. »Die Straßenbahn näherte sich ... und plötzlich ... sprang der Motorradfahrer hinter dem Wartehäuschen hervor, streckte die Arme aus – so – und ... stieß unseren Freund vor die Bahn.« Herr Mirescu schwieg ein paar Sekunden, wie zum Gedenken an den Toten. »Ich habe natürlich versucht, durch den Feldstecher etwas zu erkennen, aber die Straßenbahn war im Weg.«

»Sie haben das Motorrad nicht wegfahren sehen?«

»Doch, doch, aber nur für den Bruchteil einer Sekunde … dort hinter der Kreuzung, wo das Licht gerade noch hinreicht. Der Scheinwerfer brannte immer noch nicht – natürlich nicht. Ich habe versucht, das Nummernschild zu entziffern, aber … er war zu schnell … wie ein Geist, meine Liebe, eine flüchtige Erscheinung. Und dann kamen natürlich die Krankenwagen, die Polizeiautos …«

»Herr Mirescu, wenn Sie der Polizei doch nur sofort von Ihrer Beobachtung erzählt hätten …«

Auf der Stirn des Mannes glitzerten Schweißperlen. »Ja, Sie haben Recht, meine Liebe. Jetzt ist mir das auch klar. Aber … als ich das Blaulicht sah, die Uniformen, da kam die alte Angst wieder hoch, Frau Hartmann, die alte Panik. Ich habe mir gesagt, du hast sowieso nichts gesehen, was ihnen weiterhelfen würde, und wenn du hingehst, wird es nur Unannehmlichkeiten geben. Diese Erfahrung habe ich immer wieder gemacht. Es tut mir Leid, meine Liebe.«

»Ich muss Sie bitten, aufs Revier zu kommen und Ihre Aussage zu Protokoll zu geben, Herr Mirescu.«

»Muss ich wirklich?«, fragte der Alte. »Ja, ich muss wohl. Wenn ich mich weigere …«

»Herr Mirescu, ich versichere Ihnen, dass Ihnen nichts geschieht. Ihr Name wird vertraulich behandelt, bis es zum Prozess kommt, und auch dann haben Sie nichts zu befürchten, weder von dem Verdächtigen noch von der Polizei.«

»Meine Liebe, Sie sind ein charmantes Kind«, sagte Herr Mirescu. Er glaubte ihr offenbar kein Wort, merkte aber, dass sie selbst mit aufrichtiger Überzeugung sprach. »Wenn es denn sein muss, dann tue ich es. Aber nur Ihnen zuliebe«, sagte er. Conny hätte den kleinen Mann am liebsten in den Arm genommen und ihm versichert, dass alles gut würde. Stattdessen gab sie ihm ihre Karte und sagte: »Danke, Herr Mirescu. Ich erwarte Sie morgen auf dem Revier. Bitte machen Sie sich keine Sorgen.« Dann ging sie, während er mit ihrer Karte in der Hand mitten im Zimmer stand und in Tagträume versank, die sie sich nicht einmal ansatzweise vorzustellen wagte.

McAdam bereute schon nach zwanzig Minuten, dass er nicht lieber mit dem Zug gefahren war. Es war doch immer das Gleiche auf der Autobahn. Wenn man auf der rechten Spur fuhr, klebte man ständig hinter irgendeiner spanischen Tiefkühltruhe auf Rädern voller gewachster und einbalsamierter Orangen oder einer holländischen mit Schnittblumen, die wie im Leichenschauhaus aufgebahrt lagen, oder gar hinter einem liebevoll konservierten Trabi aus der Zeit vor dem Mauerfall. Wenn man sich auf die linke Spur wagte, lief man ständig Gefahr, von einem jagdlüsternen Mercedes, BMW oder Audi mit aufblitzender Lichthupe niedergemäht zu werden. Sehnsüchtig dachte er an die Highways seiner Jugend zurück, wo der Verkehr in zwei gleichmäßigen Strömen dahinfloss und es als unhöflich galt - von der Gefahr gar nicht zu reden -, weniger Abstand zu halten als eine Autolänge je zehn Meilen pro Stunde. Er wusste nicht, wie man diese Formel in Kilometer umrechnete, aber er war ziemlich sicher, dass niemand auf der Autobahn je von einer derartigen Regel gehört hatte. Unmöglich, sich zurückzulehnen und einfach »on the road« zu sein - man musste die Rivalen ständig im Blick haben. Keine Geschwindigkeitsbegrenzung! Grenzenlose Freiheit! Das gab es sonst nirgendwo in Deutschland und die Folge war, dass man ständig auf der Hut sein musste und innerlich unter Hochspannung stand.

Nach etwa fünf Stunden Flucht und Verfolgungsjagd in ständigem Wechsel, nur von wenigen erholsamen Staus und Pinkelpausen unterbrochen, fuhr McAdam an der ersehnten Ausfahrt ab. Er stieß Uschi an. »Aah, Schatz! Das war ja so erholsam«, seufzte sie. »Hab ich lange geschlafen. Soll ich jetzt fahren?«

Er ließ sich von ihr über die niedersächsischen Landstraßen chauffieren. Hier gab es mehr offenes Land als im Süden, wo die Rheinebene nach Osten hin von den Bergen des Schwarzwaldes und im Westen von den Vogesen begrenzt wurde. Die Landschaft erinnerte ihn an zu Hause – oder zumindest an England, was der Heimat schon ein wenig näher war. Die Felder erstreckten sich bis zu den sanft ansteigenden Hügeln, die vereinzelt von Burgen und Türmen gekrönt waren. Die Straßen wirkten weniger akkurat, die Häuser waren zum Großteil aus rotem Backstein. Es gab einige Windmühlen, sowohl altmodische holländische als auch Hightech-Windräder. Die Luft kam McAdam frischer vor, aber der Himmel hing tiefer. Es lag eine viktorianische Ziegelrot-und-Wolkengrau-Schwermut in der Luft – eine Atmosphäre der Einsamkeit, die ihm behagte.

Sie fuhren zuerst in Elisabeths Heimatstadt Springe-am-Deister. Von dort aus nahm Uschi den Pendelzug nach Hannover, wie Xavier vorgeschlagen hatte. McAdam würde später nachkommen, nachdem er ein wenig herumgeschnüffelt hätte. Abends wollten sie dann gemeinsam essen und anschließend ins Theater gehen.

McAdam ließ den Golf in der Nähe des Bahnhofs stehen und ging zu Fuß zurück in die Innenstadt, vorbei an imposanten Villen, die, wie er bei genauerem Hinsehen bemerkte, in je zwei oder drei Wohnungen unterteilt waren. Das Zentrum von Springe bestand aus einer Fußgängerzone, gesäumt von Fachwerkhäusern mit steilen Dächern und schicken Ladenfenstern, die um eine Kirche aus dem zwölften Jahrhundert gruppiert waren. In der Mitte der Langen Straße entdeckte McAdam das Rathaus. Er ging hinein.

»Guten Tag!« Die Frau sprach perfektes Hochdeutsch ohne die Spur eines Dialekts. McAdam erinnerte sich, dass das Hannoveraner Deutsch dem Oxford English entsprach. Er bemühte sich, den eigenen Akzent etwas abzumildern. »Guten Tag. Ich suche nach Informationen über eine gewisse Elisabeth Blank, die um 1950 hier geboren wurde.«

»Ach ja, wir haben diesbezüglich gerade ein Fax von der baden-württembergischen Polizei in Karlsruhe bekommen«, sagte die Frau. »Sind Sie von dort?«

»Ja«, bestätigte McAdam. Er zückte seinen Detektivausweis und einen Brief von Professor Dr. Erhagen, dem Direktor der Verkehrsbetriebe, mit der offiziellen Bitte, McAdam bei seinen Ermittlungen zu unterstützen. »Wir arbeiten in dieser Angelegenheit mit der Polizei zusammen.«

»Einen Moment.« Die Frau verschwand und kehrte mit einer Kopie von Elisabeth Blanks Familienstammbuch und einer Liste ihrer Adressen in Springe zurück. Insgesamt fünf, wie McAdam überrascht feststellte. »Sie ist ganz schön oft umgezogen, nicht wahr?«, bemerkte die Frau naserümpfend. »Sie könnten es mit diesen Adressen versuchen und bei den Nachbarn herumfragen – *die* werden wohl nicht weggezogen sein. Und im Pfarrhaus könnten Sie es auch probieren ... hmm, Elisabeth Blank ...«

»Haben Sie sie gekannt, Frau ... äh ...«

»Lüttke. Ja, Herr McAdam, ich glaube schon. Soweit ich mich erinnern kann, bin ich mit ihr zur Schule gegangen. Keine sehr ehrbare Person, muss ich leider sagen. Überrascht mich nicht, wenn sie in Schwierigkeiten steckt. Wird sie ... gesucht?«

»Sie ist tot«, sagte McAdam.

»Ach!«, sagte Frau Lüttke. »Hmm ... ich könnte mir vorstellen, dass Frau und Fräulein Bauer etwas über sie wissen. Ich glaube, sie hat eine Weile bei ihnen gewohnt, als ihre Mutter ... nun ja, krank war. Sie wohnen am Ende der

Langen Straße, in dem Eckhaus. Hier haben Sie die Adresse.« Zum ersten Mal lächelte Frau Lüttke.

Adam strahlte sie an. »Ich danke Ihnen, Frau Lüttke, Sie haben mir sehr geholfen.«

McAdam schlenderte die Lange Straße entlang, vorbei an einem Fischhändler, einem Schlachter und einem türkischen Gemüseladen. Er hätte ein Paar Navajo-Ohrringe, eine Lodenjacke oder eine Küchenspüle erwerben können, doch er ging weiter, bis ihm ein Wahrzeichen der Stadt ins Auge fiel. An einem Messingschild in einer Nische brannte eine nackte Glühbirne und die Tafel wies das Haus, an dem sie angebracht war, als das Geburtshaus von »Heinrich Goebel, dem Erfinder der elektrischen Glühbirne« aus. Komisch, dachte McAdam, ich dachte immer, dass Thomas Edison ... Aber dem war nicht so. Heinrich Goebel, der 1818 in Springe das Licht der Welt erblickte, hatte 1848 in New York die Glühbirne erfunden, war jedoch an der Vermarktung gescheitert. Thomas Edison dagegen ... Noch so ein verkannter deutscher Erfinder, dachte McAdam und fragte sich erneut, ob Herr Diplom-Ingenieur Pfister nicht doch ein Mordmotiv hatte. Aber bevor er ernsthaft darüber nachdenken konnte, stand er schon vor der Tür von Frau und Fräulein Bauer. McAdam klingelte.

Die Königin von England persönlich öffnete ihm die Tür. McAdam stutzte, aber ... wer sollte es sonst sein? Sie war klein und drall, hatte ein leichtes Hohlkreuz, schmale, gerade Lippen, eine Knollennase und die Augen hinter der großen Brille waren ungeschminkt. Ihr Haar war grau und zur typischen Fünfzigerjahre-Dauerwelle gelegt. Sie trug Pumps und ein blau geblümtes Kleid, allerdings weder Hut noch Handtasche, was McAdam dann doch an seinem ersten Eindruck zweifeln ließ. Doch dann tauchte im Flur hinter ihr, auf einen Stock gestützt, die Queen Mum auf! Sie war etwas kleiner, etwas fülliger und um einiges älter als die Königin. Und ihr Lächeln war ein paar Grad wärmer. Sie blieb hinter ihrer Tochter stehen, wie es das Protokoll verlangte, und musterte McAdam wohlwollend.

»Ihr Besuch wurde uns angekündigt«, sagte die Queen und streckte die Hand aus. McAdam unterdrückte den Impuls zu einem Handkuss. Stattdessen schüttelte er die dargebotene Hand, deutete dabei aber immerhin einen Diener an. »Ich bin Fräulein Bauer und das ist meine Mutter, Frau Bauer. Möchten Sie vielleicht eine Tasse Tee?«

McAdam bekam einen Platz auf dem Biedermeiersofa angeboten. Er zwängte seine langen Beine mühsam unter den glänzenden Mahagonitisch, den kleine Spitzendeckchen zierten. Die Queen Mum ließ sich in einem Sessel nieder und lächelte ihn unablässig an, während ihre Tochter in der Küche verschwand. McAdam erwiderte das königliche Lächeln. Bis auf das Ticken der beiden alten Uhren, einer Stand- und einer Jugendstiluhr, war es vollkommen still. Erstere stand streng und aufrecht an der Wand, die andere stellte ein zeitlos jugendliches Mädchen auf einer Schaukel dar, die fast doppelt so schnell hin und her schwang wie das Pendel der Standuhr. Ein Farn zitterte schwach auf seinem Sockel, als draußen ein Lastwagen über das Kopfsteinpflaster rumpelte.

Die Queen kam mit einem Tablett mit Silberservice und zierlichen Porzellantässchen zurück. Während sie den Tee einschenkte, durchforstete McAdam sein Gedächtnis. Stammte König Georg der Dritte nicht aus Hannover? Tatsächlich, jetzt erinnerte er sich – der Monarch und seine Frau hatten angeblich mit starkem deutschem Akzent Englisch gesprochen. Georg hatte sogar deutsche Söldner nach Amerika geschickt, um die Rebellen niederzuschlagen. Gut möglich, dass alteingesessene Familien hier eine genetische Ähnlichkeit mit den Windsors, dem einstigen Haus Sachsen-Coburg-Gotha, hatten.

»Sie interessieren sich also für Elisabeth Blank?«, begann Fräulein Bauer und rührte Zucker in ihren Tee. »Martha Lüttke sagte, sie sei tot.«

»Ja, sie wurde in Karlsruhe von einer Straßenbahn überfahren«, sagte McAdam. »Wir versuchen herauszufinden, ob es noch Angehörige gibt.«

»Ihre Mutter ist schon vor langer Zeit gestorben«, sagte Frau Bauer. »In der Klapsmühle. Und Lieschens Kinder ...«

» ... sind endlich ins Heim gekommen«, sagte Fräulein Bauer. »Vorher waren sie schon oft bei Pflegeeltern untergebracht, jedes Mal woanders. Lieschen hat sie immer wieder zurückgeholt ...«

»Und das Sozialamt hat sie ihr immer wieder weggenommen«, schloss Frau Bauer.

»Was genau war denn das Problem?«, fragte McAdam.

»Sie war ledig!«, erwiderte Frau Bauer.

»Keiner kennt den Vater der Kinder – oder die Väter ...«, ergänzte Fräulein Bauer.

»Sie ließ sich mit jedem ein, der ihr schöne Augen machte«, sagte Frau Bauer. »Manchmal war sie tagelang verschwunden ...«

»Dann hat ihre verrückte, alte Mutter sich um die Kinder gekümmert«, sagte Fräulein Bauer.

»Gekümmert ist übertrieben. Die brauchte ja selbst jemanden, der sich um sie kümmerte«, ereiferte sich Frau Bauer. »Ach Gott, als Lieschen klein war, da haben wir sie ja oft zu uns genommen, wenn Roswitha mal wieder nicht ganz da war.« Sie tippte sich an die Stirn. »Weißt du noch, Liebes?«

»Natürlich, Mama. Ich hatte immer Angst, dass Lieschen meinen Puppen etwas antut – ihnen die Haare ausreißt oder so etwas.«

»Und – *hat* sie Ihren Puppen etwas getan?«, fragte McAdam.

»Ach, manchmal hat sie sie vor lauter Liebe fast zerdrückt. Aber manchmal ist sie auch wütend geworden und hat sie geschüttelt und gewürgt. Es war beängstigend. Sie war eben nicht ganz richtig im Kopf.«

»Und später, als sie selbst Kinder hatte – wie ist sie mit denen umgegangen?«

Fräulein Bauer verdrehte die Augen. »Es war das Gleiche wie mit den Puppen … Sie konnte ganz zärtlich und liebevoll sein – und im nächsten Moment die reinste Furie.«

»Hmm. Wir haben gehört, dass sie als Erzieherin arbeitete. Sie soll bei einer Familie mit einem kleinen Mädchen angestellt gewesen sein.«

»Lieschen? Als Erzieherin?« Die beiden Frauen lachten alles andere als königlich. »Sie machen Witze, junger Mann!«, sagte Frau Bauer. »Niemand, der auch nur einen Funken gesunden Menschenverstand besitzt, hätte Lieschen seine Kinder anvertraut. Sie konnte ja nicht mal auf ihre eigenen aufpassen.«

»Und Sie wissen nicht, was aus ihnen geworden ist?«

»Eigentlich seltsam, nicht, Mama?«, bemerkte die Queen an ihre Mutter gewandt. »Sonst erfahren wir doch eigentlich fast alles, früher oder später …«

»Falls Sie etwas hören *sollten*, lassen Sie es mich doch bitte wissen. Hier ist meine Karte«, sagte McAdam.

»O, sieh doch nur, das Auge!«, sagte die Königinmutter und betrachtete über die Schulter der Queen hinweg die Karte.

McAdam verabschiedete sich mit einer Verbeugung. Als er das Haus verließ, nahm er auf der anderen Straßenseite eine flüchtige Bewegung hinter den Fenstern wahr, als wären hinter den durchsichtigen Gardinen gleichzeitig mehrere betagte Gesichter zurückgewichen. Er zweifelte nicht daran, dass sein Besuch sich in gewissen Kreisen von Springe schnell herumsprechen würde. Das Gardinen-

Netz, dachte McAdam. Möge es mir einen guten Fang bescheren.

Uschi und Xavier erwarteten ihn im Lampenfieber, dem Bar-Restaurant im Keller des Gassentheaters. Streng genommen konnte allerdings von »erwarten« keine Rede sein – die beiden hatten es sich in einer Nische gemütlich gemacht, nippten an ihrem Mineralwasser, knabberten ein paar Häppchen und waren so in ihre Unterhaltung vertieft, dass sie McAdam erst bemerkten, als er ihnen gegenüber auf die Bank rutschte und seine Knie zwischen ihre schob.

»Hallo, Schatz!«, sagte Uschi endlich. Xavier streckte die Hand aus und versuchte aufzustehen, was ihm jedoch wegen des Beingewirrs unter dem Tisch nicht gelang. Er beschränkte sich daher auf ein Lächeln und setzte seinen Tratsch mit Uschi fort. Xavier war ein attraktiver Mann, dessen gewellte, frühzeitig ergraute Mähne ihn interessanter und vornehmer erscheinen ließ, als es seinem Alter – er musste in den Dreißigern sein – angemessen war. McAdam versuchte, der Unterhaltung zu folgen. Da es jedoch vorwiegend um Leute ging, die er nicht kannte, gab er bald auf und wandte seine Aufmerksamkeit den Lampen zu, die von der Decke hingen: Kronleuchter, japanische Laternen, bizarre Konstruktionen aus gläsernen Vögeln und Blumen, Messingkandelaber und Hightech-Skulpturen, die fast ausschließlich aus Halogenleuchten und Kabeln bestanden. Eine höchst attraktive Kellnerin mit der Figur und Frisur einer Balletttänzerin kam, um seine Bestellung aufzunehmen. McAdam bedachte sie mit seinem berühmten Lächeln, doch die Kellnerin schien gegen seinen Charme immun zu sein. Sie behandelte ihn so gleichgültig, dass er sich nach Amerika zurücksehnte, wo die Bedienung nicht im Preis inbegriffen war, sondern in Form von Trinkgeldern je nach Freundlichkeit honoriert wurde.

Uschi musste McAdams Lächeln bemerkt haben, denn sie schenkte ihm, der sich allmählich wie der Unsichtbare Mann fühlte, endlich ihre Aufmerksamkeit, indem sie zärtlich über die Innenseite seines Oberschenkels strich. Er löste seinen Blick von der unterkühlten Grazie, die ihm schon wieder den Rücken gekehrt hatte, strahlte Uschi an – und stellte verblüfft fest, dass Uschi ihr Wasserglas mit beiden Händen hielt. McAdam unterdrückte die aufsteigende Panik und sah Xavier an, dessen eine Hand in der Tat unter dem Tisch verschwunden war, während der Oberarm sich rhythmisch hin und her bewegte.

McAdam erstarrte und überlegte krampfhaft, wie diese Situation taktvoll zu beenden wäre. Schließlich griff er ebenfalls unter den Tisch, um Xaviers Hand dezent, aber unmissverständlich wegzuschieben. Doch zu seinem Entsetzen bekam er etwas Langes, Warmes und Feuchtes zu fassen. McAdam zuckte zurück, stieß sich den Musikantenknochen an der Stuhllehne und schrie: »Aua!« Gleichzeitig riss Xavier die Augen auf, es ertönte ein Jaulen, gefolgt von einem tiefen Knurren und ein riesiger russischer Wolfshund drängte sich zwischen den diversen Beinen unter dem Tisch hervor. Er schüttelte sich, dass seine langen, grauen Haare nach allen Seiten flogen.

»Katharina!«, kreischte Xavier. »Was ist in dich gefahren? O ... tut mir Leid, McAdam, ich hätte euch bekannt machen sollen. Das ist Katharina die Große, eine meiner Mitbewohnerinnen. Haha! Hoffentlich hat sie dich nicht belästigt!« Der Hund musterte McAdam mit kühlem Blick, zog dann die Lefzen hoch, ließ seine lange, feuchte Zunge aus dem Maul hängen und hechelte leidenschaftlich. Uschi brach in ein bühnenreifes Gelächter aus. McAdam wischte sich die Hand an einer Serviette ab. Der Hund drehte sich ein paar Mal um sich selbst, kroch dann wieder unter den Tisch, wobei er einige Kniegelenke überstrapazierte, und ließ sich zwischen beziehungsweise auf den drei Paar menschlicher Füße nieder. »Kein Problem, Xavier«, sagte McAdam. Er dachte wehmütig an die Restaurants in seiner Heimat, wo es üblich war, dass die Hunde draußen warteten, während ihre Herrchen speisten. Später bekamen sie dann zur Belohnung eine so genannte Doggy Bag mitgebracht. McAdam hielt das für eine ausgesprochen vernünftige Regelung.

Nach dem Abendessen – hauptsächlich Bratkartoffeln mit verschiedenen Wurstsorten und Sulzfleisch, von dem Katharina die Große den Löwenanteil verschlang – war es Zeit, ins Theater hinaufzugehen, wo Xavier und Katharina sich von McAdam und Uschi verabschiedeten und in Richtung Garderobe verschwanden.

»Xavier macht gar keinen nervösen Eindruck«, bemerkte McAdam.

»Stimmt ... Ist er nicht umwerfend?«, erwiderte Uschi. »Heute Nachmittag hat er mir fantastische Tipps für die Rolle der Stella gegeben. Er hat gesagt, es sei alles eine Frage der Konstellation.«

McAdam lachte, entzückt darüber, dass seine Frau endlich die Kunst des Wortspiels schätzen gelernt hatte. Doch sie warf ihm nur einen befremdeten Blick zu und redete weiter über die Rolle, so dass er sich darauf beschränkte, den Arm um sie zu legen und mit den Spitzen ihrer blonden Locken zu spielen, bis die Saalbeleuchtung erlosch und Xaviers Pygmalion-Inszenierung begann.

Die Handlung war vom Londoner East End in Hamburgs Rotlichtbezirk Sankt Pauli verlegt worden. Henry Higgins und sein Kollege Pickering (gespielt von Xavier) waren schwule Akademiker, die sich unter die Matrosen mischten. Eliza Doolittle war längst defloriert und verkaufte unter einer Laterne an einer Straßenecke statt Blumen ihren Körper. Die beiden Professoren sprachen perfektes Hochdeutsch, Eliza warb auf Plattdeutsch um Freier. »Flat German«, erklärte Uschi ihrem Mann. McAdam verstand kaum etwas von dem Dialekt, glaubte aber darin vereinzelt englische Wörter zu erkennen. Im Übrigen folgte die Handlung dem Original von Shaw: Higgins wettet mit Pickering, dass er Eliza in eine feine Dame mit perfekter Diktion verwandeln kann, nimmt sie für die Dauer dieser Verwandlung bei sich auf und wird getreu der Vorlage von Elizas Vater aufgesucht – allerdings mit der geringfügigen Abweichung, dass der Vater gleichzeitig Elizas Zuhälter ist und droht, Higgins zu verklagen, wenn er nicht umgehend für seine »Einkommenseinbußen« entschädigt wird. An dieser Stelle des Stückes entfuhr McAdam ein »Aha!« Uschi beugte sich zu ihm hinüber und flüsterte: »Was ist, hast du dein Rätsel gelöst?« »Zumindest eines der Rätsel«, antwortete er. Dann klingelte sein Handy.

McAdam hatte das Ding völlig vergessen. Kai hatte ihn beim Kauf beraten und ihm gezeigt, wie man damit umging. Als McAdam das lärmende Gerät in einer Innentasche seiner Jacke endlich fand, wusste er nicht mehr, welche Taste er drücken musste, und im Dunkeln konnte er die Beschriftung nicht erkennen. Die penetranten elektronischen Signaltöne trugen McAdam strafende Blicke aus dem Publikum ein und brachten die Schauspieler auf der Bühne ins Stocken. McAdam stand auf und sprintete geduckt, das Gerät an die Brust gepresst, von seinem Platz in der zweiten Reihe über Knie und Schöße nach draußen wie Jesse Owens beim Hürdenlauf. Als er endlich im Foyer angekommen war, hörte das Klingeln auf. McAdam wartete fünf Minuten lang, fixierte dann die Taste mit dem Daumen und wollte wieder in den Saal gehen. Doch genau in dem Moment – glücklicherweise noch bevor er die schwere Tür öffnen konnte – fing der Quälgeist wieder an zu piepen.

»McAdam«, hauchte McAdam atemlos in die Muschel.

»Hier ist Sepp Hauser«, antwortete eine knisternde Stimme. »McAdam, der Alte will Sie gleich morgen früh in seinem Büro sehen. Er muss um neun Uhr eine Pressekonferenz geben und will vorher mit Ihnen absprechen, wie viel er dabei preisgibt. Wie es scheint, hat die Polizei einen glaubwürdigen Zeugen für den dritten Todesfall gefunden – die Sache mit Patrick Schneider. Die Beschreibung des Täters passt zu der von Annie Meyer und dem Penner am Albtalbahnhof. Sieht so aus, als hätten wir es mit einem Serienmörder zu tun.«

»Verstehe«, sagte McAdam. »Und er könnte jederzeit wieder zuschlagen.«

»Genau das befürchten wir.«

»Ich werde versuchen, rechtzeitig da zu sein«, sagte McAdam. »Sofern der Verkehr es zulässt. Zurzeit bin ich in Hannover.«

»Hannover? Was machen Sie denn da?«

»Ich habe eine Spur verfolgt«, erklärte McAdam. »Außerdem habe ich die Königin von England besucht und eine Aufführung von Pygmalion gestört.« Aber Sepp Hauser schien nicht zu Scherzen aufgelegt.

Elf

Was sie störte, war der Zufall. Conny Hartmann saß an ihrem Schreibtisch, knabberte Gyros und nippte an einer Cola. Wenn dieser Fall gelöst war, musste sie unbedingt wieder zu joggen anfangen und ausgiebig Fitnesstraining betreiben. Das viele Fastfood zwischendurch bekam weder ihrer Figur noch ihrem Teint. Aber ihr Gehirn brauchte Nahrung. Sie schickte kleine Männchen durch das Labyrinth ihrer Gehirnwindungen, vorbei an vereinzelten Indizien und vagen Eingebungen, doch sie landeten immer wieder am Ausgangspunkt – nie schafften sie es bis zum Ausgang mit dem Schild »Fall gelöst«. Im Moment kreisten sie um den Zufall. Den Zufall, dass das erste Mordopfer eine Verbindung – eine eigenartige, dubiose, undurchsichtige Verbindung – zu der Frau des Direktors der Verkehrsbetriebe hatte. Konnte Elke Erhagen etwas mit den Morden zu tun haben? Hatte sie sie womöglich selbst begangen? Der Gedanke schien ziemlich weit hergeholt. Conny konnte sich Frau Erhagen zwar durchaus in schwarzem Leder vorstellen, aber auf den Namen der Erhagens war kein Motorrad zugelassen, das hatte sie bereits überprüft. Conny betrachtete wieder einmal die Stapel auf ihrem Tisch – die Habseligkeiten von Elisabeth Blank. Da war der verwaschene Brief, von dem nicht ein einziges Wort zu entziffern war. Die kitschige Biographie von Lady Di – kaum etwas hätte weniger mit dem Leben von Hanni-Lieschen zu tun haben können. Hanni-Lieschen ... Hannover-Lieschen? Die

Faxe aus Hannover und Springe lagen zuoberst auf einem der Stapel. Conny hatte bundesweite Nachforschungen nach Regina und Rainer Blank eingeleitet, aber bisher schien es, als hätten Elisabeths Kinder sich vor etwa zehn Jahren in Luft aufgelöst.

»Vielleicht sind sie auch von Straßenbahnen überfahren worden«, dachte Conny. Im nächsten Moment versetzte sie sich selbst eine leichte Ohrfeige – sowohl um sich für ihren Zynismus zu bestrafen als auch um sich wachzuhalten. Sie befühlte einen Plastikbeutel, den sie bisher nicht weiter beachtet hatte, weil er eigentlich nur Abfall enthielt: zerknüllte Papiertaschentücher und Zeitungspapier. Conny zog sich Plastikhandschuhe an, öffnete die Tüte und zog behutsam zwei Stücke heraus, die unter den Taschentüchern steckten. Sie waren zu Bällen zusammengeknüllt, als ob sie zum Trocknen in Schuhen gesteckt hätten. Conny zog das Papier vorsichtig auseinander, kniete sich hin und strich die Seiten auf dem Boden glatt, weil auf dem Schreibtisch nicht genug Platz war. Vielleicht würden die Zeitungsseiten wenigstens einen Hinweis darauf bieten, wann Elisabeth Blank sich wo aufgehalten hatte.

Ja. Ein Blatt stammte aus dem Wirtschaftsteil des *Freiburg Kuriers*. Spekulierte Elisabeth Blank an der Börse? Conny drehte die Seite um – Artikel über die Schließung einer örtlichen Fabrik, eine Elektronikmesse und einen erfolgreichen, jungen Immobilienmakler, dazu das Foto eines grinsenden Yuppies. Conny entknüllte den zweiten Papierball. Es handelte sich um eine bunt bedruckte Seite einer Frauenzeitschrift, wie Conny sie höchstens beim Friseur las – voller Klatsch über Prominente aus dem Adel oder dem Geldadel. Dann sah sie es: ein Foto von Elke Erhagen auf einem Empfang an der Seite ihres Mannes, der gerade einem arabischen Scheich die Hand schüttelte. In der Bildunterschrift stand, der Scheich befinde sich auf einer Reise durch Deutschland, um Anregungen zur Stadtplanung und zum Aufbau öffentlicher Verkehrsnetze zu sammeln.

Natürlich, dachte Conny. So hatte Hanni-Lieschen erfahren, dass Elke mit Erhagen verheiratet war und in Karlsruhe lebte. So hatte sie ihren ehemaligen Schützling aufgespürt. Und daraufhin war sie hingefahren ... aus Nostalgie? Um ihr den Teddybären zurückzugeben, den sie ihr als kleines Mädchen geschenkt hatte? Um sie um ein paar Hundert Mark anzupumpen? Oder um achtzigtausend von ihr zu kassieren? Wenn es mit dem Bild von Elke eine Bewandtnis hatte – und davon war Conny überzeugt –, dann vielleicht auch mit dem Bild des lächelnden jungen Mannes auf dem anderen Zeitungsblatt. Während Conny so neben ihrem Schreibtisch kniete, spürte sie von der Türritze her einen kalten Zug im Rücken. Sie stand fröstelnd auf und streckte sich. Zeit, nach Hause zu gehen und das Problem zu überschlafen. Sie würde ihr Gehirn jetzt nicht dazu bringen können, den letzten Schritt zu vollziehen, aber aus Erfahrung wusste sie, dass die verstreuten Puzzleteile sich manchmal über Nacht zusammenfügten. Vorsichtig steckte sie die Zeitungsseiten wieder in die Tüte, kippte die Gyrosreste in den Biomüll, warf die Verpackung in den Papierkorb, schaltete das Licht aus und machte Feierabend.

McAdam war mehrmals kurz davor einzunicken. Jedes Mal, wenn er aufschreckte, beruhigte Uschi ihn: »Schlaf nur, Schatz, schlaf nur! Ich bin hellwach, keine Sorge. Ich habe ja den ganzen Tag geschlafen.« So überließ McAdam sich schließlich dem Schlaf – einem unruhigen Schlaf, in dem die Stimmen von Elke Erhagen, Sepp Hauser, Königin Elisabeth und Eliza Doolittle wild in seinem Kopf durcheinander redeten wie Radiomoderatoren. Endlich blieb es lange still. Dann blinkten rote und blaue Lichter und als er aufwachte, teilte Uschi ihm mit, es habe einen Unfall gegeben – eine dieser Massenkarambolagen mit hundert Fahrzeugen, wie sie von Fahrern verursacht wurden, die bei Nebel mit überhöhter Geschwindigkeit zu dicht auffuhren. Sie sagte, sie müssten von der Autobahn abfahren und eine Umleitung über hessische Landstraßen nehmen und außerdem müsse sie dringend mal pinkeln. Nachdem sie am Straßenrand angehalten hatten, übernahm McAdam wieder das Steuer. Ihn plagte das schlechte Gewissen darüber, dass er seine Frau und sein ungeborenes Kind dieser unglaublich langen und langweiligen Odyssee ausgesetzt hatte. Als sie sich endlich Karlsruhe näherten, dämmerte schon der Morgen. McAdam hatte gerade noch Zeit, zwei gefrorene Brotscheiben in den Toaster zu stecken, sich die Zähne zu putzen und entweder zu duschen oder sich zu rasieren. »Duschen«, riet Uschi entschieden. So erschien er mit 24-Stunden-Bart und sauberem Hemd fünf Minuten vor Beginn der Besprechung im Konferenzraum der Verkehrsbetriebe.

Der Rest der Versammlung sah auch nicht viel besser aus. Ein bleicher, erschöpfter Erhagen saß neben dem müden, zerknitterten Chef der Mordkommission. Sepp Hausers Falten zeichneten sich stärker als sonst ab. Conny Hartmann hätte eine Haarwäsche vertragen können und auch die übrigen Anwesenden – ein Dutzend weitere Mitarbeiter von Polizei und Verkehrsbetrieben – verdienten nicht gerade eine Auszeichnung für gepflegte Erscheinung. Erhagen eröffnete die Sitzung. »Meine Damen und Herren«, begann er, »wie einige von Ihnen bereits wissen, deuten die Indizien darauf hin, dass es sich bei den drei Todesfällen der vergangenen Wochen nicht um Unfälle, sondern um Morde handelt. Der Täter scheint in allen drei Fällen derselbe zu sein und es ist damit zu rechnen, dass er wieder zuschlagen wird. Die Presse verlangt nach Informationen.

In einer halben Stunde geben wir eine Pressekonferenz, bei der wir so viel verlauten lassen wollen, wie zum Schutz der Öffentlichkeit nötig ist, ohne jedoch Panik auszulösen oder die laufenden Ermittlungen zu beeinträchtigen. Alles, was hier besprochen wird, ist vertraulich, sofern wir nicht beschließen, es an die Presse weiterzugeben.«

Jetzt ergriff der Chef der Mordkommission das Wort. »Die Morde weisen folgende Gemeinsamkeiten auf: Sie wurden alle am frühen Morgen verübt, noch bevor es hell war. Die Opfer waren obdachlos oder konnten zumindest von ihrer äußeren Erscheinung her den Eindruck erwecken. Allerdings stammte Patrick Schneider, wie Sie ja wissen, aus einer wohlhabenden Familie und seine Aufmachung war eine Art Mode. Es kann natürlich sein, dass die Opfer willkürlich ausgesucht wurden oder nur zufällig zur richtigen Zeit am falschen Ort waren. Außerdem geschahen alle drei Morde zu einem Zeitpunkt, als Professor Erhagen nicht in der Stadt war.«

»Soll das heißen, der Mörder hat Zugang zu Professor Erhagens Terminkalender? Das würde ich der Presse nicht verraten!«, warf ein Vertreter der Verkehrsbetriebe in grauem Anzug ein.

»Diese Information ist für die Öffentlichkeit nicht von Interesse«, versicherte ihm der Ermittler. »Wir halten es auch nicht für nötig, darauf hinzuweisen, dass zwei der Straßenbahnen von Frauen gefahren wurden und dies auch bei der dritten Bahn der Fall gewesen wäre, wenn die betreffende Fahrerin sich nicht kurzfristig krankgemeldet hätte. Das kann Zufall sein. Wir werden die Haltestellen in Zukunft verstärkt überwachen, besonders in der Zeit vor Tagesanbruch, aber wir haben nicht annähernd genug Personal, um alle Strecken abzudecken.«

McAdam hob die Hand. »Wenn der Mörder tatsächlich nur in Professor Erhagens Abwesenheit zuschlägt, müssen die Streifen vielleicht erst dann verstärkt werden, wenn er das nächste Mal verreist. Darf ich fragen, wann das der Fall sein wird?« Erhagen nickte einem seiner Untergebenen zu, der ein Notizbuch konsultierte: »In zehn Tagen nimmt Professor Erhagen an der EU-Verkehrskonferenz in Brüssel teil.«

»Das heißt, uns bleiben zehn Tage, um den Schuldigen zu finden, bevor er wieder zuschlägt«, sagte McAdam. »Das sollte doch möglich sein.« Die Polizisten und die Funktionäre der Verkehrsbetriebe starrten McAdam an – manche ungläubig, andere neugierig und wieder andere sichtlich verärgert. Dr. Erhagens durchdringender Blick schien zu besagen, McAdam solle besser schweigen. McAdam war dankbar, als Conny Hartmann die Blicke auf sich zog. »Herr McAdam hat Recht«, sagte sie mit heiserer Stimme in ihrem Karlsruher Tonfall. »Ich bin überzeugt, dass uns das gelingen wird.«

»Na, dann haben wir ja nichts zu befürchten«, sagte der Chef der Mordkommission ironisch-gönnerhaft. Damit schien die Sitzung beendet. Unter befreitem Gelächter und Stühlerücken standen die meisten der Anwesenden auf, um den Reportern und Fotografen, die draußen warteten, Platz zu machen.

Direktor Erhagen nahm McAdam beiseite. »Haben Sie in Hannover etwas Interessantes herausgefunden?«, erkundigte er sich flüsternd. »Ja«, antwortete McAdam.

»Meine Frau hat mir erzählt, dass diese Frau Blank ihr Kindermädchen war. Ein eigenartiger Zufall. Sie geht heute zur Beerdigung und wir übernehmen natürlich die Kosten.« »Gut«, sagte McAdam und beschloss, ebenfalls an der Beerdigung teilzunehmen.

Für TV Region war es ein großer Tag. Erst die Pressekonferenz mit Nahaufnahmen der hageren Gesichter vom Chef der Mordkommission und Professor Erhagen, die beide versuchten zu erklären, in Karlsruhe treibe zwar ein Serienmörder sein Unwesen, für die Fahrgäste der Straßenbahn bestehe jedoch kein Grund zur Beunruhigung. Später dann die Beerdigung von Elisabeth Blank, die nur als allein stehende Obdachlose ohne Angehörige bezeichnet wurde, mit Nahaufnahmen von Elke Erhagen, die, wie es hieß, »Professor Dr. Erhagen vertrat«. Im Hintergrund tauchten kurz die zwei einzigen anderen Trauergäste auf: McAdam, der wie einer von Hanni-Lieschens Tippelbrüdern aussah, und eine in Tränen aufgelöste Annie Meyer. Elke war schön wie immer, trug jedoch die angemessene Trauer zur Schau. Ihr Gesicht wirkte schmaler als sonst und die Fernsehkameras hielten gnadenlos auf die ersten sichtbaren Falten. TV Region berichtete auch über die Beerdigung von Georg Rittermeyer alias Humpel-Schorsch. McAdam war wiederum dabei, außerdem drei Angehörige der Familie Rittermeyer, die düster und betreten dreinblickten. Nach der Trauerfeier, als die Kamerateams verschwunden waren, stellte McAdam sich der Familie vor und fragte, ob sie von einer Verbindung zwischen Georg Rittermeyer und den anderen beiden Mordopfern wüssten. »Was weiß denn ich?«, knurrte Herr Rittermeyer senior. »Wir haben nicht mehr mit ihm gesprochen, seit er von zu Hause abgehauen ist. Das war vor sechs Jahren.«

Bei Patrick Schneiders Beerdigung in Ettlingen waren keine Fernsehkameras zugelassen. Die Reporter mussten sich damit begnügen, vor der Polizeiabsperrung zu filmen, wie die Limousinen des Bürgermeisters, des Polizeichefs und des Direktors der Verkehrsbetriebe eintrafen, und die Kamera über die Menge der Freunde, Nachbarn und Klassenkameraden schweifen zu lassen, die in die Kirche strömten.

Conny Hartmann hatte keine Zeit für Beerdigungen. Sie

musste Georg Mirescus Aussage aufnehmen und ein paar dringende Faxe nach Hannover schicken.

Als McAdam den Friedhof verließ, wünschte er sich nichts sehnlicher als nach Hause zu fahren, sich zu rasieren und zu schlafen. Stattdessen vergewisserte er sich, dass der braune Umschlag, den er am Morgen geistesgegenwärtig bei Kai abgeholt hatte, noch in seiner Jackentasche steckte. Er stieg in die Straßenbahn nach Durlach. Das war zwar Annies Strecke, doch es saß eine andere Frau am Steuer, eine Rothaarige mittleren Alters. McAdam fragte sich, ob es sich um diejenige handelte, die das Schicksal davor bewahrt hatte, Patrick Schneider zu überfahren, oder um die vierte Fahrerin, die bisher nicht von der Mordserie betroffen war. Sie wirkte zurückhaltender als Annie und behandelte ihre Fahrgäste höflich, aber kühl. Unter normalen Umständen wäre McAdam versucht gewesen, sie mit einem Lächeln und einem Scherz aus der Reserve zu locken, doch heute schwieg er.

Er hörte, wie ein älterer Fahrgast einem anderen erzählte, die Untermühlstraße sei »die Haltestelle, wo die Frau ermordet wurde.« Da niemand dort am Bahnsteig wartete, fuhr die Straßenbahn vorbei, ohne anzuhalten. Nach der Auer Straße ging es in verlangsamtem Tempo durch die kopfsteingepflasterte Durlacher Fußgängerzone. McAdam wurde flau im Magen. »Wie bei Uschi vor einem Auftritt«, dachte er. Er wusste, dass viel von diesem Gespräch mit Elke abhing, und er war es nicht gewöhnt, Vernehmungen zu führen. »Improvisieren, McAdam«, sagte er sich. »Schließlich hast du dein ganzes bisheriges Leben improvisiert.« Endstation Turmberg. McAdam stieg aus.

Als er auf das Tor zuging, fühlte er das Periskopauge des Hauses auf sich ruhen. Er zögerte einen Moment, ehe er klingelte. Vielleicht war sie nicht zu Hause. Er *hoffte*, sie möge nicht zu Hause sein. Vergebens.

»Ja, bitte?«, ertönte es knisternd aus der Gegensprechanlage.

»Ich bin's, McAdam«, sagte McAdam. »Kann ich kurz mit Ihnen sprechen?«

Es blieb kurze Zeit still, dann ertönte der Summer und das Tor öffnete sich. Elke Erhagen wartete an der Tür. Als sie zur Seite trat, um ihn hereinzulassen, fiel sein Blick zuerst auf ein Sammelsurium von Knochen.

Nein, nicht Knochen. Geweihsprossen. Eine Spirale aus Hirschgeweihen, die im Treppenschacht über zwei Stockwerke reichte und – plötzlich begriff er Sinn und Zweck der Konstruktion – mit Glühbirnen bestückt war. »Das ist die merkwürdigste Lampe, die ich je gesehen habe!«, sagte McAdam und konnte die Augen nicht davon abwenden, während Elke ihm den Mantel abnahm.

»Ja, das sagen alle.« Sie lachte. Die Besitzer vom Lampenfieber wären bestimmt ganz scharf darauf gewesen, ging es McAdam durch den Kopf. Er wünschte, Heinrich Goebel und Thomas Edison hätten das sehen können. Endlich riss er sich von dem Anblick los und besann sich auf den Grund seines Besuchs.

Elke Erhagens Gesicht wirkte zwischen der schwarzen Kleidung und dem karottenfarbenen Haar erschreckend blass. Doch sie lächelte und spielte die perfekte Gastgeberin. »Möchten Sie sich vielleicht ein wenig umsehen?«

Ohne eine Antwort abzuwarten, führte sie ihn in einen großen Raum, den man nur als »Salon« bezeichnen konnte: schwere Polsterstühle mit hohen Lehnen und da und dort unterschiedliche Tische – Schachtische, Kartentische, Tische mit Portwein- und Brandykaraffen. »Möchten Sie einen Drink?« McAdam schüttelte den Kopf. Sie geleitete ihn an einer Reihe düsterer Portraits von Männern mit Monokeln entlang, zwischen denen präparierte Hirschköpfe hingen. Sie öffnete die Flügeltüren am anderen Ende des

Raumes und zeigte ihm das offizielle Esszimmer mit einer langen, hochglanzpolierten Tafel, an der zwei Reihen brokatbezogener Stühle standen. »Ist das nicht furchtbar?«, fragte sie. »Allerdings«, stimmte McAdam zu. »Mein Mann hat das Haus inklusive Mobiliar gekauft. Der vorige Besitzer war ein kleiner bayerischer Adliger, der gern auf die Jagd ging. Er hatte vorübergehend etwas mit einer hiesigen Bank zu tun.«

Sie zeigte ihm sogar die Küche, die modern, aber unpersönlich eingerichtet war – weder originelle Topflappen noch Schnappschüsse, Cartoons oder auch nur eine Einkaufsliste an der Kühlschranktür. Elke nahm zwei Tassen und sagte: »Lassen Sie uns nach oben gehen. Mein Zimmer ist gemütlicher.«

Sie erklommen die Treppen um den Geweihleuchter herum. Elke zeigte McAdam Erhagens Büro, an dessen Wänden rundum antike, verglaste Bücherschränken standen. »Das hält den Staub ab«, erklärte sie. McAdam wurde plötzlich bewusst, dass er eine sinnliche Beziehung zu seinen Büchern hatte und dass es ihm widerstrebt hätte, sie durch Glasscheiben zu betrachten wie Gefangene im Hochsicherheitstrakt.

Elkes Reich hatte nichts mit den übrigen Räumen im Haus gemeinsam. McAdam tippte auf Laura Ashley – großflächige Blumenmuster, schwere Vorhänge über durchsichtigen Gardinen, goldene Kordeln, Rüschen, kuschelige Sofas, ein Himmelbett. So stellt sich eine kleine Verkäuferin das Zimmer von ... Prinzessin Diana vor, dachte McAdam. Farblich herrschten Gelb- und Orangetöne vor. Ein durchdringender Zitrusduft erfüllte den Raum. Es gab weder Fotos noch Bücher.

Elke drückte den Knopf einer Teemaschine, bot McAdam die eine Seite eines zum Versinken weichen Sofas mit Ananasmuster an, räumte einen Berg von Stofftieren und

Puppen von einem zitronengelben Sessel und setzte sich hinein. »Ah, da ist ja Bobo!«, bemerkte McAdam. Elke wurde rot. »Sie haben mich ertappt, Herr McAdam. Ich hoffe, Sie verpfeifen mich nicht bei der Polizei.« Sie lächelte charmant. McAdam erwiderte das Lächeln. Die Sache schien sich noch schwieriger zu gestalten, als er befürchtet hatte.

Ein Signal ertönte. »Der Tee.« Elke stand lächelnd auf, holte die Kanne, goss Tee in die Tassen auf dem niedrigen Bambustisch und bot McAdam Zucker und Sahne an. Dann tranken sie beide schweigend.

»Komisch – gestern habe ich etwa um die gleiche Zeit in Springe-am-Deister Tee getrunken«, begann McAdam.

Falls Elke überrascht war, ließ sie es sich nicht anmerken. »Ach ja, kam Bettina nicht von dort? Liegt bei Hannover.«

»Genau«, bestätigte McAdam. »Waren Sie mal da?«

»Leider nicht«, erwiderte Elke lächelnd. »Ich glaube, es fahren nur die Leute aus Springe nach Hannover, aber nicht andersherum.«

»Da haben Sie wohl Recht«, sagte McAdam. Sie nippten nachdenklich an ihrem Tee.

»Und – haben Sie Bettinas Familie denn gefunden?«, fragte Elke. »Bei wem haben Sie Tee getrunken?«

»Ich glaube schon. Ich war bei zwei alten Damen, die Bettina als Kind kannten«, berichtete McAdam.

»Ach, tatsächlich«, sagte Elke und trank den letzten Schluck aus ihrer Tasse. Mit dem Tee verschwand auch ihr Lächeln.

»Und als junge Mutter«, fuhr McAdam fort. »Sie hatte nämlich zwei Kinder.«

»Ach ja, das haben Sie schon erwähnt«, sagte Elke. »Sie sagten, es stand in dem Familienstammbuch. Haben Sie mit ihnen gesprochen? Haben Sie die Adressen ausfindig gemacht?« In ihrer Stimme lag eine krampfhafte Heiterkeit. Dann klingelte es an der Tür.

»Verdammt«, dachte McAdam. Elke sprang auf. »Entschuldigen Sie mich einen Moment, Herr McAdam«, sagte sie. Er hörte, wie sie die Treppe hinunterlief, dann einen Wortwechsel weiblicher Stimmen.

Er sah sich im Zimmer um und fragte sich, ob er ihre Abwesenheit dazu nutzen sollte, es zu durchsuchen. Aber wonach hätte er suchen sollen?

Unten schien Elke inzwischen jemanden durchs Haus zu führen, wie sie es zuvor mit McAdam getan hatte. Endlich hört er die beiden die Treppe heraufkommen – Elke und die Besucherin, bei der es sich, wie er mittlerweile an der Stimme erkannt hatte, um Conny Hartmann handelte.

»Sehen Sie nur, wer hier ist!«, sagte Elke, als könne sie sich nichts Amüsanteres vorstellen als eine Teegesellschaft mit einem Privatdetektiv und einer Polizistin. »Kennen Sie sich?« McAdam und Conny nickten knapp und gaben sich förmlich die Hand. »Kann ich Ihnen eine Tasse Tee anbieten, Frau Hartmann?«

»Nein, danke«, sagte Conny und ließ sich auf die andere Seite des Sofas sinken. McAdam spürte, wie etwa ein halbes Dutzend Sofakissen geringfügig ihre Lage veränderten. »Frau Erhagen, ich möchte Ihnen eine Frage stellen«, sagte Conny. »Sind Sie Regina Blank, die vor zweiunddreißig Jahren in Springe-am-Deister als Tochter von Elisabeth Blank geboren wurde?«

Warum bin ich darauf nicht gekommen, dachte McAdam. Treffer – versenkt. So einfach ist das.

Elke erstarrte erst zum Eisblock und schien dann plötzlich aufzutauen. Sie sackte in ihrem Sessel zusammen wie eine der zahlreichen Puppen und starrte ebenso glasig ins Leere.

»Ich habe mir vom Einwohnermeldeamt in Hannover die

Unterlagen faxen lassen. Danach sind Friedhelm und Angelika Konstantin, die Sie als Ihre Eltern angegeben haben, zwar in dem von Ihnen genannten Jahr gestorben, aber sie hatten keine Kinder – weder leibliche noch adoptierte.« Conny leierte all das monoton herunter wie die Tonbandstimme der Ansage auf einem Anrufbeantworter. Aber Elke hinterließ keine Nachricht. »Folglich müssen die Dokumente, die Sie bei der Eheschließung mit Professor Dr. Erhagen vorgelegt haben« – Conny zog mehrere Faxe aus einem Ordner –, »gefälscht sein.«

Elke schlug die Hände vors Gesicht. Sie bebte am ganzen Körper. Conny hielt kurz inne, um Elke ein Taschentuch zu reichen. McAdam verkniff sich die Frage, ob Frau Erhagen nicht das Recht auf einen Anwalt habe. Er musste sich selbst daran erinnern, dass er nicht für Elke Erhagen arbeitete, sondern für ihren Mann, dessen ausdrückliches Ziel es war, den Morden auf den Grund zu gehen – koste es, was es wolle.

Elke trocknete ihre Tränen und putzte sich die Nase. Conny fuhr fort: »Kennen Sie diesen Mann, Frau Erhagen?« Sie breitete eine zerknitterte Zeitungsseite über den Faxen aus. Darauf prangte ein großes Foto von einem gut aussehenden, jungen Mann in einem Boss-Anzug. Sein Lächeln kam McAdam bekannt vor. Laut Bildunterschrift war der Mann »Reinhold Weiss, erfolgreicher, junger Pionier auf dem Immobilienmarkt.« »Ich glaube, dass er in Wirklichkeit Rainer Blank heißt«, sagte Conny, »und dass er Ihr Bruder ist.«

Elke hatte aufgehört zu weinen. Sie riss sich zusammen, sammelte ihre Kräfte. Sie schien einen Entschluss zu fassen. Sie setzte sich aufrecht hin, nahm allerdings Bobo vom Tisch und streichelte ihn nervös.

»Also gut«, sagte sie. »Es musste ja früher oder später herauskommen. Das war mir klar, sobald ich den Brief von meiner Mutter bekam.« Conny und McAdam schwiegen abwartend. »Wie Sie inzwischen wahrscheinlich wissen, sind mein Bruder und ich bei Pflegeeltern und in Heimen aufgewachsen. Meine Mutter war … unberechenbar. Manchmal war sie sehr liebevoll, brachte uns Süßigkeiten und kleine Geschenke mit – Bobo zum Beispiel –, aber manchmal war sie … unerträglich. Sie bekam Wutausbrüche, sie schlug uns und schrie uns an. Manchmal verschwand sie für Tage. Wir sind dann bei unserer Großmutter untergekommen, aber die war auch nicht viel besser. Dann haben die Sozialarbeiter uns weggeholt. Ich erzähle Ihnen lieber nichts von all den Heimen und Pflegefamilien, in denen ich war – mal mit Rainer zusammen, mal ohne ihn … Irgendwann tauchte Lieschen – meine Mutter – dann plötzlich wieder auf, holte uns zurück und alles ging von vorn los. Als Jugendliche wurden Rainer und ich getrennt. Er ist von seinen Pflegeeltern weggelaufen, in schlechte Gesellschaft geraten und als Mitglied einer Fälscherbande zu einem Jahr auf Bewährung verurteilt worden. Er hatte für sie den Laufburschen gespielt und die Drecksarbeit erledigt und sie wollten ihm dafür ihr Handwerk beibringen …« Conny nickte und kramte Faxe mit Gerichtsunterlagen hervor, die Elkes Geschichte bestätigten. »Jedenfalls, als ich einundzwanzig war und Rainers Bewährung abgelaufen, da kam er mit dem Vorschlag an, wir sollten unsere Namen ändern und ein neues Leben anfangen. Er wusste, wie man an falsche Papiere kommt. Wir hatten seit Jahren nichts von unserer Mutter gehört und hofften, sie würde nie wieder auftauchen, aber falls doch … Na ja, Rainer wollte, dass ich mit ihm nach Süddeutschland gehe, aber ich war in Hannover auf der Straße von einem Agenten einer Modelagentur entdeckt worden. Ich malte mir ein richtig glamouröses Leben aus – viel Geld, schicke Kleider und endlich ein für alle Mal Schluss mit der Armut und den ungesicherten Verhältnissen.« Elke weinte noch ein wenig in ihr Taschentuch. Selbst McAdam spürte einen Kloß im Hals. »Ich hatte also einen neuen Namen und einen neuen Job. Auf meine ›Eltern‹ bin ich über einen Zeitungsartikel gekommen – einen Bericht über ein Ehepaar, das gestorben war und keine Erben hinterlassen hatte … Unter anderem habe ich auch als Hostess im Konferenzzentrum gearbeitet und dort lernte ich Manfred kennen. Er war wie ein Vater zu mir. Ich habe meinen richtigen Vater nie kennen gelernt. Manfred bot mir Sicherheit und ein Zuhause – alles, wonach ich mich all die Jahre so gesehnt hatte. Es war wie im Märchen, wenn der Prinz auftaucht und alles gut wird.«

»Und dann tauchte plötzlich Ihre Mutter auf«, warf Conny ein.

»Ja«, sagte Elke. »Das war ein ziemlicher Schock. Sie hatte irgendwo in einer Zeitschrift ein Foto von mir gesehen …« – Conny legte die Seite aus der *Jet Set* auf ihren Stapel mit Beweismaterial – » … und dann hat sie mir einen Brief geschrieben und mich um ein Treffen im Park gebeten, mit ihr und Bobo.«

»Und Sie hatten Angst, weil Ihr Mann keine Ahnung hatte, dass Sie nicht aus einer angesehenen Hannoveraner Familie kamen.«

»Ja. Das hat ihm offenbar viel bedeutet. Er stammt selbst aus der Arbeiterklasse, müssen Sie wissen. Er hat zwar studiert und Karriere gemacht – aber er hat immer gesagt: ›Wer hätte das gedacht, dass ich mal so eine vornehme Frau haben würde …‹«

»Hat Ihre Mutter versucht, Sie zu erpressen, Frau Erhagen?«

»Erpressen?«, wiederholte Elke, als sei ihr das Wort fremd. McAdam merkte, dass sie auf der Hut war. Als ob sie ihr wahres Selbst ablegte und wieder in die Rolle schlüpfte, die sie so lange gespielt hatte.

»Ja – hat sie gedroht, Kontakt zu Professor Erhagen aufzunehmen und ihm zu erzählen, wer Sie in Wirklichkeit sind?«, fragte Conny weiter. »Wollte Sie Geld?«

»Nein!«, entgegnete Elke mit weit aufgerissenen Unschuldsaugen. »Ich habe ihr welches aufgedrängt. Als ich meine Mutter in dieser Verfassung sah, bekam ich trotz allem Gewissensbisse. Da hatte ich nun alles, was ich mir wünschen konnte, und meine Mutter schlief irgendwo auf der Straße. Ich habe ihr etwa fünfhundert Mark gegeben, aber sie hatte mich nicht darum gebeten.«

»Und die achtzigtausend Mark, die sie bei sich trug, als sie umkam?«

»Achtzigtausend?«, wiederholte Elke. Sie war die Überraschung in Person. McAdam wünschte, Uschi wäre dabei gewesen – sie hätte ihm sagen können, ob Elke schauspielerte. Wenn ja, lieferte sie jedenfalls eine erstklassige Vorstellung. Elke schien tief in ihre Gedanken zu versinken. Als sie wieder an die Oberfläche kam, begann sie: »Ich frage mich ...«

McAdam und Conny schwiegen erwartungsvoll. »Es war nicht etwa Falschgeld?« Elke sprach vor sich hin, als ob sie die Frage eher an sich selbst richtete.

McAdam sah Conny an. Jetzt war es an Conny, in ihre Gedanken abzutauchen. »Das ist eine gute Frage«, sagte sie schließlich. »Ich nehme an, dass das überprüft wurde, aber sicher bin ich mir da nicht ...«

»Wollen Sie andeuten, Ihr Bruder könnte etwas mit den achtzigtausend Mark zu tun haben?«, fragte McAdam.

Elke biss sich auf die Lippe. »Ich habe vor ein paar Monaten einen Brief von meinem Bruder bekommen«, sagte sie. »Ich hatte seit Jahren nichts von ihm gehört. Ich wusste, dass er erfolgreich war, und ich freute mich für ihn. Aber er hatte ebenfalls einen anderen Namen angenommen und wir hatten vereinbart, keinen engen Kontakt zu halten, um unsere neue Identität nicht zu gefährden. Sein Brief kam also völlig überraschend für mich. Er schrieb, unsere Mutter habe ihn ausfindig gemacht und besucht, und meinte, sie würde demnächst vielleicht auch bei mir auftauchen.«

»Ist das Ihr Bruder?«, fragte McAdam. Diesmal schien Elkes Überraschung tatsächlich echt zu sein. McAdam erwog, seinem Lebenslauf »Theaterkritiker« hinzuzufügen. Elke studierte indessen das Foto, das er auf den Stapel gelegt hatte. Es war noch die beste von den sämtlichen Aufnahmen, die Uschi beim Hotel Tannenbaum von dem Motorradfahrer gemacht hatte. Trotzdem war es so unscharf, dass es vor Gericht niemals als Beweismittel anerkannt worden wäre.

Conny betrachtete das Foto ebenfalls interessiert, auch wenn es aus ihrer Sicht verkehrt herum lag. »Ist das eine Harley?«, fragte sie beiläufig, als sei sie ein Motorradfreak.

»Nein, eine BMW«, erwiderte Elke. Im nächsten Moment wurde sie rot und biss sich auf die Lippe. »Ja ... das ist Rainer. Nachdem ich die Leiche identifiziert hatte, habe ich ihn gebeten, zu einem Treffen in den Schwarzwald zu kommen. Ich wollte ihm persönlich sagen, dass sie tot ist.«

Conny und McAdam fingen gleichzeitig an zu sprechen, doch diesmal beschloss McAdam, kein Gentleman zu sein.

»Haben Sie Rainer veranlasst, in meine Wohnung einzubrechen?«, fragte er. Jetzt war es Conny, die überrascht war.

Elke setzte zum Sprechen an. Sie schien ihre Möglichkeiten abzuwägen. Plötzlich wurde sie wütend. »Was wollen Sie damit sagen? Was nehmen Sie sich eigentlich heraus, so mit mir zu reden? Ich sage überhaupt nichts mehr, ehe ich mit meinem Anwalt gesprochen habe!«

»Dann kommen Sie jetzt am besten mit aufs Revier«, sagte Conny. »Sie können Ihren Anwalt von dort aus anrufen.«

Elke rührte sich nicht. Ihr Blick wanderte von Conny über McAdam zu einem Punkt in der Ferne und zurück. Sie holte tief Luft. »Also gut«, sagte sie. »Ich werde Ihnen erzählen, was sich wahrscheinlich abgespielt hat. An dem Tag, als dieses Foto entstand …« – McAdam spürte, dass sie rätselte, wer es wohl aufgenommen hatte –, » … ist Rainer mit hierher gekommen. Manfred war noch verreist und der Anblick meiner toten Mutter war mir nahe gegangen. Ich wollte nicht allein sein. Ich bat ihn, hier zu übernachten. Er sagte, das ginge nicht, er habe am nächsten Morgen in Freiburg wichtige Geschäftstermine. Immerhin erklärte er sich bereit, zum Abendessen zu bleiben. Ich wartete an der Tür auf ihn, während er das Motorrad parkte. Dann ließ ich ihn herein.« Sie vollführte mit den Händen die Bewegungen des Aufschließens, dann schien sie in der Erinnerung vor sich zu sehen, wie sie den Flur entlangging. »Da bemerkte ich, dass der Anrufbeantworter blinkte, und hörte ihn ab. Und während ich meinen Mantel aufhängte, hörte ich Ihre Stimme …« Sie wandte sich an McAdam. Auch Conny warf ihm einen Blick zu. » … Die Stimme war höher, aber ich habe den Akzent erkannt. Sie sagten etwas von meiner Bestellung, die eingetroffen sei oder so, und ich platzte heraus: ›O, McAdam muss das Familienstammbuch gefunden haben!‹ Rainer wurde gleich ganz aufgeregt und sagte: ›Was? Du meinst, außer uns weiß noch jemand davon?‹ Aber ich habe ihn beruhigt und ihm erklärt, dass ich einen Detektiv engagiert hatte, damit die Polizei das Stammbuch nicht zuerst findet.«

»Woher wussten Sie überhaupt von dem Stammbuch, wenn Ihre Mutter nicht versucht hat, Sie zu erpressen?«

»Sie hat es mir gezeigt«, sagte Elke. »Bei einem unserer Treffen im Park. Das Bild von Rainer hat sie mir auch gezeigt. Dann hat sie noch gesagt, sie sei sehr stolz auf uns und hoffte, sie würde auch bald Enkelkinder bekommen.

Deren Namen wollte sie dann auch in das Stammbuch eintragen.«

»Aber wollte sie nicht zu Ihnen nach Hause kommen? Wollte sie nicht Ihren Mann kennen lernen?«, fragte McAdam.

»Nein«, erwiderte Elke. »Sie ... ihr war wohl klar, dass ich das nicht wollte. Warum hätte ich sonst meinen Namen geändert und mich vor ihr versteckt? Meine Mutter war verrückt, Herr McAdam. Genau wie meine Großmutter. Meine größte Hoffnung ist, dass ich nicht auch so ende wie sie. Deshalb habe ich meinen Namen geändert und ein neues Leben angefangen. Und deshalb will ich keine Kinder – für den Fall, dass ich diese Gene in mir trage. Das mit den Enkelkindern war nur ein Wunschtraum meiner Mutter. Sie wollte immer eine richtige Familie. Aber ich glaube, tief in ihrem Herzen wusste sie, dass sie nie eine haben würde.« Elke biss sich auf die Lippe. Tränen rannen langsam bis zu ihren Mundwinkeln hinab.

»Mir scheint, Sie hatten ein Motiv für den Mord, Frau Erhagen«, sagte Conny.

»Aber ich habe sie nicht umgebracht!«, schrie Elke. »Ich wusste ja nicht mal, dass sie tot war! Ich wollte mich doch noch im Schlossgarten mit ihr treffen. Ich habe uns sogar was zum Picknick gekauft! Herr McAdam kann das bestätigen! Er hat mich beobachtet! Als sie nicht kam, habe ich sie gesucht! Auch das kann Herr McAdam bestätigen! Und dann habe ich ihn gebeten, sie zu finden! Von ihm habe ich erst erfahren, dass sie tot ist!«

»Frau Erhagen, Sie wussten doch die ganze Zeit, dass McAdam Sie beobachtete, nicht wahr?«, sagte Conny. »Sie sind eine raffinierte Frau und eine gute Schauspielerin. Schließlich spielen Sie ja schon lange eine Rolle!«

»Nein!«, protestierte Elke. Sie war aufgestanden und stampfte energisch mit dem Fuß auf. »Nein, nein, nein!«

Dann setzte sie sich wieder. »Ich habe meine Mutter nicht umgebracht. Aber ... vielleicht hat mein Bruder es getan.«

»Wir schicken sofort jemanden zu Ihrem Bruder«, sagte Conny. »Und wenn Sie ihn warnen, betrachten wir Sie als Komplizin, wenn nicht als Mörderin.«

Elke zitterte. Sie kauerte sich in ihrem zitronengelben Sessel zusammen und drückte Bobo an sich. McAdam hoffte nur, sie möge nicht auch noch anfangen, am Daumen zu lutschen. Er nahm die Laura-Ashley-Patchworkdecke vom Himmelbett und deckte sie zu.

»Ich erwarte Sie morgen auf dem Revier, um Ihre Aussage zu Protokoll zu nehmen«, sagte Conny. »Übrigens – wo waren Sie, als Georg Rittermeyer und Patrick Schneider ermordet wurden?«

»Lassen Sie mich in Ruhe«, erwiderte Elke. Sie schloss die Augen und schob tatsächlich den Daumen zwischen ihre blassen, aufgesprungenen Lippen.

Zwölf

Uschi schloss die Augen und kuschelte sich gegen McAdam, der sich von hinten an sie schmiegte. »Und wie ist es dann weitergegangen?«, murmelte sie zufrieden in die Daunendecke. »Nachdem die Polizistin weg war, habe ich Professor Erhagen angerufen, ihm die Neuigkeiten mitgeteilt und ihn gebeten, nach Hause zu kommen und sich um seine Frau zu kümmern. Und dann habe ich auf der Treppe neben diesem Geweih-Christbaum auf ihn gewartet.«

»Er hat dir wohl nicht gerade auf die Schulter geklopft und gesagt: ›Gut gemacht, Herr Detektiv!‹«

»Allerdings nicht«, bestätigte McAdam. »Er hat gar nichts gesagt. Kam mit finsterer Miene an, hat mir nur zugenickt und dann ist er nach oben gegangen.«

»Armer Professor«, sagte Uschi. »O! Schatz! Ich glaube, das Baby hat sich bewegt!« »Wirklich?« McAdam legte behutsam die Hand auf Uschis Bauch, aber nach einer halben Minute flüsterte Uschi: »Du hast sie beruhigt – jetzt ist sie wieder eingeschlafen.« Und damit schlief sie selbst ein.

»Scheint, ich habe eine einschläfernde Wirkung auf Frauen«, murmelte McAdam vor sich hin. Er hätte selbst gern geschlafen, aber ihm gingen unaufhörlich die Bilder des vergangenen Tages durch den Kopf. Vor allem der Moment, als er – nachdem Elke in ihrem Sessel eingeschlafen war – Conny Hartmann die Treppe hinunter begleitet und dabei überrascht festgestellt hatte, dass diese Frau, die sonst aus Eis zu sein schien, zitterte.

»Äh ... Ist Ihnen kalt?«, hatte McAdam unbeholfen gefragt, während er ihr in die Polizeilederjacke half. Dabei musste sie ihm irgendwie auf eine besondere Art die Schultern zugewandt haben – jedenfalls hatte er sich selbst dabei ertappt, wie er sie umarmte. Er hatte es nicht über sich gebracht, die Umarmung zu lösen, bis Connys Zittern nachließ, sie einen Schritt zurücktrat und sagte: »Ich weiß nicht, ob ich für diesen Job geschaffen bin.« »Aber natürlich sind Sie das!«, hatte McAdam geantwortet. »Das war ein brillantes Verhör! Sie haben Sie richtig auseinandergenommen ...«

»... bis sie nur noch ein wimmernder Säugling war«, sagte Conny. »Das war herzlos und abscheulich.«

»Dann glauben Sie also nicht, dass sie es war?«

»Falls doch, könnte ich es sogar verstehen. Aber ich denke eher, dass ihr Bruder es getan hat.«

»Oder beide.«

»Ja.« Dann hatte Conny einen Anruf getätigt und veranlasst, dass Rainer Blank alias Reinhold Weiss zur Vernehmung geholt wurde. Und als McAdam später auf der Treppe gesessen und auf Erhagen gewartet hatte, war ihm ihr Bild einfach nicht mehr aus dem Kopf gegangen – ihr lederbekleideter Rücken mit dem kastanienbraunen Pferdeschwanz in der Mitte, als sie den Weg hinuntergegangen und durch das Tor verschwunden war.

Sobald bekannt wurde, dass Professor Erhagens Frau und sein Schwager in die Straßenbahnmorde (wie man sie nun weit über Karlsruhes Grenzen hinaus in den Schlagzeilen betitelte) verwickelt waren, erklärte Backmesser, der Leiter der Mordkommission, den Fall zur Chefsache. Er zitierte Conny in sein Büro und eröffnete ihr die veränderte Sachlage in verbrämten Sätzen voller Lob und Schmeichelei: »Sie haben bisher zweifellos hervorragende Arbeit geleistet, doch nun ist es an der Zeit, dass erfahrenere Kollegen die Ermittlungen übernehmen.« Und: »Zwar haben Sie wichtige Zusammenhänge aufgedeckt, doch aufgrund der politischen Brisanz dieses Falles halten wir es für erforderlich, dass Sie sich in Zukunft zurücknehmen und die Front größeren Kalibern überlassen.« Backmesser schlug ihr sogar vor, einen Tag oder zwei freizunehmen, weil sie »so hart gearbeitet und so viele Überstunden angesammelt« habe. Aber das lehnte Conny rundweg ab. Sie bestand darauf, bei Rainer Blanks Vernehmung anwesend zu sein, und sie erklärte sich – nicht ohne Sarkasmus in der müden Stimme – bereit, den Mund zu halten, während ihre Vorgesetzten die Fragen stellten. »Wenn mir etwas einfällt, schreibe ich es auf einen Zettel und reiche es den echten Profis weiter«, sagte sie. Backmesser, der ihren Tonfall nicht wahrnahm oder nicht wahrnehmen wollte, nahm das Angebot dankbar an.

Rainer Blank alias Reinhold Weiss traf um drei Uhr morgens ein – mit gepacktem Koffer und in Begleitung eines teuren Anwalts. Er war frisch rasiert und elegant gekleidet. Die Familienähnlichkeit mit Regina Blank alias Elke Erhagen war unverkennbar: dieselben ebenmäßigen Züge, dieselbe schmale Statur, dasselbe Flair der Kämpfernatur, die es aus eigener Kraft geschafft hat. Doch hier und da meinte Conny in seiner Mimik – in der Art, wie er mit einem Anflug von Trotz und Verachtung den Mund verzog oder die Augenbrauen hob – noch den einstigen jugendlichen Delinquenten und Schmalspurganoven durchschimmern zu sehen. Sie fand ihn attraktiv. Vielleicht richtete er deshalb seine Antworten an sie, obwohl Backmesser die Fragen stellte.

Rainer Blank war erstaunlich gefasst und gut vorbereitet. Er gab ohne Umschweife zu, von seiner Mutter erpresst worden zu sein. Eines Tages hatte ein Brief in seinem Briefkasten gesteckt – ohne Briefmarke, ohne Absender. Sie hatte sich mit ihm an einer bestimmten Parkbank treffen wollen. Dort hatte sie ihm den Zeitungsartikel mit seinem Bild gezeigt und ihn gefragt, ob er jetzt, da er so gut dastehe, nicht ein wenig Kleingeld für seine arme Mutter übrig habe. Sie hatte eine Summe genannt, die seine Verhältnisse überstieg. Er hatte ihr aber sofort die achtzigtausend Mark angeboten – alles, was von seinem Vermögen nicht in seiner Immobilienfirma steckte –, wenn sie dafür die Stadt verließe. Sie hatte gelacht und gesagt: »Du schämst dich wohl für deine alte Mutter. Das hab ich mir gedacht.« Dann war sie wieder in ihr altvertrautes hysterisches Lachen ausgebrochen.

»Hatten Sie keine Angst, dass sie immer wieder bei Ihnen ankommen würde?«, fragte Backmesser.

Rainer wechselte einen Blick mit seinem Anwalt. Als dieser ihm zunickte, erwiderte er: »Ich habe ihr gedroht. Ich habe ihr gesagt, falls sie je wieder auftauchen sollte, hätte ich noch Freunde aus alten Zeiten, die mir helfen würden.« Er blickte Conny eindringlich an. »Das war gelogen. Ich habe sämtliche alten Verbindungen abgebrochen. Neuer Name, neue Existenz. Keine krummen Touren mehr. Ich bin jetzt ein durch und durch rechtschaffener Mann. Ich wollte ihr nur Angst einjagen, damit sie mich in Ruhe lässt.«

»Haben Sie Ihre Schwester vorgewarnt, dass Ihre Mutter womöglich bei ihr auftauchen würde?«

»Nein! Meine Mutter und ich haben meine Schwester mit keinem Wort erwähnt.« Zum ersten Mal wich Rainer Connys Blick aus. »Ich hatte Regina nicht mehr gesehen, seit wir ... ähem ... unsere Namen geändert hatten. Dann rief sie an und wollte sich mit mir im Schwarzwald treffen. Sie erzählte mir, dass unsere Mutter von einer Straßenbahn überfahren worden war. Jetzt fürchtete sie, die Polizei könnte hinter ihre und meine wahre Identität kommen. Sie sagte, sie habe einen Amateurdetektiv engagiert, um das Versteck der Alten aufzuspüren ... Aber sie traute dem Kerl nicht. Wenn er die Papiere oder irgendetwas finden würde, das uns mit ihr in Verbindung brachte ... Na ja, sie befürchtete, er könnte es ihrem Mann zeigen. Er hatte vorher für ihren Mann gearbeitet. Deshalb ... bat sie mich, die Papiere zu ... ähem ... holen.

»Dann sind Sie also bei diesem Herrn ... McAdam eingebrochen und haben – *was* gestohlen?« Backmesser las von einem Zettel ab, den Conny ihm zugeschoben hatte.

»Unser Familienstammbuch. Und die Kopien davon.«

»Aha. Sie gestehen also – mal sehen ... Fälschung von Ausweisdokumenten, Einbruch, Diebstahl ... Was ist mit Mord, Herr Blank? Wo waren Sie am ...« Er nannte die Daten und Uhrzeiten der drei Straßenbahnmorde.

Rainer warf seinem Anwalt einen raschen Blick zu, dann wandte er sich wieder an Conny. »Um die Zeit lag ich zu Hause im Bett. Meine Freundin kann das bestätigen. Außerdem hatte ich an allen drei Tagen morgens Kundentermine. Besichtigungen von Häusern und Baustellen. Ich hätte unmöglich in Karlsruhe einen Mord begehen und rechtzeitig zur Arbeit wieder in Freiburg sein können. Nicht einmal wenn ich mit dem Motorrad die ganze Strecke Vollgas gefahren wäre.«

Backmesser wies Conny an, die fraglichen Zeugen zu kontaktieren und Rainers Alibis zu überprüfen. Der Anwalt reichte ihr eine getippte Liste. Die besagte Freundin machte gerade Urlaub auf Bali, aber auf der Liste stand die Faxnummer ihres Hotels. Conny reichte Backmesser einen Zettel mit der Bitte, eine Frage stellen zu dürfen. Backmesser zögerte, dann nickte er.

»Herr Blank, glauben Sie, Ihre Schwester könnte etwas mit dem Mord an Ihrer Mutter zu tun haben?«

Backmesser sah aus, als bereute er bereits, dass er Conny Redeerlaubnis erteilt hatte.

»Hmm«, machte Rainer. Er schien nach den passenden Worten zu suchen. »Vielleicht«, sagte er dann. »Ich meine, wenn die Alte Geld von ihr wollte ... Sie hätte es wohl kaum vom Konto abheben können, ohne dass ihr Mann etwas mitbekommen hätte, nicht wahr?«

»Danke«, sagte Conny.

»Danke«, sagte McAdam und nahm auf dem angebotenen Stuhl vor dem Schreibtisch des Alten Platz. Heute verdiente Professor Erhagen diese Bezeichnung. Er wirkte so gebeugt, abgehärmt und zerfurcht, als habe er seit Wochen nicht geschlafen. McAdam fragte sich, warum er überhaupt zur Arbeit gekommen war. »Äh ... Wie geht es Frau Erhagen heute Morgen?«, fragte McAdam.

»Sie schläft. Beruhigungsmittel. Der Arzt hat ihr Bettruhe verordnet. Ich habe eine Krankenschwester engagiert, die sie rund um die Uhr betreut. Glauben Sie, dass sie es getan hat?«

McAdam wunderte sich, dass die Frage ihn überraschte. Schließlich wusste er inzwischen, dass die Erhagens nicht gerade das innigste Vertrauensverhältnis zueinander hatten. »Nun ja ... Hat sie denn gestern, nachdem ich weg war, noch mit Ihnen gesprochen?«

»Sie war verwirrt. Weinerlich. Sie gab zu, nicht die zu sein, für die sie sich ausgegeben hatte. Sie bat mich um Vergebung.«

»Und – haben Sie ihr vergeben?«

»Ich habe ihr gesagt, ich würde darüber nachdenken. Es war ein ziemlicher Schock.«

»Das kann ich mir vorstellen, Herr Erhagen.«

»Aber Sie haben meine Frage nicht beantwortet, Herr McAdam. Hat meine Ehefrau diese ... diese Frau – ihre eigene Mutter – auf die Gleise gestoßen?«

McAdam wollte dem aschfahlen, alten Mann jede erdenkliche Hoffnung geben. »Darüber denke ich natürlich pausenlos nach, Herr Erhagen. Ein Motiv hätte sie wohl gehabt- sie musste ja befürchten, ihre Mutter würde ihre wahre Identität ans Licht bringen und dadurch ihre Ehe und ihr Glück zerstören. Andererseits bin ich ihr schließlich über eine Woche lang gefolgt, nachdem der Mord geschehen war, und sie wirkte auf mich nicht wie eine Frau, die ein Verbrechen begangen hat. Sie machte einen glücklichen, entspannten Eindruck.« Weil sie erleichtert war, ihre Mutter los zu sein? fragte sich McAdam. »Als sie dann vom Tod ihrer Mutter erfuhr, wirkte sie aufrichtig überrascht. Schließlich hatte sie auch noch im Schlossgarten auf ihre Mutter gewartet und sie in Straßenbahnen und Parks gesucht.« Andererseits – Uschi hielt Elke für eine geborene Schauspielerin. Hatte sie McAdam nur als Schachfigur in einem ausgeklügelten Plan benutzt, als willkommenes Publikum für ein gut inszeniertes Theaterstück? »Und dann sind da noch die anderen beiden Todesfälle. Ich kann mir nicht vorstellen, dass Ihre Frau kaltblütig genug wäre, noch zweimal vor Morgengrauen aufzustehen, sich an einer Haltestelle zu verstecken und unschuldige Menschen zu töten, die sie nicht einmal kannte.« Aber hatte sie sie wirklich nicht gekannt? Soweit McAdam wusste, war nie nach einer Verbindung zwischen Elke Erhagen und den anderen beiden Opfern geforscht worden. Plötzlich tauchte vor seinem geistigen Auge flüchtig der Pferdeschwanz von Conny Hartmann auf und er verspürte das Bedürfnis, mit ihr zu reden. Er verdrängte ihr Bild hastig und richtete seine Aufmerksamkeit wieder auf den Direktor der Verkehrsbetriebe. »Herr Erhagen, ich möchte meine Ermittlungen hier in der Zentrale fortsetzen. Es gibt da noch ein paar interessante Verdächtige, mit denen ich reden muss.«

Ein schwacher Hoffnungsschimmer glomm in Erhagens geröteten, von Falten umgebenen Augen auf. »Ich wünsche

Ihnen Glück, Herr McAdam«, sagte er. »Dasselbe wünsche ich Ihnen auch«, erwiderte McAdam. Erhagens Händedruck war kurz, aber kräftig – gewissermaßen zugleich ein Zeichen seiner Stärke und ein Hilferuf. McAdam verließ den Raum in der inständigen Hoffnung, dass seine Reise nach Hannover und die Nachforschungen über Hanni-Lieschens Beziehung zur Direktorengattin pure Zeitverschwendung gewesen wären – eine falsche Fährte, eine unglückliche Verkettung von Umständen, zufällig, wenn auch folgenschwer. Er wünschte, all das hätte nichts mit den Morden selbst zu tun und des Rätsels Lösung läge ganz woanders.

In seinem »Büro«, in dem es inzwischen dank einer Lieferung Kopierpapier noch enger geworden war, legte McAdam die Füße auf den Schreibtisch und zog den Schirm seiner Baseballmütze ins Gesicht. So traf ihn Heinz Bissert eine halbe Stunde später an, nachdem niemand auf sein Klopfen reagiert hatte.

»*Achtung!*«, bellte Bissert McAdam an, der eingenickt war und nun fast vom Stuhl fiel. Seine Beine, die ebenfalls eingeschlafen waren, fanden nicht auf Anhieb den Weg unter den Tisch. Bisserts schadenfrohes, dreckiges Lachen weckte bei McAdam Erinnerungen an grässliche alte Zeiten im Umkleideraum der Junior High School, als er noch nicht zu seiner jetzigen Größe aufgeschossen war. »Nettes Büro«, bemerkte Bissert. »War auf der Toilette kein Platz mehr?« Der anmaßende, kleine Mann stand mit angespannten Muskeln und verzogenem Mundwinkel neben dem Papierstapel wie ein Rowdy an seiner angestammten Straßenecke. McAdam wusste, wie effektvoll es gewesen wäre, aufzustehen und von seiner luftigen Höhe auf ihn hinunterzublicken. Da jedoch seine Waden und Zehen noch taub waren, sagte er nur kühl: »Nehmen Sie Platz, Herr Bissert.«

»Und wo finde ich den, Herr McAmi?«, konterte Bissert.

Eine berechtigte Frage. Erst jetzt bemerkte McAdam, dass seit der Lieferung der Papierstapel der »Besucherstuhl« verschwunden war. »Äh ... nehmen Sie doch einfach das holzfreie Sitzmöbel«, schlug McAdam vor. »Hä?«, fragte Bissert irritiert. Eins zu null für mich, dachte McAdam. An Wortgewandtheit war er diesem unerfreulichen Zeitgenossen offenbar über.

»Herr Bissert, besitzen Sie ein Motorrad?«, fragte McAdam.

»Jawohl«, antwortete Bissert. »Eine Honda NX650 Dominator, Vorjahresmodell. Warum fragen Sie?« Seine misstrauische Miene war vorübergehend einem Ausdruck von Stolz und Begeisterung gewichen.

»Nur so«, sagte McAdam. »Kommt bei Frauen bestimmt gut an.«

Bisserts Augen verengten sich zu Schlitzen. »Frauen!«, zischte er fast unhörbar, als wäre es ein Fluch.

»Sie haben es nicht so mit Frauen?«, fragte McAdam und zog eine Augenbraue hoch, so dass der Schirm seiner Baseballmütze in eine gewagte Schräglage geriet.

»Ich bin nicht schwul, wenn Sie das meinen!«, rief Bissert.

»Aber Sie haben für Frauen nichts übrig?«, hakte McAdam nach.

»Hab mein ganzes Leben lang nur Scherereien mit denen gehabt«, sagte Bissert. »Da ist eine wie die andere – meine Großmutter, meine Mutter, meine Frau, meine Freundin ... Ganz recht, ich habe für Frauen nichts übrig.«

»Das gilt wohl auch für die Kolleginnen?«, fragte McAdam, während er sich eine Notiz machte.

»Ach, die können mich mal am ... Nichts als Scherereien und Kosten, extra Toiletten und nicht nur das – dann kämmen sie sich auch noch dauernd die Haare im Rückspiegel, flirten mit den Fahrgästen, melden sich krank ...«

»So wie die Fahrerin der S11? Nicht wahr, die hatte sich doch an dem Morgen krankgemeldet, als der dritte Mord geschah?«, bemerkte McAdam. Das brachte Bissert aus der Fassung. Sprachlos stand er da und ballte die Fäuste. »Waren Sie an dem Morgen, als Patrick Schneider ermordet wurde, mit dem Motorrad in der Gegend von Neuwiesenreben?«, fragte McAdam weiter.

Bissert zog die Luft zwischen den Zähnen ein. Mit rotem Kopf sprudelte er hervor: »Für wie verrückt halten Sie mich eigentlich? Ich muss jeden Morgen um vier Uhr aufstehen, um rechtzeitig zur Arbeit zu kommen. An meinem freien Tag *schlafe* ich. *Allein*. Bis *mittags*. Da heißt es: Ohrenstöpsel rein, Rolläden runter, Licht aus. Denken Sie, ich bin wahnsinnig? Ich fahre nicht um vier Uhr morgens irgendwo mit dem Motorrad rum – höchstens zur Arbeit. Basta.« Bissert war kurz davor, auf dem Absatz kehrtzumachen und zu gehen.

»Noch eine Frage, Herr Bissert«, sagte McAdam. »Es besteht Grund zu der Annahme, dass der Mörder ein Mitarbeiter der Verkehrsbetriebe ist. Kennen Sie jemanden, der etwas gegen die betroffenen Fahrer haben könnte – oder gegen die Opfer?«

Bissert schien wider Willen über diese Frage nachzudenken. »Viele regen sich darüber auf, dass die Frauen ihnen die Jobs wegnehmen«, sagte er. »Aber Mord? Das geht zu weit. Außerdem, wenn ich eine Fahrerin so sehr hasse, bringe ich *sie* um, nicht irgendeinen unschuldigen Fahrgast. Nicht dass die Fahrgäste alle so unschuldig wären – Sie glauben ja nicht, was da so jeden Tag mit der Straßenbahn fährt ... Schwarzfahrer und Betrüger, Ausländer ...« McAdam zog beide Augenbrauen hoch, dass der Schirm seiner Baseballmütze mit einem Ruck hochschnellte. »Ich rede nicht von *Ihnen*«, stellte Bissert klar. »Amis sind schlimm genug, aber die anderen Ausländer ... Und die Penner. Die stinken und kotzen und pissen sich auf dem Sitz in die Hose! Und diese Punks mit den stacheligen Haaren – allein dieser Anblick bringt mich schon in Wut! Und die ganzen verdammten Weiber mit ihren Kinderwagen. Ständig muss man denen beim Rein- und Rausheben helfen. Ich hab's im Rücken! Wenigstens gibt es neuerdings diese niedrigen Wagons. Bloß zu wenige und die Kinderwagen blockieren die Gänge und die verdammten Kinder schreien, dass man Kopfschmerzen kriegt. Aber sie umbringen? Die Typen, die ich kenne, gehen hinterher ein paar Biere trinken und reißen die Klappe auf, aber wirklich was *tun* würden die nie. Höchstens mal die Tür ein bisschen zu früh schließen oder ein bisschen zu heftig anfahren.« Bissert grinste und zwinkerte McAdam zu. »So was darf man natürlich nicht zu oft machen, sonst hagelt es Beschwerden und dann gibt's Ärger. Ich muss mich da selbst ziemlich zusammenreißen. Hab schon zu viele Verweise.«

Bissert benahm sich jetzt kumpelhaft, zwinkerte und feixte und spielte den ungezogenen Jungen. Seine letzte Bemerkung erinnerte McAdam an etwas. Er zog sein kleines Detektiv-Notizbuch hervor, das mehr Gekritzel und Ideen für Songtexte enthielt als detektivische Notizen, und blätterte ungeschickt in den zu kleinen Seiten, bis er fand, was er suchte. »817 – ist das Ihre Nummer?«, fragte McAdam. Es war die Nummer des rüpelhaften Fahrers, den er hatte melden wollen. Nachher hatte er es dann doch vergessen. Andere zu verpfeifen war ohnehin nicht seine Art.

»817?«, wiederholte Bissert. »Nein, das ist nicht meine. Das ist die Nummer von Wemgruber.«

»Der steht als Nächster auf meiner Liste«, sagte McAdam. »Guten Tag, Herr Bissert. War mir wirklich ein Vergnügen.«

»Klar doch«, sagte Bissert. Er machte auf dem Absatz kehrt, wobei er beinahe einen Stapel Kopierpapier umgerissen hätte. Als er ging, war von seiner Überheblichkeit nicht mehr viel übrig – er wirkte eher erleichtert. Auf dem Flur marschierte er an dem wartenden Wilhelm Wemgruber vorbei, ohne ihn eines Blickes zu würdigen. Wemgruber starrte ihm einige Sekunden lang nach, bevor er den Hausmeisterraum betrat, wo McAdam gerade das Kopierpapier zu einer Sitzgelegenheit stapelte.

»Nehmen Sie Platz, Herr Wemgruber«, sagte McAdam aufgeräumt und setzte sich wieder auf seinen Stuhl. Wemgruber wusste nicht recht, was er davon halten sollte. Diese eigenartige Sitzgelegenheit, dieser Mann mit dem komischem Akzent und der Baseballmütze ... Er sah sich nach der Tür um, als ob er die Flucht ergreifen wollte.

Einer plötzlichen Eingebung folgend stellte McAdam sein freundliches Lächeln ab, stand auf, verschränkte die Hände hinter dem Rücken und schritt in dem knappen verfügbaren Raum auf und ab, wie er es bei preußischen Generälen in alten Filmen gesehen hatte. Dabei fixierte er Wemgruber mit kaltem Blick. In diesem Moment hätte er etwas darum gegeben, ein Monokel zu besitzen. Ob Uschi vielleicht eins in ihrer Requisitenkiste hatte? Wemgruber hockte nun auf der Kante seines improvisierten »Stuhls« und starrte einen unsichtbaren Korridor entlang, der geradewegs an seinem Gegenüber vorbeizuführen schien.

»Herr Wemgruber, besitzen Sie ein Motorrad?«

Wemgruber schwieg und starrte weiter in seinen Tunnel. Er war ein ausgesprochen unscheinbarer Mann – weder klein noch groß, mit einem Allerweltsgesicht und dünnem Haar von undefinierbarer Farbe. Endlich zeigte er eine Regung: Er runzelte die Stirn und kniff die Augen zusammen. Sieht aus, als hätte er Kopfschmerzen, dachte McAdam. »Herr Wemgruber!«, wiederholte er in schneidendem Befehlston. Wemgruber zuckte zusammen und sagte: »Einen Motorroller. Er gehört meinem Sohn. Was hat er jetzt schon wieder angestellt?«

Interessante Frage, dachte McAdam und nahm sich vor, mit Conny Hartmann darüber zu reden. »Wie heißt Ihr Sohn?«

»Wolf Wemgruber – das ist der Name, den ich ihm gegeben habe«, sagte Wemgruber. »Aber er selbst nennt sich Dennis.«

»Dennis?«, wiederholte McAdam erstaunt. *Dennis the Menace*? War Dennis eine Bedrohung für die Gesellschaft? »Herr Wemgruber, kennt – beziehungsweise kannte – Ihr Sohn Patrick Schneider?«

»Wen?«, fragte Wemgruber.

»Den Jungen, der in Neuwiesenreben vor die Bahn gestoßen wurde.«

»Die Wege des Herrn sind unergründlich«, sagte Wemgruber.

»Wie meinen Sie das, Herr Wemgruber?«, fragte McAdam, wobei er ihn scharf ansah und die Hacken zusammenschlug – allerdings geräuschlos, da McAdam Turnschuhe trug.

»Der Alte weiß schon, was er tut«, erklärte Wemgruber. »Er weiß, was für uns alle das Beste ist.«

McAdam beugte sich dicht zu Wemgruber hinunter, so dass dieser nicht an ihm vorbeistarren konnte. »Hallo, Herr Wemgruber, können Sie mich hören?«, fragte er. »Wo waren Sie am ...« Der Mann hob plötzlich die Hände an die Ohren, dann vor die Augen. Schweiß rann über seine blasse Stirn. Er wischte ihn mit den Händen ab, dann krümmte er sich und hielt sich den Bauch. Er murmelte etwas wie »Migräne« und rannte aus dem Zimmer. In der Tür wäre er fast mit Sepp Hauser zusammengestoßen. McAdam trat zu Sepp in den Flur hinaus und beide starrten dem Mann nach, der auf der Herrentoilette verschwand. »Wir haben ihn vom Dienst suspendiert«, sagte Sepp. »Zu viele Beschwerden von Fahrgästen. Ich habe ihn zum Arzt geschickt.«

Wenig später verspürte McAdam den Drang, sich etwas Bewegung zu verschaffen. Sepp hatte ihn aufgeheitert, sich für den Zustand des Büros entschuldigt und ihm versprochen, das Papier entfernen und den Stuhl zurückbringen zu lassen. Er hatte McAdam und »die gnädige Frau« für den folgenden Sonntag zu sich eingeladen. »Meine Frau backt den besten Zwetschgenkuchen in ganz Baden«, hatte er verheißungsvoll verkündet. Anschließend hatte er McAdam nach draußen begleitet und sich auf dem Mitarbeiterparkplatz von ihm verabschiedet. McAdam sah verblüfft zu, wie Sepp auf eine neue Harley Davidson zusteuerte, eine Lederjacke aus dem Sattelfach nahm und einen schwarzen Stahlhelm aufsetzte. Sepp grinste McAdam an. »Ein Geschenk von meiner Frau zum sechzigsten Geburtstag! Ich hatte die Wahl zwischen einer Harley und einer Mittelmeer-Kreuzfahrt. Was hätten Sie genommen?«

Nach ein paar vergeblichen Versuchen brachte Sepp die glänzend schwarze Maschine mit einem Kickstart in Gang, stieg etwas ungelenk auf und fuhr fröhlich winkend an McAdam vorbei. In diesem Moment entschied sich McAdam für einen strammen Marsch zu Conny Hartmanns Büro.

Aber sie war nicht da. Reikert erklärte alles andere als freundlich, sie habe den Nachmittag freigenommen. McAdam wollte schon nach ihrer privaten Telefonnummer fragen, besann sich dann aber, lief ein paar Blocks zur nächsten öffentlichen Telefonzelle, fand im Telefonbuch einen Eintrag »Hartmann, C.« und wählte. Nach dem fünften Klingeln, als er gerade wieder einhängen wollte, meldete sich eine unüberhörbar schlaftrunkene Stimme: »Ja?« McAdam bereute augenblicklich, angerufen zu haben.

»Wer ist da?«, fragte die Stimme, die jetzt wacher und ein wenig verärgert klang.

»Nur Ihr blöder Kollege McAdam, der Sie um Ihren wohlverdienten Schlaf bringt«, sagte McAdam und schämte sich zugleich, dass er ganz automatisch seinen Charme ausspielte. Aber es funktionierte.

»Ach, das macht nichts«, sagte Conny. »Was gibt's denn?«

»Wenn Sie ausgeschlafen haben, würde ich gern mit Ihnen reden«, sagte McAdam. »Ich komme mit diesem Fall einfach nicht weiter. Ich finde, wir sollten uns mal gegenseitig das Gehirn massieren.«

»Wie bitte?«, fragte Conny.

»Sorry ... uns austauschen, die Köpfe zusammenstecken – Brainstorming, wie wir Amerikaner sagen.«

Conny lachte müde. »Warum nicht. Vielleicht bringt es ja tatsächlich was«, sagte sie. »Ich wollte sowieso gerade aufstehen, um mit dem Hund rauszugehen.«

»Sie haben einen Hund? Einen Polizeihund?«

»Er gehört meiner Nachbarin. Ich gehe mit ihm spazieren, um mir ein bisschen Bewegung zu verschaffen. Brauchen Sie vielleicht auch etwas Bewegung?«

»Klar.« McAdam hatte sich schon Blasen gelaufen. »Wo sollen wir uns treffen?«

»Am Rhein«, sagte Conny. »An der Brücke beim privaten Bootshafen. Neben dem Restaurant. Wissen Sie, welche Stelle ich meine?«

»Klar«, antwortete McAdam wieder. »In einer halben Stunde?«

»Okay.« Conny legte auf. Und McAdam stellte verärgert fest, dass er Schmetterlinge im Bauch hatte.

Dreizehn

In derselben erbärmlichen Gemütsverfassung stand McAdam eine halbe Stunde später am Anleger unter der Rheinbrücke, die mit ihrer filigranen Drahtseilkonstruktion früher ein wahres Kunstwerk gewesen, inzwischen aber mit einer unförmigen Schutzverkleidung verschandelt worden war. Über ihm lärmte der Auto- und Straßenbahnverkehr zwischen Baden und Rheinland-Pfalz. Träge folgte McAdams Blick einigen flachen Schleppkähnen mit Kapitänskajüten, kleinen Autos und Fahrrädern für Familienausflüge und Einkäufe in den Häfen zwischen Basel und Rotterdam. McAdam erinnerte sich noch genau, wie enttäuscht er gewesen war, als er den Rhein zum ersten Mal gesehen hatte. Der Fluss war auf diesem Abschnitt von einem Ingenieur namens Tulla begradigt worden. Man hatte die malerischen Windungen abgetrennt und zu kleinen Naturschutzgebieten gemacht, die von Hobbyanglern genutzt wurden. Doch McAdam war nicht auf Beute aus. Er kam – so sagte er sich – in gänzlich harmloser Absicht. Er traf sich mit Conny Hartmann, um ein Verbrechen aufzuklären und weiteren vorzubeugen, um Leben zu retten und aus keinem anderen Grund – sagte er sich. Er wünschte nur, er hätte sich auch wirklich davon überzeugen können.

Endlich tauchte Conny in der Ferne auf. Sie hielt einen Hund an der Leine, der sie abwechselnd vorwärts und zurück zerrte. Das Tier sah so erbärmlich aus, wie McAdam sich fühlte. Es handelte sich anscheinend um eine Kreuzung aus Labrador und allerlei anderen Rassen, die im Einzelnen nicht auszumachen waren – groß, mit glattem, schwarzem Fell, Schlappohren, spindeldürren Beinen und einem langen, auffallend buschigen Schwanz, der nicht nur mit dem Hund zu wedeln schien, sondern mit dem Frauchen. Conny winkte und McAdam schlenderte den beiden entgegen.

»Hallo, McAdam«, sagte Conny lächelnd und streckte ihm die Hand entgegen. Doch noch bevor ihre Finger sich berührten, riss der Hund plötzlich an der Leine, knurrte und zerrte Conny außer Reichweite.

»Goethe!«, rief Conny mit mildem Vorwurf in der Stimme.

»Goethe?«, wiederholte McAdam verwundert. Der Hund machte auf ihn nicht den Eindruck, als hätte er einen hohen IQ.

»Ja«, lachte Conny. »Passender Name, nicht wahr? Angsthase wäre treffender. Er fürchtet sich vor Fremden, vor Steinen, vor anderen Hunden und vor seinem eigenen Schatten. Stimmt's, Goethe?« Sie sprach leise und besänftigend auf den Hund ein. »Komm schon, das ist doch nur McAdam. McAdam ist völlig harmlos.«

»O, danke«, sagte McAdam und ging neben ihr und Goethe in die Hocke. Er streckte wieder die Hand aus, diesmal in Goethes Richtung und langsamer. Der Hund zuckte erst zurück, jaulte auf, schnüffelte dann aber vorsichtig daran und schleckte sie schließlich begeistert ab.

»Das liegt an dem doppelten Cheeseburger von unterwegs«, erklärte McAdam.

»Er liebt Sie.« Conny errötete und wandte sich ab. Errötete? Das musste Einbildung gewesen sein, dachte McAdam. Er wollte ihr Gesicht zu sich wenden, um einen tiefen Blick in ihre Augen zu werfen, doch als er die Hand ausstreckte, kam ihm Goethe in die Quere. Der Hund, dessen IQ vielleicht doch höher war als angenommen, hatte logisch gefolgert, wo noch mehr Fast-Food-Reste sein mussten, und leckte McAdam begeistert über den Mund.

»Goethe!«, schrie Conny mit der Autorität der Gesetzeshüterin. Goethe ließ sich nicht beirren. Sie zerrte den Hund zurück, zog aus der Tasche ihres Sweatshirts ein Taschentuch hervor und reichte es McAdam. Dann fragte sie, plötzlich sehr geschäftsmäßig: »Warum wollten Sie mich treffen?« McAdam wischte sich gründlich den Mund ab, bevor er antwortete.

»Aus zwei Gründen«, sagte er. »Erstens denke ich, dass die Ermittlungen zu den Straßenbahnmorden in die falsche Richtung laufen. Mir ist ja auch klar, dass die Geschwister Blank ein Motiv hatten, ihre Mutter umzubringen – aber doch nicht einen Landstreicher und einen Teenager.«

Conny nickte und zwischen ihren Augenbrauen erschien wieder die Falte, die McAdam so anziehend fand. »Ich bin ziemlich sicher, dass Rainer Blank nicht der Mörder ist«, sagte sie. »Er hat ein Alibi. Übrigens hat er zugegeben, dass er in Ihre Wohnung eingebrochen ist und das Stammbuch gestohlen hat. Er hat auch zugegeben, dass er seiner Mutter Schweigegeld gezahlt hat. Aber von ihrem Tod hat er angeblich erst durch seine Schwester erfahren. Er sagt, sie hätte ihm erzählt, dass es ein Unfall war.«

»Wenn die beiden gar nichts mit ihrem Tod zu tun hatten, dann habe ich für nichts und wieder nichts ihr Leben ruiniert«, sagte McAdam. Conny legte ihm den Arm um die Schulter.

»Die zwei haben es ja geradezu provoziert«, sagte sie. »Es war dumm von Frau Erhagen, Sie zu engagieren, und noch dümmer von ihrem Bruder, in Ihre Wohnung einzubrechen. Außerdem hat sie auf dem Revier Beweismaterial entwendet. Ich bin nicht überzeugt, dass sie unschuldig ist. Sie sollten sich keine Vorwürfe machen.« Ihre Gesichter waren ganz dicht nebeneinander. McAdam bemerkte, dass Conny sorgfältig geschminkt war, was im Gegensatz zu ihrer Kleidung stand – einer alten Jeans und einem grauen Sweatshirt. Und sie roch gut. Ausgesprochen gut. »Äh ...« McAdam war ganz und gar nicht bei der Sache. Er versuchte krampfhaft, seine Gedanken zu ordnen. »Äh ... Okay, angenommen, sie hat ihre Mutter umgebracht – warum dann noch zwei andere? Ist sie ein krankhafter Killer?«

»Sie wird noch diese Woche von einem Psychologen untersucht«, sagte Conny.

»Was, wenn Regina beziehungsweise Elke den ersten Mord begangen hat«, spekulierte McAdam, »und dadurch jemand anderen zu den Morden zwei und drei inspiriert hat?«

»Ein Nachahmungstäter«, sagte Conny. »Daran habe ich natürlich auch schon gedacht.«

»Natürlich«, sagte McAdam lächelnd. »Haben Sie jemanden in Verdacht?«

»Eigentlich nicht«, gab Conny zu. »Sie?«

»Mich?«, erwiderte McAdam.

»Nicht Sie, Dummkopf«, sagte Conny. »Ich meine, haben *Sie* jemanden in Verdacht?« Sie lachte. Sie war reizend, wenn sie lachte. »Was ist mit Ihrem verhinderten Erfinder?«

»Der hat kein Motorrad«, sagte McAdam. »Aber unter den Straßenbahnfahrern gibt es zwei unerfreuliche Zeitgenossen, die eins besitzen.« Er erzählte ihr von seinen Gesprächen mit Bissert und Wemgruber. Conny gab ihm Goethes Leine zu halten und machte sich Notizen auf einem Block, den sie ebenfalls aus ihrer Sweatshirttasche fischte. Goethe hatte Gras gefressen und leckte jetzt McAdams Turnschuhe ab.

»Hmm«, machte Conny. »Eine Honda Dominator und ein Motorroller – das sind sehr unterschiedliche Maschinen.

Ich frage mich, ob unsere Zeugen eine davon wieder erkennen würden.«

»Ach ja, und eine Harley Davidson können Sie auch noch mit auf die Liste setzen«, sagte McAdam.

»Wer hat denn eine Harley?«, fragte Conny.

»Darüber möchte ich noch nicht sprechen«, sagte McAdam. »Es ist einfach zu abwegig.«

»Okay«, sagte Conny. »Ich überprüfe Wemgrubers Sohn. Wie hieß er noch?«

»Wolf alias Dennis.«

McAdam betrachtete Connys Gesicht – die Falte auf ihrer Stirn, die getuschten Wimpern, die Zungenspitze, die ihr beim Schreiben zwischen den Zähnen hervorlugte. Er war froh, dass sie so ganz und gar auf den Fall konzentriert war. Wenn sie ihn in diesem Moment angesehen hätte, dann hätte sie ihn bei einem reichlich dümmlichen, hingerissenen Blick ertappt. Goethe bellte, zerrte an der Leine und strebte auf ein paar Möwen zu, die sich am Ufer um etwas zankten. McAdam nutzte die Ablenkung dazu, wieder eine professionelle Miene aufzusetzen. Vergeblich. Er hörte sich sagen: »Äh ... wollen wir nicht was trinken gehen?« Conny sah ihn eine Sekunde lang an. Ihm kam es vor wie eine halbe Minute. Dann seufzte sie, rang sich ein Lächeln ab, wie es Angestellte bei Wal-Mart aufsetzten, um Mitarbeiter des Monats zu werden, nahm ihm die Leine aus der Hand und sagte: »Danke, McAdam, Sie waren eine große Hilfe, aber jetzt muss ich diesen verrückten Hund zu seinem Frauchen zurückbringen. Bis später!«

Sie stand auf. Goethe winselte, wedelte mit dem Schwanz und zog an der Leine. »Krieg dich ein, du durchgeknallter Dichter. Reiß dich zusammen!«, sagte sie.

»Geht nicht«, sagte McAdam. Er nahm seine Baseballmütze ab, legte die Arme um Conny und küsste sie in Hollywoodmanier. Goethe lief im Kreis um die beiden herum und fesselte sie mit seiner Leine noch enger aneinander. Dann rannte er in die andere Richtung und riss Conny aus McAdams Umarmung. McAdam stand noch lange am Rhein-Damm und sah den beiden nach, wie sie im Zickzack in der Ferne entschwanden.

McAdam schaffte es kaum, sich die Treppen hochzuschleppen. Seine Füße und Glieder schmerzten. Er war wütend auf sich selbst und auf den Rest der Welt. Erbittert grummelte er vor sich hin: »Du hast eine schöne Frau, die du liebst, und demnächst wirst du Vater. Deine Familie bedeutet dir eine Menge. Du bist kein Chauvinistenschwein. Ganz im Gegenteil. Du verehrst die Frauen. Zu sehr ... Das ist das Problem. Aber bisher hast du ihnen immer widerstanden – zumindest seit der Hochzeit. Warum jetzt, du Schuft, warum jetzt ... wo es noch nie so sehr darauf ankam, zuverlässig und verantwortungsvoll zu sein. Ehemann. Familienvater. Privatdetektiv.« Er schloss seinen Monolog mit einem tiefen Seufzer. McAdam fühlte sich wie McAtlas – die Last der Welt ruhte auf seinen Schultern. Er schloss die Wohnungstür auf. In der Küche hörte er Stimmen.

»Es gibt Dinge, die zwischen Mann und Frau im Dunkeln geschehen ... die alles Übrige ... unwichtig erscheinen lassen«, sagte Uschi leidenschaftlich. McAdam blieb mitten im Zimmer wie angewurzelt stehen. Er hörte eine männliche Stimme – so schnell, so leise, dass die einzelnen Worte nicht zu verstehen waren – etwas von »Begierde« murmeln. McAdam schlich auf Zehenspitzen zu der Wand, hinter der die Küche lag, und lauschte angestrengt. Wieder ertönte Uschis Stimme: »Ich kann dich nicht daran hindern zu zittern, wenn du unbedingt zittern willst!« McAdam stürmte in die Küche, hin- und hergerissen zwischen Wut, Schuldgefühlen und Eifersucht. Uschi stand mit herausfordernder

Miene mitten im Raum. Kai hockte lässig auf einem Küchenstuhl in der Ecke und ratterte den Text aus *Endstation Sehnsucht* herunter.

»Was ...«, begann McAdam.

»O, hallo, Schatz!«, sagte Uschi. »Kai hilft mir beim Auswendiglernen. Ist das nicht lieb von ihm?«

»Hi, Mann!« Kai streckte sich, stand auf und drückte McAdam den Text in die Hand. »Bin froh, dass du kommst. Zeit für einen Schichtwechsel. Unten wartet ein wichtiges Projekt auf mich. Bis demnächst, Uschi.«

»Bis dann, Kai! Und vielen Dank!«, rief Uschi ihm nach, als er schon halb zur Tür hinaus war. Sie gab McAdam einen Kuss. »Hast du Lust auf gebratene Auberginen? Was macht dein Fall?«

McAdam ließ sich auf den Stuhl fallen, den Kai soeben geräumt hatte. »Auberginen – großartig«, sagte er müde. »Und der Fall – ja, richtig. Ich muss mich jetzt mal wirklich auf diesen gottverdammten Fall konzentrieren.«

Ein Teller wurde vor ihm auf den Tisch gestellt. McAdam starrte auf die kunstvoll arrangierten Kreise: Rote Tomatenscheiben lagen um zwei gelbgraue Auberginenräder mit gummiartigen schwarzen Rändern. »Ach ja, übrigens ... Wir sind Sonntagnachmittag zu Kaffee und Kuchen eingeladen.«

»Ach, wirklich?«, sagte Uschi. Die deutsche Tradition des Sonntagskaffees wurde in ihren künstlerischen und gesundheitsbewussten Kreisen nicht besonders gepflegt.

»Bei Sepp Hauser. Das ist der nette, alte Herr, von dem ich dir erzählt habe.«

»Der bei den Verkehrsbetrieben für die Fahrerausbildung zuständig ist oder so?«

»Genau. Easy Rider.«

»Was?«, fragte Uschi.

»Ja. Ich habe heute erfahren, dass er Motorrad fährt.

Eine Harley.« McAdam hielt einen imaginären Lenker und ahmte das Geräusch eines aufheulenden Motors nach. Uschi lachte. »Dann kommt er jetzt wohl auch als Mörder infrage!«

McAdam lachte ebenfalls. »Na klar«, sagte er. Dabei musste er sich insgeheim eingestehen, dass er sich im Moment über gar nichts im Klaren war.

Die Hausers wohnten in einem kleinen, weißen Reihenhaus in einer Nachkriegssiedlung in Oberreut. Die Häuser in der Straße glichen einander wie ein Ei dem anderen. Jedes hatte seine vier Quadratmeter Vorgarten mit Rhododendron, Efeu und Geranien, die im milden Karlsruher Klima noch rot und pink blühten. Das Einzige, was das Haus der Hausers von denen der Nachbarn unterschied, war die davor geparkte schwarzsilbern glänzende Harley.

McAdam und Uschi blieben stehen, um die Maschine zu bewundern, und lachten über ihre verzerrten Spiegelbilder auf den geschwungenen Chromteilen. Sie sahen aus wie grinsende Comicfiguren – wie eine Karikatur zum Thema »Glückliches Paar«, dachte McAdam. »Hoffentlich erbt das Kind nicht eine dieser Nasen«, sagte er. Uschi lachte und hielt ihren noch kaum gerundeten Bauch vor den Benzintank der Harley. Das Spiegelbild sah aus, als sei die Geburt bereits überfällig.

Sepp und seine Frau kamen aus dem Haus, um ihre Gäste zu begrüßen. »Gefällt Ihnen mein Geburtstagsgeschenk?«, fragte Sepp. »Das Geld habe ich von einer kinderlosen Tante geerbt«, erklärte Frau Hauser. »Sie würde sich im Grab umdrehen, wenn sie wüsste, wofür ich es ausgegeben habe!« »Wenn Sie Lust haben, können wir nachher eine kleine Spritztour unternehmen«, schlug Sepp vor.

Innen bot das Haus ebenso wenig Überraschungen wie außen. Im Erdgeschoss gab es einen winzigen Flur und ein enges Wohn- und Esszimmer, von dem aus man durch eine Glasschiebetür in den winzigen Garten gelangte. Dieser grenzte nach hinten an den eines Hauses in der Parallelstraße und sah aus wie dessen Spiegelbild. Bodenlange Spitzengardinen schirmten den Raum gegen die Blicke der Nachbarn ab, die ihrerseits hinter ihren Glastüren einen ebensolchen Schleier angebracht hatten. Das Haus der Hausers war makellos sauber, aber gemütlich. Frau Hauser zeigte den McAdams auch die drei Zimmer im oberen Stockwerk. Überall an den Wänden hingen gerahmte Schnappschüsse von den drei Töchtern in verschiedenen Altersstufen. McAdam hätte nicht sagen können, ob Uschis Interesse geheuchelt oder aufrichtig war. Die Säuglingsbilder bedachte sie mit Oohs und Aahs, die drei Paar vom Mumps geschwollenen Wangen betrachtete sie voller Mitleid. Sie lobte das Talent der jungen Rollschuhfahrerinnen, Funkenmariechen und Skiläuferinnen. Als sie bis zu einer Reihe Fotos von den Mädchen in Cowboy- und Indianerkostümen vorgerückt waren, fühlte McAdam sich allmählich wie ein eingepferchtes Wildpferd. Zum Glück erschien Sepp auf der Bildfläche und erinnerte seine Frau daran, dass der Kaffee fertig und er jedenfalls hungrig sei.

Also ging die ganze Gesellschaft die schmale Treppe hinunter, vorbei an der obligatorischen Sitzgruppe aus Ecksofa und Kaffeetisch, und nahm am Esstisch Platz, auf dem Kaffeegeschirr und vier Kuchen standen.

»Zwetschgenkuchen? Kirschstreusel? Käse-Apfel? Schokoladensahnetorte?« Jetzt geriet auch McAdam ins Schwärmen. Er begann mit Zwetschge, wobei er zu Recht vermutete, dass Frau Hauser es nicht übel nehmen würde, wenn er im Laufe des Nachmittags von allen vier Sorten kostete. Die Zeit plätscherte angenehm dahin. McAdam trug kaum mehr als zufriedene »Mmhhs« und anerkennende »Ahas« zur Unterhaltung bei, während er den Familiengeschichten der Hausers lauschte und Stück um Stück des angebotenen Kuchens verzehrte.

»Ach ja«, bemerkte Sepp schließlich, als McAdam sich satt und schläfrig auf seinem Stuhl ausstreckte. »Es geht doch nichts auf der Welt über die Familie. Ich bin ein glücklicher Mann.« Er zwinkerte Uschi zu. Seine Frau strahlte ihn an. McAdam, der mit Kuchen voll gestopft war, verzog das Gesicht und hoffte, seine Grimasse würde als Lächeln interpretiert werden. »Und wie ich höre, stehen Ihnen beiden auch bald Familienfreuden ins Haus.« Nun drehte sich das Gespräch um Uschi, Babykleidung, Schwangerschaftsgymnastik und die Geburt der drei Hauser-Töchter. McAdam nickte und grinste, hörte aber nur mit halbem Ohr zu. Ein Gefühl des Eingesperrtseins ergriff von ihm Besitz. Er fühlte sich wie eine Ratte, die sich selig den Bauch mit Käse voll geschlagen hatte, ohne zu bemerken, wie die Falle zugeschnappt war.

Sepp erlöste ihn. »Wie wär's jetzt mit einer kleinen Motorradfahrt?« Er verschwand im Keller und kam mit einem Zweithelm und einer alten Lederjacke zurück. Während Uschi und Frau Hauser den Tisch abräumten, folgte McAdam Sepp nach draußen. Er atmete tief durch, bevor er die Motorradkluft anlegte. Inzwischen hatte Sepp die Harley gestartet. McAdam stieg hinten auf und die Harley tuckerte majestätisch davon.

Im ersten Moment erinnerte das Geräusch McAdam an einen Außenbordmotor. Er fühlte sich kurzzeitig in seine Kindheit zurückversetzt, als er in den Sommerferien auf einem See geangelt hatte, und er glaubte förmlich das Kielwasser der Harley zu sehen, während sie in die Pulverhausstraße einbogen und auf die B3 in Richtung Ettlingen auffuhren. Als Sepp beschleunigte, ließ McAdam sich entspannt gegen die schmale Rückenlehne sinken. Er gewöhnte sich an die Schräglage der Maschine in den sanften Kurven und lehnte sich im Einklang mit Sepps lederbekleideten Schultern mal ein wenig nach links, mal nach rechts. Der einsame Highway, den McAdam im tiefsten Innern seiner Seele verstaut hatte, entrollte sich vor dem Vorderrad der Harley wie ein roter Teppich. Sepp fuhr von der B3 ab und querfeldein über einen Fahrrad- und Fußweg. McAdam wurde klar, wohin sie fuhren.

Kein Zweifel. Links sah er die Abzweigung, die an den Nebengebäuden des ranchartigen Anwesens vorbeiführte, zwischen Rüppurr und ... ja, das musste Neuwiesenreben sein. Vor ihnen ragte das Hochhaus auf, von dessen Fenstern aus man die Haltestelle sehen konnte. Sepp fuhr jetzt nicht schneller als ein Traktor. Kurz vor dem Bahnübergang bog er gekonnt in einen Schotterweg ein und kam hinter einem Wellblechschuppen zum Stehen. Sepp nahm den Helm ab und schüttelte seine weiße Mähne. »Hier ist der Junge ums Leben gekommen. Ich gebe es ungern zu, aber ... so tragisch der Tod dieser Obdachlosen auch ist – was mir wirklich an die Nieren geht, ist der Junge. Denken Sie nur mal an seine Familie!«

»Äh ... die anderen hatten auch Familie«, sagte McAdam. »Ich habe sie auf der Beerdigung gesehen.«

»Schon, aber ... ist es für die wirklich ein Verlust? Es steht mir natürlich nicht zu, so was zu sagen. Aber dieser Junge – auch wenn seine Aufmachung ein bisschen eigenartig war –, das war doch offensichtlich einer, auf den man stolz sein konnte.« Sie überquerten den Übergang und gingen den Bahnsteig entlang. An den frisch gestrichenen Wänden des Wartehäuschens prangten bereits neue Graffiti, allerdings mittelmäßige, die weder von Kühnheit noch von Talent zeugten. »Ich selbst hatte nie einen Sohn, so sehr ich mir einen gewünscht hätte«, sagte Sepp gedankenverloren. »Allerdings kann ich auf meine Töchter weiß Gott auch stolz sein, auf jede einzelne. Die Jüngste will sich sogar ein

Motorrad anschaffen.« Am Bahnübergang ertönte das Warnsignal.

Obwohl es ein milder, sonniger Herbsttag war, brach McAdam der kalte Schweiß aus. Wahrscheinlich zu viel Kaffee. Außer den beiden war niemand an der Haltestelle. Die Straßenbahn in Richtung Ettlingen verlangsamte die Fahrt. »So muss es gewesen sein«, sagte Sepp, der einen Schritt zurückgetreten war und seine behandschuhte Hand an McAdams Schulterblätter legte. McAdams Herz raste. Er fuhr herum und starrte Sepp an, der noch einen Schritt zurücktrat. Die Straßenbahn hielt an und die Türen öffneten sich. Sepp eilte einer Mutter mit Kinderwagen zu Hilfe. »He, Smitty!« »Hallo, Sepp!« Der Fahrer grinste, grüßte und fuhr weiter. »Ich verstehe das nicht«, fuhr Sepp fort. »Es ergibt einfach keinen Sinn. Da muss ein Verrückter am Werk sein, der uns für seine Wahnsinnstaten benutzt.«

»Und welche Absicht könnte er damit verfolgen?«, fragte McAdam.

»Das weiß ich ums Verrecken nicht«, sagte Sepp.

»Erhagen hat mal durchblicken lassen, dass er Feinde hat. Vielleicht ist es jemand, der ihm den Erfolg neidet. Oder der mal bei einem Machtspiel gegen ihn den Kürzeren gezogen hat. Fällt Ihnen da jemand ein?« Sepp zuckte die Schultern. McAdam fuhr fort: »Und wie sieht es mit Ihnen aus, Sepp? Ich meine, wie stehen Sie zu dem Alten? Er scheint große Stücke auf sie zu halten. Aber was halten Sie von ihm?«

»Ach – Erhagen leistet eben gute Arbeit«, sagte Sepp. »Da geht es nicht um persönliche Sympathie. Jedenfalls respektieren ihn die Leute. Und ich leiste auch gute Arbeit. Ich habe mich ihm gegenüber immer loyal verhalten. Ich finde, er kann sich nicht beklagen.«

»Aber ...?«, bohrte McAdam nach.

»Er ist autoritär, natürlich. Muss er ja auch sein. Solange man sich nicht im Ton vergreift, kann man gut mit ihm auskommen. Änderungsvorschläge kann er nicht besonders leiden – erst recht nicht von Untergebenen. Also von keinem.« Sepp grinste. »Der Alte ist länger im Amt als der Bürgermeister.«

»Und Sie, Sepp – haben Sie schon mal versucht, dem Alten einen Vorschlag zu unterbreiten?« Sepp zuckte erneut die Schultern. »Nur einmal. Ging ausgerechnet um einen Kummerkasten. Ich dachte, es wäre gut, einen einzurichten. Wissen Sie, damit die Fahrer Anregungen aus ihrer täglichen Erfahrung einbringen könnten.«

»Er hielt nichts davon?«

»Nicht besonders.«

»Und wie bringen die Fahrer dann ihre Änderungsvorschläge an?«

»Sie reden mit dem guten, alten Sepp und der Sepp erwähnt dann im Gespräch mit dem Alten, er habe gelesen, in China, Timbuktu oder Florida würde man es auf diese oder jene Weise machen. Bald darauf erscheint mal wieder in irgend so einer Fachzeitschrift ein Artikel, in dem genau diese oder jene Änderung vorgeschlagen wird – gezeichnet Professor Dr. M. Erhagen. Und prompt wird die betreffende Änderung eingeführt.«

»Dann steckt also eigentlich Sepp hinter Erhagens guten Ideen?«

»Nur manchmal. Wenn es um die Fahrer und ihre Arbeitsbedingungen geht.«

»Würden Sie nicht auch mal gern Anerkennung dafür bekommen?«

Sepp lachte. »Sepp, der verkannte Held. Nein, ich bekomme schon genug Anerkennung. Fragen Sie die Fahrer, was sie vom alten Sepp halten. Fragen Sie Erhagen.«

»Okay, Sepp – und was würden Sie persönlich Erhagen in Bezug auf die Morde raten?«, fragte McAdam.

»Er soll dieser Sache ein Ende bereiten«, sagte Sepp. »Den Kerl zur Strecke bringen, um jeden Preis. Und wenn sie an jeder Haltestelle einen Polizisten in Zivil aufstellen müssen. Ich würde ihm eine Falle stellen. Einen Lockvogel einsetzen. Man könnte um fünf Uhr morgens auf jeden Bahnsteig einen Besoffenen stellen, als Anreiz für den Mörder, wieder zuzuschlagen. Wenn's sein muss, spiele ich die Rolle selbst.«

»Sie werden es nicht glauben, Sepp – so etwas Ähnliches hatte ich auch im Sinn.«

»Keine gute Idee ist einmalig«, sagte Sepp.

»Wie wahr«, bemerkte McAdam. »Wissen Sie, wer die Glühbirne erfunden hat?«

Vierzehn

In Wilhelm Wemgrubers Haus in Bulach brannte kein Licht. An dem kleinen, verwitterten Fachwerkhaus waren stellenweise Reste von Verputz und einer früheren Schindelverkleidung zurückgeblieben, die wie Flickwerk wirkten und dem Gebäude einen ungesunden Eindruck verliehen. Eine einsame, flackernde Laterne erhellte den kopfsteingepflasterten, ebenfalls heruntergekommenen Hof. Im rechten Winkel zum Haus neigten sich die schiefen Wände eines Holzschuppens unter der Last der Jahre und der Schwerkraft.

Conny Hartmann und Reikert hatten ihren grünweißen Streifenwagen vorsichtshalber in einiger Entfernung geparkt – eine Maßnahme, die sich jedoch als überflüssig erwies. Kein neugieriger Nachbar verließ den flimmernden Bildschirm, um hinauszuspähen, die Straße lag wie ausgestorben.

Die beiden Polizeibeamten überquerten den Hof und stiegen die drei ausgetretenen Stufen zu Wemgrubers Tür hinauf. Im Haus war zwar alles dunkel, doch Conny meinte drinnen eine Stimme grummeln zu hören. Reikert drückte auf die Klingel. Das Grummeln verstummte. Reikert klingelte ein zweites Mal und rief schroff: »Polizei!« Wieder entstand eine Pause, dann flutete plötzlich gleißendes Licht über den Hof. Endlich öffnete Wilhelm Wemgruber die Tür.

Er war nicht besonders groß, so dass Conny ihm auf Augenhöhe gegenüberstand. Wemgruber blinzelte zornig in das Licht und schwieg. »Herr Wemgruber, wir sind hier, um Ihnen ein paar Fragen über Sie und Ihren Sohn zu stellen. Ist Wolf zu Hause?«

»Wolf? Der ist nicht da«, sagte Wemgruber. »Was hat er ausgefressen?«

»Kein Grund zur Beunruhigung«, sagte Conny. »Dürfen wir ein paar Minuten hereinkommen?«

Wemgruber trat zurück und knipste das Licht an. Der schmale Flur wurde spärlich von einer nackten Glühbirne erleuchtet. Conny und Reikert folgten Wemgruber in die Küche. Der Raum wirkte zwar auf den ersten Blick sauber, doch es lag ein undefinierbarer Verwesungsgeruch in der Luft. Conny vermutete, dass Frau Wemgruber, die laut ihren Nachforschungen mehrmals ins Frauenhaus geflüchtet war, inzwischen endgültig das Weite gesucht hatte.

Wemgruber ließ sich schwer auf einen Küchenstuhl sinken. Conny und Reikert setzten sich ihm gegenüber. Erst jetzt bemerkte Conny, dass seltsamerweise ein Bett und ein Kleiderschrank im Raum standen. An der Schranktür hing ein Holzbügel mit einer sauber zusammengelegten, grauen Hose und einem marineblauen Pullover – offenbar Wemgrubers Fahreruniform. An der Wand über dem schmalen Bett hingen gerahmte, alte Fotografien von einem Mann, den Conny für Wemgrubers Vater hielt. Die Bilder zeigten eine altmodische Version von Wemgruber selbst – einen schnauzbärtigen Mann mit durchdringendem Blick in aufrechter Pose. Der Sonntagsanzug mit dem gestärkten Kragen wirkte an ihm wie eine Uniform.

»Herr Wemgruber, auf den Namen Ihres Sohnes ist ein Suzuki Motorroller mit dem Kennzeichen KA 7240 zugelassen«, begann Reikert.

Wemgruber hatte an ihnen vorbeigestarrt, doch nun wandte er sich blinzelnd Reikert zu. »Hatte er einen Unfall?«

»Nein, nein. Wir möchten ihn zu Patrick Schneider befragen – dem dritten Opfer der Straßenbahnmorde.« Wemgruber starrte wieder in die Ferne. »Kannte Ihr Sohn Patrick?«

Wemgruber antwortete mit einem Achselzucken. »Woher soll ich wissen, wen er kennt? Einen Haufen Punks, Pöbel, Penner, Taschendiebe, was weiß ich. Kriminelle.«

»Ist Ihr Sohn schon mal mit dem Gesetz in Konflikt geraten?«, fragte Conny. Offiziell vorbestraft war Wolf jedenfalls nicht, so viel wusste sie bereits.

»Gesetz«, grummelte Wemgruber. »Der Herr ist das Gesetz. Der Alte weiß Bescheid.«

»Ja«, sagte Conny, obwohl ihr nicht ganz klar war, wen Wemgruber mit dem »Alten« meinte. Sie wartete, aber er schien sich in seine Gedankenwelt zurückgezogen zu haben. »Herr Wemgruber, wo können wir Wolf finden? Gibt es einen Ort, wo er sich regelmäßig aufhält?«

»Versuchen Sie's mal am Europaplatz«, sagte er. Dort wickelten die meisten Schmalspurdealer ihre Geschäfte ab. »Oder in irgendeiner Räuberhöhle.«

»Räuberhöhle?« Reikert wurde allmählich ungeduldig. »Herr Wemgruber, wäre es Ihnen wohl möglich, uns etwas mehr entgegenzukommen? Hat Wolf einen Job? Laut unseren Unterlagen hat er vergangenes Frühjahr die Schule verlassen.«

»Die Schule verlassen – der Idiot«, sagte Wemgruber. »Da hat er all die anderen Idioten kennen gelernt. Wenn er nur auf mich gehört hätte. Vater weiß, was am besten ist. Er hat die Schule verlassen, hat sein Zuhause verlassen, hat alles verlassen. Und wissen Sie, wo er landet? In der Hölle. Mit Zwischenstopp in der Gosse.«

»Wolf ist also von zu Hause weggelaufen?«, hakte Conny nach. »Und Sie wissen nicht, wo er ist? Haben Sie ihn bei der Polizei als vermisst gemeldet?«

»Polizei! Die Polizei wird noch früh genug nach ihm suchen!«

Conny kam sich vor, als müsse sie eine glatte Mauer hochklettern, an der sie immer wieder abglitt. »Herr Wemgruber, hat Wolf seinen Motorroller mitgenommen?«, bohrte sie weiter. »War er schon weg, als Patrick Schneider ermordet wurde?«

»Wann war das noch mal?«, fragte Wemgruber und massierte sich die Stirn. Reikert nannte das Datum. Wemgruber schien in seinem Gedächtnis zu kramen. »Ja, da war er schon weg. Auf und davon. Mit dem Motorroller.«

»Und Ihre Frau, Herr Wemgruber – wo ist sie? Können wir mit ihr sprechen?«, fragte Conny.

»Die ist auch weg!«, kreischte er so schrill, dass sie zusammenfuhr. »Alle weg. Nur weil sie nicht wissen, was gut für sie ist!«

»Ihre Frau wohnt nicht mehr hier? Dann ist Wolf vielleicht bei ihr oder sie weiß, wo wir ihn finden können. Können Sie uns ihre Adresse geben?«

»Suchen Sie sie doch im Freudenhaus!«, schrie Wemgruber. »Oder klappern Sie die Straßenecken ab!«

»Meinen Sie vielleicht im Frauenhaus?«, versetzte Conny. »Da, wo die Frauen Unterschlupf finden, die von ihren Männern verprügelt werden?«

Wemgruber hielt sich den Kopf. »Migräne«, sagte er. »Muss mich hinlegen.« Er schleppte sich von seinem Stuhl zum Bett, wo er sich einrollte wie ein verkrampfter Fötus in einem unwirtlichen Mutterleib.

»Kann ich Ihnen etwas bringen? Medizin? Oder ein Glas Wasser?«, fragte Conny jetzt in freundlicherem Ton.

»Machen Sie nur das Licht aus, wenn Sie gehen«, grunzte Wemgruber.

Die Polizisten wechselten einen Blick. »Sollen wir einen Arzt rufen?«, fragte Reikert.

»Keinen Arzt! Überlassen Sie das nur dem Alten. Gehen Sie jetzt!«

Sie gingen und ließen ihn eng eingerollt in der dunklen Küche liegen.

Im dunklen Schlafzimmer kuschelte sich McAdam eng an Uschi – zusammengekringelt wie zwei Nürnberger Bratwürste in der Pfanne, dachte er. Oder wie die gerollten Teig- und Marzipanschichten einer Schneckennudel. Oder wie die konzentrischen Lagen von Fleisch, Schinken, Käse und saurer Gurke bei einer Rinderroulade. McAdam außen, Uschi innen und ganz in der Mitte das Baby, der zukünftige Mittelpunkt ihres Lebens. McAdam hatte an diesem Abend zum ersten Mal gefühlt, wie es sich bewegte und wild gegen Uschis Bauch trampelte. Er war ganz aus dem Häuschen gewesen. Jetzt verspürte er anstelle der Aufregung eine gelassene Vorfreude. Und Hunger. Behutsam schälte er sich aus der Umarmung – hier eine Schulter, dort eine Hüfte – und löste sich schließlich vom warmen Zentrum seines Daseins.

Er fröstelte, tastete erfolglos nach Bademantel oder Jeans, wickelte sich dann schläfrig in die Tagesdecke und schlich auf Zehenspitzen in die Küche. Im Kühlschrank gab es weder Würstchen noch Gebäck oder Bratenreste. Er fand knubbelige Möhren vom Biomarkt. Ein Stück Bergkäse. Eine zugedeckte Schüssel fermentierenden hausgemachten Joghurt und einen Turm aus Plastikschalen, in denen jeweils unterschiedliche Hülsenfrüchte keimten. »Mmm, Alfalfa«, murmelte McAdam zähneklappernd. Der gestapelte Sprossenturm erinnerte ihn an den Hochhauskomplex in Neuwiesenreben, der ihn wiederum an Conny erinnerte. »Nichts da. Nicht an Conny denken«, sagte er sich und begann, den Schrank zu durchforsten. Getrocknete Mu-Err-Pilze, Sojamehl, Vollkornnudeln, Algen ... Algen?

»Ein Königreich für ein Erdnussbutter-Sandwich mit Gelee«, murmelte McAdam. Vor seinem inneren Auge tauchten nacheinander Eisbecher mit heißer Schokoladensauce und kross gebratene, von Barbecuesoße triefende Spareribs auf. Er dachte an T-Bone-Steaks und an Ofenkartoffeln in Sour Cream. Er stellte sich Hummer in zerlassener Butter vor, von braunem Zucker glänzenden Virginia-Schinken, gedeckten Apfelkuchen mit einer doppelten Portion Vanilleeis. Und damit war dieser Albtraum unerfüllter Sehnsüchte noch längst nicht vorbei. Fröstelnd und hilflos stand er in der Küche und sah aus dem Nichts Tische auftauchen, die unter dem Gewicht von Thanksgiving-Truthähnen, Süßkartoffeln, Austernfüllung, Kürbiskuchen mit Schlagsahne ächzten. »Stopp, stopp!«, schrie McAdam und schlug die Hände an den Kopf, doch nichts konnte die Bilderflut verbotener Speisen aufhalten, bis er Conny vor sich sah, wie sie sich mit von Preiselbeersauce glänzenden Lippen über ihn beugte und seinen schmerzverzerrten Mund mit einem Kuss erlöste.

Wie Conny vorhergesagt hatte, erwiesen sich die Alibis von Rainer Blank alias Reinhold Weiss für sämtliche Morde als hieb- und stichfest. Seine Freundin auf Bali war mittlerweile wieder in ihrem Hotel und das Honorarkonsulat in Denpasar hatte ihre Aussage gefaxt. Alle Kunden, mit denen er an den fraglichen Tagen morgens Termine gehabt hatte, waren von der Freiburger Polizei vernommen worden und hatten die Aussage des Tatverdächtigen bestätigt. Blanks Anwalt verlangte die Freilassung seines Mandanten und kündigte an, er werde die nötigen Schritte einleiten, um die achtzigtausend Mark zurückzufordern, die Blanks Mutter von ihm erpresst hatte. Nur ein Punkt blieb offen: der Einbruchdiebstahl, den ... wie hieß er doch gleich ... McAdam offiziell noch gar nicht angezeigt hatte. Blanks Anwalt argumentierte, es seien schließlich keine Wertgegenstände aus McAdams Wohnung entwendet worden – lediglich ein Dokument, das in gewisser Weise ohnehin seinem Mandanten gehöre. Im Übrigen sei sein Mandant bereit, McAdam für jegliche Schäden und Unannehmlichkeiten, die aus dem Einbruch entstanden seien, großzügig zu entschädigen. All dies teilte Backmesser, der Chef der Mordkommission, Conny mit, noch während sie zur Tür hereinkam, ihre Jacke aufhängte und sich eine Tasse Kaffee eingoss, den Gott sei Dank schon jemand aufgesetzt hatte.

»Ich halte das für eine gute Lösung. Spart uns Papierkram. Aber damit auch alles seine Ordnung hat, rufen Sie doch noch diesen Detektiv an, diesen McAdam, und fragen ihn, ob er Anzeige erstatten will. Versuchen Sie aber, es ihm auszureden.« Backmesser machte auf dem Absatz kehrt und verließ das Büro, ehe Conny noch »Jawohl« oder auch nur »Guten Morgen« sagen konnte.

Conny seufzte. Sie wollte McAdam nicht anrufen. Sie wollte seine Stimme nicht hören, sein Gesicht nicht sehen, nicht von ihm berührt werden. Doch. Wollte sie. Sie wollte all das, aber sie war alt genug zu erkennen, wenn sie es mit einem liebenden, von Schuldgefühlen geplagten Ehemann zu tun hatte. Mit einem treulosen Schuft konnte man wenigstens Spaß haben. Aber Ehebruch mit einem netten Kerl – da war das Elend in doppelter Hinsicht garantiert. Sie beschloss, den Anruf an Reikert zu delegieren. Wo steckte Reikert überhaupt? Ach ja – sie hatte ihn gebeten, den Motorradtest zu organisieren. Wahrscheinlich nutzte er die Gelegenheit, ein bisschen mit seinen alten Kumpels bei der Motorradtruppe zu quatschen. Conny fuhr ihren Computer hoch und suchte nach Hinweisen auf den Verbleib von Wolf Wemgruber und seiner Mutter, Waltraud Wemgruber. All diese Ws. Was war sie froh, dass ihre Mutter sie nicht Helga, Hannelore oder Hildegard genannt hatte.

Hilda Hartmann ... Wemgruber, W. Keine Vorstrafen. Keine Daten. Überhaupt nichts.

Sie machte sich daran, das Protokoll über die Vernehmung des sonderbaren, kleinen Mannes auszufüllen, der anscheinend nur ein einziges Zimmer in seinem Haus bewohnte. Conny lehnte sich zurück und biss in einen Berliner. Ein Tropfen roter Marmelade glänzte auf ihrer Lippe und vor ihrem inneren Auge erschien flüchtig McAdam mit seiner Baseballmütze. Nein. Sie würde nicht über ihn nachdenken. Stattdessen dachte sie über Wemgruber nach. Warum hatte er sich in einen Winkel seiner Küche zurückgezogen? Um jetzt, wo er allein war, Heiz- und Stromkosten zu sparen? Das Wohnzimmer mit den heruntergelassenen Jalousien ... Ob er in dem abgedunkelten Zimmer etwas versteckte? Oder ob er *sich* vor etwas versteckte?

Das Telefon klingelte. Conny schluckte den Berliner hinunter, leckte sich die Lippen und nahm beim dritten Klingeln ab. »Frau Hartmann! Haben Sie bei McAdam schon etwas erreicht? Blanks Anwalt ist sehr ... äh ... beharrlich.«

»In Ordnung«, sagte Conny. Es war noch früh. Sollte sie McAdam zu Hause oder in seinem Büro bei den Verkehrsbetrieben anrufen? Sie versuchte es zuerst bei ihm zu Hause. Nach mehrmaligem Klingeln meldete sich ein sonore weibliche Stimme: »McAdam und Sommerfeld.« Die Stimme sprach es »MeckEddem« aus.

»Hier ist die Polizei«, sagte Conny so nüchtern wie möglich. »Ist Herr McAdam da?« Sie betonte das breite, offene ä. In letzter Zeit hatte sie sich gelegentlich dabei ertappt, wie sie es übte. Ä wie in »apple«. Ä wie in »happen«.

»Nein, tut mir Leid, aber Sie können ihn in etwa zehn Minuten bei den Verkehrsbetrieben erreichen. Brauchen Sie die Nummer?«

»Nein, vielen Dank«, sagte Conny und legte zu hastig auf. Ihr Herz pochte auf Hochtouren. Das war also die Ehefrau. Ihre Stimme klang sympathisch, keine Frage. Zehn Minuten. Sie wandte sich wieder ihrem Bericht zu, konnte sich aber nicht konzentrieren. Sie brauchte Bewegung. Sie ging den Flur entlang zur Damentoilette, schwang beim Gehen die Arme und atmete tief durch. Dort angekommen machte sie ein paar Kniebeugen, betrachtete ihr Gesicht im Spiegel, prüfte kritisch ihre Frisur, frischte ihr Make-up auf und kehrte gemächlich an ihren Schreibtisch zurück. Schließlich hob sie den Hörer ab.

»McAdam.« So musste es richtig klingen – er öffnete den Mund kaum und schloss die Lippen nur leicht, so dass die Vokale fast nicht von den Konsonanten zu unterscheiden waren. Unbewusst sprach Conny ihm nach: »McAdam.«

»Äh ... Uschi?« Noch bevor er es ausgesprochen hatte, wusste er, dass sie es nicht war. Sie hatte ihn kalt erwischt. Inzwischen hatte Conny sich gesammelt: »Hier spricht Polizeikommissarin Hartmann. Herr McAdam, ich habe Anweisung, Sie anzurufen und zu fragen, ob Sie die Absicht haben, im Fall Rainer Blank Anzeige zu erstatten.«

»Sie haben Anweisung?«

»Ja. Es geht darum, ob wegen des Einbruchdiebstahls Anklage erhoben werden soll. Für die Straßenbahnmorde hat Blank übrigens ein Alibi.«

»Ich möchte mich für mein Benehmen am Fluss entschuldigen«, sagte McAdam. Eine Sekunde lang herrschte Schweigen.

»Was mich betrifft – dieses Treffen hat nie stattgefunden«, antwortete Conny kühl.

»Es kommt bestimmt nicht wieder vor«, sagte McAdam.

»Sie wollen also keine Anzeige erstatten?«, fragte Conny.

»Was für eine Anzeige?«, entgegnete McAdam. Sekundenlang blieb es still. »Hören Sie, ich muss Sie sehen.«

Conny wusste plötzlich, was sie zu tun hatte. »Also gut«, sagte sie. »Morgen Abend um neun bei mir.«

»Okay«, sagte McAdam und notierte sich die Adresse auf einem Zettel. »Übrigens – haben Sie mit Wemgruber geredet?«

»Mit wem?«

»Wilhelm Wemgruber. Sie wissen schon, das ist der Fahrer, von dem ich Ihnen erzählt habe. Der mit den Kopfschmerzen.«

»Ach so, ja«, sagte Conny. »Er hatte immer noch Kopfschmerzen. Und ich glaube, er verheimlicht uns etwas.«

Tun wir das nicht alle, dachte McAdam. Laut sagte er: »Und was ist mit seinem Sohn? Haben Sie mit dem gesprochen?«

»Sein Sohn scheint sich in Luft aufgelöst zu haben«, sagte Conny. »Wir wollen so bald wie möglich die Szene mit dem Motorrad in Neuwiesenreben nachstellen. Mal sehen, ob einer der Zeugen den Fahrzeugtyp erkennt, den der Mörder fuhr.«

»Haben Sie auch an die Harley gedacht?«, fragte McAdam. Er dachte daran, wie gekonnt Sepp die Fahrradwege entlanggefahren und auf den Parkplatz hinter dem Geräteschuppen bei der Haltestelle eingebogen war. Als ob er es nicht zum ersten Mal getan hätte.

»Ja. Wollen Sie mir noch immer nicht sagen, was es damit auf sich hat?«

»Nein«, erwiderte McAdam.

»Übrigens habe ich mit Ihrer Frau gesprochen«, sagte Conny.

»Sie haben was?«

»Sie hat eine nette Stimme«, sagte Conny. »Ich muss jetzt Schluss machen.« Wieder legte sie zu hastig auf. Dann wählte sie Backmessers Durchwahl. »McAdam ist offenbar nicht an einer Anzeige interessiert«, sagte sie. »Was die Entschädigung angeht, soll Blanks Anwalt sich persönlich an ihn wenden.«

McAdam hatte gerade aufgelegt, da klingelte das Telefon schon wieder. Diesmal war Erhagens Sekretärin dran. »Der Herr Direktor möchte Sie sofort sehen«, verkündete sie. »Bin schon unterwegs«, sagte McAdam. Er war froh, seiner Zelle zu entkommen, die jetzt, nachdem das Kopierpapier entfernt worden war, mehr denn je nach einer besseren Besenkammer aussah. McAdam ließ den Fahrstuhl links liegen und sprintete stattdessen die Treppen hoch, um jegliche aus- und abschweifenden Gedanken aus seinem Kopf zu vertreiben. Frau Braenle, die gerade telefonierte, winkte ihn gleich ins Büro des Alten durch.

Erhagen telefonierte ebenfalls. Er warf derart mit Fachbegriffen um sich, dass es McAdam vorkam, als ob er in einer fremden Sprache redete. McAdam setzte sich auf den Stuhl, den Erhagen ihm mit einer Handbewegung anbot, starrte an ihm vorbei auf das graue Einerlei von Himmel und Hausgiebeln, in dem die gelben Baumwipfel die einzige Abwechslung darstellten, und wartete geduldig. Endlich legte Erhagen auf und streckte ihm die Hand entgegen. »Ich bereite gerade eine Rede für die Europäische Verkehrskonferenz vor«, sagte er. »Sind Sie vorangekommen?«

»Wir konnten die Anzahl der Verdächtigen auf drei eingrenzen«, sagte McAdam zuversichtlicher, als ihm zumute war. »Alle drei besitzen ein Motorrad und konnten im Voraus wissen, wann Sie verreisen würden. Ich nehme an, Sie sind darüber informiert, dass Rainer Blank wieder auf freiem Fuß ist.«

»Ja«, sagte Erhagen, »eine große Erleichterung für mich, wie Sie sich vorstellen können.« McAdam fand nicht, dass der gestresst wirkende Mann, der ihm da gegenüber saß, besonders erleichtert aussah, doch er nickte zustimmend. »Ich habe mit dem Polizeichef und dem Bürgermeister gesprochen und man hat mir zugesichert, in meiner Abwesenheit eine groß angelegte Aktion durchzuführen. Es werden so viele Haltestellen wie möglich überwacht und an ausgewählten Stationen werden Lockvögel postiert. Wir werden den Killer endlich zur Strecke bringen.« McAdam fühlte sich unter seinem Blick geradezu persönlich dafür verantwortlich, dass es bisher noch nicht gelungen war, den Killer zur Strecke zu bringen. Doch Erhagen fuhr fort: »Für die Zeit meiner Abwesenheit habe ich einen Spezialauftrag für Sie, Herr McAdam. Ich möchte, dass Sie auf meine Frau aufpassen.«

»Auf sie aufpassen?«, wiederholte McAdam und fragte sich, wie er gleichzeitig den Killer zur Strecke bringen und für Erhagens Frau den Babysitter spielen sollte. Oder hatte der Alte neuen Anlass zu der Annahme, dass Elke die Mörderin war?

»Ja. Behalten Sie sie im Auge, so wie Sie es früher schon getan haben. Die Angelegenheit hat sie furchtbar mitgenommen. Sie ist kaum wieder zu erkennen ... Sie ist nicht mehr die Frau, die ich geheiratet habe. Ich befürchte, sie könnte ... etwas anstellen.«

»Woran denken Sie dabei? Wird sie noch von der Krankenschwester betreut?«

»Ja, aber gegen ihren Willen. Ich befürchte, sie könnte auf verrückte Gedanken kommen. Sie könnte versuchen davonzulaufen. Oder sich etwas anzutun. Oder ... jemand anderem. Ich habe ihr verboten, sich mit diesem ... Blank, Weiss ... ihrem Bruder zu treffen.« Er sprach »Bruder« aus, als sei es ein Schimpfwort.

»Sie halten sie also unter Verschluss«, sagte McAdam.

Erhagen stutzte über die Formulierung. Dann sagte er schroff: »Glauben Sie mir, ich weiß, was das Beste für sie ist. Und Sie werden selbstverständlich meine Anweisungen befolgen, Herr McAdam.«

»Selbstverständlich, Herr Direktor«, sagte McAdam und

hoffte, dass der Alte für ironische Untertöne nicht empfänglich war. »Das heißt, Sie möchten, dass ich mich nach Ihrer Abreise ganz auf Ihre Frau konzentriere statt auf den Straßenbahnmörder – habe ich das richtig verstanden?«

Erhagen warf ihm einen finsteren Blick zu und sagte schroff: »Halten Sie sich einfach an Ihre Anweisungen.« Dann hob er den Hörer ab und sagte: »Frau Braenle, verbinden Sie mich mit Professor Dr. Roulet an der Brüsseler Universität.«

McAdam kehrte in seine Abstellkammer zurück, in der er sich aber nach fünf Minuten vorkam wie in einer Gefängniszelle. Ihm fiel nichts Besseres ein, als die Füße auf den Tisch zu legen, nachzudenken und zu hoffen, dass die Lösungen all seiner Probleme wie reife Früchte in sein leeres Hirn plumpsen würden. Das konnte er allerdings genauso gut in einem Zimmer mit Aussicht oder wenigstens mit Luftzufuhr tun. Er setzte seine Baseballmütze auf und machte sich auf den Weg nach Hause.

Er war heute mit dem Rad gefahren, weil er die Straßenbahnen meiden wollte, deren große, rechteckige Körper sich in letzter Zeit in seine Träume drängten, wenn diese gerade nicht um Conny Hartmanns Rundungen kreisten. Als McAdam in die Pedale trat, fühlte er sich gleich besser und hinter dem grauen Schleier des »Hochnebels«, wie man hierzulande einen bedeckten Himmel nannte, kam die Sonne zum Vorschein. Es versprach ein schöner Altweibersommertag zu werden. Am Durlacher Tor bog McAdam vom überfüllten Fahrradweg entlang der Kaiserstraße ab und fuhr quer über den Campus der Universität. Ihm fiel seine unvollendete Doktorarbeit ein und der Roman, den er stattdessen zu schreiben beschlossen hatte, der aber ebenfalls unvollendet geblieben war. Doch Uschi hatte sich nie beklagt. Sie sagte, als meist arbeitslose Schauspielerin könne sie schließlich nicht gut verlangen, dass ihr Ehemann seine kreativen Ambitionen aufgab, nur um Geld zu verdienen. Er radelte am Fasanengarten mit seinen hübschen kleinen barocken Trompe-l'œil Gebäuden vorbei, deren trügerische Fassaden einfache Lagerräume kaschierten. Er passierte den Brunnen und das gusseiserne Tor, fuhr hinten um das Schloss herum und bog nach links auf den Pfad neben dem Verfassungsgericht ab. Der moderne, rechteckige Bau wurde von Soldaten mit Barett und Automatikwaffen bewacht. Sie beobachteten McAdam, als verdächtigten sie ihn eines besonders abscheulichen Verbrechens.

McAdam verließ die Sphäre der Gerechtigkeit und der Waffengewalt und radelte weiter ins Reich der Kunst, vorbei an der Kunsthalle aus grauem Granit zu seiner Rechten und dem Kunstverein aus rotem Sandstein zu seiner Linken. Er fuhr durch die Waldstraße, in der nicht die Spur von einem Wald zu sehen war, überquerte die Kaiserstraße (wobei er sich vor den Straßenbahnen in Acht nehmen musste), bog dann nach rechts ab und radelte an mehreren orientalischen Händlern vorbei, bis hinter dem Postamt der Markt in Sicht kam. Dort hielt er kurz an, um bei einem türkischen Blumenhändler einen Strauß zu kaufen. Uschi liebte Herbstblumen – Chrysanthemen in Gelb und Braun, blaue Kornblumen und späte gelbe Margeriten. Den Blumenstrauß in der einen und den Lenker in der anderen Hand, fuhr McAdam an den Straßenbahngleisen entlang in südlicher Richtung weiter, bis er den Kolpingplatz erreichte, der in voller spätsommerlicher Blüte stand. Hoffentlich würde Uschi ihn nicht verdächtigen, die Blumen von einem öffentlichen Platz geklaut zu haben. Endlich zu Hause angekommen, sprintete McAdam mit seiner Gabe die Treppen hinauf.

»Stimmt was nicht, Schatz?«, fragte Uschi, als er eintrat. Sie schien sich bereits an die Rolle der Hausfrau, deren Mann den ganzen Tag unterwegs war, gewöhnt zu haben. Gerade machte sie zur Musik der Neville Brothers ihre Schwangerschaftsgymnastik. Sie trug bezaubernde Tigerleggings, unter denen sich ihr leicht gewölbter Bauch abzeichnete. Sie lächelte McAdam an, der den Strauß hinter dem Rücken versteckt hielt, um ihn dann – nach dem altehrwürdigen Brauch schuldbewusster Ehemänner – plötzlich hervorzuzaubern. Uschi runzelte die Stirn. »Blumen?«

»Gefallen sie dir nicht? Es sind deine Lieblingsblumen! Frisch vom Markt!«

»Stimmt was nicht?«, fragte sie wieder, während sie die Blumen entgegennahm, ohne die Augen von McAdam abzuwenden.

McAdam fühlte sich wie eine Blattlaus unter dem unerbittlichen Blick des Gärtners. »Na ja, da ist schon was«, gestand er.

»Ich wusste es«, sagte Uschi.

»Tja, also ...«, stammelte McAdam. »Uschi ... ich ... äh ... Ich bin zu dem Schluss gekommen: Ich tauge nicht zum ... Vegetarier. Ich halte das nicht mehr aus. Ich brauche Fleisch. Es *gelüstet* mich nach Fleisch.«

Uschi kicherte los. »O, McAdam. Du hast mir vielleicht einen Schrecken eingejagt. Ich dachte, gleich eröffnest du mir, dass es dich nach einer anderen Frau gelüstet!« Sie gab ihm einen Kuss und ging in die Küche, um eine Vase zu suchen. »Aber ... Fleisch! Schatz, wenn es weiter nichts ist – Fleisch kannst du haben, soviel du willst!«

»Na, immerhin«, dachte McAdam. Er ließ sich aufs Sofa sinken und zur Melodie von »Fire and Brimstone« brüllte er sich innerlich selbst an: »Idiot!«

Bei Einbruch der Dunkelheit war die Motorradeinheit bereit. In wenigen Stunden hatte man mithilfe örtlicher

Händler und des Motorradclubs die Modelle herbeigeschafft, die Heinz Bissert, Sepp Hauser und Wolf Wemgruber fuhren. Drei schwarz gekleidete Motorradfahrer mit schwarzen Helmen schalteten einer nach dem anderen den Scheinwerfer aus und folgten in niedrigem Gang dem Weg des Mörders, zwischen den Feldern hindurch und an der Einfahrt der Henkels vorbei bis zur Haltestelle Neuwiesenreben, wo sie abstiegen und ihre Maschinen hinter den Schuppen schoben. Conny stand mit Jennifer Henkel vor deren Hütte. Sie hatte den Arm um das Mädchen gelegt. Reikert stand in Herrn Mirescus Wohnzimmer und beobachtete gespannt den kleinen Mann, der ängstlich durch sein russisches Fernglas spähte. Conny gab über Funk Anweisung, die Vorführung zu wiederholen. Nach drei Durchgängen waren am Ende beide Zeugen sicher – Jennifer, dass das Motorrad eine Harley gewesen war, und Herr Mirescu, dass es sich um einen Suzuki Motorroller gehandelt hatte.

»Wer ist der zuverlässigere Zeuge? Ich würde mich eher auf das visuelle Gedächtnis verlassen«, sagte Conny später im Streifenwagen zu Reikert.

»Damit kommst du vor Gericht nicht durch«, sagte Reikert. »Wenn die Aussagen der Zeugen sich widersprechen, hat keine von beiden Gewicht.«

»Vielleicht irren sie sich auch beide und es war in Wirklichkeit die Honda«, mutmaßte Conny.

»Oder noch ein anderer Typ.« In düsterem Schweigen fuhren sie weiter, bis Reikert eine Pizzeria entdeckte und mit quietschenden Reifen bremste. »Wie wär's mit einer Peperonipizza zum Aufpeppen?«, schlug er vor, wieder einmal stolz auf seinen Wortwitz.

»Hab keinen Hunger.«

»Was ist los, Hartmann, bist du krank?«

»Der Fall macht mich krank«, sagte Conny.

»Nicht unterkriegen lassen, Baby, du schaffst es!«, schmetterte Reikert. Conny seufzte und starrte aus dem Fenster. Sie brauchte dringend Schlaf. Morgen würde sie gemeinsam mit Backmesser Elke Erhagen vernehmen.

Fünfzehn

Reglos wie eine Puppe stand Elke Erhagen am Gaubenfenster und sah ihnen nach, als sie das Haus verließen. Von hier oben wirkten sie wie wichtigtuerische Playmobilfiguren mit großen Köpfen und aufgemalten Anzügen und Uniformen. Der Chef-Irgendwas, Backmesser, verabschiedete sich gerade von der Psychologin, Frau Dr. Kleemann, und hinter den beiden stand diese herzlose Hartmann. Und nicht zu vergessen Jonas Klinke, Elkes Anwalt – oder besser gesagt Manfreds Anwalt. Er stand mit Manfred in ein Gespräch vertieft am Tor. Die beiden hatten sich getroffen, als Manfred mit seiner Aktentasche die Einfahrt hinauf- und Klinke ihm (ebenfalls mit Aktentasche) entgegengekommen war. Nachdem die anderen in ihre Spielzeugautos gestiegen und abgefahren waren, redeten sie noch lange weiter. Danach wusste Manfred wohl über alles Bescheid – alles, was sie ihm von Anfang an hätte erzählen müssen.

Sie hatten unten im Esszimmer auf sie gewartet. Die Krankenschwester hatte sie hinunter begleitet, vorbei an dem scheußlichen Geweihturm, vorbei an den missbilligenden Ahnenporträts des Vorbesitzers und den abgetrennten Köpfen erlegter Tiere. Sobald sie sich zu ihnen gesetzt hatte, fühlte sie sich in die Schule zurückversetzt oder in eins der so genannten Heime, in denen sie ihre Jugend verbracht hatte. Eine Abfolge körperloser Gesichter von Lehrern, Psychologen, Sozialarbeitern und Pflegeeltern glitten durch das Zimmer und überlagerten zwischenzeitlich die Gesichter der Anwesenden. Elke kam sich vor wie eine Ertrinkende. Aber es wäre sinnlos gewesen, um Hilfe zu schreien, denn die »Helfer« drückten sie nur noch tiefer unter Wasser.

Sie gab sich kaum noch die Mühe zu kämpfen. Sie war resigniert – seit man ihre wahre Identität ans Licht gezerrt und sie dazu gebracht hatte, Rainer, ihren Bruder, ihren einzigen echten Freund, als Mörder zu verdächtigen. Sie, die sich nichts sehnlicher gewünscht hatte als ein Zuhause und einen Beschützer, hatte ausgerechnet den einzigen Mann verraten, auf den sie zählen konnte. Denn ihr war inzwischen klar geworden, dass das ihr Bruder gewesen war, nicht ihr Mann. Und Rainer, Gott segne ihn, hatte noch bis zum Schluss beteuert, dass die gesamten achtzigtausend Mark von ihm stammten. Doch sein Anwalt hatte darauf beharrt, dass zu Rainers Verteidigung die volle Wahrheit auf den Tisch kommen müsse. Und als Rainers Bank nur eine Abbuchung von fünfundsiebzigtausend Mark bestätigte, hatte diese widerliche, kleine Polizistin fünfundsiebzig und fünf zusammengezählt und sich ausgerechnet, dass auch Elke erpresst worden war. Kleckerbeträge, hundert hier, zweihundert da, so dass es für Manfred so aussehen musste, als hätte sie bei ihren täglichen Einkäufen eben ein bisschen mehr ausgegeben. Es wäre ihm kaum aufgefallen. Vielleicht wäre es immer so weitergegangen, bis ihre Mutter sich irgendwann zufrieden gegeben hätte. Oder das Ganze hätte ein Ende gefunden, wenn Manfreds Steuerberater sich die Kontobewegungen einmal genauer angesehen hätte.

Sie hatte also ein dringendes Mordmotiv – und kein Alibi. Sie war an dem Morgen, als der Obdachlose ermordet wurde, sogar in der Nähe des Albtalbahnhofs gewesen. Nachdem sie Manfred zum Frühzug gebracht hatte, war sie zu McAdam gefahren und hatte ihn beauftragt, das Beweismaterial zu beseitigen, das sie mit ihrer Mutter in Verbindung brachte. Sie hatte an jenem Morgen Schwarz getragen, ebenso wie am Tag des dritten Mordes, als sie wiederum McAdam aufgesucht hatte – am Morgen nach dem Einbruch, den sie gemeinsam mit Rainer geplant hatte.

Sie stand am Fenster wie ein blinder Passagier in der Kabine eines sinkenden Schiffs. Sie hatte kaum noch Kraft zum Überleben. Nicht nach dem, was Manfred heute Morgen zu ihr gesagt hatte. Dabei konnte sie ihm eigentlich noch nicht mal einen Vorwurf machen. Sie hatte ihn betrogen und benutzt, von Anfang an. Er hatte sie verletzt, aber sie hatte kein Recht, wütend auf ihn zu sein. Trotzdem war sie wütend. Sie richtete ihre Wut – all die Wut, die sie früher für ihre Mutter empfunden hatte – auf die Person, die für ihre missliche Lage verantwortlich war – und fasste einen letzten, verzweifelten Plan.

McAdam lag auf dem Sofa und atmete schwer. Zu mehr war er nicht im Stande. In seinem leise rumorenden Magen lag ein halber Bio-Rinderbraten inklusive Beilagen: braune Soße, Karotten, Klöße, Kartoffeln und zum krönenden Abschluss noch zwei Stück gedeckten Rosinenkuchen mit Vanilleeis. McAdam war groß und schlank und zählte zu den Glücklichen, die nie auf ihr Gewicht achten mussten. Aber jetzt wölbte sich sein Bauch unter dem T-Shirt über dem Gürtel fast so hoch wie Uschis. McAdam war prall gefüllt. Ihm war warm. Er war müde. Und in einer Dreiviertelstunde hatte er ein Rendezvous mit Conny Hartmann.

»Vergiss nicht deine Verabredung mit der Polizistin, Schatz!«, rief Uschi aus der Küche, wo sie allein aufräumte. McAdam hatte sich für die Flucht nach vorn entschieden und Uschi erzählt, er müsse mit der Hartmann Beweismaterial durchgehen. Er versuchte, sich schuldig zu fühlen.

Er versuchte, erregt zu sein. Er versuchte sogar, nervös zu sein, aber er fühlte sich einfach nur voll.

Trotzdem richtete er sich langsam auf, ging ins Badezimmer und zwang sich zum Zähneputzen. Er zog in Erwägung, sich zu rasieren und sich mit »Homme« einzusprühen, schaffte es jedoch kaum, sich kaltes Wasser ins Gesicht zu spritzen. Er suchte seine Jacke und schnappte sich die Autoschlüssel. Beim Hinausgehen rief er: »Tschüss, Oosh! Warte nicht auf mich.«

Die kühle Herbstluft belebte ihn ein wenig und es gelang ihm, die Adresse zu finden, die Conny ihm genannt hatte: ein großes Zweifamilienhaus in Knielingen. An einer der beiden gleich aussehenden Türen stand: »Hartmann, G. und E.« Neben der anderen waren vier Schilder angebracht: »Hartmann, L.«, »Hartmann, J.«, »Hartmann, S.« und »Hartmann, C.« Conny lebte also im Schoß ihrer Familie, dachte McAdam und der Gedanke dämpfte die gespannte Erwartung, die er noch gestern verspürt hatte, umso mehr.

Er klingelte bei »Hartmann, C.« Aus der Sprechanlage ertönte eine undeutliche Stimme: »Kommen Sie rauf, McAdam.« Der Aufstieg fiel ihm schwer. Conny wohnte unter dem Dach und McAdam lag noch das Abendessen im Magen. Er stapfte in seinen Turnschuhen Stufe um Stufe die Treppen hinauf, vorbei an Türschildern wie »Lars – Badischer Meister im Mittelgewicht«, »Jens – Vorsicht, aufmerksame Nachbarn« und »Sven – Vorsicht, bissiger Hund«. Quer über Connys Tür war ein rotweiß gestreiftes Plastikband mit der Aufschrift »Polizeiabsperrung« angebracht. Noch bevor McAdam klopfen konnte, ging die Tür auf.

»'n Abend, McAdam.«

»Äh ... hallo, Conny.«

Conny lächelte nicht. Sie war ungeschminkt, trug eine alte Jeans und ein zu großes T-Shirt mit dem Emblem der Karlsruhe Vultures, des örtlichen American Football-Teams.

Conny führte McAdam durch einen schmalen Flur voller Ehrenurkunden (Karate und Taekwondo), Auszeichnungen (Zweite beim Schießen, Beste Polizeiprüfung) und Mannschaftsaufnahmen (Volleyball und Hockey). Dazwischen hing ein gerahmtes, signiertes Foto von der Karlsruher Boxweltmeisterin mit der Widmung: »Für Conny – durch Dick und Dünn«. Im Wohnzimmer, das unter der Dachschräge lag, drehte Conny sich zu ihm um. Die Decke war so niedrig, dass McAdam sich ducken musste. »Äh ... was dagegen, wenn ich mich setze?«, fragte er und ließ sich auf das Ikea-Sofa sinken – offenbar eine Schlafcouch, wie er aus der weichen Polsterung schloss.

»Wollen Sie ein Bier?«, fragte Conny.

»Nein, danke«, sagte McAdam. Der Fernseher lief ohne Ton. Irgendeine alberne Flirtshow, in der ein Jungen- gegen ein Mädchenteam antrat.

»Äh ... Conny, mir scheint, ich komme ungelegen. Ich geh dann wohl mal lieber wieder ...«

»Nicht so hastig, McAdam. Vielleicht erinnern Sie sich, dass Sie um dieses Treffen gebeten haben.«

»Das stimmt.«

»Was wollen Sie von mir, McAdam?«

»Äh ...«, stammelte McAdam. Conny setzte sich auf den einzigen Stuhl im Zimmer. McAdam versank noch tiefer in der Bettcouch. Er schrumpfte förmlich in sich zusammen. Conny ragte riesenhaft und bedrohlich über ihm auf. Wie eine Richterin, eine Inquisitorin ... wie seine Mutter. Doch McAdam riss sich zusammen und sagte: »Ich ... wollte mit Ihnen reden.«

»Mit mir *reden*?«

»Na ja, ich gebe zu, ich wollte ... ich ... äh ... ich habe mich total danebenbenommen. Ich wollte mich nur entschuldigen. Wieder mal.«

»Und dafür sind Sie hergekommen – bloß um sich zu entschuldigen?«

»Äh …«

»Hören Sie, McAdam. Wissen Sie, was Sie sind? Kokett. Sie flirten mit mir, dann erzählen Sie mir, dass Sie verheiratet sind. Mal behandeln Sie mich wie eine Kollegin, dann küssen Sie mich wie Kevin Costner. Sie entschuldigen sich, dann wollen Sie sich nach Dienstschluss mit mir treffen. Sie kommen zu mir nach Hause und jetzt entschuldigen Sie sich schon wieder. Was *wollen* Sie, McAdam? Wissen Sie das eigentlich selbst?«

McAdam ließ sich von dem Folter-Sofa gleiten und hockte sich im Schneidersitz auf den Boden. So bekam er wenigsten Luft. Conny hatte Mitleid mit ihm und setzte sich ebenfalls auf den Boden. Sie wartete. Die beiden saßen sich gegenüber wie zwei indianische Krieger bei Friedensverhandlungen in einem Wigwam. Endlich brach McAdam das Schweigen.

»Sie haben Recht. Ich habe mit gespaltener Zunge gesprochen. Ich finde Sie attraktiv, das wissen Sie. Ich liebe meine Frau …«

»Das weiß ich auch.«

»Ja. Aber ich bin nicht der Typ, der einfach …«

»Der Typ sind Sie einfach nicht.«

»Nein, bin ich nicht. Ich habe nur so getan.«

»Ich weiß, McAdam. Aber das war mir gegenüber reichlich unfair.«

»Ich weiß.« McAdam ließ den Kopf hängen. Nach einem Moment des Schweigens sagte er: »Ich glaube, ich wollte mich nur … ein letztes Mal austoben.«

»Ein letztes Mal austoben?«

»Sie wissen schon – ein letztes Abenteuer, bevor …«

»Bevor was?«

»Bevor ich erwachsen werde. Für immer. Ich werde

Vater, Conny. Einer von diesen aufgeblasenen Spielverderbern, die immer nein sagen. Ich wollte wohl nur noch einmal … ja sagen.«

»Oooooh …«, machte Conny.

»Sie machen sich über mich lustig«, sagte McAdam.

»Nur ein bisschen«, sagte Conny. Sie beugte sich zu ihm vor und klopfte ihm auf die Schulter. »Hören Sie, McAdam, Sie wollen doch bestimmt, dass wir Freunde bleiben.«

»Äh … ja! Das wäre großartig, Conny.«

»Obwohl Sie mir falsche Hoffnungen gemacht und meine Zuneigung ausgenutzt haben …«

»Äh … Sie haben Recht. Das war anmaßend von mir. Wir können keine Freunde sein.«

»Doch, können wir, McAdam. Sie Idiot.«

»Das bin ich. Aber das habe ich von Anfang an zugegeben, gleich als wir uns kennen gelernt haben«, sagte McAdam mit einem Anflug seines früheren Charmes, der offenbar doch noch nicht ganz erloschen war.

»Kopf hoch, McAdam. Gehen Sie nach Hause zu Ihrer Frau und Ihrem Nachwuchs. Seien Sie froh – bald gibt es noch einen kleinen Jungen in Ihrer Familie. Dann haben Sie jemanden zum Spielen.«

»Das war gemein.«

»Ich *bin* gemein. Jedenfalls manchmal.«

»Okay, Conny. Sie sind wirklich schwer in Ordnung.«

»Genau das wollte ich immer von einem Mann hören. Gute Nacht.« Sie brachte ihn zur Tür und öffnete sie.

»Warten Sie, Conny. Ich wollte Ihnen noch was erzählen. Ich soll Elke Erhagen von jetzt an rund um die Uhr beschatten.«

»Wir haben heute ihre Aussage aufgenommen.«

»Und?«

»Sie hat zugegeben, dass sie erpresst wurde. Ein Teil des Geldes, das Elisabeth Blank bei sich hatte, stammte von ihr.

Sie hat ein gewichtiges Motiv. Außerdem hätte sie Gelegenheit gehabt, den Mord zu begehen, und ein Alibi hat sie auch nicht. Sie müssen auf sich aufpassen. Die Psychologin meint, sie wäre zu einer Verzweiflungstat fähig.«

»Aber Sie haben sie nicht festgenommen ...«

»Die Beweise reichen nicht aus. Außerdem will keiner den Alten noch wütender machen, als er ohnehin schon ist.«

»Klar. Hey, Conny – sind Sie sicher, dass da unten nicht Ihre Brüder mit Baseballschlägern und Schlagringen auf mich warten?«

»Meine Brüder? Ach, die wohnen doch gar nicht mehr zu Hause. Lars ist Missionar in Tansania, Jens ist Feldenkrais-Therapeut in der Lüneburger Heide und Sven Friseur in Hamburg.«

»Wollen Sie mich auf den Arm nehmen?«

»Gute Nacht, McAdam.« Und damit schloss sie die Tür.

»Es ist noch nicht vollbracht. Der Herr währt ewig. Seiner Werke sind stets drei. Vater, Mutter, Sohn. Schwein, Sau, Ferkel. Der Herr weiß, was zu unserem Besten ist. Er zürnt, aber sein Weg ist eben. Er schert sich nicht um jene, die vom rechten Weg abweichen. Und wenn sein Werk vollbracht ist, hebt er abermals an.«

Der Brief erinnerte ihn an etwas. Hatte er nicht schon irgendwo etwas Ähnliches gesehen? Der Lokalredakteur ließ seine Lesebrille sinken, die an einer Kette um seinen Hals hing. Dann nahm er die andere Brille von der Stirn und rückte sie zurecht. Er drehte sich mit dem Stuhl zum Schreibtisch, wo unterschiedlich hohe Papierstapel in geometrischer Anordnung aufragten wie die Wolkenkratzer einer Miniatur-Skyline von Manhattan. Mal sehen ... Es musste unter den Posteingängen abgelegt sein, Unterkategorie Spinner, Unter-Unterkategorie anonym. Er beschloss, an der Kreuzung von 6th Street und 3rd Avenue anzufangen.

Die Mordkommission kam mit Vertretern der Verkehrsbetriebe zusammen, um die Operation Endstation vorzubereiten. Der Polizeichef war ebenfalls anwesend. Er kehrte soeben von einer Unterredung mit dem Bürgermeister zurück. Professor Erhagen war am Morgen nach Brüssel abgereist. Er ließ sich bei dem Meeting durch fünf Mitarbeiter vertreten, zu denen auch Sepp gehörte – allerdings als Rangniedrigster in der Hierarchie der Verkehrsbetriebe. Ihm gegenüber an dem langen Tisch saß das rangniedrigste Mitglied der Mordkommission: Conny Hartmann.

Der Polizeichef ergriff als Erster das Wort. Er verlas eine Erklärung des Oberbürgermeisters, der allen Anwesenden die Brisanz der Situation ins Bewusstsein rief, die Gefahr für die öffentliche Sicherheit und die politischen Konsequenzen, die ein Scheitern der Operation Endstation für die beteiligten Behörden haben würde. Anschließend trug der Polizeichef seinen eigenen Standpunkt vor, wobei er die Aussagen des Bürgermeisters mit anderen Worten wiederholte und herausstrich, welche außerordentlichen Anstrengungen die Polizeibehörde trotz Mangels an Geldern, Ausrüstung und Personal unternahm. Professor Erhagens ranghöchste Mitarbeiter, die bei internen Meetings unter dem Vorsitz ihres Chefs meist kaum zu Wort kamen, ergriffen nun die Gelegenheit, die eigenen Bemühungen ins rechte Licht zu rücken. Backmesser, der sich keinesfalls von den Bürohengsten der Verkehrsbetriebe übertrumpfen lassen wollte, versicherte daraufhin den Versammelten, er arbeite Tag und Nacht, um die öffentliche Sicherheit zu gewährleisten und das Verbrechen aufzuklären ...

Fast eine Stunde war so vergangen. Sepp Hauser fing Connys Blick auf und zwinkerte ihr zu. Sie zog in stillem

Einverständnis eine Augenbraue hoch. Endlich entschuldigte sich der Polizeichef und verließ mit zwei Assistenten im Schlepptau den Raum.

»Kommen wir zur Sache«, sagte Backmesser. »Amen«, sagte Sepp. Im Laufe der nächsten zwei Stunden verständigte man sich darauf, den kleinen Kreis der Tatverdächtigen rund um die Uhr zu observieren. Die Straßenbahnstrecken, besonders die mit abgelegenen Haltestellen, sollten verstärkt von Polizeistreifen überwacht werden. In den Stunden vor Tagesanbruch sollten sich an den betreffenden Haltestellen Lockvögel in Zivil postieren – zumindest an den Strecken, auf denen Fahrerinnen im Dienst waren. Die Frage, welche Haltestellen für den Mörder am attraktivsten wären, wurde ausgiebig und in allen Einzelheiten erörtert. Sepp Hausers Angebot, den Lockvogel zu spielen, wurde höflich abgelehnt (allerdings nicht ohne spöttisches Grinsen vonseiten einiger Polizisten), ebenso wie seine Überzeugung verworfen wurde, der Lameyplatz sei der ideale Tatort. »An der Haltestelle ist nicht viel los, das stimmt schon und es gibt auch kaum Anwohner in Sichtweite, aber – Mann, die liegt genau zwischen einem Polizeirevier und einer Feuerwache! Wer da zuschlägt, der legt es doch drauf an, erwischt zu werden!«, sagte Sepps Kollege Kornbacher unter allgemeinem Gelächter. Sepp stimmte in das Lachen ein, bemerkte aber, dass Conny Hartmann ein ernstes Gesicht machte. Auf ihrer Stirn stand eine steile Falte.

Nach dem Meeting ging Conny zu Backmesser. »Chef, ich möchte mit in das Team, das Wilhelm Wemgruber observiert. Ich halte es für das Wahrscheinlichste, dass er die Morde begangen hat – wenigstens den zweiten und dritten. Und es kommt mir verdächtig vor, dass seine Frau und sein Sohn spurlos verschwunden sind.«

Backmesser setzte seinen geduldigen Blick auf und sagte: »Frau Hartmann, ich weiß Ihr Angebot zu schätzen, aber ich habe eine passendere Aufgabe für Sie. Ich möchte, dass Sie Regina Blank alias Elke Erhagen beobachten. Sie stimmen mir doch sicher zu, dass Sie die Richtige dafür sind. Von Frau zu Frau, sozusagen.«

»Aber Chef, soweit ich weiß ... äh, wie ich gehört habe, soll der Privatdetektiv McAdam sie rund um die Uhr beschatten.«

»McAdam? Dieser Kaugummi-Cowboy? Ich bitte Sie! Der zählt doch selbst zu den Verdächtigen, wenn Sie mich fragen. Reikert sagt, er ist mit den Erhagens befreundet. Ein Grund mehr, dass Sie ein Auge darauf haben sollten. Und bei der Gelegenheit können Sie McAdam gleich mit im Auge behalten.«

»Entschuldigen Sie, Chef, aber ist Reikert jetzt auch bei der Mordkommission? Das war mir nicht bewusst.«

Backmesser schnaufte: »Wir brauchen jeden Mann, den wir aufbieten können, Hartmann. Sie haben doch gehört, was der Chef gesagt hat. Ich habe Reikert aufgetragen, Wemgruber zu beschatten. Wie Sie sich vielleicht erinnern, hat er den Mann gemeinsam mit Ihnen vernommen. Und er war so freundlich, Ihnen bei dieser gänzlich unnützen Motorradparade zu helfen. Nicht, dass ich Ihnen eine Erklärung schulde, liebe Kollegin. Würden Sie jetzt bitte wieder an Ihre Arbeit gehen, damit ich *meine* erledigen kann?«

»Jawohl«, sagte Conny mit zusammengebissenen Zähnen. Anschließend musste sie erst einmal eine halbe Stunde tief durchatmen, ehe sich ihr Kiefer wieder entkrampfte.

Sechzehn

Es war vier Uhr morgens. Der Wecker klingelte. McAdam stöhnte und tastete erst nach dem Wecker, dann nach dem Lichtschalter. Schließlich wandte er sich Uschi zu, doch die stöhnte ebenfalls und verkroch sich noch tiefer unter der Daunendecke. McAdam ging in die Küche, schaltete die Kaffeemaschine ein und machte sich für die Beschattung am Turmberg fertig. Er aß ein übrig gebliebenes Stück gedeckten Rosinenkuchen und trank zwei Tassen Kaffee. Als er gerade gehen wollte, erschien Uschi in ihre Bettdecke gewickelt in der Schlafzimmertür. Sie hielt die Pistole ihres Großvaters in der Hand. »Hier, McAdam, du hast was vergessen«, sagte sie. »Ach was, Oosh – die brauche ich doch nicht«, wehrte er ab. »Nimm sie«, sagte sie und verschwand wieder im Schlafzimmer. McAdam gehorchte.

Um vier Uhr morgens erwachte Conny Hartmann allein auf ihrem Ikea-Schlafsofa. Sie schob die Decke beiseite, stand auf und begann mit ihrer Morgengymnastik.

Annie Meyer stieg aus dem Bett, schlich auf Zehenspitzen in die Zimmer ihrer Jungs und ihrer Mutter und horchte auf ihre Atemzüge. Dann ging sie ins Badezimmer und schloss die Tür.

Sepp Hauser stellte den Wecker schon beim ersten Klingeln ab. Er nahm die alten, dunklen Sachen, die er anziehen wollte, und tastete sich leise ins Badezimmer. Als er wieder herauskam, brannte das Licht und seine Frau bereitete ihm in der Küche das Frühstück.

Heinz Bissert wachte wie immer ohne Wecker auf. Er blinzelte mit einem Auge auf die Uhr und stellte fest, dass es vier Uhr morgens war. Dann fiel ihm ein, dass er seinen freien Tag hatte. Er drehte sich um und schlief wieder ein.

Mit einer schwarzen Jeans und einem alten, schwarzen Pulli bekleidet beugte sich Elke Erhagen über den reglosen Körper der Krankenschwester. Die Beruhigungsmittel schienen ihre Wirkung getan zu haben. Die Beruhigungsmittel, die die Schwester Elke gegeben hatte – zweimal täglich, fünf Tage lang – und die Elke ihrerseits gestern Abend der Schwester in den »Gute-Nacht-Tee« gegeben hatte. Auf Zehenspitzen schlich Elke zurück in ihr Zimmer und packte die drei Plastiktüten. Sie stopfte sie aufs Geratewohl mit Designerkleidern, Parfümflakons, Puppen und Stofftieren, einem alten Adressbuch und ein paar Laura-Ashley-Kissen voll. Auch an Zahnbürste, Schlafanzug, Seife und Kosmetika dachte sie. Zum Schluss warf sie noch einige Paar Ohrringe hinein. Wie oft hatte sie als Kind ihre Sachen gepackt, wenn sie aus der Wohnung ihrer Mutter in Kinderheime, zu Pflegefamilien und wieder zurück gezogen war. Sie sah ihr Leben im Rückblick als eine endlose Spirale – Gleise, die zu keinem Ziel führten, sondern immer nur im Kreis. Planlos lief sie durch die Zimmer. Sie hatte geglaubt, in diesem Haus ein echtes Zuhause gefunden zu haben – ihre Burg, ihre Festung, mit ihrem Straßenbahnzaren als Beschützer. Aber es war wie schon so oft doch nur das Haus eines Fremden. Es gab hier nichts, was sie mitnehmen wollte, weder zur Erinnerung noch aus Rache. Rache wofür? Sie war es, die gelogen und betrogen hatte. Seit er die Wahrheit wusste, hatte er sie angesehen, als wäre sie ... ja, was? Ein defektes Rad oder eine Bremsvorrichtung, die nicht den Qualitätsstandards genügte. Das konnte sie ihm verzeihen. Was sie ihm nicht verzeihen konnte, war ... ja, was? Er hatte zu ihr gesagt: »Es geht mir nicht darum, ob du deine ... diese Frau ... ermordet hast. Aber dass du meine Straßenbahn dazu missbraucht hast, das kann ich dir nicht verzeihen.« Damit war eindeutig klargestellt, welchen Stellenwert sie und ihr »Familienleben« für ihn gehabt hatten. Er war so kalt! Sie war für ihn nur eine ... Trophäe gewesen, ein Dekorationsstück. Das Sahnehäubchen auf der Torte. Sie war nur froh, dass sie keine Kinder hatten.

Sie ging noch einmal in ihr Zimmer und warf einen letzten Blick auf die Rüschen, die Blumen, die Vorhänge, die Ananasmuster. »Was für ein Puppenhaus«, murmelte sie. Sie nahm Bobo vom Bett und ließ ihn in eine Tüte fallen. »Also dann«, sagte sie in die Stille hinein. »Los geht's.«

In der Wohnung von Diplom-Ingenieur Karl-Heinz Pfister ertönte ein hartnäckiges Summen. Kurz darauf kam ein lautes, schrilles Miauen hinzu. Der Ingenieur schreckte aus dem Schlaf, schlug die Decke zurück, stapfte ins Badezimmer, nahm das elektrische Katzenklo – seine eigene Erfindung –, trug es zum Fenster und warf es in den Hof, nicht ohne sich vorher zu vergewissern, dass draußen niemand stand.

Propheten-Peter erwachte auf seiner Parkbank am Mühlburger Feld. Es war kalt und feucht. Über Nacht hatte sich der erste Herbstnebel über die Wiesen gelegt. Propheten-Peter stand auf und schob die Zeitungen und die flach gedrückten Pappkartons beiseite, mit denen er sich zugedeckt hatte. Er erleichterte sich an einem Baum, stolperte dann ans Ufer der Alb und spritzte sich kaltes Wasser ins Gesicht. »Jetzt dauert es nicht mehr lang«, murmelte er zu sich selbst. »Die dunklen Mächte kommen näher. Es dauert nicht mehr lang, bis sie ... sich vereinen. Die dunklen Mächte vereinen sich ... nicht weit von hier!«

In der Nordstadt saß Sandra Curtis am Küchentisch ihrem Mann Dale gegenüber. Sie trug bereits ihre Straßenbahnfahreruniform. Dale dagegen zog den grellorangefarbenen Overall der Müllabfuhr erst auf der Arbeit an. Sandra sagte: »Ich werde diese Angst einfach nicht los, Dale. Die Vorstellung, dass der Mörder irgendwo da draußen sein Unwesen treibt und vielleicht gerade darauf lauert, jemanden vor meine Bahn zu stoßen ... Ich ertrag das nicht!«

»Ganz einfach, Sandy – meld dich krank.«

»Aber das kann ich nicht! Schon gar nicht, nachdem Frau Nagel sich letztens krankgemeldet hat und daraufhin der arme Walter Holstein ... Außerdem brauche ich ein Attest, sonst kriege ich mein Geld nicht!«

»Dann nimm dir eben einen unbezahlten Urlaubstag! Wozu die ganze Aufregung?« Dale war bei der US-Army gewesen und hatte daher ein recht entspanntes Verhältnis zu Regeln und Dienstvorschriften. Und zu Geld ebenfalls.

»Ich weiß gar nicht, ob man das darf«, sagte Sandra. »Ich wüsste nicht, dass schon mal jemand einen unbezahlten Urlaubstag genommen hätte.«

»Tu's einfach!«, sagte Dale. »Das Telefon steht hinter dir.«

Auch Gundula Nagel trug ihre Uniform. Sie kämmte sich, wischte das Waschbecken sauber und ging in ihre winzige Küche, wo sie am Vorabend den Tisch für eine Person gedeckt hatte. Gundula schaltete die Kaffeemaschine aus und stellte Brot, Butter, Käse und Salami auf den Tisch. Sie setzte sich hin und frühstückte: ein Salamibrot, ein Käsebrot, zwei Tassen Kaffee. Wie jeden Morgen. Sie spülte das Geschirr, trocknete es ab und räumte es wieder in den Schrank. Beim Zähneputzen schoss es ihr durch den Kopf, dass der Straßenbahnmörder womöglich schon auf der Lauer lag, vielleicht an ihrer Strecke. Sie trocknete sich Gesicht und Hände ab, wischte noch einmal das Waschbecken aus. Sie trug Lippenstift auf. »Soll er doch kommen«, dachte sie. Wenn der Mörder glaubte, er könne Gundula Nagels geordnetes Leben aus den Fugen bringen, hatte er sich geschnitten.

Wilhelm Wemgruber lag mit weit offenen Augen auf dem Bett in der Küche. Um vier Uhr morgens ging es ihm noch am besten. Der Schmerz schlief noch in seiner Höhle am unteren Ende der Wirbelsäule. Um vier Uhr morgens konnte Wilhelm klar denken und er fühlte sich erfrischt, auch wenn er die ganze Nacht nicht geschlafen hatte. Um vier Uhr morgens lag sein Pfad immer klar und deutlich vor ihm. Er wusste, was er zu tun hatte, was der Alte von ihm erwartete. Der Weg des Herrn, der Weg seines Vaters tat sich vor seinen Augen auf. Es gab keine Hindernisse, keine Ablenkungen, keine Schweine oder sonstige Kreaturen, die seinen Pfad besudelten. Er blieb einen Moment lang reglos liegen und genoss die Gewissheit, die Freiheit von Schmerz und Beklemmung. Dann stand er auf, machte das Bett und setzte Wasser auf. Er öffnete den Kleiderschrank, nahm die ordentlich zusammengelegte schwarze Hose heraus, die schwarze Lederjacke, die Wolf zurückgelassen hatte, die Lederhandschuhe und die schwarze Wollmütze, die seine Frau gestrickt hatte. Als der Teekessel ein gellendes Pfeifen ausstieß, fuhr er zusammen. Seine Rückenmuskeln begannen sich zu verkrampfen. Der Schmerz war erwacht und würde bald seine Wanderung beginnen. Wilhelm trank seinen Kaffee, spülte die Tasse aus und räumte sie weg. Er zog sich fertig an und ging durch den schmalen Flur, zur Tür hinaus und quer über den Hof zur Scheune. Er war den Weg schon so oft gegangen, dass er ihn im Dunklen fand.

Polizeimeister Kromer rieb sich die Augen und gähnte. Vier Uhr morgens – nur noch zwei Stunden bis zum Schichtwechsel. Zum Glück war die Nacht ruhig verlaufen. Kromer war seit achtzehn Stunden im Dienst. Er hatte sich freiwillig für eine Doppelschicht gemeldet, so dass ein Beamter mehr für die zusätzlichen Streifen der Operation Endstation zur Verfügung stand. Sämtliche Polizeireviere der Stadt mussten mit einer Minimalbesetzung auskommen, damit mehr Streifen eingesetzt werden konnten – vor allem an bestimmten Bahnstrecken. Bei der Einsatzbesprechung hatte ein Kollege gewitzelt, dass sie wahrscheinlich die meiste Zeit nur den entgegenkommenden Streifenwagen zuwinken würden.

Kromer stand auf und streckte sich. Er füllte die Kaffeemaschine und ging den Flur hinunter. Auf dem Rückweg von der Toilette warf er einen Blick in den Raum mit dem Faxgerät (es gab nur eins für das ganze Revier). Schon wieder Papierstau. Er zog ein zerfleddertes, verknittertes Blatt heraus und strich es glatt. Es kam von der KATZ, soviel konnte er erkennen, aber der Rest der Seite war verschmiert und teils doppelt bedruckt, teils leer. Er konnte einzelne Wörter entziffern – »Schwert«, »Vergeltung«, »Schwein« und »Sein Wille«. Gerade wollte er das Blatt wieder zerknüllen und wegwerfen, da fiel ihm ein, wie sauer Conny Hartmann gewesen war, als er die Telefonnotiz nicht an sie weitergegeben hatte. Er glättete das verknitterte Fax erneut und legte es auf ihren Schreibtisch. Dann goss er sich eine Tasse Kaffee ein.

McAdam fuhr am Haus der Erhagens vorbei, wendete seinen Golf in einer Einfahrt mit dem Schild »Fritz, Nr. 12« und parkte auf der anderen Straßenseite. Erst dann bemerkte er die Gestalt auf dem Fahrersitz des Wagens, der direkt vor ihm stand.

Es war kalt und neblig. Die Straßenlaternen waren von verschwommenen Lichthöfen umgeben. Das Haus der Erhagens war nur schemenhaft hinter dem schwach beleuchteten Blätterwerk zu erkennen. Nach kurzer Zeit waren die Scheiben von McAdams Auto völlig beschlagen. Er ließ das Fenster herunter und wischte die Windschutzscheibe von innen mit dem Ärmel seiner Jeansjacke. Die Gestalt, die in dem Wagen vor ihm am Steuer saß, wischte gerade die Windschutzscheibe mit einem Lappen. Das war doch Conny Hartmann! McAdam begann zu frösteln. Seine Beine steckten eingekeilt in dem engen Fußraum und die Füße wurden allmählich taub.

McAdam öffnete die Tür des Golfs und streckte ein Bein aus, doch das brachte nur eine teilweise Erleichterung. Er zwängte sich ganz nach draußen und streckte sich. Dann schlenderte er zu dem anderen geparkten Wagen und klopfte auf der Fahrerseite ans Fenster. Conny ließ die Scheibe herunter und zischte: »Setzen Sie sich wieder ins Auto, McAdam!« McAdam gehorchte.

Regina Blank alias Elke Erhagen warf einen letzten Blick aus dem Gaubenfenster. Die Straße lag schläfrig und verlassen im trüben Schein der Straßenlaternen. Sie wollte sich gerade abwenden, als sich eine Autotür öffnete. Erst kam nur ein Bein zum Vorschein, dann stieg eine lange Gestalt aus und streckte sich. Das war doch McAdam. Verdammt. Obwohl – es hätte schlimmer sein können. Solange die Polizei nicht hinter ihr her war … Sie beobachtete, wie McAdam lässig die Straße entlangschlenderte. Dann beugte er sich zum nächsten geparkten Wagen hinunter, um mit jemandem zu reden. Er war nicht allein! Regina stampfte mit dem Fuß auf. Sie holte die Tüten aus ihrem Zimmer, tastete sich am Geländer entlang die Treppe hinunter und schlüpfte durch die Hintertür hinaus. Eine hohe Mauer trennte das Haus der Erhagens vom Nachbarhaus, in dem es ebenso dunkel und still war. Elke stemmte ihre Tüten nacheinander hoch und warf sie über die Mauer. Eins, zwei, drei. Die Müllabfuhr war gestern da gewesen. Elke wuchtete die Restmüll-Tonne auf die Wertmüll-Tonne und darauf die Biomüll-Tonne. Sie kletterte an dem Mülltonnen-Turm hoch auf die Mauer und ließ sich vorsichtig auf der anderen Seite hinunter. Gewandt wie ein Fassadenkletterer landete sie auf den Füßen. Sie lächelte im Dunkeln grimmig vor sich hin. Das machte ja fast Spaß.

Sie ergriff mit jeder Hand eine Tüte und hängte sich die dritte über die Schulter. Sie hatte immer noch das Problem, an ihren beiden Beschattern vorbeizukommen, doch wenigstens rechneten die nicht damit, dass sie aus der Einfahrt der Ziemanns kommen würde. Wenn sie langsam und mit gesenktem Kopf ging, würden sie sie vielleicht gar nicht erkennen. Tatsächlich war sie schon dreißig Meter weit gekommen, bevor Conny aus dem Wagen sprang und schrie: »Halt, Frau Erhagen!«

»Sehen Sie nach der Schwester. Ich glaube, sie ist krank!«, rief Regina und rannte los, so schnell es mit den Tüten ging.

»McAdam!«, schrie Conny. »Lassen Sie sie nicht aus den Augen!«

Conny hatte sich längst über das Tor der Erhagens geschwungen, ehe McAdam sich aus seinem zu engen Auto befreit hatte und mit großen Schritten die Verfolgung aufnahm. Er sah Reginas Plastiktüten undeutlich in der Dunkelheit schimmern. Sie entfernten sich erst rasch im Rhythmus ihres unbeholfenen Laufs, dann blieben sie stehen. McAdam sprintete darauf zu, wobei die Waffe in seiner Innentasche ihm schmerzhaft gegen die Rippen schlug. Zwei Tüten lagen umgekippt mitten auf der Straße, aber von der Trägerin war nichts zu sehen. Ob sie sich in einer Einfahrt versteckt hatte? Er hörte an der Turmbergschleife eine Straßenbahn klingeln. Als er angestrengt durch den Nebel starrte, meinte er in der Ferne eine dunkle Gestalt in die Bahn steigen zu sehen, die gleich darauf wieder anfuhr.

Sepp Hauser zog seine Lederjacke an, schnallte sich den Stahlhelm auf und gab seiner Frau an der Tür einen Kuss. »Pass auf dich auf, Sepp«, sagte sie und schüttelte den Kopf, als wollte sie sagen: Was sind die Männer doch für Kindsköpfe. »Verdammt!«, brummte Sepp, als er die Tür öffnete. Es war kalt und neblig und seine Glieder wurden steif, sobald er über die Türschwelle trat. Er startete das Motorrad, dem die Kälte ebenso wenig zusagte. Während er mit erbost knatterndem Motor in Richtung Pulverhausstraße und Rheinhafen fuhr, hoffte er, der Lärm möge nicht die ganze Nachbarschaft aus dem Schlaf reißen.

Polizeiobermeister Stefan Reikert saß in seinem Wagen (seinem eigenen, da die Polizei nicht genug Zivilfahrzeuge für eine Operation dieser Größenordnung hatte) und goss sich noch eine Tasse Kaffee ein. Vorsichtig schraubte er die Thermosflasche wieder zu und wärmte sich die Hände an dem Mickymaus-Becher, den seine jüngste Schwester ihm mal zum Geburtstag geschenkt hatte. Er sog den Duft ein, trank einen Schluck und streckte die Hand aus, um mit dem Handrücken die beschlagene Windschutzscheibe abzuwischen. Aus Wilhelm Wemgrubers Hof kam leise ein Motorroller getuckert und fuhr in Richtung Beiertheim und Karlsruher Innenstadt davon. »Verdammt!« Reikert öffnete die Tür, goss den Kaffee auf die Straße und warf Micky auf den Rücksitz. Erst dann konnte er den Wagen anlassen (allerdings unter Schwierigkeiten, da der alte Opel keine Feuchtigkeit mochte) und dem Mann auf dem Motorroller folgen, der dunkle Kleidung trug und ohne Licht durch den Nebel steuerte.

Wie versteinert starrte McAdam der Linie Eins nach. Sollte er hinterherlaufen? Er hatte bestimmt nicht genug Kondition, um sie einzuholen. Hätte er nur sein Fahrrad genommen und nicht den Golf! Der Golf ... Er machte kehrt und rannte die Straße entlang. Als er bei seinem Wagen ankam, rief Conny gerade über Funk einen Krankenwagen. »Wo ist sie, McAdam? Haben Sie sie aus den Augen verloren?«

»Sie ist in die Straßenbahn gestiegen. Linie Eins!«

»Gut! Kommen Sie!«, rief Conny. McAdam stieg in den Zivilwagen, der mit quietschenden Reifen anfuhr, noch ehe er die Tür schließen konnte. »Die Schwester ist bewusstlos«, sagte Conny, »aber sie atmet regelmäßig. Das können wir den Sanitätern überlassen.« In der Pfinztalstraße wurden sie von einem Lieferwagen aufgehalten, der vor einem türkischen Lebensmittelgeschäft Gemüse entlud. Dann mussten sie warten, bis die Linie Zwei aus der Gegenrichtung den einspurigen Gleisabschnitt zwischen Durlachs Altbauten im Schritttempo passiert hatte. Endlich konnte Conny weiterfahren. »Auf dem Rücksitz ist ein Blaulicht. Setzen Sie es aufs Dach, McAdam.« McAdam zwängte das Gerät zwischen den Kopfstützen hindurch, öffnete das Fenster und setzte die magnetische Lampe auf das Dach. Sofort begann das Blaulicht sich zu drehen und die Sirene heulte auf. »Toll! So was hab ich mir immer schon gewünscht!«, brüllte er. Connys Blick sagte: »Was sind die Männer doch für Kindsköpfe«. Allerdings schien die Sache auch ihr Spaß zu machen.

Annie Mayer warf einen Blick in den Spiegel und stutzte. Der dunkel gekleidete Fahrgast mit Wollmütze und Plastiktüte kam ihr bekannt vor. Woher ...? Annie schauderte, obwohl die Heizung unter der Sitzen der Linie Eins auf Hochtouren lief. Natürlich wusste sie, dass der Mörder an diesem Morgen wieder zuschlagen konnte. Wahrscheinlich spielten ihre Sinne ihr deshalb wieder einmal einen Streich.

Sie hatte im ersten Moment gedacht, der Fahrgast sei der Mörder. Und im nächsten Moment sah die Gestalt aus wie ... Hanni-Lieschens Geist! Zwar wirkte die Frau mindestens zehn Jahre jünger und erheblich sauberer, aber die Ähnlichkeit war unheimlich! Annie war froh, als die Frau an der Auer Straße ausstieg.

»Sehen Sie! Ist sie das nicht?«, fragte McAdam. Die dunkel gekleidete Gestalt stieg hinten aus der Straßenbahn, zusammen mit mehreren Pendlern in Trenchcoat und mit Aktentasche, die wahrscheinlich auf dem Weg nach Frankfurt oder Stuttgart waren. »Folgen Sie ihr, McAdam! Ich komme mit dem Wagen nach!« McAdam stürzte also wieder in den Nebel hinaus und folgte der kleinen Gruppe zum Bahnhof Durlach. Regina Blank lief voraus und verschwand im Gebäude.

Die Pendler versperrten McAdam den Weg, so dass er erst um die Gruppe herumlaufen musste. Als er die schweren Türen aufstieß, war Regina nirgends zu sehen. McAdam rannte zu den Bahnsteigen und hielt keuchend inne.

Endlich entdeckte er sie auf dem Bahnsteig gegenüber, ganz am anderen Ende. Sie stand dicht an der Kante und starrte auf die Gleise. Ein Zug aus Richtung Bruchsal näherte sich. Er bremste, würde aber nicht rechtzeitig zum Stehen kommen. McAdam wiederum würde nicht rechtzeitig das Gleis überqueren und Regina Blank erreichen können, bevor sie sich vor den Zug stürzte. McAdam zog seine Pistole und schoss in die Luft. Es funktionierte. Regina schrak zusammen. Sie blickte auf und trat einen Schritt zurück. Im selben Moment fuhr der Zug ein. »Guter Schuss«, sagte Conny hinter ihm. McAdam drehte sich mit klopfendem Herzen um und folgte ihr durch die Unterführung zum anderen Bahnsteig. »Steigen Sie in den Zug, McAdam!«, sagte Conny. »Wenn sie drin ist, schnappen Sie

sie. Wir treffen uns am Hauptbahnhof!« McAdam tat, wie ihm geheißen.

Es war nicht leicht, Wilhelm Wemgruber in den Seitenstraßen von Bulach nicht aus den Augen zu verlieren. Der Nebel war so dicht, dass er an der Windschutzscheibe haften blieb. Reikert wünschte, er hätte die neuen Scheibenwischerblätter angebracht, die seit einem Monat bei ihm zu Hause herumlagen. Die alten hinterließen Streifen, die ihm die Sicht zusätzlich erschwerten. Ohnehin war der Motorroller nur auszumachen, wenn er gerade unter einer Straßenlaterne vorbeikam. Reikert sah ihn deutlich, als er in den beleuchteten Bulacher Tunnel fuhr, folgte in sicherem Abstand, bis er den Tunnel durchquert hatte, und dann ... Verdammt! Wemgruber bog in den Fuß- und Fahrradweg ein, der an der Alb entlang durch die Günter-Klotz-Anlage führte. Reikert war klar, dass er über Funk die Motorradeinheit hätte verständigen sollen. Er hörte Conny Hartmanns Stimme so deutlich, als säße sie neben ihm: »Spiel nicht den Helden, Reikert!« Andererseits – predigte sie ihm nicht selbst dauernd, man müsse eigenständig die Initiative ergreifen? Im Übrigen *wollte* er endlich mal der Held sein. Er wollte von den Kollegen bewundert und beneidet werden, Backmesser sollte ihm die Hand schütteln, der Bürgermeister sollte ihm einen Orden verleihen ... Er sah es im Geiste schon vor sich, wie er ihn seiner kleinen Schwester zeigen würde, wie ihre kleinen Freunde, die schon von seiner Uniform beeindruckt waren, ihm durch die Küchentür ehrfürchtige Blicke zuwerfen würden, während sie ihnen zum x-ten Mal die Geschichte erzählte, wie er ganz allein den Straßenbahnmörder zur Strecke gebracht hatte ... Reikert schaltete die Scheinwerfer aus und bog mit dem Opel in den Fahrradweg ein.

Sepp Hauser bog mit der Harley auf den Parkplatz ein, von dem aus man die Haltestelle Lameyplatz überblicken konnte. Hinter ihm erhob sich das Miethochhaus, in dessen Erdgeschoss die Mühlburger Zweigstelle der Stadtbücherei und die Polizeiwache untergebracht waren. Vor ihm lag auf der anderen Seite der Schnellstraße die Mühlburger Feuerwache. Die roten Löschzüge warteten hinter verschlossenen Garagentoren und die Feuerwehrmänner schliefen in ihren Betten. Und zur Rechten ragte der große Schornstein der Elektrizitätswerke auf, dessen dunkle Silhouette eine elektrische Lichterkette zierte. Er war imposanter als die gesichtslosen neueren Gebäude und beherrschte die ganze Szenerie. Der Anblick war Sepp bestens vertraut. Hinter dem Kraftwerk im Hafen lag eine der Straßenbahnwerkstätten. Er war oft genug hier vorbeigekommen. Er wusste, dass manche Fahrer es atemberaubend fanden, im Dunkeln auf das Kraftwerk zuzufahren, aber Sepp musste beim Anblick der funkelnden Lichter immer an die »Weihnachtsbäume« seiner Kinder denken – die flackernden, durch Seile verbundenen Leuchtkugeln, die an Fallschirmen aus den alliierten Bombern fielen und ihnen den Weg zur Zerstörung von Karlsruhe wiesen. Sepp hatte gemeinsam mit seinem Großvater, dessen Haus mehrere Kilometer außerhalb der Stadt stand, in relativer Sicherheit vom Dachboden aus zugesehen. Seine Mutter und seine Großmutter hatten die zwei immer wieder ermahnt, wie gefährlich das sei, und sie gebeten, mit in den Keller zu kommen. Aber die Mischung aus Schönheit und Grauen hatte beide, Mann und Kind, in ihren Bann geschlagen. Es war die einzige deutliche Erinnerung an seinen Großvater, die Sepp hatte.

Sepp schloss sein Motorrad ab und verstaute den Helm. Er zog sich die schwarze Wollmütze tiefer über die weißen Haare. Erst wollte er die steile Böschung zur Haltestelle hinabklettern, doch dann überlegte er es sich anders und lief mit steifen Gliedern über den Parkplatz und durch die Einfahrt zurück auf den Fußweg. Die Bücherei war natürlich dunkel. Aus dem Polizeirevier drang schwaches Licht.

Sepp ging den Fußweg entlang und überquerte die Schnellstraße am Zebrastreifen. Sein Atem zog in Schlieren durch den Nebel. Das Kraftwerk schimmerte. Sepp stellte sich auf den Bahnsteig – nicht unter das Glasdach, sondern davor, der Witterung ausgesetzt und allem, was da kommen mochte. Er wartete.

Mit einer Taschenlampe bewaffnet, die notfalls auch als Schlagstock gute Dienste leisten konnte, suchte Conny Hartmann sämtliche Eingänge, Bahnsteige, Nebengebäude und abgestellte Wagons sowie die Damen- und Herrentoiletten ab. Sie ging die Gleise entlang und unter der Durlacher Allee hindurch zu dem Container, wo Elisabeth Blank kurz vor ihrem Tod gehaust hatte. Regina Blank schien sich in Luft aufgelöst zu haben. Oder sie war in den Zug nach Karlsruhe gestiegen. Conny hoffte, dass McAdam mehr Glück hatte als sie. Sie ging zurück zu ihrem Wagen, schaltete Sirene und Blaulicht ein und raste zum Hauptbahnhof.

McAdam schlenderte unauffällig durch alle Wagons, warf in jedes Abteil einen prüfenden Blick und zwängte sich Entschuldigungen murmelnd durch die überfüllten Gänge. Er inspizierte alle freien Toiletten und rüttelte an den Türen derer, die besetzt waren. Ihm blieben nur etwa fünf Minuten, um den ganzen Zug zu durchsuchen – nahezu ein Ding der Unmöglichkeit. Die beste Strategie schien ihm zu sein, irgendwo in der Mitte aus dem Zug zu steigen und den Bahnsteig zu beiden Seiten im Blick zu behalten, während die anderen Fahrgäste ausstiegen und sich zu den Vorder- und Hinterausgängen des Bahnhofs drängten.

Während er diesen Plan fasste, tippte ihm jemand auf die Schulter.

»Den Fahrschein, bitte«, sagte die Schaffnerin, eine junge Frau mit großer Brille, Pickeln und schulterlangem, mausgrauem Haar. McAdam besann sich nicht rechtzeitig darauf, seinen Charme spielen zu lassen. Stattdessen zückte er seinen Detektivausweis und sagte: »Ermittlungen in Zusammenarbeit mit der Polizei.« Die Schaffnerin wiederholte ungerührt: »Den Fahrschein, bitte. Das ist kein Fahrschein.«

»Ich weiß, dass das kein Fahrschein ist«, sagte McAdam ungeduldig. »Hören Sie ...« Mit durchdringend kreischenden Bremsen kam der Zug langsam zum Stehen. »Entschuldigen Sie, ich hab's eilig«, sagte McAdam. Er schlüpfte an der Schaffnerin vorbei, kämpfte sich mit Knien und Ellenbogen durch das Gedränge und drückte den Türhebel. Er kam sich unmöglich vor. Aber gleich darauf war das Gefühl wieder vergessen. McAdam schob sich durch eine Menge wartender Pendler und hastete den Bahnsteig entlang, wobei er versuchte, alle Zugtüren auf einmal im Blick zu behalten. Die Schaffnerin lehnte sich aus dem Zug und pfiff. »Halten Sie den Mann auf!«, schrie sie. »Schwarzfahrer!« Sofort packten mehrere Fahrgäste McAdam und schlugen mit Aktentaschen und zusammengerollten Zeitungen auf ihn ein. McAdam duckte sich unter den Schlägen und sah plötzlich einen großen Mülleimer vor sich. Im selben Moment fiel ihm ein, dass er eine Pistole bei sich hatte, für die er keinen Waffenschein besaß. Ob man ihm dafür seine Detektivlizenz abnehmen könnte? »Na, super!«, murmelte er, öffnete mit einem stillen Dank an den Gott des Zufalls und der Eingebung seine Jacke und ließ die Waffe aus der großen Innentasche in den Mülleimer gleiten.

»Stopp!«, ertönte die schroffe Stimme des Bahnpolizisten.

Die eifrigen Bürger gehorchten, ließen von McAdam ab, strichen sich die Kleidung glatt und eilten davon, um die letzte Etappe ihrer Reise mit der Straßenbahn zurückzulegen. Der Sicherheitsbeamte musterte McAdam streng.

»Look, I can explain everything«, sagte McAdam auf Englisch.

»Was?«, fragte der Sicherheitsbeamte. McAdam durchsuchte seine Taschen, fand seinen Ausweis und fuchtelte damit vor dem Gesicht des Bahnpolizisten herum. »Scotland Yard«, sagte McAdam. »Surely you know. Interpol. The Streetcar Murderer. Straßenbahnmörder.« McAdam sprach das Wort mit zischendem S und verzerrtem Umlaut aus. »I have an appointment at the gate with Dr. Watson and Officer Conny Hartmann. Surely you've been informed.«

»Ich verstehe nur Bahnhof«, sagte der Sicherheitsbeamte.

»Bahnhof, precisely«, erwiderte McAdam mit dem besten britischen Akzent, den er zu Stande brachte. Er legte dem Mann kollegial den Arm um die Schulter, während er mit der anderen Hand, in der er den Ausweis hielt, lebhaft gestikulierte. »We were to meet here in pursuit of Moriarty but Watson's train was delayed, and ...« McAdam blickte sich nach allen Seiten um, während er hastig auf den Mann einredete. Regina Blank war nirgends zu sehen. Mit Genugtuung stellte er fest, dass auf dem Mülleimer, in den er die Waffe geworfen hatte, »Restmüll« stand und nicht »Wertmüll«.

»Ist gut, ist gut«, sagte der Sicherheitsbeamte. Er wand sich aus McAdams Umarmung. McAdam tippte an seine Baseballmütze, verbeugte sich und eilte zum Hauptausgang. Draußen stellte er sich so unauffällig wie möglich hinter einen Pfeiler und hoffte, Conny möge eintreffen, bevor der Sicherheitsbeamte es sich anders überlegte – beziehungsweise bevor er überhaupt anfing zu überlegen.

Wilhelm Wemgruber fuhr den breiten, nassen Asphaltweg entlang, der vor ihm durch den Nebel glänzte. Neben sich sah er das dunkle Wasser der Alb dahinströmen. Er wusste von den Obdachlosen, die auf den Inseln im Fluss zelteten oder auf den Bänken am Ufer schliefen. Er wusste auch von den Ratten, die sich von den Abfällen ernährten, die die menschlichen Schweine zurückließen. Dabei waren die Mülleimer schließlich nicht ohne Grund dort aufgestellt worden. Das Ziel – Wilhelms Ziel – war klar. Er würde sich nicht ablenken lassen. Er folgte dem dunkel schimmernden Pfad.

Gundula Nagel fuhr die Linie Fünf die Mathystraße entlang und überquerte die Brauerstraße. Es war neblig und sie hatte die Scheibenwischer eingeschaltet. Sie war hellwach. Überall schienen Gefahren zu lauern – an fast jeder Haltestelle sah sie eine verknitterte, zerlumpte Gestalt außerhalb des Wartehäuschens stehen. Das mussten die verdeckten Ermittler sein, fiel ihr ein, die den Mörder aus seinem Hinterhalt hervorlocken sollten. Sobald er sich einem der Polizisten von hinten näherte, würde dieser ihn bestimmt mit einem Judogriff zu Boden werfen oder über die Schulter schleudern. Aber jedenfalls war Vorsicht angesagt. Gundula Nagel konzentrierte sich ganz auf ihre Arbeit. Sie fühlte sich gewappnet. Sie folgte den schimmernden Gleisen.

Propheten-Peter faltete seine Zeitungen und Kartons und schnürte sie zu einem Paket zusammen, das er in eine zerrissene Plastiktüte wickelte und in den Büschen unter der Fußgängerbrücke bei der Bahnstation Mühlburger Feld versteckte. An der Haltestelle stand ein Penner, den er nicht kannte. Er hüpfte von einem Fuß auf den anderen und schlug mit den Armen, um sich warmzuhalten. »Hey, Mann!«, rief Propheten-Peter. »In Deutschland sind dunkle

Mächte am Werk und die vereinen sich genau hier. In wenigen Minuten!«

»Klar«, antwortete der Penner. »Und wenn du weißt, was gut für dich ist, dann sieh zu, dass du verschwindest.«

Propheten-Peter folgte dem Weg neben den Gleisen, der am Entenfang vorbei zum Lameyplatz führte. »Unsichtbare Mächte«, murmelte er. »Das Unsichtbare wird sichtbar. Es kommt ans Licht. Die dunklen Mächte werden sichtbar und vereinen sich. Vereinen sich im Licht. Ja! Sagt nicht, ich hätte euch nicht gewarnt!«

Ein Motorroller ohne Licht überholte Propheten-Peter. Propheten-Peter nahm ihn gar nicht zur Kenntnis. Er brabbelte weiter vor sich hin. Wenig später näherte sich von hinten ein Auto, ebenfalls ohne Licht. Propheten-Peter beachtete es nicht. Da Reikert weder Hupe noch Lichthupe benutzen konnte, ohne Wemgruber zu warnen, wich er vom Weg ab, um Propheten-Peter zu überholen. Auf der Wiese blieben zwei matschige Reifenspuren im geknickten Gras zurück.

Wilhelm Wemgruber erreichte das Ende des Fuß- und Fahrradwegs, fuhr unter der B36 hindurch und bog in die Hardtstraße ein. Reikert folgte ihm. Wemgruber fuhr durch die Lameystraße weiter zum Lameyplatz und parkte auf dem Hof hinter dem Polizeirevier. »Was? Will er sich etwa stellen?«, dachte Reikert enttäuscht. Doch als er – jetzt mit eingeschalteten Scheinwerfern – auf den Parkplatz fuhr, sah er Wemgruber zu Fuß über die Böschung zur Haltestelle Lameyplatz verschwinden. Zu spät bemerkte Reikert, dass alle Parkplätze besetzt waren. Er ließ den Opel kurzerhand im Weg stehen und eilte zur Böschung.

Am Ende des Bahnsteigs stand ein Mann, der fröstelnd die Schultern zusammenzog. Wie Wemgruber trug er alte, schwarze Kleidung und eine Wollmütze. Reikert stutzte. Soweit er wusste, war am Lameyplatz kein Lockvogel im

Einsatz. Schließlich würde kein Mensch, der halbwegs bei Verstand war, direkt hinter einem Polizeirevier einen Mord begehen. Aber Wemgruber war nun einmal nicht bei Verstand. Er stand unterhalb des kleinen Abhangs an der Straße. Zwischen ihm und der Haltestelle verliefen die Fahrbahnspuren in Richtung Hafen. Im Licht der Straßenlaternen war er klar und deutlich zu sehen. Er versuchte nicht einmal, sich zu verstecken. Ohnehin gab es nichts, wo er sich hätte verstecken *können.*

An der Haltestelle Mühlburger Feld brachte Gundula Nagel die Linie Fünf zum Stehen. Ein paar Fahrgäste stiegen ein. Es war noch zu früh für den Schichtwechsel im Kraftwerk, im Hafen, bei Polizei und Feuerwehr. Es war dunkel und still. Die Lichtkegel ihrer Scheinwerfer zeichneten sich im dichten Nebel ab. Sie beschleunigte langsam, wobei sie sich einerseits der drohenden Gefahr, andererseits aber auch des Fahrplans bewusst war. Sie legte großen Wert darauf, den Fahrplan immer streng einzuhalten.

Nachdem Gundula Nagel auch die Haltestelle Entenfang ohne besondere Vorkommnisse hinter sich gelassen hatte, fuhr sie an Propheten-Peter vorbei, der gebeugt daherging, als ob er ein bestimmtes Ziel fest vor Augen hätte. Kurz darauf tauchte in der Ferne die Haltestelle Lameyplatz auf – eine hell erleuchtete Insel in einem hässlichen Betonmeer – und dahinter schimmerten die Lichter des Kraftwerks, dessen Schornstein wie ein riesiger, mit Juwelen geschmückter Zeigefinger leuchtete. Doch Gundula Nagel ließ sich nicht ablenken. Als sie dunkle Gestalten und Bewegungen wahrnahm, begann sie stotternd abzubremsen – sanft, ruhig, professionell.

Wemgruber stürmte über die Straße. Mit ausgestreckten Armen, die flachen Hände senkrecht abgewinkelt, lief er auf den stinkenden, heruntergekommenen Landstreicher zu, der dastand, als hätte der Herr ihn dort in Erwartung seines Rächers aufgestellt. Als Sepp Hauser ihn kommen hörte, spannte er die Muskeln an und bereitete sich darauf vor, dem Angreifer plötzlich auszuweichen oder ihn wenigstens mit der Schulter zur Seite zu stoßen. Doch sein Körper reagierte nicht so schnell wie sein Kopf und die Wucht des Stoßes überraschte ihn. Sepp verlor das Gleichgewicht.

Reikert jagte die Böschung hinunter und raste über die Lameystraße, so dass ein VW Jetta eine Vollbremsung machen musste und diesem fast ein Wagen der städtischen Müllabfuhr hinten aufgefahren wäre. Reikert vollführte einen Hechtsprung, wie er ihn bei den Football-Spielen der Vultures gesehen hatte. Er riss Sepp Hauser auf den Bahnsteig zurück, doch er selbst stürzte mit Wilhelm Wemgruber vor die herannahende Linie Fünf.

Gundula Nagel trat auf die Bremse, ließ los, bremste wieder. Nur Millimeter vor den beiden Männern, die mitten auf den Gleisen miteinander rangen, brachte sie die Bahn schließlich zum Stehen. »Ha!«, sagte Gundula. »Nicht mit mir.«

Propheten-Peter überquerte die Lameystraße an der Ampel und schlug den Fußweg in Richtung Kraftwerk ein. Er ging an der Haltestelle vorbei, ohne nach rechts und links zu sehen. »Ja!«, murmelte er vor sich hin. »Es werde Licht! Das ist die Antwort. Licht! Licht in der Dunkelheit!«

Siebzehn

McAdam starrte aus dem Wohnzimmerfenster - sein bevorzugter Aussichtsplatz, wenn er eine weitere Perspektive brauchte. Für den Voyeur hatte er nicht viel zu bieten, wohl aber für den Transzendentalisten. Man konnte über die Dächer der Stadt hinweg bis zu den ersten Bergen des Schwarzwaldes sehen und darüber erstreckte sich die endlose Weite des Himmels. Der Anblick rief McAdam ins Bewusstsein, dass es im Leben Wichtigeres gab als die Problemchen eines einzelnen Menschen. Er ließ den Blick ziellos in die Ferne schweifen und wenigstens einen friedvollen Augenblick lang breitete sich eine gnädige Leere in seinem Kopf aus, bevor seine Gedanken wieder zu kreisen begannen.

Vielleicht sollte er zurück an die Universität gehen und seine Doktorarbeit über den Begriff der Eitelkeit in der Literatur von Ecclesiastes bis Tom Wolfe abschließen. Er konnte auch wieder an der Volkshochschule anfangen und zusätzlich bei Berlitz, Inlingua und Wal-Mart Englisch unterrichten, um seine Familie zu ernähren. Wenn er ein Stipendium bekäme, könnte er seinen Roman fertig stellen – die Geschichte eines Amerikaners, der in das Land seiner Vorfahren »zurückkehrt«, um herauszufinden, warum sie damals ausgewandert sind. Oder er könnte als Müllsortierer auf dem Recyclinghof arbeiten. Die Welt bot schließlich zahllose Möglichkeiten und für jemanden, der ganz unten war, konnte es im Grunde nur bergauf gehen.

Ihm war klar, dass er als Privatdetektiv nie wieder einen Job bekommen würde. Dafür würde der Alte mit seinen Beziehungen schon sorgen, wenn er erst erfuhr, wie McAdam den letzten Auftrag verbockt hatte. Sein Ruf war ruiniert, bevor er sich überhaupt einen aufgebaut hatte. Womöglich, fiel ihm ein, hatte Erhagen ohnehin beabsichtigt, ihn in der Versenkung verschwinden zu lassen, falls bei seinen Ermittlungen unliebsame Dinge ans Licht kämen. Warum sonst hätte er einen Niemand wie ihn beauftragen sollen? Kein Hahn würde nach ihm krähen. Er war erledigt, ein für alle Mal. Alles, was er Dr. Erhagen vorzuweisen hatte, waren zwei Tüten voller Kleider, Puppen und Kosmetika, die Regina/Elke auf der Straße hatte fallen lassen und die ein pflichtbewusster Durlacher aufgehoben und ordentlich am Straßenrand aufgestellt hatte für den Fall, dass der rechtmäßige Besitzer zurückkäme. McAdam und Conny hatten sie dort gefunden, als sie ihn zu seinem Wagen zurückbrachte. Nachdem Conny ihm mitgeteilt hatte, der Mörder sei an der Haltestelle Lameyplatz in flagranti ertappt und in Gewahrsam genommen worden, verlief die Fahrt vom Hauptbahnhof schweigsam und trübsinnig. Die offensichtliche Tatsache, dass Regina alias Elke ihnen beiden entwischt war, bedurfte keines Kommentars. Einmal brummte Conny: »Wemgruber ... Ich wusste es! Und Reikert, ausgerechnet ...« Und McAdam grummelte: »Der Alte reißt mir den Kopf ab – oder zumindest sorgt er dafür, dass ich meine Lizenz verliere.« Sie hielten an, um die Plastiktüten mitzunehmen, vergewisserten sich, dass die Sanitäter sich um die Krankenschwester gekümmert hatten, zogen die Haustür der Erhagens hinter sich zu und gaben sich zum Abschied beklommen die Hand. Da stand McAdam nun, starrte vor sich hin und grübelte über die ungewisse Zukunft seiner Familie.

Uschi hatte ihn bei seiner Rückkehr vom Turmberg wie

einen siegreichen Helden empfangen, nicht wie den armseligen Verlierer, der er war. Als sie erfuhr, dass die Waffe ihres Großvaters im Müll gelandet war, reagierte sie gelassen. »Ach, ich kann mir jederzeit eine neue besorgen«, sagte sie. (Hatte ihr Großvater etwa ein ganzes Arsenal hinterlassen?) Sie versorgte seine geprellten Rippen mit einer Kräuterkompresse und bestand darauf, dass er sich auf das Sofa legte, während sie Hackbraten und Ofenkartoffeln mit Sour Cream zubereitete. Anschließend half sie ihm, Reginas Tüten auszupacken. Er hatte sie mitgenommen in der vagen Hoffnung, dass sie einen Hinweis darauf enthielten, was Regina vorhatte und wo sie steckte. Insgeheim fürchtete er allerdings, dass sie ihre persönliche Endstation bereits erreicht hatte. Er hoffte es nicht.

»Sieh dir das an, McAdam! Jil Sander! Nur das Beste für die gnädige Frau. Und guck mal, hier sind ihre sämtlichen Kreditkarten! Ohne die kommt sie nicht weit. Und ein Adressbuch!«

»Tatsächlich?« McAdam schöpfte neuen Mut. Der Couchtisch sah aus wie die Weihnachtsdekoration im Schaufenster von Niemann Marcus: Geschenkideen für den viel beschäftigten Manager, der nicht wusste, was er seiner Ehefrau oder Geliebten auf den Gabentisch legen sollte. Parfümflakons, ein Kaschmirpullover, ein Paar Perlenohrringe, ein Seidenpyjama ... Uschi reichte ihm das Adressbuch, das im Gegensatz zu allem anderen durchaus nicht zur obersten Preiskategorie gehörte. Es enthielt Adressen im Umkreis von Hannover, aber auch in den USA, Australien, Singapur ... Wenn McAdam sich ans Telefon hängte und all diese Leute anrief, vielleicht ... Aber nein – falls tatsächlich einer von ihnen Regina versteckte, würde er es nicht zugeben und die Übrigen würde man nur unnötig neugierig machen. Allerdings – wenn er sich als eine alte Flamme von ihr ausgab ... oder besser noch, als ihr verschollener Bruder ...

McAdam hatte den Rest des Tages und die halbe Nacht damit zugebracht, seine Telefonrechnung in die Höhe zu treiben. Die meisten Leute, die er erreichte, entpuppten sich als alte Bekannte aus Elkes Zeit als Model und Messehostess. Er führte reizende Unterhaltungen mit Stewardessen, Models und einer Frau mit rauchiger Stimme in Nevada, die Elke ausrichten ließ, in Reno warte jederzeit ein Job auf sie. Niemand schien sich zu wundern, dass Elkes angeblicher Bruder einen amerikanischen Akzent hatte. Die Angerufenen in fernen Ländern sprachen meist selbst mit starkem Akzent und mussten mühsam nach deutschen Wörtern suchen oder sich mit der Sprache ihrer Wahlheimat behelfen. Niemand hatte in letzter Zeit von Elke gehört. Nach ein paar weiteren Versuchen bei den Leuten, die beim ersten Anruf nicht zu Hause waren, hatte McAdam eine Pause gemacht und seinen Aussichtsposten am Fenster bezogen.

Das Telefon klingelte. McAdam starrte es an. Uschi nahm ab und reichte McAdam den Hörer. »Für dich, Liebling«, sagte sie in perfektem Hochdeutsch.

»Hier spricht McAdam«, sagte McAdam in den Hörer.

»Guten Tag, Herr McAdam. Ich hoffe, ich störe nicht, aber wir dachten, es interessiert Sie vielleicht ... Ach ja, verzeihen Sie, hier ist Fräulein Bauer aus Springe. Erinnern Sie sich an unsere Unterhaltung? *Wir* haben sie jedenfalls nicht vergessen.« Im Hintergrund plapperte ununterbrochen eine Frauenstimme auf Fräulein Bauer ein.

»Bestellen Sie doch bitte Frau Bauer einen Gruß von mir«, sagte McAdam.

»Ach, das ist aber nett von Ihnen, Herr McAdam, vielen Dank«, sagte Fräulein Bauer und richtete den Gruß aus. McAdam trat von einem Fuß auf den anderen. »Nun, Herr McAdam, warum ich anrufe – es geht um Folgendes«, sagte Fräulein Bauer. »Ich wollte fragen, ob Sie noch immer nach lebenden Verwandten von Elisabeth Blank suchen.«

»O, äh ... ja, sicher«, sagte McAdam.

»Nun« – Fräulein Bauers Tonfall wurde vertraulicher – »Evalinde Müller glaubt, dass die Tochter in der Stadt ist. Sie meint, sie hat in Irmgard Schäfers altem Stall übernachtet, der jetzt leer steht bis auf die Gartengeräte, die Herr Weingard dort unterstellt – für eine bescheidene Miete, natürlich. Ja. Und Adelheid Janke glaubt, sie hat das Mädchen heute Morgen auf dem Friedhof gesehen, beim Grab ihrer Großmutter, das natürlich ewig niemand mehr gepflegt hat. Alles voller Unkraut und der Stein steht auch schon ganz schief. Wirklich eine Schande, wie diese Familie – wenn man überhaupt von Familie reden kann – alles verkommen lässt. Und Martha Lüttke sagt, sie hat sie mit einer Plastiktüte voll Gottweißwas die Lange Straße auf und ab gehen sehen. Sie sieht aus wie ... nun ja, sie ist schmutzig und trägt alte Kleider. Männerkleider«, sagte Fräulein Bauer.

»Fräulein Bauer, das sind wunderbare Neuigkeiten! Ich komme, so schnell ich kann. Sagen Sie, könnten Sie und die anderen Damen sie ein wenig im Auge behalten, bis ich da bin – so in sechs bis sieben Stunden? Natürlich so, dass sie nichts davon merkt.«

»Aber natürlich, Herr McAdam! Ich habe Traudl Teichmann und Sophie Burger von gegenüber schon Bescheid gesagt und Cora Kies hat scharfe Augen und führt immer ihren Hund Gassi.«

»Großartig, Fräulein Bauer! Sie verdienen einen Orden! Bis später!«

»Wenn der Orden aussieht wie das Auge auf Ihrer Visitenkarte, dann würde ich ihn an meinen Kamelhaarmantel stecken, neben mein Bundessportabzeichen«, sagte Fräulein Bauer. Sie kicherte überraschend jugendlich und verabschiedete sich.

McAdam fühlte sich gerettet, belebt, gestärkt. »Oosh! Noch ist nicht alles verloren! Halt die Stellung!«

»Was?«, fragte Uschi.

»Ich fahre mit dem nächsten ICE nach Hannover.«

STRASSENBAHNMÖRDER GEFASST! verkündete die KATZ triumphierend. Zwei gleich große Bilder von Reikert und Wilhelm Wemgruber beherrschten die Titelseite. Reikert, mit einer blutigen Schramme über dem rechten Auge, grinste in die Kamera und bildete mit den Fingern einer Hand das V für Victory – Sieg. Wemgruber, mit einer blutigen Schramme über dem linken Auge, starrte geistesabwesend an der Kamera vorbei. Seine Hände waren hinter dem Rücken gefesselt. Im Lokalteil gab es noch mehr Bilder und einen langen Artikel. Sepp Hauser und Gundula Nagel wurden als »ein älterer Obdachloser« und »eine geistesgegenwärtige Straßenbahnfahrerin« beschrieben. Ihre Namen wurden nicht erwähnt. Ein Lokalredakteur behauptete, zur Verhaftung des Mörders beigetragen zu haben, indem er zwei Drohbriefe an die Polizei weitergeleitet habe. Der Oberbürgermeister wurde zitiert, ebenso der Polizeichef und Backmesser, der Chef der Mordkommission, der eilig eine Pressekonferenz ansetzte. Alle drei rühmten die Leistungen der Polizei und Reikerts Heldenmut. Reikert wurde in der Notaufnahme des städtischen Krankenhauses interviewt, wo man seine Schürf- und Platzwunden sowie eine gebrochene Rippe behandelte. Er betonte immer wieder, er habe nur seinen Job gemacht.

All dies las Conny Hartmann an ihrem Schreibtisch, während sie an ihrem morgendlichen Kaffee nippte. Backmesser kam zu spät. Die Mitglieder der Mordkommission hatten am Vorabend gefeiert. Nur Conny war nicht dabei gewesen. Sie hatte den Abend damit zugebracht, Wemgrubers Nachbarn zu vernehmen und per Fax bundesweit Anfragen über den Verbleib von Wolf und Waltraud Wemgruber zu stellen. Backmesser nickte ihr kurz zu und verschwand in seinem Büro. Conny goss ihm eine Tasse Kaffee ein und klopfte an seine Tür.

»Kommen Sie herein ... Danke«, sagte Backmesser. Er war leicht verkatert. Er beachtete Conny nicht weiter, sondern wandte sich den Akten auf seinem Schreibtisch zu.

»Ich kriege einfach nicht heraus, wo Wemgrubers Frau und sein Sohn geblieben sind«, sagte Conny.

Backmesser starrte sie gereizt an.

»Ich war gestern dabei, als das Haus durchsucht wurde«, fuhr sie fort. »Frau Wemgrubers Kleider hängen noch im Schlafzimmer. Ihre Haarbürste, ihre Nachthemden – alles noch da. Im Zimmer des Jungen das Gleiche. Die Poster an der Wand, die CDs, Basketballschuhe, Unterwäsche, Socken ... Wenn die beiden gegangen sind, dann überstürzt, ohne zu packen.«

»Und? Glauben Sie, er hat die beiden auch vor die Straßenbahn gestoßen? Das passt nicht ins Bild, Hartmann.«

»Ich weiß. Aber ... finden Sie es nicht merkwürdig, dass sie spurlos verschwunden sind? Die Nachbarn haben sie seit Monaten nicht mehr gesehen. Und warum hat Wemgruber sich in die Küche zurückgezogen und den Rest des Hauses hermetisch abgeschottet? Was, wenn die beiden tot sind und ihre Leichen irgendwo auf dem Grundstück versteckt?«

Backmesser nahm einen Schluck von seinem Kaffee und runzelte die Stirn. »Also gut, Frau Hartmann«, sagte er. »Wir sehen uns die Sache noch mal gründlich an. Und wir fragen unseren Freund, was er mit seiner Familie angestellt hat. Bisher haben wir allerdings nur wirres Zeug aus ihm herausbekommen. Er wird heute untersucht. Danach können Sie meinetwegen Ihr Glück versuchen.«

»Danke, Chef.«

Backmesser nickte und wandte sich wieder seinen Akten zu.

McAdam stieg in Springe aus dem Pendelzug. Erleichtert streckte er die verspannten Glieder und atmete die frische Landluft ein. Er schulterte seinen Rucksack und schlenderte – froh, sich wieder aus eigener Antriebskraft fortzubewegen – durch die nunmehr vertrauten Straßen zum Stadtzentrum. An der Kreuzung Bahnhofstraße/Lange Straße blieb er stehen, um sich zu orientieren.

Eine winzige, runzlige alte Frau mit silbergrauer Perücke, die einen winzigen, silbergrauen Hund mit ähnlicher Frisur an der Leine führte, kam auf McAdam zu. »Sie sind bestimmt der amerikanische Detektiv«, sagte sie.

»Der bin ich«, bestätigte McAdam und beugte sich zu ihr hinunter.

»Die kleine Blank ist im Volkspark«, sagte sie. »Hier die Straße entlang und dann links durch das Holztor. Sie können es gar nicht verfehlen.«

»Haben Sie vielen Dank«, sagte McAdam und tippte sich an die Baseballmütze.

»Und schöne Grüße von Frau und Fräulein Bauer«, fügte die kleine, alte Dame hinzu.

»Bitte richten Sie meinen Dank aus und grüßen Sie sie von mir«, sagte McAdam.

»Das werde ich, junger Mann. Und jetzt sehen Sie zu, dass Sie im Park ankommen, bevor sie wieder fort ist. Noch hält Adelheid Janke am Tor Wache, aber sie kann nicht mehr lange bleiben, weil sie auf ihren Enkel aufpassen muss.«

»Verstehe. Auf Wiedersehen«, sagte McAdam. Er nahm sich vor, für die Damen vom Gardinennetzwerk Anstecknadeln in Form eines Auges zu kaufen. Uschi wusste sicher, wo man so etwas bekam.

Das Tor zum Volkspark war wuchtig, handgeschnitzt und bunt bemalt. Die alte Frau, die am Eingang stand, war ebenfalls wuchtig, aber weniger farbenfroh. Sie nickte McAdam ernst zu, legte einen Finger an die Lippen und deutete den Weg entlang. McAdam tippte sich an die Mütze und ging in die angezeigte Richtung. Obwohl Springe eine Kleinstadt war, umgeben von ausgedehnten Feldern und einem Wald, in dem einst Kaiser Wilhelm Wildschweine jagte, hatten die Stadtväter in einem Waldstück im Süden des Ortes einen Stadtpark anlegen lassen. Das Bett der Haller – eines Flüsschens, das noch kleiner war als die Alb – war aufgeschüttet, das Gewässer umgelenkt und zu einem Ententeich gestaut worden. Auf der einen Seite des Teiches schlängelte sich ein Pfad zwischen Kiefern hindurch, auf der anderen Seite trennte ein hoher, hässlicher Holz- und Betonwall den Park von der Auffahrt zur Schnellstraße. Der Verkehr war zwar nicht zu sehen, wohl aber zu hören. Auf einer Bank zwischen dem Lärmschutzwall und dem Ententeich saß Regina Blank.

McAdam erkannte sie auf den ersten Blick nicht wieder. Das sollte die Frau sein, die er Rote Feder, Roter Pfeil und Roter Bomber genannt hatte? Als er sie das letzte Mal auf einer Parkbank gesehen hatte, war sie so lebhaft, so strahlend, so lustvoll gewesen. Jetzt hockte sie da in sich zusammengesunken, teilnahmslos und verdreckt. In ihrer schwarzen Kleidung erinnerte sie ihn an eine Krähe mit gebrochenen Flügeln oder an ein Stück geschwärztes Strandgut. Ihr Haar steckte unter einer Wollmütze, ihr Gesicht war verschmiert wie das eines Schornsteinfegers nach einem langen Arbeitstag. Allerdings umgab sie durchaus nicht die Aura eines Glücksbringers. Während McAdam sie betrachtete, wurde ihm klar: Dass er nach Vergleichen suchte, lag nicht allein an seiner allzu ausgeprägten literarischen Ader. Er wollte Zeit schinden. Schließlich gab er sich einen Ruck, schlenderte mit den Händen in den Taschen scheinbar gelassen zur Bank und setzte sich neben

Regina. Schweigend beobachteten sie die Entenfamilien, die auf dem Teich umherschwammen.

»Der Straßenbahnmörder ist gefasst worden«, sagte McAdam. »Es war einer von den Fahrern. Ein gewisser Wemgruber.«

»Dann stehe ich also nicht mehr unter Verdacht. Hat er gestanden?«, fragte Regina.

»Äh ... Ich weiß nicht«, sagte McAdam. »In der Zeitung steht, dass er nur wirres Zeug von sich gibt. Hat wohl einen Dachschaden.«

»Glauben Sie, das *ich* einen Dachschaden habe, McAdam?«, fragte Regina.

»Äh ... nein«, sagte er. »Glauben *Sie* es denn?«

»Eine Zeitlang habe ich es geglaubt«, sagte sie. »Ich dachte, ich hätte einen Dachschaden wie meine Mutter. Ich hätte mich beinahe umgebracht. Ich hätte beinahe einen anderen Menschen umgebracht.«

»Sie meinen die Krankenschwester? Die ist wohlauf. Frau Hartmann hat mir erzählt, dass sie im Krankenhaus noch eine ganze Weile geschlafen hat. Als sie zu sich kam, hat sie gesagt, sie fühlte sich bestens erholt.«

Über Reginas Gesicht huschte der Anflug eines Lächelns. »Da bin ich aber erleichtert«, sagte sie und wandte sich McAdam zu. »Und Sie sind wohl gekommen, um mich zurückzuholen.«

»Ihr Mann hat mich beauftragt, Sie im Auge zu behalten«, sagte McAdam. »Ich mache nur meinen Job. Sie haben es mir allerdings nicht gerade leicht gemacht.«

Nun lächelte Regina tatsächlich. »Tut mir leid, McAdam, wirklich. Danke übrigens, dass Sie am Durlacher Bahnhof in die Luft geschossen haben. Sie haben mir das Leben gerettet. Nicht dass es das wert wäre ...«

»Warum sagen Sie das?«

»Ich gehe nicht zurück, McAdam. Mein Leben als Elke

Erhagen ist vorbei. War sowieso eine einzige Lüge. Das Problem ist – ich habe keine Zukunft. Ich wüsste nicht, wohin ich gehen könnte. Ich habe nichts und niemanden.«

»Na ja, ich habe ein bisschen herumtelefoniert«, sagte McAdam. »Hiermit.« Er öffnete seinen Rucksack und reichte ihr das Adressbuch. »In Reno wohnt eine alte Freundin von Ihnen, die einen Job für Sie hat.« Warum erzählte er ihr das? Dafür bezahlte ihn der Alte – sein Klient – bestimmt nicht.

»Reno? Wo ist das denn?«, fragte Regina.

»In den USA. Ein recht eigentümliches Fleckchen. Anscheinend betreibt Ihre Freundin dort ein Themenhotel namens Old Europe. Eine Art Disneyland für Spieler. Die brauchen echte Europäerinnen für die Bar und die Blackjacktische ... Ich meine, ich weiß schon, das klingt nicht gerade verlockend.«

»Verlockend?«, wiederholte Regina, die die Vorstellung durchaus verlockend zu finden schien. »Aber wie soll ich hinkommen? Ich habe kein Geld ...«

»Ach ja, ich habe Ihnen noch was mitgebracht«, sagte McAdam und reichte ihr die Kreditkarten.

»Die gehören Manfred. Eins steht für mich fest: Von Manfred nehme ich nichts mehr an.«

»Sie könnten ihm das Geld für den Flug ja später zurückzahlen, nachdem Sie eine Weile gearbeitet haben«, sagte McAdam.

In Reginas Augen glomm wieder etwas von ihrer früheren Energie auf. »Aber ... ich habe gar nichts anzuziehen!«, sagte sie.

»O doch, ich habe Ihnen Ihre Sachen mitgebracht«, sagte McAdam und stellte den Rucksack vor sie hin. »Damit kommen Sie bestimmt aus, bis Sie Zeit haben, einkaufen zu gehen.« Regina öffnete den Rucksack. Beim Anblick ihrer

Kleider leuchteten ihre Augen, als ob sie verloren geglaubte alte Freunde vor sich sähe. Doch dann runzelte sie wieder die Stirn.

»Amerika – ich habe mein Englisch fast völlig vergessen«, sagte Regina. »Was weiß ich schon von Amerika?

»Ist hier bleiben eine bessere Alternative?«, versetzte McAdam. »Vor dieser Entscheidung haben schon Millionen Menschen vor Ihnen gestanden. Ich denke, es könnte Schlimmeres geben.«

Regina richtete sich kerzengerade auf und McAdam sah, wie vor ihrem inneren Auge Bilder abliefen. Wahrscheinlich geht sie im Geiste bei Saks, Macy's und Niemann Marcus shoppen, dachte er. Wahrscheinlich sieht sie schon vor sich, wie sie auf dem Rodeo Drive Richard Gere über den Weg läuft. Und jetzt nimmt sie ein Schaumbad im Ritz-Carlton ...

Doch dem war nicht so. Die Schaumbadfantasie ging auf McAdams Konto, nicht auf Reginas. Sie sagte: »Hotelmanagement – daran habe ich schon öfter gedacht. Ich könnte Korrespondenzkurse belegen – natürlich erst nachdem ich mein Englisch aufpoliert habe. Karla Hansen ist in Ordnung. Sie hilft mir bestimmt auf die Sprünge. Und wenn ich mich richtig ins Zeug lege ...« Plötzlich drehte sie sich um, umarmte McAdam und gab ihm einen Kuss, der einen recht unangenehmen Nachgeschmack auf seinem Mund und einen schwarzen Schmutzfleck auf seiner Wange hinterließ. »McAdam! Sie sind brillant!«, sagte sie. »Kommen Sie! Wir gehen zur Bank. Wenn ich das Geld abgehoben habe, können Sie Manfred die Karten zurückbringen.« Sie sprang auf und reichte McAdam den Rucksack. Er schulterte ihn und sie nahm seinen Arm und schleifte ihn förmlich den Weg entlang. Am Tor standen einige ältere Damen Spalier, die den beiden lächelnd nachwinkten, als sie den Park verließen.

»Es war meine Pflicht, den Weg herzurichten. Die Straße vom Schmutz zu reinigen. Alles zu beseitigen, was dort nicht hingehört«, sagte Wilhelm Wemgruber. Redete er von seiner Kindheit? Meinte er das wöchentliche Fegen des Gehsteigs, eine der Pflichten, die es in jedem deutschen Haushalt gab? Oder bezog er sich auf die Morde? Conny wartete. Dann half sie nach: »Sie haben nur Ihre Pflicht getan? Für Ihren Vater, für den ›Alten‹? Dann verraten Sie mir doch, Herr Wemgruber, warum Sie es hinter seinem Rücken getan haben. Warum immer dann, wenn der Alte nicht in der Stadt war?«

»Die Wege des Herrn sind unergründlich«, sagte er. »Sein Zorn kommt unerwartet über uns.«

»Ach – Sie dachten also, dass es ihm vielleicht gar nicht gefallen würde, was Sie da treiben.«

Wilhelm Wemgruber warf ihr aus zusammengekniffenen Augen ein paar schräge Blicke zu. »Der Herr weiß, was gut für uns ist«, sagte er. »Mein Vater wusste es. Der Alte weiß es. Man muss nur dem Pfad folgen. Sie zum Beispiel – Sie sind auf dem falschen Weg. Sie sollten sich besser zu Hause um Ihren Mann und Ihre Kinder kümmern.«

»Ich bin nicht verheiratet«, sagte Conny Hartmann. Das Gespräch fand im Krankenhaus statt, in das Wilhelm Wemgruber wegen Platz- und Schürfwunden und einer gebrochenen Rippe eingeliefert worden war. Er hatte gerade eine Reihe von Röntgenaufnahmen und anderen Untersuchungen hinter sich.

»Dann sollten Sie zu Hause Ihrer Mutter helfen. Sie sollten auf Ihren Vater hören.«

»Mein Vater war Polizist. Er war dafür, dass ich Polizistin werde.« Das stimmte nicht. Ihr Vater war dagegen gewesen. Er hatte sie für verrückt erklärt und während ihrer Ausbildung kaum mit ihr gesprochen. Als sie den besten Abschluss ihrer Klasse machte, war er widerwillig zur Feier erschienen. »Wo sind Ihre Frau und Ihr Sohn, Herr Wemgruber?«, fragte sie.

»Sie sind vom Weg abgewichen. Sie haben den falschen Pfad gewählt. Sie haben sich in der Wildnis verirrt. In Verdammnis gestürzt.«

»Wer hat sie in Verdammnis gestürzt, Herr Wemgruber? Sie? Haben Sie sie getötet?«

»Sie getötet? Sie haben sich selbst getötet!«

»Was?«

»Sie sind in der Hölle! Und dort werden Sie auch enden! Wie die anderen Schweine! Wie alle, die vom rechten Weg abweichen!« Wemgrubers Sprache wurde schwerfälliger, ihm fielen allmählich die Augen zu. Der Arzt hatte Conny darüber informiert, dass Wemgruber gerade ein Beruhigungsmittel bekommen hatte. Conny warf noch einen Blick auf das graue Gesicht – ein stoppeliger Fleck zwischen den weißen Verbänden und Laken – und ging.

Als sie aus dem Zimmer kam, traf sie den Arzt, einen gut aussehenden, sportlichen jungen Mann mit Ohrring. »Vielleicht erspart es Ihnen Arbeit«, sagte er aufgeräumt, »wenn Sie wissen, dass Ihr Gefangener seinen Prozess wahrscheinlich nicht mehr erleben wird. Er hat einen Gehirntumor. Wahrscheinlich infolge einer Verletzung in der Kindheit. Vielleicht ist er mal aus dem Bettchen gefallen oder die Treppe hinuntergestürzt. Wahrscheinlicher ist, dass er als Kind misshandelt wurde.«

»Danke, Doktor«, sagte Conny. »Aber Arbeit erspart mir das nicht.«

Wilhelm Wemgruber schloss die Augen. Die Erinnerung holte ihn wieder ein – die Erinnerung, die aufgetaucht war, als er am Lameyplatz mit dem Kopf auf die Gleise schlug. Normalerweise fegte seine Mutter den Gehweg. Er folgte ihr mit seinem kleinen Besen. Es war immer dasselbe. Sie fingen links an und bewegten sich mit geraden, parallelen Besenstrichen vorwärts. Strich, Strich, wusch! Staub, Dreck, Zigarettenkippen landeten im Rinnstein und bildeten langsam einen langen, dünnen Wall neben dem sauberen Gehweg. Doch heute war seine Mutter nicht da. Wo war sie? Er konnte sich nicht erinnern. Egal. Plötzlich war sie nicht mehr da. Er war allein und sein Vater hatte ihm befohlen, den Gehweg zu fegen.

Der Besen war größer als er, lang und unhandlich. Es fiel ihm schwer, damit zu fegen, aber er bemühte sich. Langsam bildete sich im Rinnstein der Schmutzwall. Er sah etwas glänzen. Er hielt inne und vergewisserte sich mit einem Blick über die Schulter, dass sein Vater ihn nicht beobachtete. Er hörte ihn in der Scheune an dem Daimler werkeln. Wilhelm ging in die Hocke und hob das blanke Ding auf.

Ein Kaugummi, noch in Alufolie verpackt. Sein Herz pochte. Kaugummi war *verboten*. »Eine Erfindung der Ami-Schweine, um kleine Kinder zu verführen. Hast du es erst mal im Mund, saugt es sich fest. Wie ein Blutegel.« Er hatte Angst davor, ungehorsam zu sein. Aber die anderen Jungs hatten immer dicke Backen, sie kauten ständig. Und wenn sie einen Kaugummi ausgekaut hatten, nahmen sie ihn aus dem Mund und klebten ihn irgendwohin. Er wusste, er hätte das Ding wieder in den Rinnstein werfen sollen – aber es war, als ob der Teufel ihm die Hände führte. Er pustete den Staub ab und bog die gezackten Ränder der Alufolie auseinander. Da lag das Ding nackt in seiner Hand. Sah eigentlich ganz unschuldig aus – wie eine flache, weiße Oblate. Ein harmloser, rechteckiger Streifen, dessen Pfefferminzaroma ihm in die Nase stieg. Er steckte ihn in den Mund. Er zermalmte ihn mit den Zähnen, doch der Kaugummi gab unter jedem Biss nach und schmolz zu einem Klumpen, der herbsüße Säfte abgab. Er kaute – erst mit geschlossenem

Mund, dann mit schmatzenden Lippen. Er kaute, während er den Gehweg fegte. Strich, schmatz, wusch, schmatz! Seine Nase und seine Stirn schienen sich zu weiten, als er das Pfefferminzaroma in tiefen Zügen einatmete. Schließlich war er fertig. Im Rinnstein erstreckte sich ein langer Schmutzwall. Daneben lag der Gehweg blitzblank.

»Junge! Sieh zu, dass du fertig wirst!«, erscholl ein schroffes Kommando aus dem Scheunentor. »Zeit für die Kontrolle!« Der Junge erstarrte, den Kaugummi noch im Mund. Runterschlucken? Angeblich war das Zeug giftig. Er machte es so, wie er es bei den anderen Jungen beobachtet hatte. Er spuckte den Kaugummi auf den Gehweg und trat darauf. Fest. Dann stand er stramm, den Besen aufrecht neben sich. Ihm war nach Grinsen zu Mute, aber sein Vater konnte Grinsen nicht leiden. Also runzelte er die Stirn, grimmig wie sein Vater.

Die Augen des Vaters saugten den gefegten Gehweg förmlich auf, folgten der Dreckschlange, musterten den Jungen und seinen Besen. Endlich sagte er: »Recht ordentlich.« Wilhelm schluckte das Lächeln hinunter, das sich auf seine Lippen stehlen wollte, und verbarg seinen Stolz.

»Komm jetzt«, sagte der Mann. »Und wasch dir vor dem Essen die Hände.«

Wilhelm schulterte mühsam den großen Besen. Doch kaum war er einen Schritt gegangen, brüllte sein Vater mit wutverzerrtem Gesicht: »Was ist das?« Sein riesiger Zeigefinger deutete auf das runde, graue Klümpchen auf dem Gehweg. »Schwein!« Dann schnellte die ganze wuchtige Hand auf Wilhelms Kopf zu. Der Junge fiel. Sein Kopf schlug schmerzhaft auf, mitten im Dreck. Der aufgewirbelte Staub drang ihm in die Nase und überdeckte das Pfefferminz. »Ich weiß, was für dich gut ist, Dreckskerl!«, brüllte sein Vater. »Vergiss das nicht, sonst landest du in der Gosse. Und dann in der Hölle!«

»Mama«, flüsterte Wilhelm. Er erinnerte sich gerade noch, dass sie nicht da war, dann verlor er das Bewusstsein.

Conny fuhr zu Wemgrubers Haus. Vor der Polizeiabsperrung tratschten ein paar schaulustige Nachbarn, obwohl es außer den geparkten Wagen der Spurensicherung nichts zu sehen gab. Conny betrat das Haus und ging den Flur entlang in die Küche. Wemgrubers Bett war noch immer ordentlich gemacht. Conny öffnete die Anrichte. Als sie noch ganz klein war, hatte ihre Großmutter so eine gehabt – ein Allzweckmöbel mit Geschirr, Töpfen und Pfannen, gefalteten Geschirrhandtüchern und Salz und Mehl in blauweißen Porzellanbehältern. Später war sie durch eine moderne Einbauküche ersetzt worden. Conny sah sich Wemgrubers Küche zum ersten Mal genauer an. Dabei fiel ihr auf, dass es keinerlei moderne Geräte gab – keinen Mixer, keinen Toaster, keine Tiefkühltruhe, nicht einmal einen Durchlauferhitzer an der Spüle.

Sie ging in die Stube, die man kaum Wohnzimmer nennen konnte, so voll gestopft war sie mit Möbeln aus der Vorkriegszeit, die kaum noch Platz für den wuchtigen Esstisch ließen. Es gab einen großen, uralten Fernseher und ein ebenso großes Röhrenradio, zweifellos ein Sammlerstück. An den Wänden wetteiferten Landschaftsbilder aus der Region mit der gemusterten Tapete um Aufmerksamkeit. Es gab weder Bücher noch Zeitschriften, nur in einem Regal einen Stapel abgegriffener religiöser Traktate in Sütterlinschrift. Conny kam sich vor wie in einem Heimatmuseum. Offenbar wollte Wilhelm Wemgruber alles in seinem Haus so erhalten, wie sein Vater es hinterlassen hatte.

Im Schlafzimmer stand ein schweres Mahagonibett mit dicken Daunenkissen und -decken. Conny schlug eine Decke zurück und blickte wie erwartet auf eine uralte Matratze aus drei holzgerahmten Teilen, die eine starke, gründliche Hausfrau zum Saubermachen herausnehmen konnte. Conny hatte sich damals bei ihrer Großmutter auf einem solchen Bett hin- und hergewälzt und sich gefragt, wie sie einschlafen sollte, wenn ihr die Ränder der Matratzenabschnitte in die Rippen schnitten und die spitzen Federkiele ins Fleisch stachen. Unter dem Bett stand ein Nachttopf, daneben ein schmaler Schrank voller farbloser Kleidungsstücke und eine recht hübsche Frisierkommode mit einer Marmorplatte und einem großen Spiegel. In den Schubladen lag sorgfältig zusammengelegt Waltraud Wemgrubers zweckmäßige Unterwäsche. Ihre Bürste (in der noch ein paar graue und braune Haaren hingen), ihre Nivea Creme, Handlotion und Gesichtscreme lagen obenauf. Nicht gerade die Kommode einer »Hure«.

Das einzig »moderne« Zimmer im Haus war das von Wolf beziehungsweise »Dennis«. Er hatte zwar ebenfalls auf einer dreiteiligen Matratze schlafen müssen, aber an den Wänden hingen über der gestreiften Tapete Musik- und Motorradposter. Auf der Kommode stand ein billiger Stereo-CD-Player, daneben lag ein Stapel CDs. Unter dem Kleiderschrank waren mehrere Paar Markenturnschuhe aufgereiht. In den Fächern lagen modische Sweatshirts, weite Hosen und Baseballmützen. Conny versuchte sich vorzustellen, was für Kämpfe der Junge ausgetragen haben musste und welche Konflikte und Strafen er auf sich genommen hatte, um sich diese Mindestausstattung einer normalen Teenagerexistenz zu erstreiten. Sie nahm an, dass die Mutter seine Verbündete gewesen war und irgendwie den Mut aufgebracht hatte, dem »Alten« Zugeständnisse abzuringen. Der Motorroller musste die Krönung gewesen sein. Welchen Preis hatten die beiden – Mutter und Sohn – dafür zahlen müssen?

Die Leute von der Spurensicherung klopften gerade im

Badezimmer Wände und Dielen ab, wie sie es bereits in den anderen Zimmern, auf dem Dachboden und im Keller getan hatten. Einer der Männer teilte Conny mit, es gebe keinerlei Hinweise darauf, dass in der letzten Zeit etwas Ungewöhnliches vorgefallen sei. Nur in der Scheune hatte man noch nicht gesucht.

Conny folgte ihm über den Hof. Die Menge hinter dem gestreiften Absperrband hatte inzwischen Zulauf bekommen. Conny erkannte einige der Nachbarn, die sie kürzlich zu den Lebensgewohnheiten der Familie Wemgruber befragt hatte. Alle meinten, die Wemgrubers »lebten zurückgezogen«.

Die Scheune war dunkel, voller Spinnweben und von Schimmelgeruch erfüllt. Der Boden bestand aus gestampftem Lehm. Die Männer von der Spurensicherung kamen nach kurzer Beratung einhellig zu dem Schluss, dass die Erde unter dem aufgebockten alten Daimler anders aussah als der übrige Boden. Man würde allerdings einen Kran brauchen, um das Auto zu entfernen.

Der Abschleppwagen der Polizei kam mit einem Anhänger. Die Menge auf der Straße wurde größer. Das alte Auto wurde in eine Ecke des Hofs geschleppt. Dann kam ein Kleinbus voller Polizisten mit Spitzhacken und Spaten. Und Backmesser traf ein.

In der Scheune drängten sich Männer mit Werkzeugen. Zwischen ihnen türmte sich ein stetig wachsender Erdhaufen. Conny ging nach draußen, um nicht im Weg zu stehen, um frische Luft zu schnappen und um nicht mit ansehen zu müssen, wie Waltraud Wemgrubers Hand oder Dennis Wemgrubers Fuß zum Vorschein kämen. Eine Frau mit krauser, selbst gelegter Dauerwelle und rosa Nylonjacke winkte ihr zu und rief: »Frau Hartmann! Erinnern Sie sich an mich?« Conny ging hin und begrüßte sie. Es war Gladys Maibach, die Conny erzählt hatte, sie kenne Frau

Wemgruber kaum und könne sich – jetzt, wo sie darüber nachdächte – nicht erinnern, sie in den letzten Monaten gesehen zu haben. »Was machen die da drinnen?«, fragte Frau Maibach in vertraulichem Tonfall.

»Graben«, sagte Conny.

»Graben?«, wiederholte Frau Maibach. »Wonach?«

»Nach Leichen«, sagte Conny. »Wenn wir Wemgrubers Frau und Sohn nicht lebend finden können, dann finden wir sie vielleicht tot.«

»Tot? Nicht doch!«, sagte Frau Maibach.

»Nun ja ...«, sagte Conny.

»Sie sind nicht tot«, sagte Frau Maibach. »Sie sind in Kanada. Ich musste Waltraud versprechen, dass ich es niemandem verrate. Sie sind vor zwei Monaten zu ihrer Schwester nach Saskatchewan gezogen.«

Mehrere Männer kamen aus der Scheune auf Conny und die Menge zugelaufen. »Zurücktreten! Alles weg hier! Wir haben eine Bombe gefunden!«

Achtzehn

Ein Bombenfund in Karlsruhe war nichts Ungewöhnliches – schließlich gab es überall in Deutschland Blindgänger aus dem Zweiten Weltkrieg. Manche dieser alten Bomben, die beim Abwurf nicht gezündet hatten, lagen inzwischen unter Asphalt oder Gebäuden verborgen, aber bei Ausschachtungen und dergleichen kam es immer wieder vor, dass das »Klonk« von Metall auf Metall eine Bombe verriet. Dann wurden die Grabungsarbeiten sofort eingestellt, die Umgebung wurde evakuiert und die Männer vom Kampfmittelräumdienst rückten mit ihren grünen Overalls und Astronautenhelmen an. Reine Routine. Keine Panik. Die Presse handelte Blindgänger gleichrangig mit Verkehrsunfällen und Überflutungen ab. Bombenentschärfungen waren kostspielig, aber sie gehörten gewissermaßen zum Alltag.

McAdam las in der Straßenbahn von der Bombe, die unter Wemgrubers Scheune gefunden worden war und die Bulacher einen halben Tag lang in Atem gehalten hatte. Er war unterwegs zu den Verkehrsbetrieben. Die Zeitung war schon ein paar Tage alt. Seit seiner Rückkehr aus Hannover war McAdam damit beschäftigt gewesen, den Bericht für Professor Dr. Erhagen zu verfassen und zu tippen. Das Ergebnis war ein umfangreicher Bericht mit Fotos. Hinzu kamen Quittungen, eine lange, detaillierte Aufstellung sämtlicher Kosten, ein Umschlag mit Elkes Kreditkarten und ein weiterer mit einem Brief an Erhagen, der mit Regina Blank unterzeichnet war. McAdam bezweifelte, dass die Rechnung je bezahlt würde. Er rechnete eher damit, dass Professor Erhagen ihm den Bericht um die Ohren schlug.

McAdam hatte Regina mit dem Zug von Springe nach Hannover begleitet. Er hatte ein ordentliches Hotelzimmer für sie gefunden. Er war dabei gewesen, als sie ein Telefonat nach Reno anmeldete und mit Karla Hansen redete, die ihr versprach, ein Visum für sie zu beantragen. Während Regina ein Schaumbad nahm, wie McAdam es sich vorgestellt hatte, ging er ins nächste Reisebüro und buchte ihr ein Flugticket. Anschließend wartete er in der Lobby auf sie. Als sie aus dem Fahrstuhl trat, drehten sich Leute nach ihr um. Da war sie wieder, die frühere, lebenslustige Elke Erhagen. Sie trug einen seidig glänzenden Hosenanzug in kräftigem Orange. Sie duftete wie ein Zitronenhain in einer lauen Sommernacht. Sie nahm McAdams Arm und er genoss es, wie die Blicke auf ihnen ruhten, während sie die Lobby durchquerten. Regina führte ihn in ein Restaurant mit regionaler Küche. Sie bestellten etwas, das sich Braunkohl und Brägenwurst nannte und wesentlich besser schmeckte, als es sich anhörte. McAdam unterhielt sie mit Anekdoten über Amerika. Er erzählte ein paar Witze über Texas und imitierte die Akzente von Brooklyn, Minnesota und Georgia. Er erklärte ihr, sie müsse sich nicht wundern, wenn die Leute dort ihr schon nach fünf Minuten ihre Lebensgeschichte erzählten, und sie dürfe die häufig ausgesprochenen Einladungen, doch »jederzeit vorbeizukommen«, auf keinen Fall ernst nehmen. Er genoss seinen Expertenstatus und sonnte sich in ihrem amüsierten Lächeln. Er verriet ihr, dass »Schau mir in die Augen, Kleines!« im amerikanischen Original »Here's looking at you, kid!« hieß. Er trank auf ihre Gesundheit und auf ihre Zukunft. Der Ausdruck ihres Gesichts erinnerte ihn an Uschis bei ihrer ersten Begegnung, als er all seinen Charme und Witz eingesetzt hatte, um sie zu beeindrucken.

Am Hoteleingang gab er Regina Blank einen Abschiedskuss, wünschte ihr alles Glück der Welt, tippte sich an die Baseballmütze und schlug zu Fuß den Weg zum Bahnhof ein.

Auf der langen, nächtlichen Rückfahrt nach Karlsruhe war er eingedöst und hatte von etwas Seidigem, Orangefarbenem geträumt. Als er aufwachte, hoffte er, Regina möge in ihrem neuen Leben tatsächlich ihr Glück finden. Ihm wurde bewusst, dass er noch immer an den amerikanischen Mythos glaubte, dass jeder seines Glückes Schmied sei – dass man seine Vergangenheit hinter sich lassen und noch einmal ganz von vorn anfangen könne. Regina hatte es hier bereits versucht und war gescheitert, ebenso wie ihr Bruder. Hier blieb die Vergangenheit immer dicht unter der Oberfläche. Sie mochte unter der Erde begraben oder ordentlich in Schubladen verstaut sein, in einem unsichtbaren Netz gefangen oder verschlüsselt in Dokumenten und Berichten – früher oder später holte sie einen ein. Jede Straße, jeder Weg war vermessen und kartiert, lange bevor man seinen Fuß darauf setzte. Aber wenn es schon kein Neuland zu entdecken gab, konnte McAdam doch wenigstens in anderer Hinsicht Huckleberry Finn nacheifern. Huck hatte Jim geholfen, der Sklaverei zu entfliehen, um seine Familie zu suchen. McAdam hatte Regina Blank geholfen, sich aus ihrer Familie zu befreien, um sich selbst zu finden. O ja, die Idee gefiel ihm. Und jetzt würde McAdam dem Alten beichten, was er getan hatte, und sich den Konsequenzen stellen. »Also gut, dann komme ich eben in die Hölle«, murmelte McAdam, als die Straßenbahn an der Tullastraße hielt, und drückte den Türöffner.

McAdam war zu früh dran. Er schaute in Sepp Hausers Büro vorbei, um hallo zu sagen. Sepp humpelte, was ihn jedoch nicht davon abhielt, die dramatische Szene an der Haltestelle Lameyplatz in allen Einzelheiten nachzuspielen. McAdam grinste, gratulierte ihm und versprach, bald wieder mit Uschi auf Kaffee und Kuchen bei den Hausers vorbeizukommen. Dann fuhr er mit dem Fahrstuhl zum Büro des Direktors.

Frau Braenle empfing McAdam ausgesprochen freundlich. Der Professor öffnete persönlich die Tür zu seinem Büro und winkte ihn herein. McAdam kam sich allmählich etwas albern vor.

»Äh ... Wie war Ihre Konferenz in Brüssel, Sir?«

»Ausgezeichnet! Wir haben die Basis für die europäische Zusammenarbeit im neuen Jahrhundert geschaffen! Öffentlicher Nahverkehr, Fernbahn – alles wird miteinander vernetzt. Personenverkehr ohne Grenzen, Herr McAdam – ein einziges umfassendes, globales Netzwerk!«

McAdam sah plötzlich ein Bild von Atlas als Gulliver vor sich, in den Fesseln der Liliputaner verstrickt wie eine Hummel im Spinnennetz. Er schob die Vorstellung hastig beiseite. »Äh ... Sir ...« Er hielt inne und blickte Erhagen ernst an. Der Mann wirkte zehn Jahre jünger als bei ihrem letzten Gespräch. Er sprühte förmlich vor Begeisterung über seinen Erfolg und seine Zukunftsvision. Es widerstrebte McAdam zutiefst, diese Euphorie zu zerstören.

»Es steht alles in meinem Bericht, Sir, aber ich wollte Ihnen persönlich sagen ...«

»Ausgezeichnet! Ausgezeichnete Arbeit«, unterbrach Erhagen und nahm den Bericht entgegen. »Ich möchte Ihnen für Ihren Einsatz bei den Ermittlungen danken. Sepp Hauser hat mir erzählt, wie wertvoll Ihre Mitarbeit war. Gott sei Dank, dass dieser Alptraum ausgestanden ist.«

»Ja, Sir, aber ich fürchte, ich habe noch ein paar weniger erfreuliche Neuigkeiten für Sie. Hier.« McAdam reichte Erhagen die Umschläge von Regina.

Der Alte nahm die Kreditkarten heraus und betrachtete sie mit leicht hochgezogener Augenbraue. Dann las er Reginas Brief.

»Reno ... neues Leben ... Hotelmanagement ... unkomplizierte Scheidung ... keine Forderungen ... danke für Deine Großzügigkeit ...«, murmelte Erhagen vor sich hin. Dann setzte er sich und las den Brief schweigend noch einmal gründlich durch.

McAdam wartete auf das Donnerwetter. Stattdessen sah der Alte ihn an und lächelte. »Ausgezeichnet! Ausgezeichnet, McAdam. Ich selbst hätte keine bessere Lösung gewusst. Sie haben hervorragende Arbeit geleistet.« Er blätterte den maschinengeschriebenen Bericht durch, bis er den Endbetrag fand, und zog sein Scheckbuch hervor. »Hier!«, sagte er. »Zuzüglich einer Prämie für Ihre effiziente und diskrete Vorgehensweise. Ich hoffe, ich darf auf Sie zurückkommen, falls wir Ihre Dienste wieder einmal benötigen sollten.« Er schüttelte McAdam kräftig die Hand, begleitete ihn zur Tür und sagte ihm herzlich Lebewohl.

»Kommen Sie rein und machen Sie die Tür zu«, sagte Backmesser. Conny betrat das Büro und blieb steif vor seinem Schreibtisch stehen. Sie kam sich vor wie ein ungezogenes Schulmädchen. »O, Entschuldigung, Frau Hartmann, setzen Sie sich doch«, sagte Backmesser. Er tat, als sei er völlig in seine Unterlagen vertieft und wisse kaum noch, warum er sie zu sich bestellt hatte. »Sehen Sie sich das mal an.«

Es war eine Aufstellung der Kosten, die die Operation Endstation verursacht hatte. BOMBENENTSCHÄRFUNG UND -RÄUMUNG war rot unterstrichen. Dahinter stand eine fünfstellige Zahl.

»Aber ich konnte doch schließlich nicht wissen ...«

»Sie konnten nicht wissen! Es ist Ihr Job, zu wissen, Hartmann.«

»Zu wissen, wo Bomben vergraben sind?«

»Zu wissen, wo Ihre Leichen leben. Sie sind zu weit gegangen, Hartmann. Bei der Suche nach den Wemgrubers haben Sie übers Ziel hinausgeschossen.«

»Aber Chef, Sie haben doch Ihre Zustimmung ...«

»Auf Ihren Rat, Hartmann. Und jetzt muss ich mich vor dem Polizeichef und dem Bürgermeister verantworten.«

»Aber früher oder später wäre doch bestimmt ...«

»Man soll keine schlafenden Hunde wecken, Hartmann. Kennen Sie das Sprichwort?«

»Ja, Chef, aber ich denke ...«

»Sie werden hier nicht fürs Denken bezahlt, Hartmann. Das überlassen Sie Ihren Vorgesetzten. Sie haben Ihre Anweisungen zu befolgen. Steht bei Ihnen nicht demnächst eine Beförderung an? Wahrscheinlich wollten Sie deshalb unbedingt in die Mordkommission:«

»Ich wollte aus Interesse an dem Fall in die Mordkommission.«

»Nun, Fräulein Hartmann, für meinen Geschmack ist Ihr Interesse etwas zu weit gegangen. Zu viel Initiative – wenn Sie wissen, was ich meine.«

»Nein, ich weiß nicht, was Sie meinen.«

»Ich meine, wir arbeiten hier im Team. Sehen Sie sich Reikert an. Er hat sein Leben aufs Spiel gesetzt ...«

»Aber Chef! Ich habe ausdrücklich darum gebeten, an diesem Einsatz beteiligt zu werden. Wenn ich dort gewesen wäre, hätte ich ...«

»Aber Sie waren nun einmal nicht dort, Hartmann. Sie haben Frau Erhagen observiert, bis sie direkt vor Ihren Augen verschwunden ist!«

Conny öffnete den Mund – und schloss ihn wieder.

»Fräulein Hartmann, ich denke, ich sollte Ihnen fairerweise mitteilen, dass ich mich im Hinblick auf die Beförderung gezwungen sehe, Ihre Arbeit äußerst kritsch zu beurteilen. Dagegen werde ich Reikerts mutigen Einsatz lobend erwähnen und seine Beförderung befürworten.«

Wären Connys Augen Pistolen gewesen, dann hätten sich auf Backmessers Stirn kleine, runde Löcher abgezeichnet.

»Sie können jetzt gehen«, sagte Backmesser.

Conny stand auf, machte auf dem Absatz kehrt und ging.

In Karlsruhe regnete es. Der Regen trommelte auf die Kupferverkleidung der Giebelfenster. Er klatschte auf die Tonziegel der steilen Dächer. Er prasselte gegen die Fensterscheiben. Er plätscherte mal lauter, mal leiser auf die Straße. Der Regen wurde stärker und schwächer, wurde zum Wolkenbruch und ließ wieder nach. McAdam und Uschi nahmen den Regen nicht oder allenfalls unbewusst wahr. Sie waren unter ihrer Daunendecke völlig mit ihrem eigenen rhythmischen Vor und Zurück, Seufzen und Stöhnen, Streicheln und Kneten beschäftigt. Der Regen bildete eine Klangmuschel um ihre vier Wände, um die Kleiderstapel, die Überbleibsel des gestrigen Champagner-Abendessens und die Lachs-, Frischkäse- und Baguette-Reste vom Frühstück. Die beiden hatten zur Feier ihres Glücks eine handgeschnitzte Wiege für das Baby und einen Delikatessenkorb für sich selbst gekauft.

Es war mitten in der Woche. Es war später Vormittag. Sie hatten das Klingeln der Recyclingmüllabfuhr und später das Klingeln der Biomüllabfuhr ignoriert. Den Postboten hatten sie mehr als zweimal klingeln lassen. Gerade klingelte es wieder an der Tür. McAdam wollte Uschi zurückhalten, doch sie stand auf und sagte: »Ich muss sowieso pinkeln.« »Ja?«, sagte sie in die Gegensprechanlage. »Für dich, McAdam«, teilte sie ihm mit. »Es ist diese Polizistin.«

»Hä?« McAdam wühlte sich unter der Decke hervor. Er fand seine Jeans auf dem Fußboden. Sein T-Shirt hatte sich in der Wiege um einen Steiff-Teddy geschlungen. Er ging zur Tür. Er hörte Conny mit langsamen Schritten die Treppe heraufkommen. Er öffnete.

»Hallo, McAdam«, sagte sie. »O, ich sehe, ich komme ungelegen. Entschuldigung.« Sie wandte sich zum Gehen.

»Hey, warten Sie, Conny! Ist schon okay, kommen Sie herein!« Er hatte Conny Hartmann noch nie in so desolater Verfassung gesehen. Nicht nur die tropfnassen Haare, die durchweichte Kleidung – er hatte sie hart und herablassend erlebt, witzig und wütend, traurig und in Tränen aufgelöst, aber niemals ... düster und deprimiert. Sie wirkte geschlagen. »Conny, was ist los?«, fragte er.

Sie setzte sich aufs Sofa und ließ die Schultern hängen. »Ich kündige.«

»Was? Warum? Sie waren doch so erfolgreich. Ohne Sie wäre der Straßenbahnmörder nie gefasst worden. Es wäre nicht mal nach ihm gesucht worden!«

»Ich bekomme einen Verweis. Und Reikert eine Beförderung.«

»Reikert? Dieser Komiker?«

»Mein Vater hatte mich gewarnt. Er sagte, Frauen müssen viel mehr leisten als Männer, um dieselbe Anerkennung zu bekommen, und genau diese Leistung wird ihnen dann wiederum verübelt. Er hat mich für verrückt erklärt, als ich Polizistin werden wollte.«

»Conny, Sie sind die geborene Polizistin.«

Eine Träne stahl sich in Connys Augenwinkel. »Verdammt!«, sagte sie.

Uschi kam in einem Frotteebademantel aus dem Badezimmer. »Uschi, das ist Conny Hartmann«, stellte McAdam vor.

»Ich glaube, wir haben schon mal miteinander telefoniert«, sagte Uschi. »Ach herrje. McAdam, gib Conny ein Taschentuch. Ich mache uns einen Kaffee.«

Bis der Kaffee fertig war, hatte Conny ihre Geschichte zu Ende erzählt und ihre Niedergeschlagenheit war vor McAdams Augen erst in Wut, dann in Galgenhumor umgeschlagen. Uschi reichte ihr eine Scheibe Zimttoast und sagte: »Was haben Sie jetzt vor, Conny?«

»Darum bin ich gerade hier. Ich möchte McAdam einen Vorschlag machen. Und mich interessiert auch, was Sie davon halten.«

»Wie wäre es, wenn Sie und McAdam Partner werden? Dann könnte er mehr Zeit zu Hause bei mir und dem Baby verbringen«, sagte Uschi. Es entstand eine kurze Pause.

»Ja ... Genau das wollte ich vorschlagen«, sagte Conny. »Die Detektivarbeit ist zeitaufwändig. Manchmal muss man zum Beispiel jemanden rund um die Uhr beschatten. Nach diesem Fall bekommt McAdam bestimmt viele neue Aufträge. Ich kann meine Polizeiausbildung einbringen. Und die Kontakte, die ich noch in der Behörde habe. Für manche Aufträge kann es auch von Vorteil sein, eine Frau als Partner zu haben. Als Mann hat man nicht überall Zutritt ...«

»Zum Beispiel auf der Damentoilette!«, sagte Uschi.

»Zum Beispiel«, sagte Conny. »Und ich kann mit Computern umgehen ... McAdam, haben Sie einen Computer?«

»Äh ...«, machte McAdam.

»Noch nicht«, sagte Uschi. »Aber wir müssen natürlich einen anschaffen. Für das Kind.«

»Für das Kind?«, wiederholte McAdam.

»Natürlich, Schatz. Ohne Computerkenntnisse kann keine moderne Frau es auf dieser Welt zu etwas bringen. Nicht mal am Theater – denk nur an das Zentrum für Kunst und Medientechnologie ...«

»Aber ich habe keine Ahnung von Tech ...«

»Wir haben doch Kai«, unterbrach Uschi. »Der kann sich nicht ewig mit den paar Werbeverträgen und vereinzelten Gigs über Wasser halten. Er könnte für euch … wie nennt man das noch mal? Hecken oder so.«

»Was halten Sie davon, McAdam?«, fragte Conny.

»Ist das schön – endlich fragt mich auch mal jemand nach meiner Meinung«, bemerkte McAdam.

»Ach, Schatz!«, sagte Uschi.

McAdam sah Uschi an. Er sah Conny an. Warum fühlte er sich so … überstimmt? Warum hatte er das Gefühl, dass ihm die Kontrolle über sein Leben entglitt? Flüchtig sah er sich im Geiste als Marlboro-Mann auf einem bockenden Wildpferd, doch dann fiel ihm sehr schnell ein, dass er weder rauchte noch reiten oder geradeaus schießen konnte. Es wäre zweifellos eine große Bereicherung, Conny mit im Team zu haben. Insgeheim war ihm klar, dass es unausweichlich war, vorherbestimmt, so gut wie besiegelt. Sein Verstand, seine Illusion vom freien Willen wehrte sich noch gegen den Gedanken.

»Äh … Geben Sie mir etwas Zeit, darüber nachzudenken, okay?«

»Natürlich!«, sagte Conny.

»Selbstverständlich, Schatz!«, sagte Uschi. Aber ihre Stimmen klangen siegesbewusst.

»Ich glaube, ich geh mich mal frisch machen«, sagte McAdam in mädchenhaftem Tonfall. Die beiden beachteten ihn gar nicht.

Er überließ sie ihrem Kaffee und einem Gespräch über Kinder. Conny hatte offenbar eine Nichte und einen Neffen in Tansania. Und sie hatte einmal auf dem Rücksitz eines Streifenwagens eine Geburt begleitet. Bis die Sanitäter eintrafen, war schon alles über die Bühne gewesen.

McAdam verzog sich ins Bad. Er betrachtete sein eingeschäumtes Gesicht im Spiegel. McAdam hatte eine lange, hervorstechende Nase, ein ausgeprägtes Kinn und leuchtend blaue Augen. Ein Gesicht, das auf Frauen anziehend und auf Männer gelegentlich beeindruckend wirkte. Ein Gesicht, mit dem man der Welt gegenübertreten konnte. Ein Gesicht, mit dem man es nicht nötig hatte, sich vorzumachen, die Person dahinter habe alles im Griff. Das Gesicht eines Mannes, dem das Glück gewogen war.

McAdam ließ den Rasierer durch die weißen Wogen auf seinem Gesicht gleiten, so dass ein Streifen rosiger, empfindlicher Haut zum Vorschein kam. »McAdam und Co.«, sagte er. Er legte die nächste Spur frei. »McAdam und Hartmann ... Autsch!« Er betupfte den Schnitt mit einem blutstillenden Stift. Er zog eine weitere Schneise durch den Rasierschaum. Durch die Tür hörte er die Frauen lachen. Die beiden schienen sich ja prächtig zu verstehen. »McAdam und Partner«, sagte McAdam. Er zwinkerte seinem Spiegelbild zu und grinste. Und dann musste er über sich selbst lachen.

Ende

Wie dieses Buch fast nicht entstand – ein Kurzkrimi im Briefformat

Liebe Leserin, lieber Leser,

vor langer, langer Zeit hörte ich von einer amerikanischen Autorin, die seit Jahren in Venedig lebte und Venedig-Krimis schrieb. Da ich Amerikanerin bin, die seit langem in Karlsruhe wohnt und gerne darüber schreiben wollte, interessierte mich das. Ich las Donna Leons ersten Brunetti-Roman und sagte mir, »Das will ich auch! Ich werde für Karlsruhe tun, was Donna Leon für Venedig getan hat. Und Karlsruhe wird vielleicht für mich tun, was Venedig für Donna Leon getan hat.«

So fing ich an, den (wie ich dachte) ersten Karlsruhe-Krimi zu schreiben. Ich wollte schreiben über etwas, das alle Karlsruher gemeinsam haben, etwas, das sich quer durch die Karlsruher Landschaft zieht, etwas, worüber die Karlsruher sich aufregen könnten (falls Sie aus Karlsruhe kommen, wissen Sie, was ich meine) – es lag auf der Hand – die Straßenbahn. Ich wollte Karlsruhe mit den Augen eines amerikanischen Detektivs sehen, und – fair is fair – ich wollte den Detektiv durch eine Badische Polizeibeamtin betrachten lassen. Praktischerweise wohnte ein Polizeibeamter in unserem Haus – für die Recherche brauchte ich nur die Treppen hinunter zu laufen. Alles lief blendend, der Text war zu drei Vierteln fertig, als ich eines Morgens die *Badische Neueste Nachrichten* aufschlug. Dort fiel mir ein Artikel über einen gewissen Wolfgang Burger ins Auge, der den ersten Karlsruhe-Krimi geschrieben hatte. Und dieser Krimi hieß *Mordsverkehr* und sollte am Abend in einer Straßenbahn vorgestellt werden.

Ein anderer hatte mein Buch geschrieben!

In Panik lief ich zur besagten Haltestelle, stieg in die Bahn, und hörte mir die Lesung an. Gott sei Dank, in *Mordsverkehr* ging es eigentlich um den Autoverkehr, aber dies war zweifelsohne der erste Karlsruhe-Krimi. Kurz darauf ging ich mit Wolfgang Burger einen Kaffee trinken, ich zeigte ihm mein Manuskript – handgeschrieben in einem College-Notebook – damit ich, falls es jemals veröffentlicht werden sollte, nicht des Plagiats verdächtigt werden würde. Er reagierte gelassen, sagte, »Konkurrenz belebt das Geschäft«. Wie lange es dauern würde, das Geschäft zu beleben, ahnte damals keiner von uns beiden.

Nach einer Weile war das Manuskript fertig. Ich wollte es natürlich in den USA verlegen lassen, um die Aufmerksamkeit der amerikanischen Nation auf Karlsruhe zu lenken. Ich reichte das Manuskript bei einen Wettbewerb ein, dem *»1999 St. Martin's Press – Private Eye Writers of America Best First Detective Novel Contest«*. Der Wettbewerb hieß wirklich so.

Sie können sich meine Freude vorstellen, als ich zwei Monate später eine E-Mail von Gillian Roberts erhielt, Autorin einer Krimiserie und Jurorin des Wettbewerbs. »Ich habe Ihren Roman für die Endausscheidung nominiert,« schrieb sie, »ich habe ihn genossen, ich finde ihn ›publishable‹.« Sofort begann ich, vom Geld und Ruhm zu träumen. Dem Sieger winkte die Veröffentlichung des Romans mit einem Vorschuss von $ 20.000.

Leider kam es nicht so weit. Als Gillian Roberts die Cheflektorin des Verlags fragte, warum ich den Preis nicht bekommen hätte, erwiderte sie, »Weil er in Deutschland spielt. Wir glauben nicht, dass 100.000 amerikanische Leser sich dafür interessieren werden, und für weniger lohnt es sich nicht.«

Na so was. Vergiss Amerika, ich würde mir einen deutschen Verleger suchen! Aber wie, mit einem englischen Manuskript von einem Nobody? Mein Roman würde ganz unten im Haufen der unverlangt eingesandten Manuskripte landen, das war mir klar. Ich war schon über 50, und Wolfgang Burger schrieb eifrig an seinem zweiten Roman.

Ich brauchte einen Shortcut. Ich fuhr zum Deutsch-Amerikanischen Institut nach Heidelberg, zu einer Lesung von Harry Rowohlt, der, wie Sie vielleicht wissen, nicht nur den Penner in der Lindenstraße spielt, sondern auch ein renommierter Übersetzer ist. Mit einem Kapitel unter dem Arm ging ich auf ihn zu. »Are you Harry Rowohlt himself?«, fragte ich. »I am«, erwiderte er. »Ich habe was für sie«, sagte ich, und reichte ihm den braunen Umschlag. »Ich bin kein Verleger«, kam es barsch zurück. »Das weiß ich«, sagte ich. Das brachte mir einen Pluspunkt. Aber dann folgte: »Ich übersetze keine Frauen!« Hmm. Ich wünschte, ich könnte sagen, dass ich mehrere schlagfertige Antworten parat hatte, aber in dem Moment fiel mir natürlich nichts ein. »Ich will nicht, dass Sie mich übersetzen«, sagte ich, »nur, dass Sie mir vorschlagen, wohin ich das Manuskript schicken soll – aber wenn Sie es nicht mögen, können Sie es wegschmeißen«, ergänzte ich nonchalant.

»Okay«, sagte er.

Ich hatte lange überlegt, welches Kapitel ich ihm geben sollte. Geeignet schien das, in dem McAdam, der Detektiv, in Gracie's Irish Pub so viele Whiskys trinkt, dass er hinterher nicht merkt, dass seine Wohnung völlig durchwühlt und ein wichtiges Beweisstück gestohlen worden ist. Aber ich entschied mich letztendlich für Kapitel 10, das mit der Königin von England und dem perversen Hund namens Katarina die Große.

Nachher im Zug dachte ich, »Karen, Du hast Dich total blamiert.« Zwei Tage verbrachte ich mit Grübeln: Was könnte ich anstelle des Schreibens tun? Vielleicht die Küche renovieren oder mich einer Psychotherapie unterziehen?

Am dritten Tag erhielt ich einen Brief von Harry Rowohlt. »Ich habe Dein Kapitel im Zug gelesen. Es hat mir gefallen. Ich werde sehen, was ich tun kann.«

Liebe Leser und Leserinnen, das wäre der Höhepunkt gewesen, und hätte das Happyend dieser Story einleiten sollen. Aber danach ging es bergab, danach kam das eigentlich Interessante an diesem echten kleinen Krimi.

Harry gab mein Kapitel an seinen Verleger weiter, und der Verleger verlangte das Manuskript und schickte mir einen Vertrag. Das ging schnell und ich war stolz, damals wusste ich nicht, in welchen Schwierigkeiten sich der Haffmans Verlag befand.

Haffmans machte mich mit meiner Übersetzerin bekannt, einer netten jungen Hamburgerin, und bald schrieb sie aus San Francisco, wo sie sich zum Flatsitting und Catsitting aufhielt, dass die Arbeit gut voran käme.

Wieder zu Hause entdeckte sie leider, dass ihr langjähriger Freund sie für eine andere verlassen hatte und sie seine Wohnung verlassen musste. Sie war am Boden zerstört. Es dauerte eine Weile, bis sie sich in der Wohnung einer Freundin eingelebt hatte.

Es war mir klar, dass ich meine Übersetzerin bei Laune halten musste. »Ich kann den Schurken für Dich ermorden lassen«, schrieb ich. »In meinem nächsten Krimi.« »O ja!«, schrieb sie zurück. Sie überlegte, sich vielleicht einer Laseroperation an den Augen zu unterziehen, oder eine Affäre mit einem Jüngeren anzufangen. »Affäre ja, Operation nein«, riet ich, die Übersetzung im Hinterkopf, »es könnte etwas schief gehen.« Es wurde dann doch ein bisschen eng in der Wohnung der Freundin. Meine Übersetzerin suchte zum zweiten Mal eine neue Wohnung. Inzwischen erschien Wolfgang Burgers zweiter Roman.

Die ganze Zeit über kursierten Gerüchte um den Haffmans Verlag, aber der Verleger versicherte seinen Autoren, dass alles bestens war, das Programm vom Herbst 2001 würde wie geplant erscheinen. Mein Buch hätte auch dabei sein sollen, aber die Übersetzerin hatte ihren Termin nicht eingehalten, wen wundert's, und mein Buch wurde auf Frühling 2002 verschoben.

Endlich war es so weit. Kurz vor Weihnachten erhielt ich den fertig gesetzten Roman. Wie aufregend! Ich fügte die letzten Korrekturen ein und schickte ihn zurück. Am nächsten Morgen schlug ich die *Süddeutsche Zeitung* auf. Dort fiel mir ein Artikel über das Konkursverfahren gegen den Haffmans Verlag ins Auge. Er war endgültig pleite, aber zuerst hatte er seine gesamten Autorenrechte an einen Dritten verkauft und zurückgemietet, im Leasing-Verfahren, wie einen Firmenwagen. Ein einmaliges Ereignis in der Geschichte der Buchbranche, und ich war dabei.

Jede Erfahrung ist eine Bereicherung, ich habe andere Autoren im selben Boot kennen gelernt, und auch einen netten Sachbearbeiter im Konkursamt Zürich, den mit der coolen Warteschleifenmusik, der mir versicherte, irgendwann würde ich meine Rechte zurückbekommen.

Während ich auf meine Rechte wartete, suchte ich einen neuen Verleger. Bei einem erfolgreichen deutschen Taschenbuchverlag stieß ich sofort auf Interesse. Die Lektorin war begeistert, sie wollte mich nach ihrem Urlaub sofort kontaktieren. Das tat sie auch, um zu sagen, dass sie mit ihren Kollegen mein Buch besprechen wollte. Das Ergebnis der Besprechung war diese Mitteilung: »Wie Sie wissen, haben wir zwei Programme. Wir veröffentlichen deutsche Krimis von deutschen Autoren, die in Deutschland spielen, und übersetzte Krimis ausländischer Autoren, die im Ausland spielen. Sie werden verstehen, dass wir einen übersetzten Krimi von einer ausländischen Autorin, der in Deutschland spielt, leider in keinem unserer Programme unterbringen können.«

Ich bekam eine E-Mail von meiner Übersetzerin. Ich solle doch bitte ihren alten Freund nicht ermorden lassen. Er sei wieder aufgetaucht, voller Reue und Leidenschaft. Und, stellen Sie sich das vor, sie sind zusammen nach San Francisco geflogen, und dort haben sie geheiratet. Sie schickten mir ein Foto, auf dem sie engumschlungen in Jeans und T-Shirt im Standesamt stehen und sich küssen. Sie sehen wunderbar aus.

Es gibt noch weitere Happyends. Gerd Haffmans ist jetzt Lektor bei Zweitausendeins. Wolfgang Burgers dritter Roman ist schon längst erschienen, sowie Donna Leons zehnter. Und siehe da, mein Buch ist auch endlich erschienen. Es liegt in ihrer Hand.

Ihre

Karen Adams